목로주점

목로주점 (하)

L'Assommoir

에밀 졸라 장편소설 유기환 옮김

열린책들

L'ASSOMMOIR
by EMILE ZOLA (1877)

일러두기

1. 번역 대본으로는 플레이아드La Pléiade판(1961)을 사용했습니다.
2. 원문에서 이탤릭체로 강조된 낱말, 상호, 별명은 꺾은 괄호(〈 〉)와 함께 옮겼습니다.
3. 별명이나 상호를 번역할 때, 우리말 번역어가 원문의 의도를 더 잘 살리는 경우에는 우리말로 옮겼고, 그렇지 않은 경우에는 발음 그대로 표기했습니다. 예컨대 〈Mes-Bottes〉라는 노동자 별명의 경우 〈메보트〉라는 발음 표기보다 〈장화〉라는 우리말 번역어가 노동자의 정체성을 전달하는 데 더 효율적이라고 판단했고, 〈Grand Balcon〉이라는 변두리 댄스홀의 경우 〈큰 발코니〉라는 우리말 번역어가 격이 낮은 댄스홀이라는 뉘앙스를 주지 못하는 이상 차라리 〈그랑 발콩〉이라는 발음 표기가 댄스홀의 이름으로서 더 어울린다고 판단했습니다.

이 책은 실로 꿰매어 제본하는 정통적인 사철 방식으로 만들어졌습니다.
사철 방식으로 제본된 책은 오랫동안 보관해도 손상되지 않습니다.

8

그다음 토요일, 저녁 식사 때까지 귀가하지 않았던 쿠포가 10시경에 랑티에를 데리고 왔다. 그들은 몽마르트르에 있는 토마네 주점에서 함께 양 다리를 먹었다고 했다.

「잔소리 좀 하지 마시게, 마님.」 함석장이가 말했다. 「우린 얌전하잖아, 보다시피……. 아! 이 친구와 함께 다니면 잘못될 게 없다니까. 항상 바른 길로만 인도해 주거든.」

그는 로슈슈아르 가에서 둘이 어떻게 만나서 무엇을 했는지 이야기했다. 저녁 식사를 한 후 〈검은 공〉 카페로 가서 한잔하자고 하자, 랑티에가 상냥하고 정직한 여자와 결혼한 사람은 여기저기 싸구려 술집에서 어슬렁거리는 게 아니라고 하면서 거절했다는 것이었다. 제르베즈는 잔잔한 미소를 머금고 그 말을 들었다. 물론 그랬다, 그녀는 잔소리를 할 생각이 전혀 없었다. 그러기에는 너무나 당황스러웠던 것이다. 생일잔치 이후로 그녀는 언젠가는 옛 애인을 다시 마주치게 되리라고 생각하고 있었다. 그러나 이런 시각에, 잠자리에 들려는 순간 두 사내가 불쑥 나타나는 바람에 몹시 놀랐다. 떨리는 손으로 그녀는 목덜미까지 내려온 머리 타래를 다시 틀어

올렸다.

「알겠지?」 쿠포가 말했다. 「이 사람이 밖에서 한잔 걸치는 걸 사려 깊게 사양한 이상, 당신이 한잔 내야 하지 않겠어?…… 그럼! 당신이 내는 게 당연해!」

일하던 세탁부들은 떠난 지 오래였다. 쿠포 할멈과 나나는 방금 막 잠자리에 들었다. 제르베즈는 그때 덧문을 내리고 있었다. 그녀는 가게 문을 열어 둔 채 작업대 한쪽 구석에 유리잔과 마시다 남은 코냑 술병을 갖다 놓았다. 랑티에는 그녀에게 직접 말하기를 피하며 서 있었다. 하지만 그녀가 술을 따랐을 때, 그가 소리쳤다.

「한 방울만 주세요, 부인, 한 방울만.」

쿠포는 그들을 바라보았고, 확실히 이해했다. 어리석은 짓을 하진 않을 것 같아, 아마도! 과거는 과거일 뿐이야, 안 그래? 9년이나 10년 동안 원한을 품으면, 결국 다시는 그 틈을 메울 수 없는 거야. 그럼, 그럼, 난 도량이 넓어, 난! 무엇보다 둘이 어떤 사람인지 잘 알지, 성실한 남자와 성실한 여자, 말하자면 두 친구지 뭐야! 걱정 없어, 둘이 얼마나 성실한지 잘 아니까.

「아! 네……. 네…….」 눈을 내리깔고 되풀이했지만, 그녀는 자기가 무슨 말을 하는지도 몰랐다.

「이젠 누이지 뭐, 누이일 뿐이야!」 이번에는 랑티에가 중얼거렸다.

「그럼 악수를 해, 제기랄!」 쿠포가 소리쳤다. 「속물들일랑 저리 가라고 해! 안 그래? 배 속에 이게 들어 있으면 백만장자보다 더 기분이 좋지. 난 우정을 제일 사랑해, 우정은 우정이니까, 그 이상은 없으니까.」

그가 너무도 흥분해서 배를 탕탕 쳤기 때문에 둘이 그를 진정시켜야 했다. 셋은 묵묵히 건배를 하고 술을 들이켰다. 그때서야 제르베즈는 랑티에를 마음 편히 바라볼 수 있었다. 왜냐하면 생일잔치 날 밤에는 술에 취해 제대로 보지도 못했기 때문이다. 그는 통통하고 동글동글하게 살집이 붙었고, 팔과 다리도 작은 키 때문에 묵직해 보였다. 게으름뱅이 생활로 살이 통통해졌어도, 이목구비는 여전히 근사했다. 그리고 가느다란 콧수염을 언제나 정성 들여 다듬었기 때문에, 그의 나이가 서른다섯 살이라는 걸 맞히기는 어렵지 않아 보였다. 그날 그는 둥근 모자를 쓰고 마치 신사처럼 회색 바지에 짙푸른 남색 상의를 입고 있었다. 게다가 은사슬이 달린 회중시계를 지녔는데, 그 끝에 추억의 선물 같은 반지가 매달려 있었다.

「그만 가야겠소.」 그가 말했다. 「집이 워낙 멀어서.」

함석장이가 그를 불러 가게 앞을 지날 땐 반드시 들어와서 인사를 하라고 했을 때, 랑티에는 벌써 밖으로 나와 있었다. 한편 슬그머니 사라졌던 제르베즈는 셔츠 바람으로 잠을 자다 나온 에티엔을 앞장세운 채 다시 돌아왔다. 아이는 미소를 지었고, 눈을 비볐다. 그러나 랑티에를 알아보았을 때, 아이는 엄마와 쿠포 쪽으로 불안한 시선을 흘리며 당혹스러운 듯 몸을 떨었다.

「저분을 모르겠어?」 쿠포가 물었다.

아이는 말없이 고개를 숙였다. 그런 다음 신사를 알고 있다는 표시로 고개를 가볍게 끄덕였다.

「알겠지! 그렇담 바보처럼 서 있지 말고, 가서 입맞춤을 해 드려.」

랑티에는 심각한 표정으로 가만히 기다렸다. 이윽고 에티엔이 결심을 하고 다가왔을 때, 그는 에티엔이 입을 맞추도록 몸을 숙여 두 뺨을 내밀었고, 이어서 자기도 꼬마의 이마에 쪽 하고 입맞춤을 했다. 그러자 아이가 아버지를 쳐다보았다. 갑자기 아이가 울음을 터뜨리며 미친 듯 흐트러진 옷차림으로 달아났고, 쿠포가 버릇이 없다고 야단을 쳤다.

「흥분해서 저러는 거예요.」 그녀 또한 흥분한 듯 창백한 얼굴로 말했다.

「아! 보통 땐 정말 얌전하게 말을 잘 듣지.」 쿠포가 설명했다. 「난 아이를 엄격하게 키운다오, 곧 알게 되겠지만……. 저 아이뿐이라면 티격태격 다툴 일도 없었겠지, 안 그래? 아이를 위해서라도 진작 이렇게 했어야 했어, 아버지가 아들 만나는 걸 막을 바에야 차라리 목을 잘리는 게 낫지.」

덧붙여 그는 코냑 병을 비우자고 말했다. 세 사람은 다시 건배를 했다. 랑티에는 당황하는 기색이 없었고, 아주 침착했다. 떠나기 전에 그는 함석장이에 대한 예의로 가게 문을 함께 닫아 주겠다고 고집했다. 그런 다음 손에 묻은 먼지를 털면서 부부에게 잘 자라고 인사했다.

「잘 자요. 난 승합 마차를 타야겠는걸……. 조만간 다시 들르겠소.」

그날 밤부터 랑티에는 구트도르 가에 자주 모습을 드러냈다. 그는 함석장이가 집에 있을 때에만 나타났는데, 문가에서 소식을 물으며 오직 함석장이를 만나기 위해 들어오는 척했다. 언제나 신사복 차림으로 면도를 깨끗이 하고 머리를 깔끔하게 빗은 그는 진열창 가까이에 앉아 교육을 잘 받은 신사처럼 정중하게 말을 했다. 그리하여 쿠포 부부는 조금씩 그의 생활을 자세히 알게 되었다. 8년이 지나는 동안, 그는 한때 모자 공장을 경영하기도 했다. 왜 공장에서 손을 뗐느냐고 묻자, 그는 그저 동향인인 동업자의 협잡 때문이라고 하면서 동업자는 여자 때문에 가산을 탕진한 머저리라고 했다. 어쨌든 사장이라는 옛 직함은 그의 자태에 지울 수 없는 품격을 남겨 놓았다. 그는 늘 이내 엄청난 계약이 성사될 거라고 장담하면서, 모자 가게들이 막대한 이익을 가져다주고 그의 생활을 안정시켜 줄 거라고 말했다. 계약이 이루어질 때까지 그는 아무것도 하지 않을 작정이었고, 부자처럼 주머니에 손을 찔러 넣고 햇볕을 쬐며 산책이나 할 생각이었다. 그가 신세 한탄을 할 때 사람들이 조심스럽게 직공을 찾는 공장이 있다고 알려주면, 그는 불쌍하다는 듯 피식 웃으며 남을 위해 등골이 휘도록 일하다가 굶어 죽고 싶지는 않다고 했다. 어쨌든 쿠포의 말대로 그 한량도 시간이라는 공기만을 마시고 살진 않을 것이었다. 그럼! 정말 영리한 자야, 요령이 여간 아니지, 사업을 꾸미고 있는 게 틀림없어, 얼굴이 잘나가는 사람 얼굴이잖아, 게다가 부잣집 도련님처럼 하얀 와이셔츠를 입고 넥타이를 매려면 돈도 많아야 하니까. 어느 날 아침에 함석장이는 몽마르트르 대로에서 랑티에가 구두를 닦게 하고 있는 것을 본 적도 있었다. 기실 랑티에는 남의 일에는 수다스럽게 참견을 하지만, 자기 일에는 입을 다물거나 거짓말을 했다. 그는 어디에 사는지조차 말하려 하지 않았다. 아니, 친구 집에 살아, 저기, 먼 곳에, 상황이 좋아질 때까지. 그는 사람들이 그 집으로 자기를 찾아오지 못하게 했는데, 왜냐하면 자기가 거기에 거의 붙어 있지 않기 때문이라는 것이었다.

「괜찮은 자리는 열에 하나도 안 돼.」 그는 자주 뇌까렸다. 「하루도 못 견딜 공장에 들어갈 필요는 없는 거야……. 내가 어느 일요일에 몽루즈에 있는 샹피옹 공장에 들어갔소. 근데 저녁이면 이 샹피옹이란 자가 정치 얘기로 날 못살게 굴지 뭐요. 그자는 나와 생각이 달랐거든. 젠장! 그래서 화요일 아침에 냅다 줄행랑을 쳐버렸지, 우리 시대는 노예 시대가 아니오, 하루 7프랑에 몸을 팔 수는 없는 일이지.」

11월 초순이었다. 랑티에가 우아하게 제비꽃 다발을 가지고 와서 제르베즈와 두 세탁부에게 나눠 주었다. 조금씩 방문 횟수가 늘었고, 이제 거의 매일 찾아왔다. 그는 건물 전체, 동네 전체를 정복하고자 하는 듯했다. 그는 먼저 클레망스와 퓌투아 부인의 마음을 사기 위해 연령 구별 없이 그들에게 온갖 친절을 베풀었다. 한 달이 지나자, 두 세탁부는 그의 찬미자가 되었다. 보슈 부부도 그가 경비실로 문안 인사를 와서 떠받드는 바람에 그의 예의를 입에 침이 마르도록 칭찬했다. 로리외 부부는 생일잔치 날 디저트 시간에 나타난 남자가 누구인지를 알게 되었을 때, 감히 옛 애인을 집에 들인 제르베즈에 대해 잔인하기 그지없는 험담을 쏟아 냈다. 그러나 어느 날 랑티에가 나타나서 자기가 아는 부인을 위해 사슬 하나를 너무나 정중하게 주문했던 까닭에 그들은 앉으라고 자리까지 권했고, 그의 이야기에 홀딱 반해서 한 시간이나 붙잡아 두었다. 심지어 그들은 이토록 품위 있는 남자가 어떻게 〈절름발이〉와 함께 살 수 있었는지 의아해했다. 마침내 모자장이가 세탁소를 찾아와도 아무도 분개하지 않고 오히려 당연한 일로 생각할 정도로 그는 구트도르 가 사람들 모두의 마음을 사로잡는 데 성공했다. 다만 구제만이 침울했다. 그가 가게에 있을 때 랑티에가 오면, 그는 어쩔 수 없이 이런 녀석과 인사를 나누게 될까 봐 밖으로 나가 버렸다.

랑티에에 대한 호의가 점증하는 가운데, 제르베즈는 처음 몇 주 동안 몹시 혼란스러운 마음으로 살았다. 그녀는 비르지니가 처음으로 랑티에 이야기를 해준 날 느꼈었던 타는 듯한 열기를 가슴 깊이 느꼈다. 그녀의 진정한 두려움은 어느 날 밤에 그녀가 혼자 있을 때 불쑥 나타나서 그가 자기를 품에 안으려 한다면 저항할 힘이 없지 않을까 하는 걱정에서 비롯되었다. 그녀는 랑티에 생각을 너무 많이 했다, 아니 그녀의 삶이 온통 랑티에로 가득 차 있었다. 그러나 그가 그녀를 똑바로 쳐다보지도 않고 심지어 다른 사람들이 등을 돌리고 있을 때조차 털끝 하나 손대지 않으며 적절하게 처신하는 것을 보고서, 그녀는 차츰 마음의 평정을 되찾았다. 어느 날 그녀의 근심을 읽은 비르지니가 그런 불순한 생각일랑 하지 말라고 핀잔을 주었다. 왜 떨어야 하는 거지? 그보다 더 점잖은 남자는 없어요. 장담해요, 걱정할 거 아무것도 없어. 갈색 머리 키다리는 어느 날 교묘하게 두 남녀를 한쪽 구석으로 밀어 넣고 서로의 감정을 이야기하게 했다. 랑티에는 표현에 신중을 기하면서 진지한 목소리로 자기의 감정은 이미 죽었고, 이제는 오직 아들의 행복을 위해서만 살고 싶다고 했다. 하지만 그는 단 한 번도 남프랑스에 있는 클로드 이야기를 꺼내는 법이 없었다. 그는 매일 저녁 에티엔의 이마에 입을 맞추었지만 정작 아이에게 무슨 말을 해야 할지 몰랐고, 금세 클레망스와 잡담을 하느라 정신이 없었다. 그러자 안심이 된 제르베즈는 자신의 내면에서 과거가 죽어 가는 것을 느꼈다. 랑티에의 존재 자체가 플라상스의 추억과 〈봉쾨르 호텔〉의 추억을 마모시켰다. 그를 늘 곁에서 보기 때문에, 그를 생각할 필요가 없었다. 심지어 그들의 옛 관계를 떠올리면 혐오감마저 들었다. 아! 끝난 일이야, 다 끝난 일이고말고. 만일 언젠가 그가 그 짓거리를 요구한다면, 따귀를 때려 주고 남편에게 일러바치리라. 다시 그녀는 양심에 거리낌 없이, 야릇한 감미로움과 더불어 구제의 다감한 우정을 생각했다.

어느 날 아침, 가게에 들어서면서 클레망스는 어제 11시경에 여자와 팔짱을 끼고 걷는 랑티에 씨와 마주쳤노라고 말했다. 그녀는 아주 상스러운 말투로, 게다가 심술궂게 그렇게 말하며 여주인의 안색을 살폈다. 글쎄, 랑티에 씨가 노트르담드로레트 가로 올라가더군요. 여자는 금발 머리였는데, 실크 드레스 속에 벌거벗은 엉덩이를 감춘 화냥년, 그야말로 볼 장 다 본 거리의 화냥년이었어요. 그래, 내가 장난삼아 뒤를 쫓았죠. 화냥년이 새우와 햄을 사러 돼지고기 가게로 들어갔어요. 그런 다음 둘이 함께 라로슈푸코 가로 갔죠, 그런데 랑티에 씨가 어느 건물 앞길에 혼자 서서는 먼저 들어간 화냥년이 올라오라고 창문을 통해 손짓할 때까지 마냥 위를 쳐다보고 있지 뭐예요. 하지만 클레망스가 아무리 추잡한 해설을 덧붙여도 소용없었다, 제르베즈는 조용히 흰색 드레스를 다림질할 뿐이었다. 간간이 이야기가 그녀의 입가에 희미한 미소를 번지게 했다. 프로방스 사내들은 여자만 보면 사족을 못 쓰니, 원! 하고 그녀가 말했다. 그들은 무슨 일이 있어도 여자가 있어야 돼. 쓰레기 더미에서도 삽으로 여자를 퍼 올린다니까. 저녁에 모자장이가 왔을 때, 그녀는 클레망스가 금발 머리 여자 이야기로 그를 난처하게 하며 놀리는 것을 보고 재미있어 했다. 게다가 랑티에도 들킨 것을 오히려 우쭐하게 생각하는 눈치였다. 옛날 친구야, 아무에게도 방해가 안 될 때 가끔 만날 뿐인데 뭘. 자단나무 가구를 가진 멋진 여자지. 그는 자작,

도자기 거상(巨商), 공증인의 아들 등 그녀의 옛 애인들을 세었다. 그러면서 자기는 향기가 나는 여자가 좋다고 했다. 여자 친구가 향수를 뿌려 준 손수건을 그가 클레망스의 코끝에 내밀었을 때, 에티엔이 돌아왔다. 그러자 그는 근엄한 표정을 지으며 아이에게 입맞춤을 했고, 분탕질이란 아무짝에도 소용이 없으며 자기의 감정은 이미 죽었노라고 그녀들에게 덧붙여 말했다. 작업에 몰두하고 있던 제르베즈는 동의의 뜻으로 고개를 끄덕였다. 클레망스가 짓궂은 장난의 벌로 이미 랑티에에게 두세 차례 꼬집혔지만 전혀 내색을 하지 않았다. 다만 그녀는 거리의 화냥년처럼 사향 냄새를 풍기지 못해 질투가 나서 죽을 지경이었다.

봄이 오자, 한집 식구 같은 랑티에가 친구들과 더 가까이서 살 수 있도록 동네로 들어오고 싶어 했다. 그는 깨끗한 집의 가구 딸린 방을 원했다. 보슈 부인, 심지어 제르베즈조차 그런 방을 찾아 주려고 백방으로 알아보았다. 그들은 이웃 거리까지 샅샅이 뒤졌다. 하지만 그는 너무 까다로웠다. 커다란 안마당을 원했고, 1층을 요구했고, 요컨대 상상할 수 있는 편의 시설을 다 들먹였다. 이제 저녁마다 쿠포네 집으로 와서 천장 높이를 재고 방의 배치를 살피는 척했고, 이 같은 거처가 몹시 탐난다는 표정을 지었다. 이런 집이 있다면 더 볼 필요도 없어, 이처럼 조용하고 따뜻한 집 한쪽 구석에 기어들 수 있다면 더 바랄 게 뭐가 있겠어. 그는 매번 이런 말로 집 둘러보기를 마쳤다.

「제기랄! 진짜 좋은 집이야, 정말!」

어느 날 저녁 그가 그 집에서 식사를 하고 디저트 시간에 똑같은 말을 지껄였을 때, 그와 말을 놓고 지내기 시작하던 쿠포가 별안간 소리쳤다.

「그럼 여기서 지내, 이 친구야, 그렇게 마음에 든다면……. 어떻게 방법을 찾아보자고…….」

그는 더러운 세탁물을 넣어 두는 방을 청소하면 멋진 방이 될 거라고 했다. 에티엔은 가게 바닥에 매트리스를 깔고 자면 될 테고, 그러면 만사 해결이지.

「안 돼, 안 돼.」 랑티에가 말했다. 「그럴 순 없어. 그건 지나치게 폐를 끼치는 거야. 호의는 고맙지만, 서로 부대껴서 엄청 답답할 거야……. 어쨌든 각자 자유가 있어야지. 나로서는 부부 침실을 지나가야 하고, 그건 말이 안 돼는 얘기야.」

「허, 참! 벽창호일세!」 웃다가 목이 막힌 함석장이가 목청을 가다듬기 위해 탕탕 식탁을 쳤다. 「어찌 그리 생각이 꽉 막혔어!…… 바보 같은 친구, 머리를 써야지! 안 그래? 그 방엔 창문이 두 개가 있어. 어때? 창문 하나를 바닥까지 터서 출입문으로 만드는 거야. 알겠어? 안마당으로 드나드는 거지. 원한하면 샛문을 막아 버리자고. 보이지도 않고 뭘 하는지 알 수도 없고, 자넨 자네 집에서, 우린 우리 집에서 사는 거란 말이야.」

잠시 침묵이 흘렀다. 모자장이가 중얼거렸다.

「아! 그래, 그렇게 하면 되겠네, 왜 그 생각을 못했지?…… 하지만 안 돼, 그건 자네 부부에게 너무 큰 짐을 지우는 일이야.」

그는 일부러 제르베즈를 쳐다보지 않았다. 하지만 분명히 그는 그녀가 좋다고 한마디 해주기를 기다리고 있었다. 그녀는 남편의 제안에 몹시 당황했다. 그러나 랑티에가 자기 집에 산다는 생각이 그녀에게 상처가 되거나 불안감을 불러일으킨 것은 아니었다. 다만 그녀는 더러운 세탁물을 어디에 둬야 할지 걱정이 되었다. 함석장이는 자기 제안의 여러 이점을 늘어 놓았다. 그렇잖아! 이 친구가 가구 딸린 방 값으로 매달 20프랑씩 치를 거야. 이 친구에게도 비싼 게 아니고, 집세 치를 때 우리에게도 도움이 될 테고. 그는 온 동네의 더러운 세탁물이 다 들어갈 만한 커다란 박스를 책임지고 만들어서 부부 침대 밑에 갖다 두겠다고 했다. 제르베즈는 망설이며 눈짓으로 쿠포 할멈에게 묻는 시늉을 했는데, 랑티에는 몇 달 전부터 종종 독감에 잘 듣는 고무 사탕을 갖다 줘서 이미 할멈의 환심을 사뒀었다.

「폐가 될 건 없어요, 전혀.」 마침내 그녀가 말했다. 「방법이 있겠죠…….」

「아니, 아니, 괜찮습니다.」 모자장이가 되풀이했다. 「너무 친절하세요. 그렇게까지 신경 쓰실 필요 없습니다.」

쿠포가 이번에는 화를 벌컥 냈다. 언제까지 바보처럼 굴 테야? 남의 호의를 무시하면 안 되지! 게다가 우리한테도 도움이 된다고 말했잖아, 응? 연이어 그는 노기등등한 목소리로 고함을 질렀다.

「에테엔! 에티엔!」

꼬마는 식탁에 엎드린 채 잠들어 있었다. 꼬마가 화들짝 놀라 고개를 들었다.

「얘야, 그렇게 해주세요 하고 말씀드려…… 자, 이분께 말이야…… 크게 말해 봐. 〈그렇게 해주세요!〉」

「그렇게 해주세요!」 에티엔이 졸음에 겨운 입으로 더듬거렸다.

모두들 웃음을 터뜨렸다. 랑티에는 이내 진지하고 사뭇 감동한 표정을 지었다. 그는 식탁 위로 쿠포의 손을 잡으며 말했다.

「그렇게 하겠네……. 서로의 우정으로, 안 그런가? 그래, 아이를 위해서 그렇게 하겠네.」

이튿날 건물 주인 마레스코 씨가 보슈의 경비실에 와서 한 시간 정도 머물렀을 때, 제르베즈는 집수리 건에 대해 이야기했다. 처음에 그는 불안한 표정으로 마치 그녀가 건물의 한쪽 날개를 부숴 버리자고 하기나 한 것처럼 화를 내며 거절했다. 그러나 건물 상태를 세심하게 점검하고 공중을 올려다보며 위층들이 흔들리지 않을까 살핀 후, 마침내 한 푼도 지원하지 않는다는 조건으로 수리를 허락했다. 쿠포 부부는 가게 계약이 만료되면 모든 것을 원상 복구하겠다고 약속하는 서류에 서명을 해야 했다. 바로 그날 저녁에 함석장이는 미장이, 목수, 칠장이, 게다가 하루 일을 끝내고 수리를 도우러 온 착한 친구들 등 여러 동료들을 데리고 왔다. 일꾼들에게 제공한 포도주 값은 셈하지 않고도 새로 단 문짝 값, 방 청소 값 등으로 약 1백 프랑이 들었다. 함석장이는 첫 달 치 방세를 받아서 품삯을 치러 주겠노라고 동료들에게 말했다. 남은 것은 방에 가구를 들이는 일이었다. 제르베즈는 그 방에 쿠포 할멈의 옷장을 놓았다. 이어서 자기 방에서 탁자 하나와 의자 두 개를 가져왔다. 끝으로 탁자에 깔 천, 침대, 침구류 일체를 130프랑에 사야 했는데, 그녀는 한 달에 10프랑씩 월부로 대금을 정산하기로 했다. 처음 10개월 동안 랑티에가 내는 20프랑은 빚을 갚는 데 쓰이겠지만, 그다음부터는 짭짤한 수입이 될 것이었다.

모자장이가 이사한 것은 6월 초순이었다. 그 전날 쿠포는 삯마차 값 30수를 절약시켜 주기 위해 자기와 함께 트렁크를 가지러 가자고 제의했었다. 그러나 상대방은 사는 곳을 끝까지 숨기려는 듯 난처한 표정으로 트렁크가 무겁지 않다고 말했다. 그는 오후 3시경에 도착했다. 쿠포는 집에 없었다. 가게 문가에 서 있던 제르베즈는 삯마차에 실린 트렁크를 보고 새파랗게 질렸다. 그것은 두 사람의 옛 트렁크, 그녀가 플라상스를 떠나올 때 가져온 여행 가방이었는데, 이제는 가죽이 벗겨지고 망가진 채 끈으로 묶여 있었다. 그녀는 종종 꿈에서 본 것처럼 트렁크가 돌아오는 모습을 보았고, 그 갈보 같은 금속 연마공이 앉아 자기를 조롱했던 삯마차, 바로 그 삯마차가 자기에게 트렁크를 돌려주러 온 것이라고 상상했다. 보슈가 랑티에를 거들었다. 세탁부는 다소 얼이 빠진 듯 말없이 그들을 따라 들어갔다. 그들이 짐을 방 한가운데 내려놓았을 때, 그녀는 아무 말 없이 잠자코 있기도 힘들어서 입을 열었다.

「됐죠? 이제 힘든 일 하나가 끝난 거죠?」

그러고는 자기를 보지도 않고 끈을 풀고 있는 랑티에를 바라보면서 다시 정신을 가다듬고 덧붙였다.

「보슈 씨, 이리 와서 한잔하세요.」

그녀는 술병과 유리잔을 가지러 갔다. 마침 제복을 입은 푸아송이 지나가고 있었다. 그녀는 미소를 지으며 눈짓으로 가볍게 신호를 보냈다. 순경은 그게 무슨 뜻인지 금세 알아차렸다. 근무 중에 받는 동네 사람들의 눈짓은 한잔하고 가라는 신호였던 것이다. 기실 순경은 세탁소 앞을 서성이면서 세탁부가 눈짓을 해주기를 기다리고 있던 터였다. 그래서 누가 볼세라 안마당을 통해 들어갔고, 몸을 숨긴 채 단숨에 잔을 비웠다.

「어! 이게 누구야!」 그가 들어오는 것을 보고 랑티에가 말했다. 「바댕그[36]잖아!」

랑티에는 황제를 비웃기 위해 장난으로 그를 바댕그라고 불렀다. 푸아송은 굳은 표정으로 장난을 받아들였는데, 표정만 봐서는 그 장난이 내심 그를 언짢게 했는지 알 수 없었다. 어쨌든 두 사내는 비록 정치적 신념은 달랐어도 절친한 친구가 되어 있었다.

「알다시피 황제도 런던에서는 순경이었어.」 이번에는 보슈가 입을 열었다. 「허, 근데 말이야! 주정뱅이 계집들한테 푹 빠져 있었다지.」

그러는 동안 제르베즈는 식탁 위에 놓인 세 개의 잔에 술을 가득 따랐다. 술을 마시고 싶은 생각이 없었던 그녀는 가슴이 몹시 답답했다. 그녀는 트렁크 안에 무엇이 들어 있는지 알고 싶어서 랑티에가 마지막 끈을 푸는 것을 지켜보고 있었다. 그녀는 트렁크 한구석에 양말 한 무더기, 더러운 셔츠 두 장, 낡은 모자 하나가 있었던 것을 기억했다. 그것들이 아직도 거기에 있을까? 과거의 누더기들을 다시 보게 될까? 트렁크를 열기 전에 랑티에는 잔을 들어 건배했다.

「건강을 위하여.」

「건강을 위하여.」 보슈와 푸아송이 화답했다.

세탁부는 다시 잔을 채웠다. 세 사내는 손으로 입술을 훔쳤다. 드디어 모자장이가 트렁크를 열었다. 안에는 신문, 책,

36 Badingue. 나폴레옹 3세의 별명으로서 바댕게Badinguet라고도 한다. 이는 원래 나폴레옹 3세가 1846년에 암Ham 요새를 탈출하면서 변복을 위해 옷을 빌려 입은 석공의 이름인데, 제2제정 시대 내내 시민들 사이에서 경멸적 의미의 별명으로 사용되었다.

헌 옷가지, 세탁물 보자기 등이 뒤죽박죽으로 가득 뒤엉켜 있었다. 그는 거기서 냄비, 장화, 코가 깨진 르드뤼롤랭[37]의 흉상, 수를 놓은 셔츠, 작업복 바지 등을 연달아 꺼냈다. 몸을 숙인 제르베즈에게 겉모양에만 신경 쓰는 불결한 남자의 냄새, 담배 냄새가 올라왔다. 그랬다, 왼쪽 구석에는 낡은 모자가 없었다. 그 자리에는 여자의 선물인 듯 그녀가 모르는 바늘꽂이가 놓여 있었다. 그러자 그녀의 마음이 가라앉았지만 왠지 모를 서글픔이 느껴졌고, 계속 물건들을 보면서 자기와 살던 날의 것인지 다른 여자와 살던 날의 것인지 살폈다.

「이봐요, 바댕그, 이거 모르겠소?」 랑티에가 다시 말했다.

그는 브뤼셀에서 인쇄된 소책자 하나를 순경의 코밑에 디밀었다. 그것은 판화로 장식된 『나폴레옹 3세의 사랑』이라는 책이었다. 특히 황제가 열세 살짜리 요리사의 딸을 어떻게 유혹했는가 하는 일화가 자세히 기술되어 있었다. 그림은 하반신을 벌거벗은 나폴레옹 3세가 커다란 레지옹 도뇌르 훈장 리본만을 걸친 채 그의 음욕을 피해 달아나려는 계집애를 뒤쫓는 모습을 묘사하고 있었다.

「야! 굉장한데!」 은근히 음욕이 발동한 보슈가 외쳤다. 「늘 이 모양이구먼!」

푸아송은 아연실색하며 당혹스러워했다. 그는 황제를 변호할 말을 찾지 못했다. 책에 그렇게 되어 있으니, 아니라고 말할 수도 없었다. 랑티에가 빈정대는 투로 계속 그림을 코밑에 들이댔기에, 그는 팔짱을 끼고 이렇게 소리쳤다.

「그래서 어쨌다는 거야? 이건 자연스러운 본능이잖아?」

37 Alexandre-Auguste Ledru-Rollin(1807~1874). 19세기 중후반에 활약한 프랑스의 공화주의 정치가.

랑티에는 이 대답에 말문이 막혔다. 그는 여러 서적과 신문을 옷장 위에 올려놓았다. 그리고 그가 탁자 위에 작은 책꽂이라도 매달려 있었으면 하는 눈치를 보였기 때문에, 제르베즈는 책꽂이 하나를 사주겠다고 약속했다. 그는 제1권을 제외한 루이 블랑의 『10년의 역사』, 각 권이 2수에 판매되는 라마르틴의 『지롱드 당사(黨史)』, 외젠 쉬의 『파리의 비밀』과 『방황하는 유태인』, 그 외에 전당포에서 끌어모은 철학적이고 인도주의적인 헌책 한 무더기를 갖고 있었다. 그는 특히 신문을 애정과 경의의 시선으로 바라보며 애지중지했다. 그것은 여러 해 전부터 직접 사 모은 애장품이었다. 카페에서 자기 생각과 일치하는 신문 기사를 읽을 때마다, 그는 그 신문을 사서 간직했다. 그리하여 그는 온갖 날짜의 신문, 온갖 제호의 신문을 무질서하게 쌓은 거대한 꾸러미를 갖게 되었다. 트렁크 깊숙한 곳에서 그 꾸러미를 꺼냈을 때, 그는 꾸러미를 다정하게 두드리면서 이렇게 말했다.

「이런 거 봤어? 아, 이런 게 바로 큰 인물들의 물건이지, 아무나 이런 근사한 물건을 소장하는 게 아니란 말이야……. 이 속에 무엇이 있는지 여러분은 상상도 못 할 거야. 이 속에 든 생각의 반만 실천해도, 사회가 확 달라질 텐데. 그럼, 황제와 그 끄나풀들이 한 방에 나가떨어질 거야.」

그러나 안색이 하얗게 변한 순경이 붉은 콧수염과 황제 수염을 파르르 떨며 랑티에의 말을 잘랐다.

「말도 안 돼, 그렇게 되면 군대가 가만있겠어?」

그러자 랑티에가 흥분했다. 그는 주먹으로 신문을 탕탕 치면서 외쳤다.

「나는 군국주의의 소멸, 인민의 우애를 원해……. 나는 특권, 지위, 독점의 폐지를 원해……. 나는 급료의 평등, 이익의 재분배, 프롤레타리아 계급의 영광을 원해……. 일체의 자유, 알겠어? 일체의 자유!…… 그리고 이혼의 자유도!」

「그래그래, 이혼의 자유가 필요해, 도덕을 위해서 말이야!」 보슈가 지지했다.

푸아송은 위엄 있는 표정을 지었다. 그러고는 대답했다.

「하지만 난 당신네의 자유를 원하지 않아, 난 이미 충분히 자유로우니까.」

「그걸 원하지 않는다고? 그걸 원하지 않는단 말이야?……」 숨이 막힐 정도로 흥분한 랑티에가 더듬거리며 말했다. 「아냐, 자넨 자유롭지 않아!…… 그걸 원하지 않는다면, 카옌[38]으로 보내 주지, 내가 말이야! 그래, 카옌으로, 자네 황제와 그 돼지 새끼 일당들도 모조리!」

그들은 만날 때마다 이렇게 싸웠다. 논쟁을 좋아하지 않는 제르베즈는 통상 싸움을 말렸다. 그녀는 옛 사랑의 병든 향기로 가득 찬 트렁크를 보고 빠져든 마비 상태에서 깨어났다. 그녀는 세 사람에게 술을 권했다.

「그래그래.」 불현듯 진정이 된 랑티에가 술잔을 들며 말했다. 「건배.」

「건배.」 그와 술잔을 부딪치며 보슈와 푸아송이 화답했다.

그렇지만 불안해진 보슈는 건들거리며 곁눈질로 순경을 보았다.

「우리끼리 얘기야, 안 그래, 푸아송 씨?」 그가 소곤거렸다.

38 Cayenne. 남아메리카 대륙 북동부에 위치한 프랑스령 기아나의 수도. 프랑스의 유형지로 잘 알려진 〈악마도Ile du Diable〉는 카옌 북서부 해안 앞바다에 있다.

「당신이니까 마음대로 말하고, 마음대로 속을 보이고…….」

푸아송은 그의 말을 막았다. 그는 모든 것을 가슴에 묻었다는 듯 손을 가슴에 갖다 댔다. 친구를 밀고하진 않아, 절대로. 그때 쿠포가 도착했기 때문에, 모두들 두 번째 병을 비웠다. 뒤이어 순경은 안마당으로 빠져나왔고, 보도 위에서 다시 몸을 빳빳이 세운 채 엄숙한 자세로 걸었다.

초기에는 가게의 모든 것이 뒤죽박죽으로 공중에 붕 떠 있었다. 랑티에는 독립된 방, 출입구, 열쇠를 가지고 있었다. 그러나 결국 샛문을 막지 않기로 했기에, 그는 대개 가게를 가로질러 방으로 가곤 했다. 더러운 세탁물 역시 제르베즈를 몹시 곤혹스럽게 했는데, 남편이 커다란 박스를 만들어 주겠다고 해놓고 약속을 지키지 않았기 때문이다. 그녀는 어쩔 수 없이 세탁물을 이 구석 저 구석 되는대로 쑤셔 넣었고, 특히 자기 침대 밑에 많이 쌓아 두어 여름밤에는 불쾌하기 짝이 없었다. 또한 매일 밤 가게 한복판에 에티엔의 잠자리를 마련해 주는 것도 여간 귀찮은 일이 아니었다. 세탁부들이 밤샘을 할 때면, 아이는 기다림에 지쳐 의자 위에서 잠이 들었다. 그래서 구제가 릴에서 자기 옛 공장주가 수습공을 찾고 있다며 에티엔을 릴로 보내자고 했을 때, 그녀는 에티엔도 독립하고 싶어 하며 보내 달라고 졸랐던 만큼 마음이 동했다. 다만 그녀는 랑티에가 한마디로 거절하지 않을까 걱정했다. 그는 오직 아들 곁에 있으려고 이 집으로 이사하지 않았던가. 이사 온 지 보름 만에 아들을 잃고 싶어 할까. 하지만 그녀가 떨리는 목소리로 이야기를 꺼냈을 때, 그는 적극적으로 찬성하며 젊은 노동자들은 여러 지방을 두루 알 필요가 있다고 했다. 에티엔이 출발하던 날 아침, 그는 노동자의 권리에 대해서 일장 연설을 늘어놓은 후 아이를 포옹하며 거창하게 말했다.

「생산자는 노예가 아니고, 생산하지 않는 자는 모두 기생충이라는 걸 명심해 둬.」

그리하여 평범한 일상생활이 다시 시작되었고, 모든 것이 진정된 가운데 새로운 습관 속에서 나른한 하루하루가 흘러갔다. 제르베즈는 더러운 세탁물이 너절하게 흩어져 있는 것에도, 랑티에가 방을 가로질러 오가는 것에도 익숙해졌다. 랑티에는 여전히 큰 사업을 준비하는 중이라고 되뇌었다. 그는 가끔 머리를 잘 빗고 하얀 셔츠를 입은 채 외출을 했고, 밤늦게까지 돌아오지 않았으며, 심지어 외박을 하고 돌아와서는 스물네 시간 연속으로 심각한 사업 이야기를 했다는 듯 기진맥진한 표정을 지었다. 사실인즉 그는 유유자적했다. 아무렴! 손에 굳은살이 박일 염려는 없고말고! 그는 보통 10시경에 일어났고, 날씨가 좋은 날에는 오후에 산책을 했으며, 비가 올 때에는 가게에서 신문을 뒤적거렸다. 가게만큼 그에게 쾌적한 공간은 없었다. 그는 여자들 한가운데서 치맛자락에 싸여 있을 때 편하기 그지없었고, 여자들로 하여금 저속한 말을 하도록 부추기면서 정작 자기 자신은 말을 골라 했다. 그가 정숙한 태를 내지 않는 세탁부들과 어울리기를 좋아하는 까닭이 바로 그것이었다. 클레망스가 쉬지 않고 마구 지껄일 때, 그는 가느다란 콧수염을 매만지며 부드럽게 미소 지었다. 세탁소 냄새, 벌거벗은 팔로 다림질을 하며 땀에 젖은 세탁부들, 침실인 양 동네 여자들의 속옷이 난잡하게 널려 있는 이 구석이 그에게는 꿈의 집이요, 오래도록 찾아 헤맨 나태와 쾌락의 피난처였다.

처음에 랑티에는 푸아소니에 가 길모퉁이에 있는 프랑수

아네 주점에서 식사를 했다. 그러나 시간이 흐르면서 일주일에 서너 차례 쿠포 부부와 함께 저녁 식사를 했다. 그런 일이 잦아지면서 그는 마침내 하숙을 하고 싶다고 말하기에 이르렀다. 토요일마다 15프랑을 내겠어. 그렇게 되자 그는 더 이상 집 밖으로 나가지 않았다, 완전히 눌러앉은 것이다. 아침부터 저녁까지 셔츠 바람으로 목소리를 높여 이것저것 지시하면서 가게와 안쪽 방을 오가는 그의 모습이 보였다. 그는 심지어 세탁 손님들까지 직접 맞이하면서 가게를 완전히 지배했다. 프랑수아네 주점의 술이 마음에 들지 않았기 때문에 비구루가 운영하는 옆집 석탄 가게에서 술을 사도록 제르베즈를 설득했는데, 그렇게 포도주 주문을 함으로써 그는 보슈와 함께 비구루 부인의 살을 마음껏 꼬집을 작정이었다. 이어서 그는 쿠들루의 빵이 잘못 구워졌다고 트집을 잡았다. 그는 포부르푸아소니에르에 있는 메예르의 비엔나식 제과점으로 오귀스틴을 보내 빵을 사 오게 했다. 르옹그르 식료품점 또한 교체되었다, 다만 폴롱소 가의 푸줏간만은 주인인 뚱보 샤를의 정치적 의견이 랑티에의 마음에 들어서 그대로 유지되었다. 한 달이 지나자, 그는 온갖 요리에 기름을 넣자고 했다. 클레망스가 농담 삼아 말한 것처럼, 이 망할 놈의 프로방스 남자는 기름기가 좌르르 흘렀다. 그는 직접 오믈렛을 만들었는데, 양쪽으로 뒤집어서 크레이프보다 더 오래 구운 탓에 마치 전병처럼 단단했다. 그는 쿠포 할멈을 감독해서 스테이크를 구두 밑창처럼 딱딱해지도록 오래 굽게 하고 어디에나 마늘을 넣게 했으며, 샐러드에 향초를 잘라 넣는 것을 보면 벌컥 화를 내며 이따위 나쁜 채소에는 독이 들어 있을지도 모른다고 소리쳤다. 가장 좋아하는 음식은 삶은 국수를 섞은 걸쭉한 포타주로서 그는 거기에 기름을 반병이나 부었다. 그와 제르베즈만이 그것을 먹었는데, 다른 사람들, 특히 파리 출신 사람들은 어느 날 그것을 먹어 보더니 속에 든 것을 다 토할 뻔했다.

조금씩 랑티에는 집안 문제에도 개입하기에 이르렀다. 로리외 부부가 쿠포 할멈을 위해 1백 수를 내놓기를 계속해서 꺼렸기 때문에, 그렇다면 소송을 할 수도 있다고 그는 설명했다. 누구를 천치로 아는 거야 뭐야! 그 부부라면 한 달에 10프랑은 내놔야 해! 그는 직접 10프랑을 받으러 올라갔는데, 그 태도가 하도 대담하고 상냥해서 사슬장이는 감히 거절하지 못했다. 이제 르라 부인도 1백 수짜리 두 닢을 내었다. 쿠포 할멈은 랑티에의 두 손에 키스라도 할 판이었다, 더욱이 노파와 제르베즈 사이에 말다툼이 생기면 그가 자청해서 중재까지 했으니 말이다. 세탁부가 더 이상 참지 못하고 심하게 굴어 시어머니가 침대로 가서 울고 있으면, 그는 그렇게 해서 성격이 좋다는 평판을 얻을 수 있겠느냐고 세탁부에게 물으면서 두 여자를 떠밀어 억지로 포옹하게 했다. 나나에 대해서도 마찬가지로 간섭했다. 그가 보기에 나나는 교육이 잘못된 아이였다. 그 관점은 틀리지 않았는데, 아버지가 때릴 때에는 어머니가 역성을 들었고 어머니가 때릴 때에는 아버지가 그만하라고 고함을 질렀기 때문이다. 부모가 서로 다투는 것을 보고 흐뭇해진 나나는 무슨 짓을 해도 용서받는다는 것을 금세 알아차리고 온갖 짓궂은 장난을 쳤다. 이제 건너편의 제철 공장에까지 놀러 갔다. 나나는 온종일 짐수레 손잡이에 매달려 시소를 탔다. 다른 악동들과 함께 대장간의 붉은빛이 감도는 침침한 안마당 깊숙이 몸을 숨기기도 했다. 그러다가 쇠망치가 이 못된 개구쟁이들을 뒤쫓기라도 한 듯, 갑자기 흙투성이 나나가 산발을 한 채 악동들을 뒤에 달고 비명을 지르며 뛰쳐나왔다. 랑티에만이 계집애를 야단칠 수 있었다. 그러나 나나에게는 랑티에의 마음을 사로잡는 기술이 있었다. 이 열 살짜리 풋내기는 랑티에 앞을 지나갈 때 성숙한 여자처럼 엉덩이를 흔들며 걸었고, 벌써 악덕으로 가득 찬 눈초리로 그를 곁눈질했다. 마침내 그가 나나의 교육을 맡았다. 그는 나나에게 사교춤과 은어(隱語)를 가르쳤다.

그렇게 한 해가 흘렀다. 동네에서는 랑티에가 연금을 타고 있다고 생각했다, 그게 아니라면 쿠포네 집의 윤택한 살림이 도저히 설명되지 않았기 때문이다. 물론 제르베즈는 계속해서 돈을 벌었다. 그러나 이제 무위도식하는 두 사내를 먹여 살려야 하는 만큼, 확실히 가게 벌이만으로는 충분치 않았다. 게다가 가게가 옛날만큼 반듯하지 않은 까닭에 손님들이 떠났고, 세탁부들은 아침부터 저녁까지 빈둥거리기 일쑤였다. 사실인즉 랑티에는 집세도 식비도, 아무것도 지불하지 않았다. 처음 몇 달 동안에는 돈을 냈었다. 그러나 이내 머잖아 만지게 될 거액을 들먹이면서 돈이 들어오면 그때 한꺼번에 정산하겠노라고 큰소리쳤다. 제르베즈는 더 이상 감히 1상팀도 달라고 할 수 없었다. 그녀는 빵도 포도주도 고기도 외상으로 샀다. 도처에서 외상을 했고, 하루에 3~4프랑씩 외상이 늘어 갔다. 그녀는 가구상에게도, 미장이, 목수, 칠장이 등 남편의 세 동료에게도 동전 한 닢 갚지 못했다. 그 모든 사람들이 투덜거리기 시작했고, 상점 주인들은 전보다 덜 친절하게 굴었다. 그녀는 빚 걱정 때문에 넋이 나간 듯했다. 늘 얼빠진 표정을 지었고, 가장 비싼 물건만을 구입했으며, 외상을 갚지 못하면서 오히려 식도락에 빠져 버렸다. 하지만 근본적으로 매우 성실한 여자였기에 물건 공급자들에게 1백 수짜리를 한 주먹씩 나눠 주기 위해 아침부터 저녁까지 수백 프랑을 벌기를 꿈꾸었지만, 정작 그 돈을 버는 방법은 알 수 없었다. 마침내 그녀는 옴짝달싹하지 못하게 되었다. 그러나 몰락이 진행되면 될수록, 그녀는 사업을 확장할 궁리를 했다. 한여름이 되자 클레망스가 가게를 떠났다, 왜냐하면 고용 세탁부가 둘씩이나 일할 정도로 세탁감이 많지도 않았거니와 급료를 몇 주 동안 받지 못했기 때문이다. 파산의 한복판에서도 쿠포와 랑티에는 손도 까딱하지 않았다. 이 장정들은 목까지 차도록 가게를 들어먹었고, 가게의 파산을 가속화시키면서 살이 피둥피둥 쪘다. 그들은 서로 더 많이 먹으라고 부추겼는데, 디저트 시간에는 소화를 촉진시키기 위해서라고 농담을 하며 배를 두드려 댔다.

동네의 가장 큰 화제는 랑티에가 과연 제르베즈와의 관계를 회복했는가 하는 것이었다. 그에 대해서는 의견이 엇갈렸다. 로리외 부부의 말을 듣자면 〈절름발이〉가 모자장이를 다시 유혹하려고 온갖 짓을 다했지만 모자장이는 그녀가 한물갔다고 생각하여 더 이상 그녀를 탐하지 않았고, 그 대신 시내에서 얼굴이 반반한 어린 계집애들을 여럿 거느리고 다녔다. 보슈 부부에 따르면, 그 반대로 세탁부는 첫날 밤부터 얼간이 쿠포가 코를 골자마자 옛 서방을 만나러 갔다. 사실이 무엇이든 그런 짓은 불결한 것이었다. 하지만 세상에는 더러운 일, 이보다 더 추잡한 일이 너무도 많으므로, 사람들은 마침내 이 삼각관계를 자연스러운 일, 심지어 괜찮은 일로 받아들였다, 왜냐하면 세 사람 모두 결코 다투는 법이 없었고 서로 예의도 지켰기 때문이다. 동네의 다른 집을 들여다보면 확실히 더 심한 악취가 나는 집도 많을 것이다. 그러나 적어도 쿠포 집에서는 분위기가 화기애애했다. 세 사람 다 식도락에 심취했고, 술에 얼근히 취했으며, 함께 느긋하게 잠들었기에 이웃들의 잠을 방해하는 일도 전혀 없었다. 게다가 온 동네가 랑티에의 훌륭한 매너에 정복당한 상태였다. 이 눈치 빠른 사내는 온갖 구설수에도 입을 굳게 다물었다. 심지어 제르베즈와의 관계에 대해서 사람들이 의심할 때조차, 그는 침묵을 지켰다. 과일 가게 여자가 내장 가게 여자 앞에서 제르베즈와 랑티에의 관계를 부정했을 때, 내장 가게 여자는 그렇게 되면 쿠포네 집이 흥미를 끌지 못하기 때문에 정말 유감스럽다고 말했다.

그렇지만 제르베즈는 그런 쪽에는 신경을 끄고 살았고, 그런 추잡한 짓은 전혀 생각하지 않았다. 오히려 너무 매정하다는 비난이 일 정도였다. 쿠포 집안 가족들은 모자장이에 대한 그녀의 원한을 이해할 수 없었다. 연인들의 일에 간섭하기를 좋아하는 르라 부인은 저녁마다 집으로 찾아왔다. 그녀는 랑티에를 거부할 수 없는 남자로 여겼는데, 그녀에게 랑티에는 더없이 지체 높은 귀부인이라도 품에 안기지 않을 수 없는 그런 남자였다. 보슈 부인이 열 살만 더 젊었더라면 정절을 지킬 수 없었을걸. 마치 제르베즈 주변의 모든 여자들이 그녀에게 애인을 만들어 줘야 직성이 풀리겠다는 듯, 은연중에 소리 없는 음모가 점증하여 그녀를 천천히 떠밀었다. 그러나 제르베즈는 랑티에에게서 그 어떤 유혹의 기미도 발견하지 못했기에 다소 놀랐다. 어쩌면 그는 좋은 방향으로 변한 것 같았다. 그는 언제나 옷을 깔끔하게 입었는데, 카페나 정치 집회에서 상당한 교양을 쌓았음이 틀림없었다. 그러나 랑티에라는 남자를 훤히 꿰뚫고 있는 그녀는 그의 두 눈을 통해 영혼까지 들여다보았고, 거기서 그녀를 흠칫 전율하게 하는 여러 의심스러운 요소를 발견했다. 만일 이 사람이 다른 여자들에게 그토록 매력적으로 보인다면, 왜 그녀들이 그를 가지려 하지 않을까? 제르베즈는 어느 날 음모에 가장 열을 올리던 비르지니에게 그런 생각을 털어놓았다. 그러자 르라 부인과 비르지니가 그녀를 화나게 하기 위해 랑티에와 키다리 클레망스의 정사를 이야기해 주었다. 그래, 당신만 모르고 있었던 거야. 당신이 장을 보러 나가고 나면, 모자장이가 세탁부를 자기 방으로 데리고 갔단 말이야. 밖에서 둘이 함께 있는 걸 본 사람도 있으니, 그가 키다리 집으로 간 게 틀림없어.

「그래서?」 세탁부가 약간 목소리를 떨며 말했다. 「그게 나하고 무슨 상관이 있죠?」

그러면서 그녀는 비르지니의 노란 눈동자를 쳐다보았는데, 거기서 고양이의 눈동자처럼 황금빛 불꽃이 튀었다. 그렇다면 이 여자는 아직도 날 원망하는 걸까, 그래서 날 질투에 사로잡히게 하려는 걸까? 그러나 재봉사는 답답하다는 표정을 지으며 대답했다.

「물론 상관이 없죠……. 하지만 그 계집과의 관계를 청산하라고 말해 줘야 해요, 그러지 않으면 결국 안 좋은 일이 생길 테니까.」

최악의 사실은 랑티에가 주변의 지지를 느끼면서 제르베즈에 대한 태도를 바꿨다는 것이었다. 이제 그는 그녀의 손을 잡았고, 한순간 그녀의 손가락 사이로 자기 손가락을 밀어 넣어 손깍지를 끼었다. 그는 대담한 시선으로 그녀를 빤히 쳐다

봄으로써 그녀를 피곤하게 했다. 그럴 때 그녀는 그가 무엇을 원하는지 분명히 읽을 수 있었다. 그녀 뒤로 지나갈 때면 그는 치마 속으로 무릎을 집어넣었고, 그녀를 녹이려는 듯 목덜미에 뜨거운 숨결을 불어넣었다. 그럼에도 그는 여전히 난폭하게 굴거나 속내를 털어놓기를 자제하면서 기다렸다. 하지만 어느 날 저녁에 그녀와 단둘이 있게 되자, 그는 말없이 벌벌 떠는 그녀를 양손으로 붙잡아 가게 안쪽 벽으로 밀어붙였고, 거기서 그녀에게 키스하려 했다. 바로 그때, 우연히 구제가 들어왔다. 그러자 그녀가 발버둥을 치면서 빠져나왔다. 세 사람 다 아무 일도 없다는 듯 몇 마디를 나누었다. 구제는 하얗게 질린 얼굴로 고개를 숙이며 자기가 그들을 방해했고, 그녀가 다른 사람 앞에서 키스를 받고 싶지 않아서 발버둥 쳤을 뿐이라고 생각했다.

이튿날, 가게에서 제르베즈는 발을 동동 구르며 비참하고 답답한 마음에 손수건 한 장도 다림질할 수 없었다. 구제를 만나서 어떻게 랑티에가 자기를 벽으로 밀어붙였는지 설명해 주고 싶었다. 하지만 에티엔이 릴로 떠난 이후 그녀는 더 이상 대장간으로 갈 용기가 나지 않았다. 왜냐하면 갈 때마다 〈술고래〉가 짓궂은 웃음으로 그녀를 맞이했기 때문이다. 그럼에도 오후가 되자 조바심에 못 이겨 그녀는 포르트블랑슈가의 손님 집으로 세탁물을 찾으러 간다는 구실로 외출했다. 마르카데 가의 볼트 공장 앞에 이르렀을 때, 그녀는 우연한 만남을 기대하며 잔걸음으로 천천히 걸어갔다. 5분도 채 지나지 않아 구제가 마치 우연인 것처럼 공장 밖으로 나온 것을 보면, 그 또한 그녀를 기다리고 있었음이 틀림없었다.

「어! 배달 때문에 나오셨군요.」 그가 희미하게 미소 지으며 말했다. 「가게로 돌아가시는 길인 모양이죠…….」
그는 무슨 말이든 하기 위해서 그렇게 말했다. 마침 제르베즈가 푸아소니에 가를 등지고 있었던 것이다. 그들은 몽마르트르를 향해서 나란히 걸어갔지만 팔짱은 끼지 않았다. 둘 다 공장 문 앞에서 약속을 했다고 오해받기 싫어서 되도록 공장에서 멀어져야겠다는 생각뿐이었다. 고개를 숙인 채 그들은 공장의 소음을 뚫고 울퉁불퉁한 차도를 따라 걸어갔다. 2백 걸음쯤 옮겼을 때 그들은 일대 지리를 잘 아는 듯 자연스럽게, 여전히 말없이 왼쪽으로 접어들어 공터로 나아갔다. 그것은 기계식 제재소와 단추 공장 사이에 있는 초록빛 풀밭이었는데, 군데군데 햇볕에 타서 노랗게 변한 풀 더미가 보였다. 말뚝에 매인 암염소 한 마리가 매 하고 울면서 맴을 돌고 있었다. 안쪽에는 죽은 나무 한 그루가 강렬한 햇빛 때문에 바스러질 듯 말라 있었다.
「어머!」 제르베즈가 나직이 말했다. 「마치 시골에 온 것 같아요.」
그들은 죽은 나무 밑으로 가서 앉았다. 세탁부는 바구니를 발치에 놓았다. 그들 앞으로 몽마르트르 언덕이 보였다, 언덕 위에, 녹음이 빈약한 수풀 너머로 높다란 노란색 집들과 회색 집들이 층층이 쌓여 있었다. 고개를 더 젖히자, 도시 위로 하창하게 맑은 하늘, 북쪽으로 구름 조각 몇 개만이 떠도는 드넓은 하늘이 보였다. 그러나 강렬한 햇빛에 눈이 부셔서 그들은 지평선 저 멀리 하얀 교외 쪽을 바라보았고, 특히 기계식 제재소의 가느다란 관에서 솟아오르는 수증기의 흐름을 좇았다. 수증기의 긴 한숨이 두 사람의 답답한 가슴을 가라앉혀 주는 듯했다.

「네.」 침묵이 거북해진 제르베즈가 다시 말했다. 「배달 때문에 나왔어요…….」

그토록 해명을 하고 싶었지만, 그녀는 말문이 막혀 버렸다. 그녀는 몹시 부끄러웠다. 그녀는 둘 다 그 이야기를 하려고 여기로 왔다는 것을 잘 알고 있었다. 어쩌면 말 한마디 안 해도 그 이야기를 하고 있는 셈이었다. 어젯밤의 사건이 납덩이처럼 무겁게 둘 사이에 놓여 그들을 힘들게 했다.

그때 격심한 슬픔에 사로잡힌 그녀가 눈물을 글썽이며 아침에 죽은 빨래 세탁부 비자르 부인의 끔찍한 임종의 고통을 이야기했다.

「비자르가 발로 차서 그렇게 됐어요.」 부드럽고 단조로운 목소리로 그녀가 말했다. 「배가 부풀어 올랐죠. 배 속에서 뭔가가 터졌던 게 틀림없어요. 어쩌다가! 사흘 동안 몸을 뒤틀며 괴로워했죠……. 아! 그런 짓을 하는 못된 불량배는 당장 감옥에 처넣어야 해요. 하기야 재판소가 남편에게 맞아 죽은 여자들 문제까지 신경 써야 한다면 일이 너무 많아지겠죠. 매일 그런 여자가 생기니, 하나가 더한들 하나가 덜한들 그게 뭐가 중요하겠어요. 그 불쌍한 여자는 남편을 교수형에서 구하고 싶은 나머지, 자기가 물통 위에 엎어져서 배를 다쳤다고 말했죠……. 죽기 전날 밤에 어찌나 울부짖던지.」

대장장이는 침묵을 지켰고, 손을 떨며 풀을 뜯었다.

「2주일도 채 안 됐어요, 막내둥이 젖이 젖을 뗀 게.」 제르베즈가 말을 계속했다. 「천만다행이죠, 아기가 젖 때문에 고통받지 않아도 되니까……. 어쩔 수 없죠, 이제 꼬마 랄리가 두 아이를 돌보고 있어요. 아직 여덟 살도 안 됐지만 진짜 엄마처럼 사려 깊고 진지하죠. 그런데 아비란 자가 걔마저 때리는 거예요……. 휴! 정말 이 세상에는 고통받기 위해 태어난 사람들이 있는가 봐요.」

구제는 그녀를 쳐다보았고, 갑자기 입술을 떨며 말했다.

「바로 어제 당신이 제게 그런 고통을 줬죠, 아! 그래요, 끔찍한 고통을…….」

제르베즈가 얼굴이 하얘지며 두 손을 모았다. 그는 말을 계속했다.

「나도 알아요, 일어날 일이 일어난 거란 걸……. 하지만 나한테 미리 얘길 했어야죠, 사정을 털어놨어야죠, 그랬으면 내 머릿속이 이토록 복잡하지 않을 텐데…….」

그는 말을 끝까지 할 수 없었다. 제르베즈가 벌떡 일어났던 것이다, 그녀에게는 동네 사람들처럼 구제도 랑티에와 자기의 관계가 회복되었다고 믿는 것으로 여겨졌다. 그녀는 두 팔을 앞으로 내밀며 외쳤다.

「아녜요, 아녜요, 맹세할게요……. 그 사람이 나를 떠밀었고, 강제로 키스하려 했어요, 정말이에요. 그 사람 얼굴이 제 얼굴에 닿지도 않았죠, 게다가 그 사람이 그런 짓을 한 건 처음이었고……. 아아! 제발, 내 생명을 걸고, 아이들의 생명을 걸고, 제가 가진 모든 소중한 것을 걸고 맹세할게요!」

그렇지만 대장장이는 고개를 설레설레 흔들었다. 그는 믿지 않았다, 여자란 언제나 아니라고 말하는 법이니까. 그러자 제르베즈는 몹시 심각한 표정을 지으며 천천히 다시 말했다.

「저를 잘 아시잖아요, 구제 씨, 전 거짓말쟁이가 아녜요……. 정말이에요! 아녜요, 그런 일은 없었어요, 맹세코!…… 앞으로도 절대로 없을 거예요, 아시겠어요? 절대로! 만일 그런 일이 생기면, 저는 인간쓰레기가 되는 거죠, 그땐 당신과 같은 훌륭한 남자와 우정을 나눌 자격도 없는 거죠.」

이렇게 말하는 그녀의 솔직한 얼굴이 얼마나 아름답던지 그는 그녀의 손을 덥석 잡고 다시 앉혔다. 이제 그의 숨결이 편해졌고, 마음속으로 미소가 번졌다. 그가 이렇게 그녀의 손을 자기 손아귀에 넣고 꼭 쥐어 보는 것은 처음이었다. 둘 다 아무 말이 없었다. 하늘에서는 하얀 구름이 백조인 양 천천히 떠돌았다. 풀밭 구석에서는 암염소가 그들을 돌아보며 간간이 더없이 부드러운 울음소리를 냈다. 꼭 잡은 손을 놓지 않고서 그들은 멀리 희끄무레한 몽마르트르 언덕, 지평선에 높다랗게 줄무늬를 내며 빽빽이 서 있는 공장 굴뚝들, 음울하고 쓸쓸한 교외를 바라보았는데, 거기에 형성된 수상쩍은 싸구려 카바레의 푸른 숲이 두 사람을 눈물이 날 정도로 감동시켰다.

「어머니께서 저를 원망하고 계시죠, 다 알고 있어요.」 제르베즈가 나직이 말했다. 「아니라고 말씀하지 마세요……. 제가 많은 돈을 빌렸으니까요!」

하지만 그녀의 입을 다물게 하기 위해서 그가 거친 태도를 보였다. 그는 그녀의 손을 으스러뜨릴 듯 쥐고 흔들었다. 그녀가 돈 문제를 꺼내는 것이 싫었다. 그는 망설임 끝에 마침내 더듬거리며 이렇게 말했다.

「보세요, 저는 오래전부터 당신에게 한 가지 제안을 하고 싶었습니다……. 당신은 행복하지 않아요. 어머니도 당신 삶이 잘못되어 가고 있다고 말씀하십니다.」

그는 숨이 막혀서 잠시 말을 끊었다.

「이봐요! 함께 여기를 떠납시다.」

그녀는 처음에는 무슨 말인지 분명하게 이해하지 못했고,

그가 결코 입 밖으로 내놓은 적이 없었던 이 거친 사랑의 고백에 놀란 채 그를 바라보았다.

「뭐라고요?」 그녀가 물었다.

「그래요.」 고개를 숙인 채 그가 말을 계속했다. 「떠납시다, 어디로든 가서 살아요, 원하신다면 벨기에로……. 거긴 내 고향이나 다름없어요……. 둘이서 열심히 일하면, 금세 형편도 좋아질 겁니다.」

그러자 그녀의 얼굴이 새빨개졌다. 그가 끌어안고 입맞춤을 했다 해도 이렇게 부끄럽지는 않았을 것이다. 정말 보통 남자와는 달라, 함께 달아나자고 하다니, 그런 건 소설이나 상류 사회에서 일어나는 일이잖아. 어떡하면 좋아! 주위에서 남정네들이 유부녀 꽁무니를 따라다니는 것은 익히 보았어. 하지만 그들은 여자들을 생드니에도 데려가지 않아, 그저 즉석에서 일이 이루어지지, 그것도 아주 간단하게.

「아! 구제 씨, 구제 씨…….」 그녀는 무슨 말을 해야 할지 몰라서 그렇게 중얼거렸다.

「그래요, 그렇게, 그렇게 단둘이 있고 싶습니다.」 그가 다시 말했다. 「다른 사람들이 있으면 거북해요, 아시겠죠?…… 전 누군가에게 사랑을 느끼면, 그 여자가 다른 사람들과 함께 있는 걸 두고 볼 수가 없어요.」

그러나 그녀는 다시 마음을 가라앉혔고, 분별 있는 태도로 거절했다.

「그건 불가능해요, 구제 씨. 그건 정말 좋지 않아요……. 전 결혼한 몸이에요, 네? 아이들도 있고요……. 잘 알고 있어요, 당신이 저를 좋아한다는 것도, 제가 당신을 힘들게 한다는 것도. 하지만 그런 짓을 하면 우린 후회하게 될 거예요, 아무런 즐거움도 맛보지 못하고……. 저 또한 당신을 좋아해요, 당신을 너무 좋아해서 당신이 어리석은 짓을 하도록 놔둘 수가 없어요. 그건 어리석은 짓이에요, 정말……. 안 돼요, 구제 씨, 이대로가 더 좋아요. 서로 존중하고, 서로 감정의 일치를 느끼잖아요. 그것으로 족해요, 저는 벌써 여러 번 그것에 기대서 일어났잖아요. 우리가 서로의 자리를 지키면서 성실하게 살아가면, 반드시 보답이 있을 거예요.」

그녀의 말을 들으면서 그는 고개를 끄덕였다. 그는 동의했고, 반박할 말을 찾지 못했다. 갑자기 훤한 대낮임에도 그녀를 품에 안고 으스러뜨릴 듯 꽉 껴안았고, 살을 집어삼키고 싶다는 듯 그녀의 목덜미에 거친 입맞춤을 했다. 그런 다음, 더 이상 아무것도 요구하지 않고 그녀를 놓아줬다. 그는 더 이상 그들의 사랑에 대해서도 이야기하지 않았다. 그녀는 몸을 흔들었지만 화를 내지는 않았는데, 왜냐하면 둘 다 이 작은 쾌감에 큰 만족을 느낀다는 것을 알고 있었기 때문이다.

그렇지만 머리에서 발끝까지 전율에 휩싸인 대장장이는 그녀를 다시 한 번 껴안으려는 욕망에 굴복하지 않기 위해 애써 그녀에게서 멀어지려 했다. 무릎을 꿇은 채 그는 손을 어디에 둬야 할지 몰라 가만히 민들레 꽃을 따서 멀리서 그녀의 바구니에 던졌다. 햇볕에 타들어 간 풀밭 가운데 노란 민들레 꽃 무리가 탐스럽게 피어 있었다. 조금씩 이 놀이가 그의 흥분을 가라앉혔고, 그로 하여금 재미를 느끼게 했다. 망치질로 거칠어진 손가락으로 조심스럽게 꽃을 따서 하나씩 던졌는데, 그것이 정확하게 바구니에 들어갈 때마다 그는 순한 양 같은 눈에 웃음을 머금었다. 죽은 나무둥치에 등을 기댄 세탁부는 명랑하고 편안한 표정으로 기계식 제재소의 강렬한 소음 속에서 자기 말을 들리게 하기 위해 목소리를 높였다. 릴에서 즐겁게 생활하고 있는 에티엔 이야기를 하며 그들이 나란히 공터를 떠났을 때, 그녀의 바구니에는 민들레 꽃이 가득 들어 있었다.

사실인즉 제르베즈는 그녀가 말한 것만큼 랑티에 앞에서 자신 있는 태도를 취할 수 있을 거라고 느끼지 못했다. 물론 그녀는 랑티에로 하여금 손끝 하나 건드리지 못하게 하리라고 결심하고 있었다. 그럼에도 만약 언젠가 그가 자기를 건드리면, 옛날처럼 무기력하게 무너져서 그가 원하는 대로 끌려가지나 않을까, 그리하여 주위 사람들의 웃음거리가 되지나 않을까 두려웠다. 하지만 랑티에는 다시 그런 시도를 하지 않았다. 여러 번 그녀와 단둘이 있었지만, 얌전히 굴었다. 그는 마흔다섯 살의 나이에도 여전히 싱싱한 내장 가게 여자에게 관심이 있는 듯했다. 구제 앞에서 그녀는 그를 안심시키기 위해 내장 가게 여자 이야기를 했다. 비르지니와 르라 부인이 모자장이를 칭찬했을 때, 그녀는 이웃 여자들이 앞을 다투어 그의 연인이 되려는 이상 자기까지 그를 떠받들 필요는 없을 것 같다고 대답했다.

동네에서 쿠포는 랑티에가 친구라고, 그것도 진정한 친구라고 떠벌렸다. 이웃들이야 좋지 않게 이야기하겠지, 나도 다 알고 있어, 하지만 그런 잡소리에는 개의치 않아, 내가 떳떳하면 그만 아냐. 일요일에 셋이 함께 외출할 때면, 그는 괜히 허세를 부리느라 일부러 자기 아내와 모자장이로 하여금 팔짱을 끼게 하고 앞장서서 걸어가게 했다. 그리고 조금이라도 비웃는 놈은 가만두지 않겠다는 듯 사람들을 사납게 노려보았다. 물론 그도 랑티에가 좀 잘난 척한다고 생각했고, 싸구려 독주 앞에서 숙녀처럼 새침을 떤다고 비난했으며, 책을 읽을 줄 알기에 변호사처럼 말한다고 놀렸다. 하지만 그 점을 제외하면 정말 괜찮은 놈이라고 치켜세웠다. 샤펠 대로를 샅샅이 뒤져도 그렇게 믿음직한 친구는 찾을 수가 없어. 어쨌든 그들은 서로 통했고, 서로 죽이 맞았다. 남자의 우정은 여자의 사랑보다 훨씬 더 단단한 법이지.

한 가지 말해 둬야 할 것은 쿠포와 랑티에가 힘을 합쳐 기회 있을 때마다 흥청망청 잔치를 벌였다는 사실이다. 랑티에는 이제 집에서 돈 냄새가 날 때면 제르베즈에게 10프랑이고 20프랑이고 닥치는 대로 빌렸다. 언제나 그놈의 큰 사업이 구실이었다. 돈을 빌린 날이면 그는 쿠포를 꼬드겨서 산보를 하자며 데리고 나갔다. 그러고는 근처 레스토랑 깊숙한 곳에서 마주 보고 앉아, 집에서는 맛볼 수 없는 요리와 봉인 포도주를 배 속에 처넣었다. 사실 함석장이는 소박한 식당에서 진탕 먹고 마시는 것을 더 좋아했다. 그러나 차림표에서 희한한 소스 이름을 찾아내는 모자장이의 귀족적 취향에는 감탄하지 않을 수 없었다. 이처럼 예민하고 까다로운 녀석도 없을 거야. 남프랑스 사람들이 다 이런 걸까? 랑티에는 자극적인 음식은 무엇이든 싫어했고, 요리가 나올 때마다 건강에 좋은지 나쁜지 따지고 고기가 너무 짜거나 매울 때면 반드시 되돌려 보냈다. 외풍에 대해서는 한층 더 민감했다, 문이 조금만 열려 있어도 그는 질색을 하며 시설물 전부를 문제 삼았다. 더욱이 얼마나 인색한지 7~8프랑짜리 식사를 하고서도 웨이터에게는 팁으로 2수밖에 주지 않았다. 그럼 어때, 랑티에 앞에서는 모두가 벌벌 떤다니까, 바티뇰에서 벨빌까지, 외곽 대로 전체에 걸쳐 랑티에와 쿠포를 모르는 사람이 없었다. 그들은 바티

놀 대로로 가서 작은 향로 위에 올려 내놓는 캉[39]식 내장 요리를 먹었다. 몽마르트르 언덕 아래에서는 동네 최고의 굴 요리를 파는 〈공작님의 레스토랑〉이라는 식당을 찾아냈다. 몽마르트르 언덕 위에 있는 〈갈레트의 풍차〉까지 올라가면 토끼 튀김 요리를 먹었다. 마르티르 가의 〈라일락〉에는 송아지 머리로 만든 특별 요리가 있었다. 클리냥쿠르에서는 〈황금 사자〉와 〈두 그루의 마로니에〉가 손가락을 핥게 만드는 콩팥튀김 요리를 내놓았다. 하지만 그들은 왼쪽으로 돌아 벨빌 쪽으로 가는 경우가 더 잦았는데, 그들의 고정 좌석이 있는 〈부르고뉴 포도〉, 〈푸른 시계〉, 〈산토끼〉는 믿을 만한 식당으로서 거기서는 눈을 감고도 무엇이든 주문할 수 있었다. 그것은 비밀 파티였기에 이튿날 아침, 그들은 암시적으로 파티 이야기를 하면서 제르베즈가 마련한 감자 요리를 깨지락거렸다. 심지어 어느 날엔가는 랑티에가 〈갈레트의 풍차〉 식당 풀밭으로 여자 하나를 데려왔기 때문에, 쿠포는 디저트 시간에 둘을 남겨 두고 밖으로 나와야 했던 적도 있었다.

당연히 파티와 일은 양립되지 않았다. 모자장이가 이 집으로 들어온 이후, 이미 상당히 게으름을 피우고 있던 함석장이는 이제 연장에는 손도 대지 않았다. 함석장이가 놀고먹는 데 지쳐서 일을 하러 가면, 모자장이가 일터로 따라가서 매듭 밧줄 끝에 매달린 꼴이 훈제 소시지 같다고 죽도록 놀려 댔다. 그러고는 한잔하러 가자며 내려오라고 소리쳤다. 그것으로 상황 끝이었다, 함석장이는 일을 팽개쳤고, 그때부터 며칠이고 몇 주일이고 술집 순례를 계속했다. 아! 그것은 정말 엄

39 Caen. 프랑스 북서부 바스노르망디Basse-Normandie 지방의 중심 도시.

청난 순례요, 동네의 모든 술집에 대한 일제 점검이요, 아침에 마신 술이 정오에 깨면 다시 저녁에 대취하는 향연이요, 축제의 초롱인 양 마지막 촛불이 마지막 술잔과 함께 꺼질 때까지 밤이 깊어 가는 줄도 모르고 끝없이 계속되는 잔의 순회였다. 이 모자장이 녀석은 결코 꼭지가 돌 때까지 마시는 법이 없었다. 그는 함석장이가 불타오르도록 내버려 두었고, 끝내 함석장이만을 술집에 남겨 둔 채 상냥하게 미소 지으며 집으로 돌아갔다. 모자장이는 간혹 대취했을 때에도 겉으로 표시가 나지 않아 다른 사람이 알아차릴 수 없었다. 그를 잘 알고 있는 사람의 경우에도 그의 눈이 더 가늘어지고 여자에 대한 그의 태도가 더 대담해지는 것으로 미루어 그것을 짐작할 뿐이었다. 그 반대로 함석장이는 취하면 반드시 상스럽게 추태를 부리는 탓에 주위의 눈살을 찌푸리게 했다.

이런 상황에서 11월 초순, 쿠포는 그 자신에게나 다른 사람들에게나 더없이 좋지 않게 끝난 술집 순례를 했다. 그 전날 그는 일거리를 찾아냈었다. 이번에는 랑티에도 찬성이었다. 그는 노동이 인간의 품격을 높인다고 하면서 노동을 장려했다. 심지어 아침 일찍 램프를 켜고 일어나 진지하게 친구를 작업장까지 데려다 주겠다고 자청하면서, 그는 쿠포야말로 참으로 노동자라는 이름에 어울리는 사람이라고 치켜세웠다. 다만 문이 열린 〈귀여운 사향고양이〉 앞에 이르자, 오직 성실하게 살려는 굳은 결심을 축하할 목적으로 술에 절인 자두를 딱 하나씩만 먹자며 안으로 들어갔다. 카운터 앞으로 갔더니, 〈불고기 병정〉이 벽을 등지고 앉아 시무룩한 표정으로 파이프 담배를 피우고 있었다.

「엥! 〈불고기 병정〉이 죽치고 있잖아.」 쿠포가 말했다. 「이봐, 왜 여기서 빈둥거리고 있어?」

「어휴, 지겨워.」 기지개를 켜면서 동료가 대답했다. 「주인이란 모두 메스꺼운 놈들이야……. 어제 일을 집어치웠어……. 그놈들은 죄 사기꾼이고, 불량배들이야…….」

〈불고기 병정〉은 술에 절인 자두 하나를 얻어먹었다. 그는 자리에 앉아 공짜 술을 기다리고 있었음이 틀림없었다. 그런데 랑티에가 주인들을 변호했다. 그들도 정말 힘겨울 때가 있어, 내가 좀 알지, 사업을 해봤잖아. 불량한 건 바로 노동자야! 늘 흥청망청 술을 마시고, 일 따위는 나 몰라라 하고, 주문이 밀려들어도 아랑곳하지 않고, 돈이 바닥나면 그때서야 다시 나타나는 족속이 바로 노동자란 말이야. 예전에 피카르디[40] 출신 땅딸보를 고용한 적이 있었는데, 취미가 마차로 여기저기 돌아다니는 거였어. 그러니 말이야, 일주일 치 급료를 받자마자, 그것으로 여러 날 동안 삯마차를 탔지. 도대체 그게 노동자가 가질 취미야? 이어서 그는 갑자기 주인들을 공격하기 시작했다. 아! 내가 불을 보듯 환히 알지, 그자들이 어떤 자들인지 낱낱이 밝힐 수 있어. 결국 더럽기 짝이 없는 족속들이고, 부끄러움도 없는 착취자들이고, 사람들을 잡아먹는 식인귀들이야. 나야 다행히 두 발을 뻗고 편안하게 잘 수 있어, 왜냐하면 직공들을 늘 친구처럼 대했고, 다른 주인 놈들처럼 몇 백만 프랑씩 벌 생각도 하지 않았기 때문이지.

「자, 나가세, 친구.」 그가 쿠포에게 말했다. 「정신 차려야지. 이러다가 늦겠어.」

〈불고기 병정〉은 두 팔을 흔들며 그들과 함께 밖으로 나왔

40 Picardie. 프랑스 북부 오트노르망디Haute-Normandie 동쪽에 위치한 지방.

다. 밖에서는 동이 트고 있었는데, 포석이 온통 흙탕물이었기 때문에 거기에 비친 희미한 햇살이 지저분해 보였다. 그 전날 비가 내린 탓에 날씨는 아주 온화했다. 방금 막 가스등이 꺼졌다. 늘어선 집들 사이로 아직도 어두운 기운이 감도는 푸아소니에 가 여기저기서 파리로 내려가는 노동자들의 둔중한 발소리가 들렸다. 쿠포는 함석장이 연장 가방을 어깨에 멘 채 우연히 시가전에 나선 시민처럼 보란 듯이 걸었다. 그는 돌아서서 물었다.

「〈불고기 병정〉, 일할 생각 없어? 주인이 가능하면 동료 하나를 데리고 오라고 했거든.」

「고마워.」〈불고기 병정〉이 대답했다.「난 괜찮아. 〈장화〉한테 가자고 해봐, 어제 일거리를 찾고 있었어……. 가만있자, 〈장화〉 녀석 틀림없이 저기 있을 거야.」

그들이 언덕길을 내려왔을 때, 과연 콜롱브 영감의 주점에 〈장화〉의 모습이 보였다. 아침 시간임에도 〈목로주점〉은 덧문을 활짝 올려놓았고, 가스등을 켜서 홀을 환하게 밝혔다. 랑티에는 문가에 서서 시간이 10분밖에 남지 않았으니 서둘러야 한다고 쿠포에게 다시 한 번 일러 주었다.

「뭐라고! 그 부르고뉴 노새 밑에서 일하자는 거야!」함석장이의 말을 듣고 〈장화〉가 소리쳤다.「그놈한테 쥐어뜯기자고! 안 돼, 그러느니 차라리 내년까지 굶고 사는 게 나아……. 이봐, 자넨 사흘도 못 견딜 거야, 내가 장담하지.」

「어휴, 그렇게 끔찍한 데야?」쿠포가 불안한 표정으로 물었다.

「아! 끔찍하다마다……. 숨이 막힐 지경이야. 주인이란 자는 쉼 없이 잔소리를 하지. 게다가 그 마누라는 일꾼들을 주정뱅이로 취급해, 작업장에선 침도 못 뱉게 하고……. 난 첫날 저녁에 잘 먹고 잘 살아라 하고 뛰쳐나왔지, 알겠어?」

「알았어! 그 얘기 잘 해줬어. 그런 집에서 빌어먹을 순 없지……. 오늘 아침에 한번 살펴볼게. 하지만 주인 녀석이 성가시게 하면, 대번에 멱살을 잡아 마누라에게 던져 버려야지, 안 그래? 한 쌍의 가자미처럼 납작하게 달라붙게 말이야!」

함석장이는 좋은 정보에 대한 감사의 표시로 동료의 손을 잡고 흔들었다. 그가 나가려 했을 때, 〈장화〉가 화를 냈다. 이런 젠장! 그깟 부르고뉴 녀석 때문에 술 한 잔도 못 나눈단 말이야? 그래서야 사람답다고 할 수 없지, 안 그래? 주인 녀석이 5분만 기다리면 되잖아. 그래서 랑티에는 한 잔 받기 위해 들어갔고, 네 노동자가 카운터 앞에 섰다. 〈장화〉는 뒤축이 닳은 신발을 신고, 시커멓게 때 절은 작업복을 입고, 정수리에 납작한 카스케트 모자를 쓴 채 고함을 지르며 제 세상인 양 〈목로주점〉 안을 둘러보았다. 그는 살아 있는 풍뎅이 샐러드를 먹었고 죽은 고양이 고기를 씹었기 때문에 자기야말로 주정뱅이들의 황제요, 돼지들의 왕이라고 으스댔다.

「여보쇼, 보르자[41] 아저씨!」 그가 콜롱브 영감에게 소리쳤다. 「노란 걸로 주쇼, 1등급 당나귀 오줌 말이요.」

푸른색 뜨개옷을 입은, 창백하고 말이 없는 콜롱브 영감이 네 개의 유리잔을 채웠을 때, 네 사내는 공기에 닿아 술이 변질될까 걱정이라도 되는 양 단숨에 잔을 비웠다.

「이게 목구멍과 내장을 지나가는 느낌만큼 좋은 건 없어.」

41 르네상스 시대의 이탈리아 군주 체사레 보르자Cesare Borgia(1475~1507)를 가리키는 것으로 보인다. 그는 목적을 이루기 위해서는 수단과 방법을 가리지 않았던 냉혹한 전제 군주였다.

〈불고기 병정〉이 중얼거렸다.

그러자 〈장화〉란 놈이 재미있는 이야기를 하나 했다. 금요일에 술에 취해 정신이 없을 때 동료들이 내 파이프에 석고 가루를 채워 넣었지 뭐야. 다른 놈 같았으면 벌써 기절했겠지, 하지만 난 어깨를 펴고 당당하게 걸어갔다 이 말씀이야.

「한 잔 더 하겠소?」 콜롱브 영감이 기름진 목소리로 물었다.

「그러죠, 한 잔씩 더 주쇼.」 랑티에가 말했다. 「이번엔 내가 살게.」

이번에는 여자 이야기가 화제에 올랐다. 〈불고기 병정〉이 지난 일요일에 마누라를 몽루즈의 아주머니 댁에 데리고 갔다고 말했다. 그러자 쿠포가 거기서 유명한 샤이요의 세탁부 〈인도 트렁크〉 소식을 물었다. 일동이 막 잔에 입을 대려는 순간, 〈장화〉가 다급한 목소리로 지나가던 구제와 로리외를 불렀다. 두 사람은 문턱까지 왔지만, 안으로 들어오려 하지 않았다. 대장장이는 술을 마시고 싶지 않았다. 사슬장이는 창백한 얼굴로 몸을 떨면서 배달 중인 금 사슬을 주머니 속에서 꽉 쥐었다. 그는 기침을 하면서 증류주를 한 잔만 마셔도 금세 기진맥진해진다고 변명했다.

「위선자 같으니라고!」 〈장화〉가 투덜거렸다. 「숨어서 몰래 홀짝거리겠지.」

그러고서 술잔을 코에 갖다 대더니, 갑자기 콜롱브 영감을 와락 붙잡았다.

「이런 망할 영감탱이, 술병을 바꿔치기했잖아!…… 이보쇼, 술을 가지고 날 속이려 들면 안 되지!」

해가 아까보다 커졌다, 희미한 빛이 〈목로주점〉을 밝혔기 때문에 주인이 가스등을 껐다. 쿠포는 매부가 술을 마실 수 없는 것을 이해했다, 어쨌든 그게 죄는 아니니까. 심지어 구제까지 이해했다, 결코 갈증이 나지 않는 것이 어떤 면에서는 행복이니까. 그러고서 그가 일하러 가겠노라고 했을 때, 랑티에가 예의 그 남자다운 태도로 한바탕 설교를 했다. 꽁무니를 빼려면 그 전에 적어도 한 잔 사야 할 거 아냐. 일을 하러 간다 해도, 친구들을 그냥 내팽개치는 것은 비겁한 일이지.

「일, 일 하면서 정말 짜증나게 하네!」〈장화〉가 소리쳤다.

「그럼 이건 당신이 계산하는 거요?」 콜롱브 영감이 쿠포에게 물었다.

쿠포가 술값을 치렀다. 그러나 〈불고기 병정〉이 살 차례가 되었을 때, 그는 주인의 귓전에 무엇인가 속삭였고 주인은 천천히 고개를 흔들며 거절했다. 어떤 상황인지 알아차린 〈장화〉가 콜롱브 영감의 행동에 다시 욕설을 퍼붓기 시작했다. 뭐라고! 술장사를 한다는 사람이 술친구에게 저렇게 매정하게 하다니! 술꾼에게 잘해야 하는 게 술장사 아냐! 모욕을 당하려고 술집에 오는 게 아니란 말이오! 주인은 카운터 가장자리에 커다란 두 주먹을 짚고 서서 침착한 태도로 정중하게 다시 말했다.

「이분에게 돈을 빌려 드리시오, 그게 더 간단하겠소.」

「제기랄! 그래, 내가 돈을 빌려 주지.」〈장화〉가 으르렁거렸다. 「야! 〈불고기 병정〉, 이 양반 낯짝에 돈을 던져 줘, 이 자린고비 영감탱이에게!」

그런 다음, 술이 오른 〈장화〉는 쿠포가 어깨에 메고 있는 연장 가방이 신경 쓰여서 함석장이에게 말했다.

「유모가 따로 없구먼. 아기는 좀 내려놓으시지. 그러다 곱사등이가 되겠어.」

쿠포는 잠시 망설였다. 그러고는 깊이 생각한 후에 무엇인가 결심한 듯, 조용히 연장 가방을 바닥에 내려놓고 이렇게 말했다.

「그래, 너무 늦었어. 부르고뉴 놈에게는 점심 식사 후에 가야겠어. 마누라가 복통을 일으켰다고 하지 뭐……. 이봐요, 콜롱브 영감, 의자 밑에 연장 좀 둡시다, 점심때 찾아가겠소.」

랑티에는 고개를 끄덕이며 그의 결정에 동의했다. 일을 해야지, 그건 의문의 여지가 없어. 다만 친구들과 함께 있을 땐, 의리가 무엇보다 중요해. 홍청망청 먹고 마시고 싶은 욕망이 조금씩 커져 네 사람의 몸을 묵직하게 마비시켰고, 힐끔힐끔 서로 눈길을 주고받게 했다. 갑자기 빈둥거리며 놀 시간이 다섯 시간이나 생기자, 그들은 모두 떠들썩한 즐거움에 사로잡혀 서로의 어깨를 툭툭 쳤고, 서로의 얼굴을 보며 우정 어린 이야기를 나누었으며, 특히 짐을 벗은 쿠포는 활기찬 표정으로 일행을 〈나의 오랜 동무여!〉 하고 불렀다. 그들은 다시 한 잔 술로 몸을 적셨다. 그런 다음 당구대가 있는 작은 주점 〈코흘리개 꼬마〉로 갔다. 그 주점이 깨끗하지 않았기 때문에 모자장이는 한순간 상을 찌푸렸다. 거기서는 싸구려 증류주 한 병이 1프랑, 두 잔들이 작은 병이 10수였는데, 그 동네 손님들이 당구대를 얼마나 더럽게 썼는지 당구공들이 당구대에 달라붙을 지경이었다. 그러나 시합이 시작되자, 큐를 멋지게 다루는 랑티에는 우아함과 명랑함을 되찾아 상체를 쭉 뻗고 공을 칠 때마다 허리를 교묘하게 이용했다.

점심시간이 되었을 때, 쿠포가 한 가지 제안을 했다. 그는 발로 바닥을 탁 차며 소리쳤다.

「〈술고래〉를 잡으러 가자. 그놈이 어디서 일하는지 알고 있어……. 그놈을 데리고 루이 할멈네 식당으로 영계 다리를 먹으러 가자고.」

그 생각에 일행은 환호했다. 그래, 〈술고래〉는 분명히 영계 다리를 먹고 싶어 할 거야. 그들은 출발했다. 거리는 노랗게 밝아졌고, 보슬비가 내렸다. 하지만 그들은 배 속이 이미 뜨거워져 있어서 팔다리에 와 닿는 가벼운 빗방울이 느껴지지 않았다. 쿠포는 그들을 마르카데 가의 볼트 공장으로 데려갔다. 그러나 점심 휴식 시간이 되려면 아직도 30분이나 남아 있었기 때문에, 함석장이는 볼트 공장 조수에게 2수를 주면서 마누라가 아프니 빨리 집으로 오라고 〈술고래〉한테 말해 달라고 부탁했다. 이내 대장장이가 술 냄새를 맡았는지 태연히 몸을 건들거리며 나타났다.

「이게 누구야! 술꾼들이 다 모였잖아!」 출입문 뒤에 숨은 그들을 보고 그가 말했다. 「어쩐지 냄새가 나더라니까……. 어때? 뭘 먹으러 갈까?」

루이 할멈네 식당에서 영계 다리를 빨면서 일행은 다시 주인들을 욕했다. 〈술고래〉는 공장에 주문이 밀려든다고 했다. 하지만 괜찮아! 내가 잠시 자리를 비운 걸 가지고 우리 주인 놈이 트집을 잡진 못해. 작업 재개 신호 때 내가 없어도 뭐라 하지 못한다고, 아마 내가 돌아가기만 해도 고맙게 생각할걸. 주인 놈들이 이 〈술고래〉를 밖으로 내쫓을 수는 없어, 나만큼 솜씨 좋은 놈 있으면 데려와 보라고 해. 영계 다리 다음으로 오믈렛을 먹었다. 각자 포도주를 한 병씩 마셨다. 루이 할멈이 오베르뉴산(産) 포도주를 가져왔는데, 색깔이 방금 막 칼에 벤 상처에서 나오는 선명한 피 같았다. 기분이 들떴고, 주연이 활기를 띠기 시작했다.

「들어 봐, 그 우라질 주인 놈이 우리한테 어떻게 했는지 알아?」 디저트 시간에 〈술고래〉가 소리쳤다. 「그놈이 작업장에 종을 매달 생각을 하지 않았겠어? 종이라니, 노예들한테나 어울리는 걸 말이야……. 젠장! 오늘도 울리겠지! 염병할, 그따위 종소리로 나를 모루판에 묶어 놓을 생각할 하다니! 벌써 닷새나 뼛골이 빠지도록 일했어, 빈틈없이 일해 줬다고……. 나한테 뭐라고 하기만 해봐라, 가만 안 둘 테니까.」

「그런데 말이야.」 쿠포가 젠체하는 태도로 말했다. 「난 그만 가봐야겠어, 일하러 가야 해. 마누라한테 단단히 맹세를 했거든……. 재미있게 놀아, 알지? 마음만은 친구들과 함께 있다는 거.」

모두가 그를 놀렸다. 그러나 그의 결심이 워낙 확고해 보여서 그가 콜롱브 영감의 주점으로 연장을 찾으러 간다고 했을 때, 모두가 그를 따라나섰다. 그가 장의자 밑에서 연장 가방을 찾아 자기 앞에 내려놓는 동안, 일행은 술잔을 비우고 있었다. 1시가 되었는데도 일행은 자리에서 일어날 생각을 하지 않고 다시 잔을 채웠다. 그러자 쿠포는 난감한 표정을 지으며 연장을 장의자 밑에 다시 놓았다. 그들은 그를 난처하게 했다, 그는 친구들 사이를 비집고 들어가 카운터 앞에 앉았다. 어쩔 수 없지 뭐, 부르고뉴 주인 놈한테는 내일 가면 돼. 급료 문제에 대해 이러쿵저러쿵하고 있던 일행은 함석장이가 밑도 끝도 없이 다리가 저리니 대로를 한 바퀴 돌자고 제안했을 때 별로 놀라지 않았다. 그새 비가 그쳤다. 가벼운 산책은 한 줄로 늘어서서 두 팔을 흔들며 2백 걸음쯤 걷는 것으로 끝났다. 바깥 공기가 힘겨워진 그들은 거리에 있는 것이 곤혹스러웠는지 말 한마디 하지 않았다. 서로 팔꿈치로 의사를 확인하는 일도 없이 본능적으로 그들은 천천히 푸아소니에 가를 거슬러 올라가서 프랑수아네 주점으로 술을 마시러 들어갔다. 그럼, 마음을 가라앉히는 데는 이게 최고야. 거리가 너무 우울해, 진창길에 순경 하나 얼씬대지 않잖아. 랑티에는 친구들을 작은 방으로 밀어 넣었는데, 작은 방은 테이블이 하나밖에 없는 좁은 구석 공간으로서 반투명 유리 칸막이로 홀과 나뉘어 있었다. 여러모로 편하다는 이유로 통상 그는 이처럼 외진 구석방에서 취하도록 마시곤 했다. 친구들도 편안해하지 않는가? 마치 집에 있는 기분이야, 아무 방해도 받지 않고 잠도 잘 수 있을 정도로 말이야. 그는 신문을 가져오게 해서는 그것을 쫙 펼쳐 놓고 눈살을 찌푸린 채 읽어 내려갔다. 쿠포와 〈장화〉는 카드놀이를 시작했다. 두 개의 술병과 다섯 개의 유리잔이 테이블 위에 널려 있었다.

「어때? 신문에서 뭐라고 떠드는 거야?」 〈불고기 병정〉이 모자장이에게 물었다.

그는 즉각 대답하지 않았다. 잠시 후, 고개도 들지 않고 이렇게 말했다.

「의회라면 내가 좀 알지. 공화주의자들은 하잘것없는 놈들이야, 좌파는 게으름뱅이들이고! 입에 발린 소리나 늘어놓으라고 민중이 그들을 뽑아 준 게 아니란 말이야!…… 하느님을 믿지 민중은, 그래서 대신(大臣)이라는 사기꾼들을 지지하는 거고! 내가, 만약 내가 선출된다면, 난 연단에 서서 이렇게 말할 거야. 〈엿 먹어라!〉 그래, 무슨 말이 필요해, 그게 내 의견이야!」

「일전에 바댕그가 신하들이 보는 앞에서 여편네와 치고받았다지.」 〈술고래〉가 말했다. 「정말이야! 아무것도 아닌 일로 서로 짜증을 낸 모양이야. 바댕그가 취했거든.」

「정치 이야기 좀 집어치워!」 함석장이가 소리쳤다. 「살인 기사나 읽어 봐, 그게 훨씬 재미있어.」

그는 다시 카드놀이로 되돌아가서 〈9〉 석 장과 〈퀸〉 석 장을 암시했다.

「밑바닥 시궁창 석 장과 숫처녀 석 장이라……. 페티코트가 날 떠나는 법이 없다니까.」

모두가 술잔을 비웠다. 랑티에가 큰 소리로 읽기 시작했다.

「가공할 범죄가 가이용 코뮌[42](센에마른)을 공포의 도가니로 몰아넣었다. 아들이 30수를 훔치기 위해 아버지를 삽으로 때려 죽이고……」

모두가 공포의 비명을 질렀다. 그런 놈을 처형한다면 기꺼이 보러 갈 거야! 아냐, 단두대만으로는 충분치 못해. 그런 놈은 능지처참을 해야 한다고. 영아 살해 사건도 그들을 분노하게 했다. 그러나 모자장이는 도덕군자 같은 표정으로 여자를 변호하며 모든 잘못을 유혹자에게로 돌렸다. 왜냐하면 난봉꾼이 그 불행한 여자를 임신시키지 않았더라면, 그녀가 아기를 변소에 버리는 일은 없었을 것이었기 때문이다. 그러나 좌중을 가장 열광시킨 것은 T 후작의 무용담이었는데, 그는 새벽 2시에 무도회에서 돌아오던 중에 앵발리드 대로에서 세 명의 불량배를 만났다. 장갑조차 벗지 않은 채 그는 두 악당의 가슴을 머리로 받아 쓰러뜨렸고, 세 번째 놈의 귀를 잡아 경찰서로 끌고 갔다. 그래? 정말 엄청난 힘이네! 그렇지만 그가 귀족이라는 게 마음에 들지 않았다.

42 *commune*. 프랑스의 최소 행정 단위. 우리나라의 읍, 면 정도에 해당한다.

「이것 좀 들어 봐.」 랑티에가 계속 읽었다. 「이번엔 상류 사회 소식이야. 〈브레티니 백작 부인이 장녀를 폐하의 부관인 젊은 발랑세 남작과 결혼시켰다. 예물 함에는 30만 프랑 이상의 레이스가 들어 있었는데…….〉」

「그게 우리랑 무슨 상관이야!」 〈불고기 병정〉이 말을 끊었다. 「누가 그들의 속옷 색깔을 알고 싶다고 했어?…… 그 계집애가 레이스를 가져 봤자 소용없어, 결국 다른 여자들과 똑같은 구멍으로 남자를 알게 되는 거니까 말이야.」

랑티에가 그 기사를 마저 읽으려고 했을 때, 〈술고래〉가 그에게서 신문을 빼앗아 엉덩이 밑에 깔고 앉으며 말했다.

「거 참! 됐어, 그만하라니까!…… 엉덩이가 따뜻해지네……. 신문이란 이래서 좋은 거야.」

그러는 동안 자기 패를 열어 보던 〈장화〉가 득의양양하게 주먹으로 테이블을 쳤다. 93점을 만들었던 것이다.

「혁명[43]이야.」 그가 소리쳤다. 「클로버 에이스가 든 스트레이트 다섯 장……. 20점, 그렇지?…… 그리고 다이아몬드가 에이스, 킹, 퀸 연속 석 장이니까 3점, 킹이 석 장이니까 3점, 잭이 석 장이니까 3점, 에이스가 석 장이니까 63점……. 게다가 공화력 1년이니까 1점, 도합 93점이야.」

「이봐, 끝장났군그래.」 다른 사람들이 쿠포에게 소리쳤다.

술을 두 병 더 주문했다. 술잔이 더 이상 빌 새가 없었고, 취기가 올랐다. 5시경 행동이 점차 볼썽사나워지기 시작했는데, 랑티에는 역겨움에 말문을 닫고 도망갈 궁리를 했다. 모두 고

43 프랑스 대혁명 발발 이후 1793년 국왕 루이 16세를 처형하고 공포 정치를 단행한 사건을 가리키는 것으로 보인다. 즉 93년 혁명에 빗대어 93점을 〈혁명〉이라고 부르는 것이다.

래고래 고함을 지르고 술을 바닥에 흘리고 있을 때, 쿠포가 주정뱅이들의 성호를 긋겠다고 하며 일어났다. 머리에 손을 얹고서는 〈몽파르나스〉, 오른쪽 어깨에서는 〈메닐몽트〉, 왼쪽 어깨에서는 〈라 쿠르티유〉, 배 한가운데서는 〈바뇰레〉, 명치끝에서는 세 번씩이나 〈토끼튀김〉이라는 말을 되뇌었다. 이 행동이 일으킨 소란을 틈타서 모자장이는 살그머니 술집을 빠져나왔다. 동료들은 그가 도망친 것을 전혀 눈치채지 못했다. 그도 상당히 거나해진 상태였다. 그러나 밖에서 머리를 흔들자 정신이 되돌아왔다. 그는 조용히 가게로 가서 쿠포는 친구들과 함께 있다고 제르베즈에게 말했다.

이틀이 지났다. 함석장이는 집으로 돌아오지 않았다. 온 동네를 돌아다니고 있는 모양이었지만, 정작 어디에 있는지는 아무도 몰랐다. 사람들은 바케 할멈네 주점에서, 〈나비〉에서, 〈기침하는 녀석〉에서 그를 보았다고 했다. 일부는 그가 혼자 있다고 했고, 다른 일부는 그가 일고여덟 명의 주정뱅이들과 함께 있다고 했다. 제르베즈는 체념한 듯 어깨를 으쓱했다. 맙소사! 새로운 술버릇이 생겼잖아. 그녀는 남편을 뒤쫓아 달려가지 않았다. 심지어 술집에서 그를 봤을 때에도 그녀는 남편의 화를 돋우지 않기 위해 빙 돌아서 지나갔다. 그리고 그가 돌아오기를 기다리며, 그녀는 밤이면 혹시 문가에서 그가 코 고는 소리가 들리지 않을까 귀를 기울였다. 그는 쓰레기 더미, 벤치, 공터, 도랑물가 등 아무 데서나 잠을 잤다. 이튿날, 전날의 취기가 가시기도 전에 그는 다시 길을 떠나 술집 문을 두드렸고, 때로는 친구들과 헤어지고 때로는 친구들과 합류하면서 잔술, 작은 술병, 큰 술병 가릴 것 없이 난폭하게 마셨고, 정신이 나갈 정도로 대취했으면서도 오직 더 퍼

마실 생각만 하며 거리가 춤을 추고 해가 지고 해가 뜨는 것을 멍하니 바라보았다. 술이 깨야 모든 것이 끝날 터였다. 이틀째 되는 날 제르베즈는 상황을 파악하기 위해 콜롱브 영감의 〈목로주점〉으로 갔다. 남편은 거기에 다섯 번이나 나타났지만, 현재 어디서 무엇을 하는지 아는 사람은 아무도 없었다. 그녀는 어쩔 수 없이 장의자 밑에 놓인 연장을 챙겨 오는데 만족해야 했다.

저녁이 되자, 랑티에는 세탁부가 힘겨워하는 것을 보고 기분 전환을 하기 위해 콘서트 카페로 가지 않겠느냐고 제안했다. 처음에 그녀는 사양했다, 웃을 기분이 아니었던 것이다. 이런 일만 없었더라면 그녀는 거절하지 않았을 텐데, 왜냐하면 모자장이가 너무도 점잖게 제안을 해서 거기에 무엇인가 다른 의도가 있다고는 생각할 수 없었기 때문이다. 그는 그녀의 불행을 측은해하는 듯했고, 사뭇 아버지처럼 굴었다. 쿠포가 이틀씩이나 외박을 한 적은 한 번도 없었다. 따라서 자기도 모르게 그녀는 10분이 멀다 하고 다리미를 손에 든 채 문가에 서서 남편이 오지 않는지 길 양쪽을 두루 살피곤 했다. 당최 안달이 나서 한자리에 가만히 머무를 수가 없다는 것이었다. 그 사람이 사지가 부러졌을지도, 마차에 깔려 죽었을지도 모르지. 물론 그렇게 됐다면 속이 시원하겠지만 말이야, 그따위 막돼먹은 남자에게는 일말의 애정도 남아 있지 않으니까. 그러나 결국 그가 돌아올까 돌아오지 않을까 생각하며 애를 태우지 않을 수 없었다, 그리고 그것은 너무나 짜증스러운 일이었다. 가스등이 켜질 무렵 랑티에가 재차 콘서트 카페에 가자고 했을 때, 그녀는 마침내 승낙하고 말았다. 요컨대 남편이 사흘 전부터 주책없이 웃기는 짓을 하고 있는데, 마누라가 즐거움을 마냥 사양하는 것도 어리석은 짓인 것 같았다. 남편이 돌아오지 않는 이상, 나도 외출하지 않을 이유가 없지. 내가 원한다면, 집이라도 태워 버릴 수 있는 거 아냐. 순전히 개인적으로 생각한다면 벌써 가게에 불이라도 질렀으리라, 그만큼 그녀는 현재의 삶이 지겨워지기 시작했다.

둘은 서둘러 저녁 식사를 했다. 8시에 모자장이와 팔짱을 끼고 나가면서, 제르베즈는 쿠포 할멈과 나나에게 일찍 자라고 말했다. 가게는 이미 닫혀 있었다. 그녀는 안마당의 출입문을 통해 나가면서 보슈 부인에게 열쇠를 맡겼고, 만일 돼지 같은 남편이 돌아오면 미안하지만 좀 재워 달라고 부탁했다. 옷을 잘 차려입은 모자장이는 휘파람으로 노래를 하면서 출입문 아래에 서서 기다렸다. 그녀는 실크 드레스를 입고 있었다. 둘은 꼭 붙어 서서 보도를 따라 천천히 걸어갔는데, 길가에 늘어선 가게 불빛 때문에 둘이 미소를 띤 채 나직이 소곤거리는 모습이 더욱더 선명히 부각되었다.

로슈슈아르 대로에 있는 콘서트 카페는 오래된 작은 카페로서 판자로 증축하여 안마당까지 확장되어 있었다. 출입문 위에 걸린 유리알 장식 줄이 현관을 눈부시게 밝혔다. 나무판에 붙여 놓은 기다란 포스터들은 땅바닥까지 늘어져서 도랑물에 닿을락 말락 했다.

「다 왔어요.」 랑티에가 말했다. 「오늘 밤에 유행 가수 아망다 양이 데뷔합니다.」

그때 포스터를 읽고 있는 〈불고기 병정〉이 눈에 띄었다. 〈불고기 병정〉은 그 전날 누구에게 얻어맞았는지 눈에 멍이 들어 있었다.

「이게 누구야! 그런데 쿠포는?」 모자장이는 주위를 둘러보며 물었다. 「쿠포와 헤어진 거야?」

「아, 그럼! 한참 됐지, 어제 벌써 헤어졌어.」 상대방이 대답했다. 「바케 할멈네 집을 나오면서 싸움이 벌어졌잖아. 나야 주먹다짐을 싫어해서……. 웨이터 놈이 술 한 병 값을 두 번이나 받으려 해서 다투게 되었지……. 난 그만 자리를 피해서 자러 갔어.」

그는 아직도 하품을 했다, 열여덟 시간이나 잤는데도 말이다. 게다가 그는 술이 깼는데도 멍한 표정이었고, 낡은 저고리에는 솜털이 잔뜩 묻어 있었다. 옷을 입은 채로 잠든 것이 분명했다.

「지금 제 남편이 어디 있는지 모르세요?」 세탁부가 물었다.

「모릅니다, 전혀요……. 바케 할멈 집을 나왔을 때가 5시였소. 그렇지!…… 아마 거리를 따라 내려갔을 겁니다. 그래, 쿠포가 마부 한 놈과 함께 〈나비〉로 들어가는 것을 본 것도 같아……. 아! 정말 바보야! 당최 어떻게 할 수가 없는 놈이야!」

랑티에와 제르베즈는 콘서트 카페에서 매우 즐거운 저녁을 보냈다. 11시에 문이 닫히자, 그들은 산보를 하듯 서둘지도 않고 천천히 집으로 향했다. 밤공기가 제법 차가웠고, 사람들이 삼삼오오 무리를 지어 돌아갔다. 사내들이 너무 가까이서 희롱을 하는 탓에 나무 밑 어둠 속에서 웃음을 참지 못하고 킥킥거리는 아가씨들도 있었다. 랑티에는 아망다 양의 노래 가운데 하나인 「콧등이 간지러워요」를 조용히 흥얼거렸다. 취한 듯 정신이 몽롱해진 제르베즈도 후렴을 따라 불렀다. 몸이 몹시 뜨거웠다. 두 잔의 술과 함께 파이프 담배 냄새, 밀집한 사람 냄새가 그녀의 가슴을 뛰게 했다. 특히 아망다 양이 남긴 강한 인상을 지울 수가 없었다. 관객들 앞에서 그렇게 벌거벗다니 난 도저히 할 수 없는 일이야. 하지만 당연한 일이기도 해, 그토록 탐스러운 피부를 가졌으니까. 그리고 그녀는 랑티에가 아망다 양의 갈비뼈를 하나하나 세는 듯한 태도로 아망다 양이 누구인지 설명하는 소리를 관능적인 호기심으로 유심히 들었다.

「모두가 잠들었군요.」 세 번이나 초인종을 눌렀지만 보슈 부부가 문을 여는 동아줄을 당기지 않자 제르베즈가 그렇게 말했다.

마침내 문이 열렸지만 현관은 캄캄했다. 그녀가 열쇠를 받기 위해 경비실 유리창을 두드렸을 때, 잠이 덜 깬 문지기 여자가 뭐라고 소리를 질렀지만 처음에는 아무것도 이해할 수 없었다. 이윽고 그녀는 순경 푸아송이 곤드레만드레가 된 쿠포를 데리고 왔다는 말, 열쇠가 자물쇠 위에 있다는 말을 알아들었다.

「이런!」 그들이 집 안으로 들어갔을 때, 랑티에가 중얼거렸다. 「도대체 무슨 짓을 한 거야? 악취가 코를 찌르잖아.」

돼지우리 냄새가 났다. 성냥을 찾던 제르베즈가 무엇인가 젖은 데를 밟았다. 겨우 양초에 불을 붙였을 때, 그들은 눈앞에 펼쳐진 어이없는 광경을 보았다. 쿠포가 속에 든 것을 다 토해 냈던 것이다. 방 안 가득 토사물 천지였다. 침대도 카펫도 오물에 젖어 있었고, 서랍장에도 오물이 튀어 있었다. 쿠포는 푸아송이 눕혀 준 침대에서 굴러떨어진 채 자기 토사물 한가운데서 코를 골고 있었다. 거기서 돼지처럼 뒹굴었는지 한쪽 뺨에 토사물을 잔뜩 묻힌 채 쩍 벌린 입으로 악취를 내뿜었고, 벌써 잿빛이 된 머리칼로 머리 주변 오물의 늪을 쓸었다.

「이럴 수가! 돼지야, 돼지!」 화가 난 제르베즈가 분을 참지 못하고 되풀이했다. 「몽땅 더럽혔잖아……. 이럴 순 없어, 개라도 이렇게 더럽히진 않을 거야, 죽은 개라도 이보다 더 더럽진 않을 거라고.」

둘 다 꼼짝할 수가 없었고, 발을 어디에 둬야 할지 몰랐다. 함석장이가 이토록 취해서 돌아온 적은 결코 없었으며, 더욱이 방을 이토록 더럽게 어지럽힌 적도 결코 없었다. 그런 까닭에 이 광경은 남편에 대해서 그녀가 아직도 품을 수 있었던 일말의 애정을 대번에 사라지게 했다. 예전에는 그가 얼근히 취하거나 몸을 비틀거리며 돌아와도 그녀는 상냥하게 맞이하면서 싫은 내색을 하지 않았다. 하지만 이번에는 지나쳤다, 그녀는 속이 뒤집혔다. 그녀는 핀셋으로도 그의 몸을 건드리기 싫었다. 이 더러운 사내의 살이 자기 살에 닿는다는 생각만으로도 그녀는 몹쓸 병으로 죽은 시체 옆에 누우라고 한 것처럼 역겨움이 목까지 치밀어 올라왔다.

「하지만 별수 없지 뭐.」 그녀가 중얼거렸다. 「돌아가서 거리에서 잘 수도 없으니……. 어휴! 일단 이 사람 몸을 뛰어넘어야겠는데.」

그녀는 오물 속으로 미끄러지지 않기 위해 서랍장 한 모퉁이를 잡고 주정뱅이 위로 지나가려고 애썼다. 쿠포는 침대를 온통 가로막고 있었다. 그러자 그녀가 오늘 밤 자기 침대에서 자지 못하리라고 생각한 랑티에가 가볍게 웃으며, 그녀에게 손을 내밀고 열정적인 목소리로 속삭였다.

「제르베즈……. 이봐, 제르베즈…….」

무슨 뜻인지 알아챈 제르베즈는 격렬하게 뿌리치며 옛날처럼 편한 어투로 말했다.

「안 돼, 놔줘…… 제발, 오귀스트, 당신 방으로 돌아가요……. 어떻게든 해볼게, 침대 위로 올라가면 돼요…….」

「제르베즈, 자, 어리석게 굴지 마.」 그가 되풀이했다. 「냄새가 지독해, 여기서 잘 순 없어……. 이리 와. 뭐가 두려워? 그 사람은 아무것도 못 들어, 자!」

그녀는 저항했다, 격하게 고개를 흔들며 안 된다고 했다. 정신이 없는 가운데 마치 거기서 자겠다는 의지를 보여 주듯 그녀는 실크 드레스를 벗어 의자 위에 던졌고, 내의와 속치마 차림으로 하얀 목덜미와 벌거벗은 두 팔을 드러냈다. 침대는 내 것이야, 그렇잖아? 그녀는 자기 침대에서 자고자 했다. 두 번이나 침대에서 깨끗한 구석을 찾아내서 거기로 다가가려 했다. 그러나 랑티에는 단념하지 않았고, 그녀의 욕정에 불을 붙이기 위해 이런저런 말을 소곤거렸다. 아! 그녀는 오도 가도 못 하게 되었다, 앞에는 자기 잠자리에 드는 것을 방해하는 더러운 남편이 있었고, 뒤에는 불행을 이용해서 자기를 다시 가지려는 비열한 사내가 있었으니 말이다! 모자장이가 목청을 높였기 때문에, 그녀는 조용히 하라고 애원했다. 그녀는 나나와 쿠포 할멈이 자고 있는 작은방 쪽으로 귀를 기울였다. 계집애와 노파는 잠이 든 게 틀림없었다, 깊은 숨소리가 들렸다.

「오귀스트, 놔줘요, 이러다 모두 깨겠어.」 그녀가 두 손을 모아 애원했다. 「정신 차려요. 다음에, 다른 곳에서……. 여기선 안 돼, 딸 앞에서는…….」

그는 더 이상 말을 하지 않았다, 그는 미소 짓고 있었다. 그러면서 옛날에 그녀의 몸을 달아오르게 하고 얼을 빼놓기 위해 그랬던 것처럼 그녀의 귀에 입을 맞추었다. 그러자 그녀는 힘이 쫙 빠졌고, 귀가 윙윙거렸고, 거대한 전율이 온몸을 관통하는 것을 느꼈다. 그럼에도 그녀는 다시 한 걸음을 뗐다. 하지만 뒤로 물러나지 않을 수 없었다. 어쩔 도리가 없었다, 역겨움이 너무도 크고 악취가 너무나 심해서 그녀 자신마저 침대 시트에 토할지도 모를 일이었다. 술로 녹초가 된 쿠포는 보료에 누운 듯 바닥에 누워 입이 비틀어진 채 시체처럼 꼼짝않고 취기를 식히고 있었다. 동네의 모든 사내들이 들어와서 자기 아내를 껴안아도 털끝 하나 까딱하지 않았으리라.

「안됐지만 할 수 없지.」 그녀는 더듬거렸다. 「그이 잘못이야, 어쩔 수 없어……. 아! 어쩌면 좋아! 아! 어쩌면 좋아! 그이가 날 침대에서 쫓아냈어, 난 더 이상 침대가 없어……. 아, 어쩔 수 없어, 그이 잘못이야.」

그녀는 몸을 떨었다, 정신이 아득했다. 랑티에가 그녀를 방으로 밀고 들어가는 동안, 나나의 얼굴이 작은방 문에 달린 유리창에 나타났다. 계집애는 방금 막 잠이 깨어 비몽사몽간에 속옷 바람으로 일어난 참이었다. 나나는 아버지가 오물 속에 나동그라져 있는 것을 보았다. 그리고 얼굴을 유리창에 붙이고 어머니의 속치마가 맞은편 다른 남자의 방으로 완전히 사라질 때까지 지켜보았다. 나나는 사뭇 진지했다. 행실 나쁜 계집애의 커다란 두 눈이 관능적 호기심으로 불타고 있었다.

9

그해 겨울, 쿠포 할멈은 호흡 곤란으로 죽을 뻔했다. 해마다 12월이면 할멈은 2~3주 동안 천식으로 고생하며 누워 있어야 했다. 할멈은 더 이상 이팔청춘이 아니었다, 성 앙투안 축일이면 일흔세 살이 되었다. 게다가 살집이 통통했음에도 몹시 병약해서 조금만 몸을 움직여도 숨을 헐떡였다. 의사는 할멈이 〈안녕, 잔느통,[44] 촛불이 꺼졌어!〉 하고 소리치며 기침과 함께 세상을 떠나리라고 예고했다.

침대에 누워 있을 때, 쿠포 할멈은 옴처럼 고약했다. 할멈이 나나와 함께 기거하는 작은방은 기실 상쾌한 구석이라고는 하나도 없음을 인정하지 않으면 안 된다. 계집애의 침대와 할멈의 침대 사이에는 의자 두 개를 놓을 공간이 있을 뿐이었다. 벽지, 즉 낡고 빛바랜 회색 종이는 넝마가 되어 늘어져 있었다. 천장 근처의 둥근 채광창은 지하실의 그것처럼 음산하고 희미한 빛을 내려보냈다. 이런 곳에서 살면 누구나 금세 늙어 버릴 터였다, 특히 호흡 곤란을 겪고 있는 사람이라면

44 Jeanneton. 여자 이름으로 쓰이는 고유명사 〈잔Jeanne〉의 애칭. 종종 〈하녀〉라는 뜻의 은어로 쓰인다.

말이다. 밤에 불면증에 시달릴 때 할멈은 잠든 계집애의 숨소리를 들었는데, 그것은 하나의 심심파적거리가 되었다. 그러나 낮에는 아침부터 저녁까지 상대해 주는 사람이 없었기 때문에, 할멈은 침대에서 몸을 뒤척이면서 몇 시간 동안 혼자 투덜거리고 울고 같은 말을 반복했다.

「오, 하느님! 난 불행해!…… 오, 하느님! 난 불행해!…… 감옥이야, 그래, 저것들이 날 감옥에서 죽게 하려는 게야!」

그리고 누군가 할멈을 방문하자마자, 예컨대 비르지니나 보슈 부인이 건강이 어떤지 묻기 위해 들르자마자, 할멈은 대답도 하지 않고 곧바로 불평을 늘어놓기 시작했다.

「아! 너무 비싸, 이 집에서 내가 먹는 빵은! 그래, 남의 집에 살아도 이렇게 힘겹진 않을 거야!…… 보라고! 내가 탕약 한 잔을 부탁하지, 젠장! 그럼 그걸 한 주전자 갖고 오는 거야, 내가 너무 많이 마신다고 트집 잡으려고 말이야……. 나나도 마찬가지야, 내가 길러 주었건만, 이 녀석은 아침에 맨발로 빠져나가서 온종일 코빼기도 안 비쳐. 내게서 고약한 냄새라도 난다는 듯 말이야. 하지만 밤에는 잘도 자지, 단 한 번도 깨서 할미 몸이 어떤지 물어보는 법이 없다니까……. 이 집에서 난 거추장스러운 존재일 뿐이야, 모두가 내가 죽기만을 기다리지. 아! 금세 그렇게 될 텐데. 난 이제 아들도 없어, 저 세탁부 화냥년이 내 아들을 빼앗아 간 거지. 법이 없다면 저년은 벌써 날 때려죽였을 거야.」

과연 제르베즈는 간간이 다소 거친 태도를 보였다. 가게가 잘 돌아가지 않았고, 모두가 쉽게 화를 내며 짜증스럽게 말을 했다. 쿠포는 숙취로 머리가 아팠던 어느 날 아침에 이렇게 말했다. 「할망구는 죽겠다는 말을 입에 달고 살지, 하지만 절대로 죽지 않는다니까!」 이 말은 쿠포 할멈의 가슴에 못을 박았다. 그들은 면전에서 쿠포 할멈에게 돈이 많이 든다고 불평했다, 할멈이 없다면 큰돈이 절약되리라고 태연히 말했다. 사실 쿠포 할멈도 올바르게 처신한 것은 아니었다. 큰딸 르라 부인을 만나면 할멈은 신세를 한탄하며 아들과 며느리가 자기를 굶겨 죽이려 한다고 비난했는데, 그 모든 것은 큰딸에게서 식도락에 쓸 20수짜리 동전을 얻어 내기 위한 수작에 지나지 않았다. 할멈은 또한 로리외 부부에게도 끔찍한 흠담을 늘어놓았다, 예를 들면 그들 부부가 내는 10프랑이 세탁부 마음대로 새 모자, 이 구석 저 구석에서 몰래 먹는 케이크, 심지어 말로 옮길 수 없는 더러운 것들을 사들이는 데 쓰인다고 떠들어 댔다. 할멈 때문에 두세 번이나 가족 사이에 싸움이 일어날 뻔했다. 할멈은 때로 이쪽에 붙었고, 때로 저쪽에 붙었다. 그러다 보니 결국 이것도 저것도 아닌 처지가 되어 버리고 말았다.

그해 겨울 쿠포 할멈의 발작이 가장 심했던 어느 날 오후 로리외 부인과 르라 부인이 병문안을 와서 침대 머리맡에 앉았을 때, 할멈이 눈짓으로 몸을 숙이라고 했다. 할멈은 겨우 입을 떼었다. 숨을 헐떡이며 목소리를 낮추어 말했다.

「말도 안 돼!…… 어젯밤에 내가 들었어. 그래그래, 〈절름발이〉와 모자장이가 그 짓을 하는 소리를 들었단 말이야……. 둘이 난리도 아냐! 쿠포만 꼴좋게 된 거지. 말도 안 돼!」

할멈은 기침을 하며 숨넘어가는 소리로 말을 짧게 끊으며 어젯밤에 아들 녀석이 죽도록 취해서 돌아왔다고 말했다. 자기는 잠들지 않았었기 때문에, 〈절름발이〉가 맨발로 바닥을 걷는 소리, 〈절름발이〉를 부르는 모자장이의 낮은 목소리, 샛

문을 살그머니 미는 소리, 그 밖의 다른 소리까지 모두 들었다는 것이었다. 그 짓이 동틀 때까지 계속되었지만, 무진 애를 썼음에도 결국 잠이 들었기 때문에 정확한 시간은 알 수 없었다.

「무엇보다 역겨운 것은 나나가 그 소리를 들을 수 있었다는 거야.」 할멈이 계속했다. 「보통 때는 세상천지 모르고 자는 애가 밤새도록 뒤척였거든. 마치 침대 속에 불덩이라도 있는 양 풀쩍 튀어 오르기도 하고, 돌아눕기도 하고 말이야.」

두 여자는 놀라는 표정이 아니었다.

「난 또!」 로리외 부인이 중얼거렸다. 「그거야 첫날부터 시작된 일이죠……. 쿠포가 좋다고 하니 우리야 무슨 참견을 하겠어! 어쩌겠어요! 가족에게는 불명예스러운 일이지만.」

「내가 여기 있었더라면, 그년한테 겁을 잔뜩 줬을 텐데.」 입을 삐죽이며 르라 부인이 말했다. 「〈내가 봤어!〉라든가 〈순경이야!〉라든가 뭐든 소리를 질러서 말이야……. 의원 댁 하녀 말로는 자기 주인이 여자가 그 짓을 하는 순간에 놀라면 즉사할 수도 있다고 했다는 거야. 그년이 그 자리에서 죽었더라면, 안 그래? 아주 잘된 일일 텐데, 죄를 지은 곳에서 벌을 받는 셈이니까.」

제르베즈가 밤마다 랑티에를 찾아간다는 소문이 삽시간에 온 동네에 퍼졌다. 로리외 부인은 이웃 여자들 앞에서 떠들썩하게 분개했다. 그녀는 마누라에게 머리에서 발끝까지 속아 넘어간 머저리 같은 동생을 동정했다. 자기가 아직도 그 불결한 집구석에 가는 것은 어쩔 수 없이 화냥년과 함께 살아야 하는 불쌍한 어머니가 계시기 때문이라는 것이었다. 그러자 제르베즈에게 동네의 비난이 쏟아졌다. 〈절름발이〉가 모자장이를 타락시킨 게 틀림없어. 눈만 보면 알아. 그렇다, 추잡한 소문에도 불구하고 랑티에라는 이 엉큼한 작자는 여전히 무한한 신뢰를 누렸는데, 왜냐하면 신문을 읽으며 길을 걷는다든지 늘 여자들에게 줄 드롭스와 꽃을 지닌 채 신사다운 배려의 태도를 보인다든지 하면서 모든 여자의 마음에 드는 태도를 취했기 때문이다. 맙소사! 이를테면 그는 동네의 수탉 노릇을 하고 있었던 것이다. 남자는 남자인 게야, 그러니 그 사람에게만 자기 좋다는 여자를 뿌리치라고 할 수는 없잖아. 하지만 그 여자는 변명의 여지가 없어. 구트도르 가의 명예를 더럽힌 거지. 대부와 대모로서 로리외 부부는 나나를 집으로 불러 자세한 것을 물어보려 했다. 그들이 우회적으로 물었을 때, 계집애는 어리둥절한 표정을 지으며 두 눈의 불꽃을 길고 부드러운 눈꺼풀 속에 감추었다.

온 동네가 분개하고 있음에도 제르베즈는 나른하고 졸린 듯한 표정으로 태연히 살고 있었다. 처음에는 그녀도 자신이 죄인이고 더럽기 짝이 없는 여자라고 생각하면서 스스로를 혐오했었다. 랑티에의 방에서 나올 때면 그녀는 손을 씻었고, 수건을 적셔서 더러움을 없애려는 듯 껍질이 벗겨지도록 어깨를 문질렀다. 그럴 때 쿠포가 장난을 치려 하면 그녀는 화를 내었고, 몸을 덜덜 떨며 가게 안쪽으로 옷을 입으러 갔다. 더욱이 남편이 자기를 안은 직후에 모자장이가 자기 몸을 만진다는 것은 견디기 힘든 일이었다. 남자를 바꿀 때마다 피부를 바꾸고 싶었다. 그러나 서서히 그녀는 익숙해져 갔다. 매번 몸을 깨끗이 씻는 것도 피곤하기 그지없는 일이었다. 나태함이 그녀를 둔감하게 했고, 행복해지려는 욕구가 현재의 골치 아픈 삶으로부터 온갖 행복을 끌어내게 했다. 그녀는 자기에게도 남에게도 관대했고, 아무도 힘겨워하지 않도록 모든 일을 조정하려 애썼다. 그렇지 않은가? 남편도 애인도 만족한다면, 집이 문제없이 그럭저럭 굴러간다면, 모두가 통통하게 살지고 불만 없이 평온하게 아침부터 저녁까지 웃고 산다면, 정말이지 불평할 게 뭐가 있을까. 결국 일이 각자의 만족 속에서 잘 굴러가고 있으니, 내가 크게 잘못한 것도 아닐 거야. 통상 잘못을 저지르면 벌을 받아야 하잖아. 그리하여 방종이 습관이 되어 버렸다. 이제 그 짓은 먹고 마시는 것만큼 규칙적인 것이 되었다. 쿠포가 술에 취해 돌아올 때마다 그녀는 랑티에의 방으로 갔다, 일주일에 적어도 월요일, 화요일, 수요일에는 그런 일이 벌어졌다. 그녀는 두 남자에게 밤을 나누어 주었다. 심지어 함석장이가 코를 너무 크게 골면 그녀는 계속 편안한 잠을 자기 위해 그를 떠나 이웃 남자의 베개 위로 옮겨 갔다. 그것은 그녀가 모자장이에게 더 큰 애정을 느끼기 때문이 아니었다. 그렇다, 그녀는 다만 모자장이가 더 깨끗하다고 생각했고, 목욕탕에 가는 기분으로 모자장이의 방으로 가서 더 편하게 쉬었다. 마침내 그녀는 하얀 시트에서 동그랗게 몸을 웅크린 채 잠자기를 좋아하는 암고양이 같은 것이 되었다.

쿠포 할멈은 그 일에 대해서 결코 확실히 이야기 하는 법이 없었다. 그러나 말다툼이 일어 세탁부가 할멈의 속을 뒤집어 놓으면, 할멈도 더욱 노골적으로 암시했다. 할멈은 정신나간 사내도 많이 알고 있고, 음탕한 화냥년도 많이 알고 있다고 했다. 게다가 할멈은 옛 조끼 재단 여공의 신랄한 말솜씨로 더 심한 욕을 퍼부었다. 처음에 제르베즈는 대답도 하지 않고 그녀를 노려보기만 했다. 그런 다음 그녀 또한 구체적으로 말하지는 않으면서 일반적인 이유를 내세워 자기 자신을 변호했다. 오물 속에서 뒹구는 더러운 주정뱅이를 남편으로 삼고 있는 여자가 다른 데서 깨끗한 남자를 찾은들, 그게 뭐 그리 잘못일까. 그녀는 더 멀리 나아갔다, 랑티에가 쿠포만큼, 아니 어쩌면 그 이상으로 자기 남편이라고 했다. 열네 살에 그를 만나지 않았던가? 그리고 그 사람의 애를 둘이나 낳지 않았던가? 그러니 말이다! 이런 상황에서 뭐가 용서되지 않을까, 그리고 누가 내게 돌을 던질 수 있을까. 난 그저 자연의 법칙을 따르는 것뿐이야. 그러니 모두들 날 괴롭히지 않았으면 좋겠어. 나도 가만있지는 않을 테니까 말이야. 구트도르 가가 그렇게 깨끗한 곳이던가! 키 작은 비구루 부인은 아침부터 저녁까지 석탄 더미 속에서 뒹굴고 있어. 식료품점 여자 르옹그르 부인은 구제 불능의 망나니 키다리 시동생과 붙어먹고 있고. 점잔 빼는 맞은편 시계포 주인은 또 뭐야, 가증스러운 짓거리로 중죄 재판소에 갈 뻔했잖아, 대로에서 어슬렁거리는 친딸과 놀아나다니, 원. 그녀는 과장된 몸짓으로 동네 전체를 가리켰고, 한 시간 동안 그 모든 사람들, 짐승처럼 뒤섞여 오물 속에서 뒹굴며 아비, 어미, 자식 할 것 없이 잠자리를 함께한 사람들의 더러운 짓거리를 풀어헤쳤다. 아무렴! 잘 알고 있지, 도처에서 더러운 냄새가 나거든, 그 때문에 온 동네 집들이 오염되고 있고! 그래그래, 가난 때문에 남자와 여자가 뒤죽박죽으로 뒤엉켜 사는 이 파리 변두리에서 깨끗해 봐야 얼마나 깨끗하겠어. 이 동네 남자와 여자를 모두 섞어서 회반죽으로 만들어도 잘해야 생드니 벌판의 버찌 나무 거름으로 쓰이겠지 뭐.

「하늘을 보고 침을 뱉진 말아야죠, 결국 제 얼굴에 떨어질 테니까.」 궁지에 몰렸을 때, 그녀는 그렇게 소리치곤 했다. 「각자 자기 집에서 조용히 살아가면 되는 거죠, 안 그래요? 자신이 자기 방식대로 살고 싶다면, 다른 사람도 다른 방식으로 살게 내버려 둬야죠……. 난 다른 사람들이 이러거나 저러거나 상관없어요, 다만 흙탕물에서 노는 사람들이 내 머리채를 끌어다가 흙탕물에 처넣지만 않는다면 말예요.」

어느 날 쿠포 할멈이 더 분명하게 그 일을 언급했을 때, 그녀는 이를 갈며 대꾸했다.

「침대에 누워서 하시는 일이 고작 그깟 일을 이용하는 거군요……. 보세요, 어머니가 틀렸어요, 제가 관대하다는 건 잘 아시잖아요, 제가 한 번이라도 어머니의 행실을 까발린 적이 있어요? 한 번이라도! 아! 제가 잘 알죠, 기가 막힌 행실이더군요, 쿠포 아버님이 살아 계실 때에도 두세 명의 외간 남자를 들였다죠……. 괜찮아요, 기침하지 마세요, 더 이상 말하지 않을 테니까. 다만 날 좀 가만히 내버려 두세요, 그뿐이에요!」

노파는 숨이 막힐 뻔했다. 이튿날 제르베즈가 없는 동안 구제가 어머니의 세탁물을 가지러 왔을 때, 쿠포 할멈은 그를 불러 오래도록 침대 앞에 앉혀 두었다. 할멈은 대장장이의 애정을 잘 알고 있었고, 대장장이가 불미스러운 일이 있지 않나 의심하여 오래전부터 우울해하고 불행해한다는 것도 이미 알고 있었다. 수다도 떨 겸 전날 말다툼의 분풀이도 할 겸 할멈은 마치 제르베즈의 나쁜 행실이 특히 자기 가슴을 미어지게 하는 양 울고불고 하면서 사실을 노골적으로 알려 주었다. 밖으로 나온 구제는 슬픔으로 질식할 듯 잠시 벽에 기대서야 했다. 세탁부가 돌아왔을 때, 쿠포 할멈은 다림질을 했건 안 했건 세탁물을 가지고 당장 구제 부인의 집으로 오라는 전갈

이 있었다고 그녀에게 소리쳤다. 할멈의 기세로 보아 험담이 있었다는 것을 제르베즈는 직감했고, 잠시 후 맞닥뜨리게 될 슬픈 장면과 비통한 아픔을 눈앞에 그렸다.

벌써부터 팔다리가 오그라들고 얼굴이 하얗게 질린 채 그녀는 세탁물을 바구니에 넣고 길을 떠났다. 몇 년 전부터 그녀는 구제 모자에게 단 한 푼도 갚지 못하고 있었다. 빚이 425프랑까지 올라갔지만 상환은 불가능했다. 그녀가 매번 자신의 곤경을 이야기하면서 세탁비를 받아 갔던 것이다. 이것은 그녀로서는 큰 수치였는데, 왜냐하면 그녀가 애정을 이용하여 대장장이를 속이는 셈이었기 때문이다. 이제 양심의 가책을 덜 느끼는 쿠포는 비웃음을 흘리며 구제가 안 보이는 곳에서 그녀를 껴안을 테니까 빚은 청산된 셈이라고 말했다. 그러면 그녀는 랑티에와 외도를 하고 있는 처지였지만, 화를 내며 남편에게 벌써 그렇게 얻은 빵을 먹고 싶은 거냐고 물었다. 그녀 앞에서 구제를 욕하는 것은 참을 수 없는 일이었다. 대장장이에 대한 그녀의 애정은 그녀에게 남은 최후의 명예였던 것이다. 그러므로 이 성실한 모녀의 집에 세탁물을 가지고 갈 때마다, 그녀는 층계의 첫 계단을 밟을 때부터 가슴이 미어터지는 듯했다.

「아, 드디어 나타나셨군!」 문을 열어 주며 구제 부인이 차갑게 말했다. 「기다리다 지쳐서 그 애를 보냈었지.」

제르베즈는 당황해하며 한마디 변명도 하지 못하고 안으로 들어갔다. 그녀는 이제 약속을 정확하게 지키지 않아 제시간에 오는 법이 없었고, 일주일씩 기다리게 하곤 했다. 점차 그녀의 삶은 무질서하기 짝이 없는 상태에 이르렀다.

「벌써 일주일이나 기다렸어요.」 레이스 짜는 여자가 말했다. 「이제 거짓말까지 하시더군, 수습공을 보내서 말을 잘도 둘러대고, 지금 세탁하고 있다느니, 오늘 저녁에 배달하겠다느니, 세탁물 보따리가 양동이에 떨어지는 사고가 있었다느니. 그동안에 나는 시간만 허비하지, 아무것도 오지는 않고, 속만 잔뜩 끓이고 있죠. 그래요, 당신은 정말 이상하게 됐어요……. 어디 봐요, 그 바구니 속에 뭐가 있나! 적어도 다 챙겨 오기는 했겠지! 한 달 전에 맡긴 시트 두 장은 가져왔어요? 지난번 배달 때 빠뜨린 셔츠 한 장도?」

「네, 네.」 제르베즈가 우물쭈물 대답했다. 「셔츠 가져왔어요, 여기 있습니다.」

그러나 구제 부인은 버럭 소리를 질렀다. 이 셔츠는 우리 것이 아니에요, 이렇게 하면 어떡해요. 세탁물이 바뀌다니, 해도 너무하잖아! 일전에도 우리 집 표시가 없는 손수건이 두 장이나 있었어요. 어디서 왔는지도 모를 남의 세탁물을 반기는 사람이 누가 있을까. 결국 그녀는 손수 자기 물건을 챙겨 보았다.

「시트는요?」 그녀가 말했다. 「잃어버린 거 아냐, 응?……허, 참! 이봐요, 정신 좀 차려요, 하여간 내일 아침에 시트가 필요해요, 알겠어요?」

잠시 침묵이 흘렀다. 등 뒤로 구제의 방문이 살짝 열려 있는 듯 느껴졌는데, 그것이 제르베즈를 당혹스럽게 했다. 대장장이가 거기에 있음이 틀림없었다, 직감으로 알 수 있었다. 입이 열 개라도 대답할 수 없을 당연한 비난을 그가 죄다 듣고 있었다면, 아, 얼마나 난처한 일인가! 그녀는 고개를 숙인 채 아주 순하게, 아주 부드럽게 행동하면서 가능한 한 서둘러 세탁물을 침대 위에 올려놓았다. 그러나 구제 부인이 세탁물을 하나하나 살펴보면서 일이 더 난감하게 되었다. 부인은 세탁물을 집어 들었다가 던지면서 이렇게 말했다.

「휴! 그 솜씨가 어디로 갔을까. 마냥 칭찬만 할 수는 없게 됐어……. 그래, 이제 일을 엉망으로 하고 아무렇게나 하는구먼……. 자, 이 셔츠 앞자락 좀 봐요, 다리미에 타서 주름에 자국이 났어. 그리고 또 단추는, 단추란 단추는 다 떨어져 나갔어. 도대체 일을 어떻게 하는 거예요, 단추가 하나도 남아 있지 않으니……. 이런! 캐미솔 세탁비는 아예 치를 수가 없겠구먼. 보여요? 때가 묻어 있고, 그저 펴놓기만 했잖아. 됐어요! 세탁을 했다는 게 이 모양이니, 원…….」

구제 부인은 세탁물을 하나하나 세다가 별안간 멈추었다. 그러고는 다시 소리를 질렀다.

「아니! 이게 다야?…… 스타킹 두 켤레, 수건 여섯 장, 식탁보 하나, 행주 몇 개는 어디로 갔어요?…… 날 놀리는 거예요, 정말! 다림질을 했든 안 했든 다 가지고 오라고 했잖아요. 한 시간 내로 수습공을 시켜 나머지를 갖다 주지 않으면, 미리 말하건대 쿠포 부인, 그땐 정말 화낼 거예요.」

그 순간, 구제가 자기 방에서 기침을 했다. 제르베즈는 가볍게 몸을 떨었다. 그 사람 앞에서 이런 꼴을 당하다니, 맙소사! 방 한가운데서 어쩔 줄 몰라 곤혹스러워하며 그녀는 새로운 세탁거리를 기다렸다. 그렇지만 셈을 멈춘 후, 구제 부인은 조용히 창가의 자기 자리로 되돌아가서 레이스로 짠 숄을 손질하기 시작했다.

「세탁거리는요?」 세탁부가 머뭇거리며 물었다.

「됐어요.」 노부인이 대답했다. 「이번 주에는 아무것도 없어요.」

제르베즈는 파랗게 질렸다. 단골손님이 떠난 것이다. 그러자 정신이 하나도 없었고, 다리에 힘이 쭉 빠져서 의자에 털썩 주저앉지 않을 수 없었다. 그녀는 변명조차 하지 못하고 다만 이렇게 물을 뿐이었다.

「구제 씨는 어디 아픈가요?」

그렇다, 그는 괴로워했다, 대장간에서 일도 하지 못하고 집으로 돌아와서 침대에 누워 쉬는 중이었다. 구제 부인은 여느 때처럼 검은 옷을 입고 수녀 같은 모자로 하얀 얼굴을 감싼 채 심각한 표정으로 말했다. 볼트 제조공들의 일당이 또 내려갔어요. 9프랑에서 7프랑으로, 이제 무슨 일이든 다 하는 그 놈의 기계 때문에. 그러면서 그녀는 이제 모든 것을 아껴야 할 처지라고 설명했다. 세탁도 다시 직접 해야 할 형편이었다. 물론 쿠포 부부가 아들에게 빌린 돈을 갚아 준다면 상황이 훨씬 나아지겠지만 말이다. 그러나 빚을 갚지 못한다고 해서 집달리를 보낼 생각은 없다고 그녀는 말했다. 그녀가 빚 이야기를 꺼낸 이후, 제르베즈는 고개를 숙인 채 코를 하나씩 떠가는 바늘의 재빠른 움직임을 눈으로 좇고 있었다.

「하지만…….」 레이스 짜는 여자가 말했다. 「조금만 허리를 졸라매면, 얼마든지 돈을 갚을 수 있을 텐데. 내가 듣기로는 집에서 엄청 먹어 대잖아요, 그러니 돈이 많이 들지……. 매달 10프랑씩만 갚아 준다면…….」

구제가 그녀를 부르는 소리 때문에 말이 중단되었다.

「어머니! 어머니!」

금세 되돌아와서 앉았을 때, 그녀는 화제를 바꾸었다. 대장장이가 제르베즈에게 돈을 요구하지 말라고 했음이 틀림없었다. 하지만 5분도 못 되어 그녀는 자기도 모르게 다시 빚 이야기를 했다. 그럼! 애초에 다 알고 있었어, 함석장이가 술로 가게를 거덜 내고 아내를 잘못되게 하리라는 것을. 아들이 내 말을 들었더라면, 5백 프랑을 빌려 주는 일은 결코 없었을 텐데. 지금쯤 아들도 결혼을 했을 테고, 평생 불행하게 살리라는 예감으로 괴로워하지 않아도 되었을 텐데. 감정이 격앙되었다, 그녀는 몹시 흥분해서 제르베즈가 쿠포와 짜고 바보 같은 아들놈을 속여 먹었다고 노골적으로 비난했다. 그래, 여러 해 동안 위선적으로 착하게 굴다가 어느 날 사악한 본색을 만천하에 드러내는 여자들이 더러 있지.

「어머니! 어머니!」 구제가 더욱 격한 목소리로 재차 그녀를 불렀다.

그녀는 자리에서 일어났다, 그런 다음 돌아왔을 때 레이스 뜨개질을 다시 시작하면서 말했다.

「들어가 봐요, 당신을 만나고 싶다니까.」

제르베즈는 몸을 떨면서 열린 문을 그대로 두었다. 이 만남은 그녀의 가슴을 울렁이게 했는데, 왜냐하면 그것은 구제의 어머니에게 그들의 애정을 고백하는 것이나 마찬가지였기 때문이다. 그녀는 벽에 그림이 붙어 있고 좁은 철제 침대가 있는 그 조용한 방, 열다섯 살 사춘기 소년의 방을 연상시키는 그 조용한 방을 다시 보았다. 쿠포 할멈이 전해 준 추문 때문에 팔다리에 맥이 풀린 구제는 눈이 발갛게 충혈되고 아름다운 노란 수염이 아직도 눈물에 젖은 채 커다란 몸을 힘없이 침대에 누이고 있었다. 처음에 너무 화가 나서 베개를 주먹으로 두들겨 팬 모양이었다, 터진 베갯잇 사이로 깃털이 잔뜩 흘러나와 있었다.

「이봐요, 어머니가 잘못하신 겁니다.」 그가 세탁부에게 나지막이 말했다. 「당신은 내게 빚진 게 아무것도 없어요, 난 그런 말을 하는 게 싫습니다.」

그는 몸을 일으켰고, 그녀를 바라보았다. 금세 굵은 눈물 방울이 솟구쳐 올랐다.

「괴로우세요, 구제 씨?」 그녀가 속삭였다. 「무슨 일이 있어요? 말해 줘요 제발!」

「아무것도 아닙니다, 고마워요. 어제 무리한 것뿐입니다. 좀 자야겠어요.」

하지만 그는 가슴이 미어터졌다, 그는 이렇게 소리치지 않을 수 없었다.

「아! 맙소사! 맙소사! 그런 일은 절대로 일어나지 말았어야 해, 절대로! 당신 스스로 맹세했잖소. 그런데 그런 일이 일어났어, 그런 일이 일어나고 말았어!…… 아! 맙소사! 너무 힘들어, 그만 나가 주세요!」

손짓으로 그는 애원하듯 부드럽게 나가 달라고 했다. 그녀는 침대 근처로 다가가지도 못했고, 그의 마음을 달래 줄 한마디 말도 하지 못한 채 멍한 표정으로 그가 부탁하는 대로 밖으로 나왔다. 옆방에서 그녀는 바구니를 찾아 들었다. 그렇지만 여전히 밖으로 나가지 않고 무엇인가 할 말을 찾았다. 구제 부인은 고개도 들지 않고 레이스 손질을 계속했다. 이윽고 말문을 연 것은 부인이었다.

「자, 그럼! 잘 가요! 세탁물은 보내 주세요, 값은 나중에 치를 테니까.」

「예, 그렇게 하겠습니다, 안녕히 계세요.」 제르베즈가 더듬거리며 말했다.

그녀는 그 깨끗하게 잘 정돈된 집에 마지막 시선을 던지며 천천히 문을 닫았는데, 자신이 가진 가장 성실한 무엇인가를 그 집에 두고 오는 듯했다. 길에는 신경도 쓰지 않고 무심히 집으로 돌아가는 암소처럼, 그녀는 넋이 나간 표정으로 가게로 돌아왔다. 처음으로 침대에서 빠져나온 쿠포 할멈은 다리미 가열기 옆 의자에 앉아 있었다. 하지만 세탁부는 할멈에게 잔소리 한마디 건네지 않았다. 그녀는 몹시 피곤했고, 누구에게 얻어맞은 듯 뼈마디가 쑤셨다. 그녀는 인생이란 결국 너무나 고달픈 것이고, 빨리 죽으면 좋으련만 스스로 심장을 잡아 뺄 수도 없는 노릇이니 더욱 힘겨운 것이라고 생각했다.

이제 제르베즈에게 중요한 것은 아무것도 없었다. 그녀는 막연한 손짓으로 사람들더러 가서 자라고 했다. 새로운 걱정거리가 생길 때마다, 그녀는 하루 세끼를 먹는다는 단 하나의 기쁨에 잠길 뿐이었다. 가게는 무너져도 좋아. 가게 밑에 깔리지만 않는다면, 속옷 하나 챙기지 않고 기꺼이 내가 나가 주지. 실제로 가게는 무너지고 있었다, 단번에가 아니라 아침저녁으로 조금씩. 한 사람 한 사람 단골손님들이 화를 냈고, 세탁물을 다른 곳으로 가져갔다. 마디니에 씨, 르망주 양, 보슈 부부마저 더 정확하게 일을 하는 포코니에 부인의 가게로 돌아갔다. 그들은 스타킹 한 켤레를 3주 동안이나 재촉하거나, 세탁을 했다는데도 일요일 음식 기름때가 묻어 있는 셔츠를 되돌려 주는 데 지쳐 버린 것이다. 제르베즈는 이를 갈며 그들에게 잘 가라고 소리쳤고, 그들을 무례하게 대하며 그 더러운 세탁물을 더 이상 뒤적거리지 않아도 되니 잘됐지 뭐냐고 혼잣말을 했다. 흥! 모두 떠나라고 해, 그럼 더러운 오물더미에서 해방되는 거지 뭐. 게다가 일을 덜 해도 되고. 이제 남은 손님이라고는 세탁비를 잘 안 주는 사람들, 매춘부들,

고드롱 부인처럼 하도 악취가 나서 뇌브 가의 세탁부 그 누구도 세탁거리를 맡으려 하지 않는 여자들뿐이었다. 가게는 막다른 곳까지 내몰렸다. 그녀는 마지막 세탁부 퓌투아 부인마저 내보내야 했다. 그녀는 커갈수록 멍청해지는 사팔뜨기 오귀스틴과 함께 단둘이 일했다. 두 사람에게도 언제나 일감이 있는 것이 아니었다. 그들은 오후 내내 엉덩이를 등받이 없는 의자에 붙이고 앉아 있었다. 요컨대 완전한 침수였다. 가게에서는 파멸의 냄새가 났다.

나태와 빈곤은 당연히 불결을 동반했다. 아무도 이것이 그 옛날 제르베즈의 자랑거리였던 아름다운 하늘색 세탁소라고 생각할 수 없으리라. 오래도록 씻지 않은 탓에, 벽도 유리창도 위에서 아래까지 마차가 튀기고 간 흙탕물 자국이 그대로 남아 있었다. 선반 위 놋쇠 가로대에는 병원에서 죽은 손님들이 찾아가지 않은 석 장의 잿빛 누더기가 걸려 있었다. 가게 내부는 더 초라했다. 천장에서 말리는 세탁물의 습기 때문에 벽지가 너덜너덜 떨어져 나왔다. 퐁파두르 양식의 인도 사라사 벽지는 넝마가 되어 먼지로 무거워진 거미줄처럼 늘어져 있었다. 부지깽이로 쑤셔 댄 탓에, 다리미 가열기는 곳곳이 깨지고 구멍이 난 채 고물상의 고철 가루 같은 잔해가 한쪽 구석에 쌓여 있었다. 작업대는 일개 부대가 식탁으로 사용한 듯 커피와 술로 얼룩이 졌고, 잼이 눌어붙어 있었으며, 월요일 휴무일의 식사로 기름때가 잔뜩 묻어 있었다. 게다가 시큼한 풀 냄새, 곰팡이, 음식 찌꺼기, 기름때로 인한 악취가 물씬 풍겼다. 하지만 제르베즈는 그 안에서 편안했다. 그녀는 가게가 더러워져 가는 것을 알지 못했다. 그 속에 빠져 사는 그녀는 찢긴 벽지, 기름때 묻은 내장재에 익숙해졌고, 군데군데 구멍이 난 속치마를 자연스럽게 입었으며, 더 이상 귀를 씻지도 않았다. 이제 불결함조차 그녀가 즐겁게 웅크리고 살아갈 수 있는 따뜻한 보금자리였다. 물건을 되는대로 굴러다니게 내버려 두는 것, 먼지가 구멍을 메우고 도처에 벨벳을 드리우는 것, 집이 온통 게으름으로 몽롱하게 마비되는 것, 그것은 하나의 진정한 관능으로서 그녀를 도취시켰다. 조용함이 최고였다. 나머지는 그녀가 신경 쓸 바가 아니었다. 항상 늘어 가는 빚도 더 이상 그녀를 괴롭히지 못했다. 그녀는 성실과 정직을 상실한 것이다. 돈을 치렀는지 안 치렀는지 모호했다, 차라리 그녀로서는 아무것도 알고 싶지 않았다. 이 집에서 외상을 거절하면, 저 집에서 외상을 얻었다. 온 동네를 들쑤시고 다녔기 때문에, 서너 집 건너 빚이었다. 구트도르 가에서만 해도 그녀는 더 이상 석탄 가게, 식료품점, 과일 가게 앞을 지나갈 수 없었다. 그래서 공동 세탁장에 갈 때면 푸아소니에 가로 우회해야 했는데, 족히 10분은 더 걸어야 했다. 물건 공급자들은 그녀를 몹쓸 인간으로 취급했다. 어느 날 저녁, 랑티에 방의 가구를 판 남자가 이웃들을 불러 모았다. 그는 만약 돈을 내놓지 않으면 그녀의 치마를 올려 엉덩이를 까버릴 거라고 고래고래 소리를 질렀다. 물론 그런 광경은 생각만 해도 몸이 떨렸다. 하지만 그녀는 매 맞는 개처럼 머리를 조아렸고, 저녁이 되자 아무 일 없다는 듯 천연덕스럽게 식사를 했다. 무례한 작자들 때문에 괴로워 죽겠어! 돈이 없는데 어떡해, 돈을 찍어 낼 수도 없는 노릇이잖아! 게다가 저놈의 장사치들이 얼마나 도둑질을 많이 해, 그러니 기다리는 게 당연하지. 그러면서 그녀는 언젠가 필연적으로 닥쳐올 일들을 생각하기가 싫어서 방으로 들어가 다시 잠을 잤다. 결국 다 죽는 거야, 아무렴! 그때까지 애간장을 태우며 살 필요가 뭐 있어.

한편 쿠포 할멈은 건강을 되찾았다. 1년 동안 가게가 어찌어찌 굴러갔다. 여름에는 언제나 일감이 좀 더 생겼다, 외곽 대로의 매춘부들이 흰 속치마와 무명 드레스를 맡겼으니까 말이다. 그래서 몰락의 속도가 늦추어졌다, 어느 날 저녁에는 텅 빈 찬장 앞에서 배를 쓰다듬는가 하면, 다른 날 저녁에는 배가 터지도록 송아지 고기를 먹는 식으로 부침을 거듭하며 하루하루 조금씩 진창 속으로 빠져들어 갔다. 이제 길에서 쿠포 할멈이 앞치마 밑으로 꾸러미를 감춘 채, 산보하듯 폴롱소 가의 전당포로 가는 모습이 자주 목격되었다. 할멈은 등을 구부리고 미사를 보러 가는 독실한 신자처럼 진지하고 탐욕스러운 표정을 지었는데, 왜냐하면 그 일이 싫지 않았고, 돈을 두고 옥신각신하는 다툼이 재미있었으며, 방물 거래처럼 자질구레한 거래가 늙은 여자의 열정을 자극했기 때문이다. 폴롱소 가의 전당포 점원들은 그녀를 잘 알고 있었다. 그들은 그녀를 〈4프랑 할멈〉이라고 불렀다, 그녀가 가져온 보잘것없는 꾸러미를 보고 3프랑을 주면 늘 4프랑을 달라고 떼를 썼기 때문이다. 제르베즈는 집을 몽땅 맡길 태세였다. 그녀는 전당포에 홀딱 빠져 버렸다, 만일 머리카락을 맡아 준다면 그녀는 머리를 왕창 밀어 버렸으리라. 그것은 정말 편리했다, 4파운드의 빵이 필요할 때 거기로 가면 어김없이 돈이 생겼다. 내의, 의복, 심지어 연장, 가구까지 모든 세간이 거기로 들어갔다. 처음에는 다음 주에 다시 맡길망정 경기가 좋은 주에 번 돈으로 물건을 되찾았다. 그러나 시간이 흐르면서 그녀는 물건에 무심하게 되어 물건을 찾지 않았고, 나중에는 전당표까지 팔아 버렸다. 단 한 가지가 그녀의 마음을 아프게 했는데, 그것은 차압을 나온 집달리에게 20프랑을 지불하기 위해 추시계를 맡긴 일이었다. 그때까지 그녀는 추시계에 손을 대기보다는 차라리 굶어 죽겠다고 맹세했었다. 쿠포 할멈이 그것을 작은 모자 상자에 넣어 가지고 갔을 때, 그녀는 힘없이 의자에 털썩 주저앉아 마치 누가 그녀의 행운을 빼앗기나 한 것처럼 눈물을 글썽였다. 그러나 쿠포 할멈이 25프랑을 들고 다시 나타났을 때, 이 기대하지 않은 돈, 즉 5프랑이라는 이 뜻밖의 은총이 그녀의 마음을 가라앉혔다. 그녀는 5프랑의 부수입을 축하하는 의미에서 즉시 노파를 보내 잔술을 사오게 했다. 이 무렵 서로 죽이 맞을 때면, 그들은 종종 이처럼 작업대 한구석에 앉아 증류주와 카시스 주를 반반씩 섞은 술을 홀짝였다. 쿠포 할멈은 가득 찬 술잔을 앞치마 주머니에 넣어 한 방울도 흘리지 않고 가져오는 재주를 갖고 있었다. 이웃들이 알 필요가 뭐 있어, 안 그래? 하지만 이웃들은 속속들이 알고 있었다. 과일 가게 여자, 내장 가게 여자, 식료품점 점원들은 쑥덕거렸다. 「저것 봐! 할멈이 전당포로 가네.」 또는 「저것 봐! 할멈이 주머니에 술잔을 넣고 가네.」 당연히 그것은 제르베즈에 대한 동네의 반감으로 이어졌다. 저렇게 먹어 대니 원, 머잖아 집구석을 다 말아먹을 거야. 그래그래, 앞으로 서너 입만 더 먹으면 온 집이 행주로 닦은 듯 깨끗해질 거야.

이처럼 모든 것이 무너져 가는데도 쿠포는 신수가 훤했다. 이 빌어먹을 주정뱅이는 마법에 걸린 듯 건강이 좋았던 것이다. 싸구려 포도주와 싸구려 증류주가 통통하게 살을 찌웠다. 그는 많이 먹었고, 술이 사람을 죽인다고 나무라는 말라깽이 로리외를 비웃으며 지방질로 북 가죽처럼 팽팽해진 뱃

가죽을 두들겼다. 그리고 수다쟁이의 저녁 기도라는 둥 이빨 뽑는 사람에게 행운을 가져다주는 큰북 소리라는 둥 하면서 뱃가죽을 두들기며 음악을 연주했다. 그러나 배가 나오지 않아 약이 오른 로리외는 그거야말로 누런 비곗덩어리이며 악성 지방질이라고 했다. 아무렴 어때, 쿠포는 건강을 위해 더 많이 마셨다. 후추와 소금 색깔로 세어 버린 머리칼이 요리 위의 화주처럼 불타올랐다. 원숭이 턱과 함께 주독에 절은 얼굴은 거무스름하고 푸르죽죽하게 변했다. 그러나 그는 여전히 명랑한 어린애처럼 굴었다. 아내가 집안 형편이 어렵다고 이야기하면, 그는 아내를 밀쳐 버렸다. 사내가 할 일이 없어 그깟 일에 신경 쓴단 말이야? 집에 빵이 없을 수도 있지, 웬 난리야. 물론 그는 아침저녁으로 먹을 것이 필요했지만 그게 어디서 나오는지는 알 바 아니었다. 몇 주일씩 일 없이 지냈을 때, 그는 이것저것 요구하는 것이 더 많았다. 게다가 그는 여전히 랑티에의 어깨를 다정하게 툭툭 쳤다. 물론 그는 아내의 비행을 몰랐다. 적어도 보슈 부부, 푸아송 부부 같은 사람들은 그가 아무것도 모르고 있으며, 언젠가 사실을 알게 되면 큰일이 벌어질 것이라고 하늘을 두고 장담했다. 그러나 친누나인 르라 부인은 고개를 절레절레 흔들며 그런 것을 전혀 불쾌하게 생각하지 않는 남편들을 여럿 알고 있다고 했다. 어느 날 밤, 모자장이의 방에서 돌아오던 제르베즈는 어둠 속에서 느닷없이 볼기짝을 얻어맞고 온몸이 오싹해진 적이 있었다. 하지만 이내 그녀는 침대에 부딪힌 것이라고 생각하며 안심했다. 정말이지 섬뜩한 상황이었다. 사실을 안다면 남편인들 자기에게 재미있게 장난만 할 수는 없을 테니까 말이다.

랑티에 역시 결코 쇠퇴하지 않았다. 그는 자기 몸을 끔찍이 생각했고, 허리띠로 뱃살을 가늠해 보면서 버클을 죄어야겠다느니 풀어야겠다느니 하면서 끊임없이 걱정했다. 그는 건강이 매우 좋았다, 그는 멋을 부리려고 더 이상 살이 찌기도 살이 빠지기도 바라지 않았다. 그래서 영양에 대해 몹시 까다롭게 굴었고, 몸매를 유지할 요량으로 음식을 일일이 살펴보았다. 집에 동전 한 닢 없을 때조차, 그에게는 달걀, 갈비처럼 영양가가 높으면서도 가벼운 음식이 필요했다. 여주인을 남편과 공유하게 된 이후, 그는 집에서 남편과 대등하게 행동했다. 바닥에 굴러다니는 20수짜리 동전을 주웠을 때, 그는 손짓이나 눈짓으로 제르베즈를 불러서 함석장이보다 더 당당하게 제집인 양 고함을 지르고 야단을 쳤다. 요컨대 집에 남편이 둘이나 있는 것이다. 그런데 임시 남편 쪽이 더 악독해서 좋은 것은 다 자기가 차지하려 했고, 마누라도 음식도 그 나머지도 모두 자기가 선점하려 했다. 그는 쿠포 부부에게서 단물을 빨아먹고 있었던 것이다, 오직 단물만을! 그는 남들이 보는 앞에서 태연히 제 배를 채웠다. 귀여운 계집애들을 좋아했기 때문에, 그는 특히 나나를 예뻐했다. 그 대신 에티엔에 대한 관심은 점점 무뎌졌는데, 그에 따르면 사내아이들은 스스로 세상을 헤쳐 나가야 하기 때문이었다. 사람들이 쿠포를 찾으면, 언제나 셔츠 차림으로 슬리퍼를 신은 그가 방해받은 남편처럼 귀찮은 표정으로 가게 안쪽에서 나왔다. 그러고는 쿠포 대신 대답을 하면서 어쨌거나 마찬가지 아니냐고 했다.

두 남편 사이에서 제르베즈는 마냥 웃고만 지낼 수 없었다. 건강은 좋은 편이었다, 다행히! 그렇지만 그녀 또한 몹시 살이 쪘다. 어쨌든 두 남편을 등에 업은 채 시중들고 만족시키는 것은 그녀의 힘에 부치는 일이었다. 아! 제기랄! 남편 하나만으로도 녹초가 될 판인데! 더욱 나쁜 것은 이 불량배 둘이 죽이 잘 맞는다는 것이었다. 그들은 결코 싸우는 법이 없었다. 저녁이면 식사를 한 후 식탁에 팔꿈치를 괴고 앉아 서로 얼굴을 보며 낄낄거렸다. 그들은 오락거리를 찾아다니는 두 마리 고양이처럼 온종일 붙어 다녔다. 기분이 상해서 돌아온 날이면, 그들은 그녀에게 분풀이를 했다. 자! 저년을 매우 쳐라! 그녀는 꾹 참았다. 둘이 함께 호통을 치면서 그들은 더 친해졌다. 그녀로서는 반항할 생각을 말아야 했다. 처음에는, 한 사람이 소리를 지르면 다른 한 사람에게 눈짓으로 애원하며 다정한 말 한마디를 구했다. 하지만 성공을 거두는 일이 거의 없었다. 이제 그녀는 순종했다, 그들이 자기를 떠밀면서 재미있어한다는 걸 알았기 때문에 그저 통통한 어깨를 구부리기만 했다, 그녀는 너무나 둥글어서 마치 진짜 공처럼 보였다. 입이 더러운 쿠포는 상스러운 말로 그녀에게 욕을 퍼부었다. 반대로 랑티에는 욕을 골라서 했고, 아무도 쓰지 않는, 그러나 그녀를 한층 아프게 하는 말을 찾아내곤 했다. 다행히도 사람들은 무엇에나 익숙해지게 마련이다. 두 사내의 욕설과 비행도 마침내 밀랍을 먹인 포목 위로 미끄러지듯 그녀의 보드라운 피부 위로 미끄러져 내려갔다. 심지어 그녀는 두 사내가 화를 내는 것을 더 좋아하게 되었는데, 왜냐하면 그들이 기분 좋을 때면 꽁무니에 붙어 끝없이 성가시게 구는 통에 보닛 하나 제대로 다릴 수가 없었기 때문이다. 또 그럴 때면 그들은 안줏거리를 주문했다, 그녀는 꾸짖기도 하고 달래기도 하고, 듣기 좋은 말도 하고 듣기 싫은 말도 하면서 한 사람씩 얼러서 재워 주어야만 했다. 한 주일이 끝나면 그녀는 머리도 팔다리도 빠개질 듯 아팠고, 미친 여자 같은 눈으로 멍하니

얼이 빠져 버렸다. 여자란 이렇게 살다 보면 금세 마모되는 법이다.

그렇다, 쿠포와 랑티에는 그녀를 문자 그대로 마모시키고 있었다. 마치 양초의 두 끝을 불태우듯, 그들은 그녀의 두 끝을 불태우고 있었다. 물론 함석장이는 교양이 부족했다. 그러나 모자장이는 교양이 넘쳐흘렀다, 또는 적어도 불결한 사람들이 그 밑에 때가 있을망정 하얀 셔츠를 입고 있듯 교양이라는 옷을 입고 있었다. 어느 날 밤, 그녀는 우물가에 있는 꿈을 꾸었다. 쿠포는 주먹질을 해서 그녀를 우물 속으로 밀어 넣은 반면, 랑티에는 그녀를 더 빨리 빠뜨리기 위해 그녀의 허리를 간질였다. 하느님 맙소사! 그 형상은 바로 그녀의 삶 자체였다. 아! 참 팔자도 좋지, 몸이 망가진다 해도 놀랄 게 하나도 없어. 동네 사람들이 그녀의 불미스러운 생활을 탓하는 것은 옳지 못한 일이었다, 왜냐하면 그녀의 잘못이 아니었기 때문이다. 가끔 곰곰이 생각하다 보면, 온몸에 소름이 쫙 돋기도 했다. 그러나 이내 모든 것이 더 잘못될 수도 있었으리라고 자위했다. 예컨대 두 팔을 잃는 것보다는 두 남편을 가지는 게 더 나았다. 그녀는 자기의 삶을 자연스러운 것으로, 세상에 흔히 있는 것으로 여기려 했다. 그녀는 그 안에서 작은 행복이나마 꾸려 보려고 애를 썼다. 그것이 얼마나 순박하고 절실한 노력이었나 하는 것은 그녀가 쿠포도 랑티에도 싫어하지 않았다는 데서 입증된다. 게테 극장에서 본 한 연극에서 애인 때문에 남편을 미워하고 독살하는 요부가 나왔다. 제르베즈는 그와 비슷한 생각을 가슴에 품어 본 적이 없기 때문에 화가 치밀었다. 셋이 오순도순 화목하게 사는 것이 훨씬 낫지 않은가? 말도 안 돼, 정말 어리석은 짓이야. 그건 그렇잖아도 재미없는 인생을 더 망칠 뿐이야. 가난과 빚 때문에 힘들어도 만약 함석장이와 모자장이가 지금보다 덜 괴롭히고 덜 욕을 한다면, 그녀는 기꺼이 매우 평온하고 매우 행복하다고 말했으리라.

가을 무렵, 불행히도 집안 살림이 더욱 피폐해졌다. 몸무게가 줄어든다고 야단이었던 랑티에는 날마다 짜증을 부렸다. 그는 사사건건 불평을 늘어놓았고, 감자 포테[45]를 보고 눈살을 찌푸리며 이런 형편없는 음식을 먹다가는 틀림없이 복통에 시달릴 것이라고 투덜거렸다. 이제 사소한 갈등도 격한 말다툼으로 번져 서로가 집안의 궁핍을 상대방의 탓으로 돌렸다. 그리고 각자 자기 잠자리로 가서 눕기 전에는 화해란 있을 수 없었다. 먹이가 없으면 당나귀도 서로 싸우는 법이다, 그렇지 않은가? 랑티에는 파멸의 냄새를 맡았다. 집을 깡그리 먹어 치운 탓에, 머잖아 모자를 쓰고 나가 다른 곳에서 빵과 잠자리를 찾아야 할 날이 오리라고 생각하니 울화통이 터졌다. 그는 여러 소소한 습관과 더불어 자기 굴에 익숙해졌고, 더욱이 여기서는 모든 사람들이 그를 떠받들어 주었던 것이다. 진정 꿈의 나라였다, 그 달콤함을 대신할 수 있는 곳은 어디에도 없으리라. 그렇고말고! 귀까지 차도록 먹고서도 여전히 접시에 먹을 게 남아 있는 곳을 어디서 찾는단 말인가. 집안이 송두리째 자기 배 속에 들어 있는 지금, 결국 그는 자기 배에 대해 화를 내는 셈이었다. 하지만 그는 그렇게 추론하지 않았다. 2년 만에 거리로 나앉게 되었다며 다른 사람들을 지독하게 원망했다. 정말이야, 쿠포 부부는 구제 불능이

45 *potée*. 돼지고기와 야채를 함께 넣어 끓인 스튜.

야. 그는 제르베즈가 도대체 절약할 줄을 모른다고 소리쳤다. 빌어먹을! 이제 어떻게 하지? 공장에서 수당이 6천 프랑이나 나올 멋진 거래를 성사시킬 시점에서 친구들에게 버림받다니, 이게 말이나 돼? 그것만 성사되면 이깟 소가족쯤이야 호화판으로 살게 해줄 텐데.

12월 어느 날 저녁, 모두가 끼니를 걸렀다. 집에는 동전 한 닢 없었다. 몹시 우울해진 랑티에는 일찌감치 밖으로 나와 거리를 쏘다니며 요리 냄새가 얼굴 주름을 펴줄 집이 없나 살펴보았다. 그는 돌아와 다리미 가열기 옆에서 몇 시간 동안 생각에 잠겼다. 그 일이 있고 나서 그는 푸아송 부부에게 깊은 우정을 보였다. 그는 순경을 〈바댕그〉라고 부르면서 놀리지도 않았고, 심지어 한발 더 양보하여 황제는 아마도 호인인 것 같다고 말했다. 그는 특히 비르지니를 일컬어 살림을 요령 있게 꾸리는 영리한 여자라고 치켜세웠다. 분명했다, 그는 그 부부에게 아첨을 하고 있었던 것이다. 사람들은 그가 푸아송 부부 집에서 하숙을 하고 싶은 모양이라고 생각했다. 그러나 그는 그보다 더 복잡하게, 이중으로 머리를 굴렸다. 비르지니가 무엇인가 장사를 하고 싶다고 했을 때, 그는 그녀 곁을 맴돌며 정말 좋은 계획이라고 부추겼다. 그래, 당신은 장사를 위해 태어난 게 틀림없어, 키가 크고 상냥하고 활동적이니까. 아! 당신은 정말 원대로 벌 거야. 아주머니가 남긴 유산으로 오래전부터 돈이 마련되어 있었던 이상, 계절마다 몇 벌의 날림 드레스를 만드는 일 따위는 집어치우고 사업에 뛰어드는 게 제격이지. 그러면서 그는 길모퉁이 과일 가게 여주인이라든가 외곽 대로의 도자기 소매점 여주인이라든가 쏠쏠히 돈을 벌고 있는 여자들을 손으로 꼽았다. 지금은 경기가 좋기 때문에 카운터 위에 남은 쓰레기마저 팔릴 지경이라는 것이었다. 그러나 비르지니는 망설였다. 세낼 가게를 찾아보긴 했지만, 동네를 떠나고 싶지는 않았다. 그러자 랑티에는 그녀를 한쪽 구석으로 데려가서 몇 십 분 동안이나 무엇인가 소곤거렸다. 그가 그녀에게 무언가를 강제로 권하는 모양이었는데, 그녀는 더 이상 싫다고 하지 않았고, 그의 행동 개시를 허락하는 눈치였다. 그것은 눈짓으로, 짤막한 몇 마디 말로써 통하는 그들만의 비밀 같은 것이었으며, 맞잡은 두 손에서 드러나는 은밀한 음모 같은 것이었다. 그때부터 모자장이는 마른 빵을 씹으며 쿠포 부부를 몰래 살펴보았고, 다시 수다쟁이가 되어 끝없이 탄식을 늘어놓으며 그들을 어리둥절하게 했다. 온종일 제르베즈는 그가 조목조목 펼치는 가난의 진창길을 걸었다. 나를 위해서만 이렇게 말하는 게 아냐, 제기랄! 필요하다면 기꺼이 친구들과 함께 굶어 죽겠어. 다만 분별력이란 것이 있어 상황을 정확하게 바라볼 뿐이야. 동네에서 빵 가게, 석탄 가게, 식료품점, 그리고 다른 가게에 진 빚이 적어도 5백 프랑이지. 게다가 집세가 2기분, 즉 250프랑이나 밀려 있어. 건물 주인 마레스코 씨는 1월 1일까지 집세를 내지 않으면 내쫓겠다고 공공연히 말하고 다녀. 이미 모든 걸 전당포에 잡혔기 때문에, 이제 3프랑에 잡힐 하찮은 물건도 없잖아, 그만큼 집 청소가 말끔히 된 셈이지. 벽에는 몇 개의 못이 있을 뿐 아무것도 걸린 게 없어, 그 밖에 남은 거라고는 3수짜리 책 두 권뿐이야. 이런 셈을 들으며 팔다리에 힘이 빠진 제르베즈는 곤혹스러운 표정으로 화를 냈고, 주먹으로 식탁을 탕탕 치면서 마침내 서럽게 울었다. 어느 날 저녁, 그녀는 이렇게 소리쳤다.

「내일 떠날 거예요, 나는!…… 이렇게 불안과 공포 속에서 사느니 차라리 몰래 떠나서 길바닥에서 자는 게 낫겠어요.」

「가게를 찾는 사람이 있다면…….」 랑티에가 음험하게 말했다. 「가게를 넘기는 게 더 현명한 방법이야……. 당신네 둘 다 가게를 내놓을 결심이 설 때…….」

그녀가 그의 말을 자르며 더 크게 소리쳤다.

「아, 당장에라도, 당장에라도!…… 아! 그러면 얼마나 속 시원할까!」

그러자 모자장이는 매우 현실적인 태도를 보였다. 가게를 넘김으로써 새 세입자에게 2기분의 집세를 떠넘길 수도 있지 않을까. 그러면서 그는 감히 푸아송 부부 이야기를 꺼냈다, 비르지니가 가게를 찾고 있다는 것이었다. 그래, 이 가게가 안성맞춤일 것 같아. 그는 비르지니가 비슷한 가게를 원한다는 것이 이제야 생각난다고 했다. 하지만 세탁부는 비르지니라는 이름을 듣자 문득 냉정을 되찾았다. 생각해 볼게요. 울화통이 터져서 가게를 버리겠다고 입버릇처럼 말했지만, 곰곰이 짚어 보면 문제가 그리 간단한 것이 아닌 듯했다.

그날 이후 랑티에가 되풀이해서 권해 봤자 소용없었다, 제르베즈는 이보다 더한 곤경에서도 빠져나온 적이 있다고 대답했다. 가게를 넘긴다고 형편이 나아질까! 그런다고 빵이 생기지는 않을 것이다. 반대로 그녀는 세탁부들을 고용해서 새로운 손님을 맞이할 작정이었다. 그녀는 모자장이의 논리를 반박하기 위해서 그렇게 말했는데, 모자장이는 그렇게 되면 비용 상승으로 재기의 희망은커녕 완전히 파산해서 바닥으로 추락할 것이라고 경고했다. 그러나 그는 어리석게도 비르지니의 이름을 또다시 입에 올리는 실수를 저질렀다, 그러자 그녀는 화가 나서 더욱 고집을 부렸다. 안 되지, 안 돼, 절대로 안 돼! 비르지니의 속셈을 늘 의심했었어. 비르지니가 가게를 탐낸다면, 그건 날 모욕하기 위해서야. 길에서 마주치는 아무에게라도 가게를 넘겨줄 수 있지만, 몇 년 전부터 내가 망하기만을 기다려 온 그 키다리 위선자에게는 넘겨줄 수 없어. 오호라! 이제야 모든 걸 알겠어. 이제야 왜 그 수다쟁이 년의 고양이 눈에 노란 불꽃이 튀었는지 이해가 가. 그래, 그 년은 세탁장에서 볼기를 맞은 걸 잊지 못하고 잿더미 속에서 원한의 불을 키워 온 거야. 흥! 한 번 더 볼기를 맞고 싶지 않다면, 엉덩이를 잘 감추고 신중하게 행동해야 할걸. 그래도 오래가진 못할 거야, 저 스스로 볼기 맞을 준비를 하고 있으니까 말이야. 랑티에는 이 독설의 홍수 앞에서 우선 제르베즈를 빤히 노려보았다. 그러고는 그녀를 고집불통이니, 험담쟁이니, 잘난 마님이니 하면서 욕을 퍼부었고, 흥분 끝에 쿠포란 놈은 마누라에게 친구를 존중하도록 교육하지도 못한 시골뜨기 얼간이라고 말했다. 그런 다음 화를 내는 것이 모든 것을 망칠지도 모른다고 생각한 그는 이제 다시는 남의 일에 끼어들지 않겠다고 맹세했는데, 왜냐하면 대가가 너무도 지독하기 때문이라는 것이었다. 그리하여 그는 가게의 양도 문제를 묻밑으로 덮어 두었지만, 그래도 호시탐탐 문제를 재론하고 세탁부를 결심시킬 기회를 노렸다.

1월이 왔다, 습하고 추운 고약한 날씨였다. 12월 내내 기침을 하고 숨을 못 쉬던 쿠포 할멈은 주현절(主顯節) 이후로는 아예 침대에 틀어박히게 되었다. 그것은 연례행사였다. 겨울이 올 때마다 할멈은 천식으로 고통을 겪었던 것이다. 그러나 올겨울에는 할멈이 죽어서나 그 방에서 나오게 되리라고 주변에서 쑥덕거렸다. 기름지게 살이 쪘지만 이미 시체 같은 눈으로 얼굴의 절반이 일그러진 할멈은 곧 숨이 끊어질 듯 거칠게 헐떡거렸다. 물론 자식들은 할멈의 죽음을 재촉하지는 않았다. 그러나 할멈이 너무나 오래 끌고 너무나 거추장스러워졌기 때문에, 그들은 내심 모두에게 해방이나 되는 듯 그녀의 죽음을 바랐다. 할멈 입장에서도 살 만큼 살았기에 죽는 게 더 나을 거야, 안 그래? 게다가 살 만큼 살았을 때, 아쉬움도 없는 법이지. 한 번 불려 온 의사는 다시 오지 않았다. 탕약을 끓여 주었는데, 그것은 다만 할멈을 완전히 방치하지 않았다는 표시일 뿐이었다. 매시간 방으로 들어가서 할멈이 아직도 살아 있는지 살펴보았다. 할멈은 더 이상 말도 하지 못할 정도로 숨이 막혔다. 하지만 아직 잘 보이는 생기 있게 반짝이는 한쪽 눈으로 사람들을 빤히 쳐다보았다. 그 눈에는 많은 것들이 어려 있었다, 아름다운 시절에 대한 그리움, 그녀를 떨쳐 버리고자 안달이 난 가족들을 바라보는 슬픔, 밤이면 속옷 바람으로 거리낌 없이 방문 유리창을 통해 어미의 하는 짓을 살피는 못된 계집애 나나에 대한 노여움 등등.

어느 월요일 밤, 쿠포는 술에 취해 돌아왔다. 어머니가 위독해진 이후, 그는 서글픈 마음으로 살았다. 그가 코를 골며 깊이 잠들었을 때, 제르베즈는 여전히 잠을 못 이루며 돌아누웠다. 그녀는 밤에도 중간중간 쿠포 할멈을 돌보았다. 게다가 나나는 착하게도 할머니 옆에서 잤고, 만일 할머니가 돌아가시면 즉시 모든 사람들에게 알리겠다고 했다. 그날 밤에는 아이도 잠들고 환자도 편히 잠자는 것처럼 보였기 때문에, 세탁부는 마침내 자기 방으로 와서 좀 쉬라고 부르는 랑티에의 권유에 굴복했다. 그들은 장롱 뒤 맨바닥에 촛불 하나를 켜두었다. 그런데 3시경, 제르베즈는 섬뜩한 느낌이 들어 몸을 떨며 벌떡 일어났다. 무엇인가 찬바람 한 줄기가 휙 하고 몸을 스쳐 지나간 듯했던 것이다. 촛불은 다 타서 꺼져 있었다. 그녀는 신열에 들뜬 손으로 어둠 속에서 속치마를 찾아 몸에 꿰었다. 가구에 부딪히며 겨우 작은방으로 들어가서 조그만 램프를 켰다. 어둠에 짓눌린 정적 속에서 함석장이의 코 고는 소리만이 높낮이가 다른 음조로 둔중하게 울렸다. 팔다리를 아무렇게나 팽개치고 누운 나나는 도톰한 입술 사이로 새근새근 숨소리를 내며 자고 있었다. 제르베즈는 방 안 그림자들을 춤추게 하는 램프를 밑으로 내려 쿠포 할멈의 얼굴을 비춰 보았는데, 얼굴이 하얗게 변한 할멈은 고개를 어깨 위로 떨어뜨린 채 눈을 뜨고 있었다. 쿠포 할멈은 죽어 있었다.

비명조차 지르지 않고 냉정하고 침착하게 세탁부는 천천히 랑티에의 방으로 돌아갔다. 그는 잠들어 있었다. 그녀는 몸을 숙이고 소곤거렸다.

「이봐요, 끝났어요, 어머니가 돌아가셨어요.」

잠이 덜 깬 랑티에는 처음에는 졸음에 취해 투덜거렸다.

「왜 이래, 빨리 자……. 돌아가셨는데 뭘 어쩌라고.」

그러더니 팔을 짚고 일어나 앉아서 물었다.

「몇 시지?」

「3시.」

「3시밖에 안 됐어? 그럼, 자. 그러다 병나……. 날이 밝으면 가보자고.」

하지만 그녀는 그의 말을 듣지 않고 옷을 입었다. 그러자 다시 이불을 끌어당기며 벽을 향해 돌아누운 그는 여자들이란 머리가 이상한 족속이라며 투덜거렸다. 집에 시체가 있다는 걸 서둘러 알릴 필요가 뭐 있어? 오밤중에 그 소릴 듣고 좋아할 사람은 아무도 없다고. 그는 그녀의 쓸데없는 생각 때문에 잠을 설쳐서 화가 났다. 한편 머리핀까지 자기 소지품을 다 챙긴 후 자기 방으로 돌아간 제르베즈는 더 이상 모자장이와 함께 있는 것을 들킬까 염려할 필요 없이 편안히 앉아 흐느껴 울었다. 처음에는 세상을 뜨는 시간을 잘못 택하셨다고 생각하면서 두려움과 곤란함만을 느꼈지만, 내심 쿠포 할멈을 좋아했었기에 그녀는 크나큰 슬픔을 느꼈다. 그녀는 정적 속에서 혼자 목 놓아 울었는데, 쿠포는 여전히 코를 골며 자고 있었다. 그의 귀에는 아무것도 들리지 않았다. 그녀는 그를 흔들며 부르다가 이내 그가 잠을 깨면 소란스럽기만 하리라는 생각에 조용히 자게 내버려 두었다. 시신 옆으로 돌아가 보니, 나나가 일어나 앉아 눈을 비비고 있었다. 사태를 파악한 나나는 불량스러운 계집애의 호기심으로 할머니를 더 잘 보기 위해 목을 길게 내밀었다. 나나는 아무 말도 하지 않았다. 나나는 놀라며 몸을 좀 떨었지만 아이들에게 금지된 나쁜 것을 기다리듯 이틀 전부터 기다려 온 이 죽음 앞에서 만족을 느끼는 것처럼 보였다. 살고 싶은 마음으로 숨을 거둘 때까지 애를 태운 이 하얀 얼굴 앞에서 어린 암고양이 같은 나나의 눈동자가 커졌다. 나나는 방문 유리창 뒤에 달라붙어 조무래기들과 관계없는 짓을 엿볼 때 등줄기를 타고 지나가던 짜릿한 전율, 그 전율을 다시 느꼈다.

「자, 일어나.」 어머니가 나직이 말했다. 「이제 여기 있으면 안 돼.」

나나는 아쉬워하며 침대에서 내려왔지만, 고개를 돌린 채 시신에서 눈을 떼지 못했다. 제르베즈는 날이 밝을 때까지 아이를 어디에 둬야 할지 몰라 몹시 난처했다. 그녀가 아이에게 옷을 입혀야겠다고 결심했을 때, 바지를 입은 랑티에가 슬리퍼를 끌며 들어왔다. 그는 잠을 잘 수 없었다, 좀 전의 자기 행동이 부끄러웠던 것이다. 그래서 일이 잘 수습되었다.

「애를 내 침대에서 재우지.」 그가 소곤거렸다. 「편하게 잘 수 있을 거야.」

새해 첫날 초콜릿 사탕을 받았을 때처럼 나나는 깜짝 놀란 표정을 지으며 그 맑고 큰 눈으로 어머니와 랑티에를 쳐다보았다. 물론 나나의 등을 떠밀 필요가 없었다. 나나는 속옷 바람으로 조그만 맨발을 바닥에 스치듯 하며 뛰어나갔다. 아직도 따뜻한 침대 속으로 뱀처럼 미끄러져 들어간 나나는 거기서 편안하게 발을 뻗었지만, 몸이 가냘픈 탓에 이불이 별로 솟아오르지도 않았다. 어머니가 방에 들어가서 살펴보니 아이는 말없이 눈을 반짝이고 있었고, 얼굴이 발갛게 상기된 채 잠도 자지 않고 움직이지도 않고 여러 가지를 생각하는 것처럼 보였다.

랑티에는 제르베즈를 도와 쿠포 할멈의 옷을 입혔다. 그것은 간단한 일이 아니었다, 시신이 몹시 무거웠던 것이다. 이 노파가 이렇게 하얗고, 이렇게 무거우리라고 누가 짐작이나 했을까. 그들은 양말을 신기고 흰 속치마, 캐미솔을 입히고 보닛을 씌웠다. 그것은 할멈이 가진 최고의 의복이었다. 쿠포는 여전히 두 박자로, 한 번은 내려가는 둔중한 음조로, 한 번은 올라가는 메마른 음조로 코를 골았다. 그것은 성스러운 금요일 의식에서 연주되는 교회 음악 같았다. 시신에 옷을 입히고 시신을 단정하게 침대에 눕혔을 때, 랑티에는 속이 뒤집힐 듯해서 술 한 잔을 따랐다. 제르베즈는 서랍장을 헤치며 플라상스에서 가져온 구리 십자가를 찾았다. 하지만 쿠포 할멈이 그것을 팔아 버렸다는 것을 기억해 냈다. 그들은 난로에 불을 피웠다. 술병에 남은 술을 마시며 의자에서 반쯤 잠이 든 채 밤을 보낸 그들은 할멈의 죽음이 마치 자기들의 잘못인 양 서로 눈을 피하며 힘들어했다.

7시경, 날이 밝기 전에 마침내 쿠포가 잠이 깼다. 불행한 소식을 들었을 때, 그는 처음엔 울지도 않고 어렴풋이 사람들이 농담을 한다고 생각하며 말을 더듬거렸다. 그러다가 바닥으로 뛰어내려 시신 곁으로 뛰어갔다. 그는 시신을 끌어안고 송아지처럼 울었는데, 하도 굵은 눈물을 흘려 뺨에 닿은 시트가 흠뻑 젖을 정도였다. 남편의 슬픔에 감동해서 제르베즈도 다시 흐느끼기 시작했다. 그래, 이이도 생각보다는 심성이 고운 사람이야. 쿠포의 절망은 격심한 두통을 동반했다. 그는 두 손으로 머리칼을 쥐어뜯었다, 숙취로 입안이 끈적끈적했고 열 시간이나 잤음에도 여전히 머리에 불이 났다. 그는 두 주먹을 불끈 쥐고 한탄했다. 제기랄! 그토록 사랑했던 어머니가 이렇게 세상을 떠나다니! 아! 머리가 너무 아파, 죽을 것만 같아! 숯불로 머리를 지지는 것 같아, 가슴은 찢어질 듯 아프고! 아냐, 운명이 한 남자를 이렇게 괴롭히다니, 이건 옳지 못해!

「자, 힘을 내야지, 이 사람아.」 랑티에가 그를 일으켜 세우며 말했다. 「정신 차려야지.」

랑티에가 술을 한 잔 따라 주었지만, 쿠포는 마시지 않았다.

「내가 어떻게 된 거지? 배 속에 구리가 들었나……. 그래, 어머니야, 어머니를 볼 때마다 구리 냄새가 났거든……. 어머니야, 맙소사! 배 속에 어머니가 들다니, 어머니…….」

그는 어린애처럼 다시 울기 시작했다. 그리고 가슴을 태우는 불을 끄기 위해 술을 마셨다. 랑티에는 가족들에게 알리고 시청에 가서 사망 신고를 한다는 핑계로 곧바로 도망쳐 나왔다. 바깥 공기를 쐬고 싶었던 것이다. 그래서 그는 느긋하게 담배를 피웠고, 쌀쌀하고 신선한 아침 공기를 맛보았다. 르라 부인 집에 들른 후, 바티뇰의 간이식당으로 가서 따끈한 커피 한 잔을 마셨다. 거기서 그는 족히 한 시간 동안 생각에 잠겨 앉아 있었다.

9시부터 가족들이 덧문을 내려 둔 가게로 몰려들었다. 로리외는 울지 않았다. 그는 상황에 맞는 표정으로 잠시 어슬렁거리다가 일이 밀려 있다며 금세 작업장으로 다시 올라갔다. 로리외 부인과 르라 부인은 쿠포 부부를 껴안았고, 눈물이 찔끔 흐르는 눈을 손수건으로 닦았다. 그러다 시신 쪽을 힐끔 쳐다보던 로리외 부인이 별안간 목청을 높여 시신 옆에 램프를 켜두다니 상식에 어긋나는 일이라고 했다. 당연히 촛불을 켜야 했다, 그래서 양초 한 갑을 사 오라고 나나를 보냈다. 흥! 〈절름발이〉 집에서는 괴상하게도 일을 치르는구먼! 사람이 죽으면 어떻게 해야 하는지도 모르니 바보 멍텅구리 아냐! 평생 장례도 한 번 안 치러 본 모양이지? 르라 부인은 이웃집으로 올라가서 십자가를 빌려 와야 했다. 그녀는 유채색 마분지로 만든 예수가 못에 박혀 있는 나무 십자가를 빌려 왔는데, 쿠포 할멈의 가슴을 모두 덮을 정도로 커다란 나무 십자가는 그 무게로 할멈을 짓누르는 듯했다. 이어서 성수를 찾았다. 그러나 아무도 그것을 가지고 있지 않았다, 다시 나나가 교회까지 뛰어가서 성수 한 병을 얻어 왔다. 이리저리 손을 쓰자, 작은방의 모양새가 달라졌다. 작은 탁자 위에서는 촛불이 성수로 가득 찬 유리컵 옆에서 타오르고 있었고, 성수컵에는 회양목 가지 하나가 꽂혀 있었다. 이제 사람들이 와도 적어도 기본은 갖춘 것으로 보일 것이었다. 문상객을 맞이하기 위해 가게 안에 있는 의자들을 둥글게 가지런히 놓았다.

랑티에는 11시가 되어서야 돌아왔다. 그는 장의사 사무실에 들러 이것저것 관련 정보를 얻어 왔다.

「관은 12프랑이오.」 그가 말했다. 「미사를 원한다면, 10프랑이 추가되고. 그리고 영구차는 장식을 어떻게 하느냐에 따라 비용이 달라요.」

「아! 그건 필요 없어요.」 로리외 부인이 놀란 표정으로 고개를 들며 불안스레 소곤거렸다. 「그런다고 어머니가 돌아오실 것도 아니고, 그렇잖아요?…… 주머니 사정에 따라 하는 거지.」

「물론 저도 그렇게 생각해요.」 모자장이가 말했다. 「알아두시라고 가격을 물어본 것뿐입니다……. 원하시는 걸 말씀하세요. 점심 먹고 가서 주문할 테니까.」

덧문 틈으로 들어오는 가느다란 햇빛 속에서 저마다 목소리를 낮추고 말했다. 작은방의 문이 활짝 열려 있었다. 열어젖힌 그 문에서 시신의 깊은 정적이 흘러나왔다. 아이들의 웃음소리가 안마당에서 흘러나왔다, 조무래기들이 희미한 겨울 햇살 아래에서 원을 그리며 빙빙 돌았다. 별안간 나나의 목소리가 들렸다, 좀 전에 맡겨 둔 보슈 부부의 집에서 몰래 빠져나온 것이다. 나나가 날카로운 목소리로 명령을 내렸다, 그러자 신발 뒤꿈치가 일제히 포석을 때리는 한편, 노랫소리가 시끄럽게 짹짹거리는 새소리처럼 울려 퍼졌다.

당나귀, 당나귀, 우리 당나귀,
발이 아프다네.
그래서 마님이 만들어 줬지
예쁜 발싸개와
라일락 구두를!
라, 라, 라일락 구두를!

제르베즈는 자기가 말할 차례를 기다렸다.

「물론 우리는 부자가 아니에요. 하지만 처신은 제대로 해야죠……. 어머니가 남겨 주신 건 아무것도 없지만, 그렇다고 개처럼 땅바닥에 내팽개쳐서는 안 되죠……. 그래, 미사는 올려야 해요, 영구차도 괜찮은 것으로 빌리고…….」

「그런데 돈은 누가 대지?」 로리외 부인이 흥분해서 물었다. 「우린 안 돼, 지난주에 돈을 떼였거든. 자네도 안 될 테지, 빈털터리가 되었으니까…… 아! 정신 좀 차려, 세상을 놀라게 해주는 것도 좋지만, 제 형편도 잘 살펴봐야 할 것 아냐!」

쿠포는 의논을 해도 전혀 관심 없다는 몸짓으로 우물거리기만 했다. 그러다가 그는 의자에서 잠들고 말았다. 르라 부인은 자기 몫을 내겠다고 말했다. 그녀는 제르베즈와 같은 의견이었다, 사람이란 할 도리는 해야 하니까. 그리하여 두 여자는 종이를 가지고 와서 계산을 했다. 도합 약 90프랑이 소요되었다, 왜냐하면 오랜 궁리 끝에 술 장식이 달린 영구차를 빌리기로 결정했기 때문이다.

「자, 우리가 셋이니까…….」 세탁부가 결론지었다. 「30프랑씩 내면 돼요. 그 정도로 망하진 않겠죠.」

로리외 부인이 버럭 화를 냈다.

「뭐라고! 난 안 내, 안 낸다니까!…… 30프랑이 아까워서가 아냐. 10만 프랑이라도 내지, 돈이 있다면, 그래서 어머니가 살아나신다면……. 난 허세를 부리는 건 딱 질색이야. 자넨 가게를 가지고 있으니 동네에서 잘난 척하고 싶겠지. 하지만 우린 아냐, 우린 거기에 끼고 싶지 않다고. 우린 젠체하지 않아……. 그래! 잘해 봐. 영구차에 깃털 장식도 달지그래, 그게 그렇게 좋다면.」

「형님한텐 아무것도 요구하지 않겠어요.」 마침내 제르베즈가 대답했다. 「내 몸을 팔아서라도 그렇게 할 테니, 날 욕하지는 마세요. 지금까지 형님 도움 없이 어머니를 봉양해 왔으니 장례도 형님 도움 없이 치러야겠죠……. 언젠가 한 번 이야기한 적이 있는 것 같은데, 길 잃은 고양이를 주워 온 거나 마찬가지에요, 어머니를 진창길에 내버려 둘 순 없었으니까.」

그러자 로리외 부인이 울었다, 랑티에는 그녀가 밖으로 나가는 것을 막아야 했다. 말다툼이 너무 시끄러워지자 르라 부인이 눈을 부릅뜨며 쉿! 하고 소리를 낸 후, 살그머니 작은방으로 가서 시신이 자기에 대해서 이야기하는 것을 듣고 깨어날까 두려운 듯 시신을 향해 유감스럽고 불안한 시선을 던졌다. 그때 안마당에서 나나의 날카로운 목소리가 다른 목소리들을 압도하는 가운데 어린 계집애들의 원무가 다시 시작되었다.

당나귀, 당나귀, 우리 당나귀,
배가 아프다네.
그래서 마님이 만들어 줬지
예쁜 배 덮개와

라일락 구두를!
라, 라, 라일락 구두를!

「아휴! 저것들이 성가시게 자꾸 노래를 하네!」 신경이 날카로워진 제르베즈가 조바심이 나고 서글퍼져서 흐느낄 듯 랑티에에게 말했다. 「저것들 좀 조용히 시키세요, 나나는 발로 차서 경비실에 좀 맡겨 두고!」

르라 부인과 로리외 부인은 다시 오겠다고 약속하고 점심 식사를 하러 갔다. 쿠포 부부는 식탁에 앉아 돼지고기를 먹었지만 식욕이 없었고, 감히 포크 소리조차 크게 내지 못했다. 그들의 어깨를 짓누르고 모든 방을 가득 채우고 있는 듯한 그 불쌍한 쿠포 할멈의 존재 때문에, 그들은 넋이 나간 표정으로 몹시 힘겨워했다. 그들은 혼란스러웠다. 처음에 그들은 어떻게 할지 몰라 발만 동동 굴렀고, 흥청망청 마시고 논 다음 날처럼 온몸이 쑤시고 아팠다. 랑티에가 나서서 르라 부인이 준 30프랑과 제르베즈가 미친 여자처럼 모자도 쓰지 않은 채 달려가서 구제에게 빌린 60프랑을 들고 장의사에게로 갔다. 오후에 몇몇 문상객이 찾아왔는데, 모두 호기심에 이끌린 이웃 여자들로서 한숨을 쉬며 눈물 어린 눈으로 이리저리 두리번거렸다. 그들은 작은방으로 들어와서 성호를 긋고 성수에 젖은 회양목 가지를 흔들면서 시신을 뚫어지게 쳐다보았다. 그런 다음 가게에 앉아서 지치지도 않고 몇 시간이나 같은 소리를 되풀이하면서 마님에 대해서 끝없이 이야기했다. 르망주양은 시신의 오른쪽 눈이 감기지 않았다고 일러 주었다, 고드롱 부인은 마님이 나이에 비해 꽤나 혈색이 좋다고 끈질기게 되풀이했다, 포코니에 부인은 불과 사흘 전만 해도 마님이 커피 마시는 것을 보았노라고 놀라워했다. 그래, 금세 가는 거야, 각자 떠날 채비를 해둬야 해. 저녁 무렵, 쿠포 부부는 짜증이 나기 시작했다. 시신을 이토록 오래 집에 두다니 가족으로서는 너무나 힘겨운 일이야. 정부는 이 문제에 대해 따로 법률을 만들어야 했어. 다시 저녁, 밤, 아침을 온통 이렇게 보내야 한단 말이야? 맙소사! 언제 끝이 날까? 눈물이 마르면, 안 그래? 슬픔도 짜증으로 변하지, 결국에는 처신도 엉망이 된다니까. 비좁은 방에서 뻣뻣하게 변한 말 없는 쿠포 할멈은 점점 더 커져 온 집을 가득 채웠고, 그 육중한 무게로 사람들을 짓눌렀다. 그러자 의지와 무관하게 일상생활을 되찾은 가족들은 차츰 죽은 이에 대한 경의의 감정을 잃었다.

「저희들과 함께 식사 좀 하세요.」 르라 부인과 로리외 부인이 다시 왔을 때 제르베즈가 말했다. 「너무 슬퍼요, 이제 가지 마세요.」

작업대 위에 식기 세트를 놓았다. 접시를 보면서 각자 거기서 벌였던 즐거운 잔치를 떠올렸다. 랑티에가 돌아왔다. 로리외도 내려왔다. 세탁부가 요리를 할 정신이 없었기 때문에, 방금 막 과자 장수가 투르트[46]를 가져왔다. 모두가 자리에 앉았을 때 보슈가 들어와서 마레스코 씨가 방문하고 싶어 한다고 말했다, 건물 주인은 프록코트에 큰 훈장을 달고서 대단히 엄숙한 표정으로 나타났다. 그는 말없이 인사를 했고, 곧장 작은방으로 가서 무릎을 꿇었다. 그는 독실한 신자였다. 그는 사제처럼 명상에 잠겨 기도했고, 회양목 가지로 시신에 성수를 뿌리면서 허공에 십자가를 그었다. 모든 가족이 식탁을

46 *tourte*. 파이처럼 생긴 가염된 둥근 과자로서 뜨겁게 데워 주로 앙트레로 먹는다.

떠나 깊은 감동에 젖어 서 있었다. 마레스코 씨는 문상을 마친 후 가게로 나와 쿠포 부부에게 말했다.

「내가 온 것은 밀린 2기분 집세 때문이오. 준비가 됐소?」

「아뇨, 주인어른, 다는 안 됐어요.」 로리외 부부 앞에서 집세 요구를 받자 크게 당황한 제르베즈가 더듬거리며 말했다. 「아시다시피 상을 당해서…….」

「압니다, 하지만 누구나 어려움이 있는 법이오.」 건물 주인은 옛 노동자의 굵은 손가락을 펴면서 다시 말했다. 「유감스럽지만, 더 이상 기다릴 수 없습니다……. 모레 아침까지 지불하지 않으면, 어쩔 수 없이 강제 퇴거를 신청하겠소.」

제르베즈는 두 손을 모으고 눈물을 글썽이며 말없이 애원했다. 건물 주인은 골격이 크고 굵은 머리를 세차게 흔들면서 간청해도 소용없음을 알렸다. 게다가 고인에 대한 경의가 일체의 논쟁을 막았다. 그는 뒷걸음질로 조용히 물러났다.

「폐를 끼쳐 대단히 죄송합니다.」 그가 나직이 말했다. 「모레 아침까지입니다, 잊지 마세요.」

물러가면서 다시 작은방 앞을 지나가게 되었을 때, 그는 경건하게 무릎을 꿇고 열린 문을 통해 고인에게 마지막으로 인사를 했다.

좌중은 식사를 즐기는 것처럼 보이지 않으려고 처음에는 서둘러 먹었다. 그러나 디저트 시간이 되자, 모두가 음미하고 싶은 기분에 젖어 천천히 먹었다. 간간이 입안 가득 음식물을 넣은 채 제르베즈 또는 두 자매 가운데 한 사람이 냅킨을 놓지도 않고 작은방의 동태를 살피러 갔다. 다시 와서 앉아 입에 넣은 음식물을 마저 씹고 있으면, 다른 사람들이 옆방에는 아무 일이 없는지 눈짓으로 물었다. 시간이 지나면서 여자들이 옆방을 살피러 가는 횟수도 줄었고, 쿠포 할멈도 잊혀 갔다. 밤샘을 하기 위해 진한 커피를 한 통 가득 끓여 놓았었다. 푸아송 부부가 8시쯤 도착했다. 사람들이 부부에게 커피 한 잔을 권했다. 그러자 제르베즈의 안색을 살피던 랑티에가 아침부터 기다려 온 절호의 기회를 잡은 듯했다. 상을 당한 집에 와서 돈을 요구하는 건물 주인의 더러운 작태를 욕하면서, 그는 갑자기 이렇게 말했다.

「더러운 놈, 미사를 드리는 척하더니만, 위선자 같으니라고!…… 내가 당신이라면, 당장에 가게를 내던졌을 거야.」

피로에 지쳐 정신이 멍해지고 신경이 날카로워진 제르베즈는 자포자기의 심정으로 대답했다.

「아, 그럼요, 법 집행까지 기다릴 생각은 없어요……. 어휴! 진절머리가 나요, 진절머리가.」

〈절름발이〉가 가게를 잃는다는 생각에 흐뭇해진 로리외 부부는 그녀의 말에 적극적인 동의를 표했다. 사람들은 가게 운영에 돈이 얼마나 들어가는지 짐작도 못 해. 남의 가게에서 일하면 3프랑밖에 못 벌지만, 그래도 비용이 들지 않고, 적어도 파산할 염려는 없잖아. 그들은 쿠포를 떠밀어서 이런 주장을 되풀이하게 했다. 그는 술을 많이 마셨다, 그는 계속 감상에 젖어 식사 중에도 혼자서 눈물을 흘렸다. 세탁부가 설득당한 것처럼 보였기 때문에, 랑티에는 푸아송 부부를 보며 눈짓을 했다. 그러자 키다리 비르지니가 끼어들어 아주 상냥하게 말했다.

「이봐요, 우린 서로 좋을 거야. 내가 가게를 이어받을게요, 주인과 집세 문제도 해결하고……. 그러면 당신도 한결 편안해질 테죠.」

「고맙지만 사양할게요.」 퍼뜩 찬 기운이 스쳐 지나가는 듯 제르베즈가 몸서리를 치며 말했다. 「마음만 먹으면 집세쯤이야 얼마든지 마련할 수 있지. 일할 거예요. 내겐 두 팔이 있죠, 고맙게도! 곤경에서 벗어나게 해줄 두 팔 말예요.」

「나중에 이야기합시다.」 모자장이가 서둘러 말했다. 「오늘 저녁은 적당치 않아요……. 나중에, 가능하면 내일이라도.」

그때, 작은방으로 간 르라 부인이 가늘게 비명을 질렀다. 양초가 끝까지 타서 꺼져 버린 탓에, 갑자기 무서웠던 것이다. 모두들 양초를 찾아 불을 켜느라 부산을 떨었다. 그리고 고개를 저으며 시신 곁에 놓은 촛불이 꺼지는 것은 좋은 징조가 아니라고 수군거렸다.

밤샘이 시작되었다. 쿠포는 길게 드러누웠다, 그의 말에 의하면 잠자기 위해서가 아니라 생각하기 위해서였다. 하지만 5분이 지나자 코를 골았다. 나나에게 보슈 부부 집으로 가서 자라고 하자, 나나는 울음을 터뜨렸다. 자기의 좋은 친구 랑티에의 커다란 침대에서 따뜻하게 뒹굴 생각에 아침부터 즐거워하고 있었던 것이다. 푸아송 부부는 자정까지 머물렀다. 커피가 여자들의 신경을 지나치게 자극했기 때문에, 프랑스식으로 포도주를 샐러드 그릇에 담아 돌려 마시기로 했다. 화제가 감상적인 것으로 바뀌었다. 비르지니는 시골 이야기를 했다. 죽으면 숲 속 어딘가 들꽃이 활짝 핀 무덤에 묻히고 싶다는 것이었다. 르라 부인은 벌써 옷장에 수의를 마련해 두었고, 거기에 라벤더 꽃을 넣어 늘 향기가 가득 배게 했다. 죽어서 땅에 묻혔을 때 고운 향기를 맡고 싶기 때문이었다. 이어서 갑자기 순경이 아침에 돼지고기 가게에서 도둑질을 한 예쁜 키다리 아가씨를 붙잡은 이야기를 했다. 경찰서에서 아가씨의 옷을 벗겨 보니, 온몸에 소시지가 열 개나 매달려 있더라는 것이었다. 그러자 로리외 부인이 메스꺼운 표정으로 그런 소시지는 사양하겠노라고 말했기 때문에, 모두가 가볍게 웃기 시작했다. 밤샘은 즐거웠지만, 예법에 어긋날 정도는 아니었다.

그런데 프랑스식 포도주 마시기가 끝났을 때, 작은방에서 기이한 소리, 물 흐르는 듯한 소리가 은근히 들려왔다. 모두가 고개를 들고 서로를 바라보았다.

「아무것도 아녜요.」 랑티에가 목소리를 낮추며 조용히 말했다. 「할머니가 소변을 보시는 겁니다.」

그 설명에 모두가 안심한 듯 고개를 끄덕였고, 술잔을 다시 테이블에 놓았다.

이윽고 푸아송 부부가 일어섰다. 랑티에는 그들과 함께 나갔다. 자기는 친구 집에 갈 테니 부인네들이 자기 침대에서 돌아가며 한 시간씩 쉬라는 것이었다. 로리외는 결혼한 이래 혼자 잠자기는 처음이라고 뇌까리며 자기 집으로 올라갔다. 그러자 잠이 든 쿠포와 함께 남은 제르베즈와 두 자매는 난롯가에 모여 앉아 커피가 식지 않도록 커피 잔을 난로 위에 올려놓았다. 허리를 굽혀 몸을 동그랗게 하고 두 손을 앞치마 밑에 넣은 그들은 얼굴에 불기를 쬐며 동네의 깊은 정적 속에서 아주 낮은 목소리로 이야기를 나누었다. 로리외 부인이 궁상을 떨었다. 검은 상복이 없는 그녀는 가능하면 그것을 사고 싶지 않다는 것이었다, 형편이 너무 좋지 않기 때문에, 너무. 그녀는 자기들이 생신 때 어머니에게 사드린 검정 치마가 아직도 있는지 제르베즈에게 물었다. 제르베즈는 그 치마를 찾으러 가지 않으면 안 되었다. 허리 품만 좀 줄이면 쓸 수 있을 듯했다. 그러나 로리외 부인은 낡은 옷가지 또한 탐냈고, 침대, 장롱, 두 개의 의자 이야기를 하면서 더 나눠 가질 만한 잡동사니를 눈으로 찾았다. 다툼이 일어날 뻔했다. 르라 부인이 끼어들어 두 여자를 진정시켰다. 그녀가 더 공정했다. 쿠포 부부는 어머니를 돌봐 드렸으니 헌 옷가지 정도는 가질 만하다는 것이었다. 그러고서 셋은 다시 난롯가에 앉아 반쯤 졸면서 단조롭게 이야기를 계속했다. 밤은 그들에게 한없이 걸었다. 간간이 머리를 흔들며 커피를 마시고 목을 빼면서 작은 방 쪽을 살폈는데, 거기서는 꺼뜨려서는 안 될 촛불이 심지가 까맣게 타들어 가며 발갛게 키운 불꽃을 쓸쓸히 피워 올리고 있었다. 아침이 밝아 올 무렵, 그들은 난롯불이 뜨거웠음에도 부들부들 몸을 떨었다. 이야기를 많이 한 탓에 지치고 힘들어서 숨 쉬기가 어려웠고, 입이 바짝바짝 마르고 눈이 침침했다. 르라 부인은 랑티에의 침대에 뛰어들어 남자처럼 코를 골았다. 한편 다른 두 여자는 불 앞에서 무릎에 닿을 듯 고개를 떨어뜨린 채 잠이 들었다. 동이 트자 한기가 그들을 깨웠다. 쿠포 할멈의 촛불이 방금 막 다시 한 번 꺼졌다. 그리고 어둠 속에서 은근히 물 흐르는 소리가 다시 시작되었을 때, 로리외 부인이 스스로 마음을 가라앉히기 위해 목소리를 높여 설명했다.

「소변을 보시는 거야.」 다시 양초에 불을 붙이면서 그녀가 말했다.

장례식은 10시 30분으로 예정되어 있었다. 어제 한나절, 지난밤, 거기다 또 오늘 아침까지 이렇게 보내야 한다니! 제르베즈는 동전 한 닢 없었지만, 만일 쿠포 할멈을 세 시간만 더 빨리 데려가 주는 사람이 있다면 1백 프랑이라도 내놓고 싶은 심정이었다. 그렇다, 사람을 사랑해 봤자 소용없다, 죽으면 누구나 귀찮아지는 것이다. 아니, 사랑하면 할수록, 그만큼 더 빨리 치우고 싶어지는 것이다.

장례식 날 아침은 다행히 기분 전환거리가 많은 법이다. 온갖 것을 다 준비해야 하니까. 그들은 우선 식사를 했다. 뒤이어 7층에 사는 장의 인부 바주즈 영감이 관과 겨 자루를 들고 나타났다. 이 영감은 도대체 술이 깨어 있는 법이 없었다. 이날도 아침 8시인데도 어제 마신 술이 아직도 깨지 않아 얼근히 취한 상태였다.

「여차, 여기로군, 그렇죠?」 영감이 관을 내려놓으며 말했다.

새로 짠 그 나무 상자가 바닥에 놓이며 삐걱거리는 소리를 냈다.

겨 자루를 그 옆에 던진 다음 자기 앞에 서 있는 제르베즈를 보았을 때, 영감은 눈을 동그랗게 뜬 채 입을 딱 벌렸다.

「아이고, 죄송합니다, 집을 잘못 찾았소.」 영감이 더듬거렸다. 「사람들이 이 집이라고 해서, 그만.」

영감이 겨 자루를 다시 들자, 세탁부는 이렇게 소리치지 않을 수 없었다.

「그대로 두세요, 여기가 맞아요.」

「허! 젠장맞을! 아무도 설명을 안 해줘서!」 영감이 넓적다리를 탁탁 치며 되풀이했다. 「이제야 알겠소, 할멈이 죽은 게로군…….」

제르베즈는 하얗게 질렸다. 바주즈 영감은 관이 그녀의 것이라고 생각했던 것이다. 영감은 상냥하게 굴면서 변명하려고 애썼다.

「안 그렇소? 어제 사람들이 1층 여자가 죽었다고만 이야기했거든. 그러니 내가 할멈인 줄 몰랐지……. 아시잖소, 직업이 직업이다 보니 이런 이야기는 한쪽 귀로 듣고 한쪽 귀로 흘리거든……. 그래도 다행이오. 안 그렇소? 가능하면 늦게 죽어야 좋은 거지, 사는 게 아무리 지겹다 해도, 아! 그럼, 지겹고 말고!」

영감의 말을 듣고 있던 그녀는 영감이 그 커다랗고 더러운 손으로 덥석 자기를 붙잡아 관 속에 넣을까 두려워 흠칫 뒤로 물러났다. 벌써 결혼식 날 밤에 영감은 자기가 데려가 주면 고마워할 여자를 여럿 알고 있다고 그녀에게 말했었다. 휴! 그녀는 정신이 하나도 없었다, 갑자기 등줄기에 한기가 느껴졌다. 삶이 형편없이 망가졌지만, 그렇게 일찍 세상을 떠나고 싶지는 않았다. 그럼, 지금 죽는 것보다야 오래도록 굶주리는 게 낫지.

「이 양반 취하셨네.」 공포감과 혐오감이 뒤섞인 표정으로 그녀가 중얼거렸다. 「관공서에서는 뭘 하느라고 주정뱅이를 보내는 거야. 세금도 많이 냈는데.」

그러자 장의 인부가 무례한 태도로 빈정거렸다.

「이봐요, 아주머니, 다음번엔 당신 차례가 될 거요. 금세 달려가겠소, 금세! 나한테 살짝 눈짓만 하면 돼요. 내가 바로 부인네들의 위안부거든……. 바주즈 영감에게 침일랑 뱉지 마쇼, 당신보다 더 예쁜 여자도 안아 봤는데, 어둠 속에서 잠자는 게 좋은지 불평 한마디 없이 몸을 맡기더라고.」

「입 닥쳐요, 바주즈 영감!」 승강이하는 소리를 듣고 달려온 로리외가 매섭게 말했다. 「이 자리에서 할 농담이 아니잖소. 항의라도 들어가면, 당신은 해고요……. 자, 나가요, 규정도 무시하니, 원.」

장의 인부는 멀어져 갔지만, 길바닥에서 오래도록 투덜거리는 소리가 들렸다.

「뭐, 규정이라고!…… 규정이 어디 있어……. 규정이 어디 있냐고……. 성실하게 일하면 그만이지!」

이윽고 10시가 울렸다. 영구차가 늑장을 부려 아직도 오지 않았다. 가게에는 벌써 마디니에 씨, 〈장화〉, 고드롱 부인, 르망주 양 등 친구들과 이웃들이 와 있었다. 1분이 멀다 하고 닫힌 덧창 틈으로 또는 활짝 열린 문을 통해 남자들과 여자들이 목을 빼고 이 굼벵이 영구차가 오고 있는지 살폈다. 가족들은 안쪽 방에 모여서 서로 손을 잡았다. 짧은 침묵이 이어지다가 무엇인가 재빠르게 속삭이는 소리가 들렸고, 모두가 초초하게 기다리는 가운데 갑자기 드레스 스치는 소리가 나서 돌아보면 로리외 부인이 잊고 온 손수건을 가지러 가거나 르라 부인이 기도서를 빌리러 가고 있었다. 가게에 들어온 누구에게나 작은방 한가운데, 침대 바로 앞에 놓인 뚜껑 열린 관이 보였다. 모두가 자기도 모르게 곁눈질을 하며 살집이 좋은 쿠포 할멈이 과연 그 안에 들어갈 수 있을까 가늠했다. 그리고 입 밖으로 내어 말하지는 않았지만, 시선에 그런 생각을 담아 서로를 쳐다보았다. 그때 거리로 통하는 문가에서 왁자지껄한 소리가 났다. 마디니에 씨가 와서 팔짱을 낀 채 엄숙하고 점잖은 목소리로 알려 주었다.

「그들이 도착했습니다!」

그것은 영구차가 아니었다. 네 명의 장의 인부가 잰걸음으로 들어왔는데, 충혈된 눈에 손은 이삿짐 인부처럼 거칠었고, 지린내 나는 검정 작업복은 쉼 없이 관을 스친 탓에 허옇게 닳아 있었다. 술에 거나하게 취한 바주즈 영감이 짐짓 예의를 갖추며 앞장을 섰다. 일을 시작하자 영감은 냉정을 되찾았다. 그들은 한마디도 하지 않고 약간 고개를 숙인 채 눈으로 쿠포 할멈의 무게를 쟀다. 작업이 지체 없이 진행되었다, 순식간에 불쌍한 노파에게 수의를 입혔다. 가장 키가 작은 사팔뜨기 젊은 인부가 겨를 관 속에 쏟았고, 빵이라도 만들 듯 그것을 이리저리 휘저으며 골고루 펴지게 했다. 깡마른 키다리 인부는 익살스러운 표정으로 그 위에 시트를 펼쳤다. 이어서 하나, 둘, 엇차! 네 인부가 둘은 다리를, 둘은 머리를 잡고 시신을 훌쩍 들어 올렸다. 크레이프라 할지라도 이렇게 빨리 뒤집지는 못하리라. 목을 빼고 구경하던 사람들의 눈에는 쿠포 할멈이 스스로 관 속으로 뛰어든 것처럼 보였다. 할머니가 마치 제집처럼 미끄러져 들어갔어, 아! 잘 맞아, 너무 잘 맞아서 시신이 새 널빤지에 가볍게 스치는 소리까지 들렸어. 액자 속의 그림처럼 시신은 빈틈없이 꼭 들어맞았다. 어쨌든 시신이 쉽사리 관에 들어갔다는 사실은 참석자들을 놀라게 했다. 분명히 시신이 전날에 비해 작아진 것이 틀림없었다. 한편 장의 인부들은 일어나서 가만히 기다렸다. 관 뚜껑을 손에 든 키 작은 사팔뜨기가 가족들에게 마지막 작별 인사를 하라고 했다. 바주즈 영감은 못을 입에 물고 망치를 손에 잡았다. 그러자 쿠포, 두 자매, 세르베즈, 그 외 다른 사람들이 털썩 무릎을 꿇고 이승을 떠나는 할멈을 포옹하며 눈물을 흘리는 바람에, 굵은 눈물방울이 얼음처럼 싸늘하게 굳은 할멈의 얼굴 위로 점점이 떨어져 굴렀다. 흐느낌이 한동안 계속되었다. 뚜껑이 닫히자, 바주즈 영감은 솜씨 좋은 포장장이처럼 못 한 개를 두 번씩 때려 박아 넣었다. 사람들의 울음소리가 가구를 수선하는 듯한 소란 속에 묻혀 버렸다. 끝났다. 일행은 출발했다.

「이런 날에 도대체 웬 허세야!」 로리외 부인이 문 앞에 서 있는 영구차를 보고서 남편에게 말했다.

영구차로 동네가 떠들썩했다. 내장 가게 여자는 식료품 점원들을 불렀고, 키 작은 시계포 주인은 한길로 뛰어나왔으며, 이웃들은 창가에서 고개를 내밀었다. 모든 사람들이 새하얀 무명 술 장식에 대해 이야기했다. 허 참! 저럴 돈이 있으면 빚을 갚아야지! 하지만 로리외 부부의 말처럼, 허세란 때와 장소를 가리지 않는 법이다.

「부끄러운 줄도 몰라!」 바로 그때 제르베즈가 사슬장이와 그 마누라를 일컬어 그렇게 말했다. 「저 구두쇠들은 자기 어머니 장례식인데도 제비꽃 한 다발 안 가지고 온다니까!」

기실 로리외 부부는 빈손으로 왔다. 르라 부인은 조화로 만든 화환을 가져왔다. 관 위에는 쿠포 부부가 사온 보릿대 국화 화환과 꽃다발 하나가 놓여 있었다. 장의 인부들은 시신을 들어 영구차에 싣기 위해 힘껏 어깻짓을 해야 했다. 행렬을 이루는 데 시간이 걸렸다. 연미복을 입은 쿠포와 로리외가 모자를 손에 들고 행렬을 이끌었다. 아침에 마신 술로 다시 감상에 젖은 쿠포는 다리에 힘이 없고 머리가 아파서 매부의 팔에 매달렸다. 이어서 남자들이 걸어갔다, 검은 예복 차림으로 표정이 사뭇 진지한 마디니에 씨, 작업복 위에 짤막한 외투를 입은 〈장화〉, 노란 바지가 눈에 띄는 보슈, 랑티에, 고드롱, 〈불고기 병정〉, 푸아송, 기타 등등. 여자들이 그 뒤를 따랐다, 첫 줄에 고인의 옷을 손질해서 입은 로리외 부인, 윗옷에 라일락 꽃을 달아 임시 상복으로 꾸미고 그 위에 숄을 두른 르라 부인이 섰고, 뒤를 이어 비르지니, 고드롱 부인, 포코니에 부인, 르망주 양, 그 외 다른 사람들이 따라갔다. 행인들이 성호를 긋기도 하고 모자를 벗어 애도를 표하기도 하는 가운데 영구차가 덜컹거리며 구트도르 가를 따라 천천히 내려갔을 때, 네 명의 장의 인부가 선두에 나서서 두 명은 영구차 앞에, 다른 두 명은 영구차 좌우에 서서 걸어갔다. 제르베즈는 남아서 가게 문을 닫았다. 그녀가 나나를 보슈 부인에게 맡기고 행렬에 합류하러 뛰어가는 동안, 문지기 여자에게 손을 잡힌 나나는 현관 아래에서 흥미진진한 눈초리로 할머니가 아름다운 마차에 실려 거리 저쪽으로 사라져 가는 것을 바라보았다.

세탁부가 숨을 헐떡거리며 행렬의 후미를 따라잡은 바로 그 순간, 구제도 행렬에 합류했다. 그는 남자들의 대열에 섰다. 그러나 그가 뒤를 돌아보며 그녀에게 너무도 다정하게 인사를 했기 때문에, 그녀는 갑자기 서러움이 복받쳐 다시 눈물을 흘렸다. 그녀는 이제 다만 시어머니 때문에 우는 것이 아니었다. 그녀는 입으로 말할 수 없는, 하지만 그녀를 질식시키는 무엇인가 끔찍한 것 때문에 울었다. 영구차를 따라가는 동안 그녀는 내내 손수건을 눈에 대고 있었다. 눈물 한 방울 흘리지 않아 볼이 메마르고 상기된 로리외 부인은 올케의 그런 태도를 비난하듯 곁눈질로 노려보았다.

성당에서 의식은 금세 끝났다. 그렇지만 미사는 사제가 몹시 늙은 분이었기 때문에 다소 길어졌다. 〈장화〉와 〈불고기 병정〉은 기부금 때문에 밖에 나가 있고 싶어 했다. 마디니에 씨는 장례식 내내 사제들을 유심히 보더니 자기가 관찰한 바를 랑티에에게 말했다. 저 익살 광대들은 라틴어를 주워섬기지만, 실은 자기가 무엇을 지껄이는지도 모르고 있어. 저들은 마음속에 실낱같은 동정심도 없이 세례나 혼례와 마찬가지로 장례를 치른단 말이야. 그런 다음 마디니에 씨는 요란한 의식, 무수한 촛불, 가족들 앞에서 짐짓 슬픈 척하는 목소리와 태도를 비난했다. 정말이야, 결국 가족들은 집에서 그리고 성당에서 두 번이나 죽어나는 거지. 모든 사람들이 그 말이 옳다고 했다, 왜냐하면 미사가 끝난 후에도 횡설수설하는 기도 시간, 참석자들이 시신 앞을 지나며 성수를 뿌려야 하는 시간 등 괴로운 절차들이 남아 있었기 때문이다. 다행히 묘지는 멀지 않았다, 샤펠 지구의 작은 묘지는 마르카데 가로 통하는 공원 끄트머리에 있었다. 묘지에 도착했을 때 행렬이 흐트러졌고, 구둣발 소리가 울리는 가운데 각자 자기 관심사를 이야기하고 있었다. 지면이 단단해서 소리가 잘 울렸기 때문에, 모두들 구두 바닥으로 지면을 쿵쿵 밟아 보았다. 좀 전에 내려놓은 관 옆에 입을 쩍 벌리고 있는 구덩이는 이미 완전히 얼어붙어서 석고 채석장처럼 희끄무레하고 껄끄러웠다. 흙무더기 옆에 늘어선 참석자들은 추운 날씨에 기다리는 것도 힘겨웠고, 무덤구덩이를 쳐다보는 것도 유쾌하지 못했다. 마침내 법의를 입은 사제가 작은 집에서 나왔다, 그는 몸을 덜덜 떨었고, 〈데 프로푼디스〉[47]를 내뱉을 때마다 입에서 하얀 입김이 나오는 게 보였다. 마지막 성호를 긋자마자, 그는 다시 시작할 생각이 전혀 없다는 듯 서둘러 달아났다. 무덤 파는 인부가 삽을 들었다. 그러나 흙이 얼어붙어 있었기에 그는 커다란 흙덩어리들만을 겨우 떼어 내서 구덩이에 던졌는데, 흙덩어리들이 관 위에 떨어지는 소리가, 진짜 포격, 대포의 연타를 연상시키는 그 소리가 얼마나 요란했던지 참석자들은 관

47 *de profundis*. 〈깊은 심연으로부터〉라는 뜻을 지닌 라틴어. 여기서는 라틴어 번역 성서의 「시편」 129편 「성전에 올라가는 노래」 가운데 〈데 프로푼디스〉로 시작되는 애도가를 가리키는 것으로 보인다.

의 널빤지가 쪼개진 것이 아닌가 걱정했다. 제아무리 구제 불능의 이기주의자라도 이 오묘한 음악을 듣는다면 가슴이 찢어질 듯 아플 것이다. 또다시 눈물이 솟구쳤다. 일행은 자리를 떠나 밖으로 나갔다, 그러나 여전히 포성이 귀에 들렸다. 입김을 호호 불어 손가락을 녹이던 〈장화〉가 큰 소리로 말했다.「에이! 염병할! 이게 뭐람! 쿠포 할멈이 따뜻하게 지내기는 글렀잖아!」

「참석자 여러분.」 함석장이가 가족들과 함께 길에 서 있던 몇몇 친구들에게 말했다.「괜찮으시다면, 음료라도 대접하고 싶습니다…….」

그가 앞장서서 마르카데 가에 있는 〈묘지에서 내려오는 길에〉라는 술집으로 들어갔다. 길에 서 있던 제르베즈는 다시 고갯짓으로 인사한 후 멀어져 가는 구제를 불렀다. 왜 한잔 안 하세요? 하지만 그는 바빠서 작업장으로 돌아가야 했다. 그들은 잠시 아무 말 없이 서로를 바라보았다.

「일전에 빌린 60프랑은 너무 죄송해요.」 이윽고 세탁부가 속삭이듯 말했다.「미칠 지경이었거든요, 당신밖에 생각이 안 나서…….」

「아! 천만에요, 괜찮습니다.」 대장장이가 말을 가로막았다.「말씀하세요, 언제라도, 힘든 일이 있으면…… 하지만 어머니한테는 이야기하지 마세요, 어머니한테는 어머니 생각이 있으니까, 그리고 저는 어머니 말씀을 거역하고 싶지 않으니까요.」

그녀는 여전히 그를 바라보고 있었다. 그의 아름다운 노란 수염과 함께 그토록 선량하고 그토록 슬픈 눈을 보면서 그녀는 예전에 그가 했던 제안, 어디론가 달아나서 둘이 함께 행복하게 살자던 제안을 당장이라도 받아들이고 싶었다. 그런 다음 나쁜 생각, 무슨 수를 써서라도 그에게서 2기분의 집세를 빌려 보자는 생각이 떠올랐다. 그녀는 몸을 떨면서 애무하는 듯한 목소리로 다시 말했다.

「우리 사이가 나빠진 건 아니죠, 그렇죠?」

그는 고개를 저으며 대답했다.

「물론 아닙니다, 앞으로도 나빠지지 않을 테고……. 다만 아시겠지만, 모든 게 끝났습니다.」

구제는 제르베즈를 남겨 두고 성큼성큼 가버렸는데, 그녀는 정신이 아득해지는 가운데 구제의 마지막 한마디가 성당의 종소리처럼 귓전에 울리는 것을 들었다. 술집에 들어가서도 자신의 내면 깊숙한 곳에서 나직이 울리는 그 소리가 들렸다. 〈모든 게 끝났어, 아! 모든 게 끝났어. 내겐 아무런 희망도 없는 거야, 모든 게 끝났다면!〉 그녀는 자리에 앉아 빵과 치즈를 한 입 삼켰고, 앞에 놓인 술잔을 비웠다.

1층에는 천장이 낮은 기다란 홀, 두 개의 커다란 테이블이 지배하는 기다란 홀이 있었다. 테이블 위에는 포도주 병들, 4등분한 빵 조각들, 세 개의 접시 위에 놓인 큼직한 삼각형 브리 치즈 조각들이 줄지어 놓여 있었다. 일행은 식탁보도 포크도 나이프도 없는 테이블에서 격식 없이 선 채로 먹었다. 좀 더 멀리 탁탁 소리를 내며 석탄불이 타고 있는 난롯가에서는 네 명의 장의 인부가 점심 식사를 끝내는 중이었다.

「그래요!」 마디니에 씨가 말했다. 「각자 자기 차례가 있는 겁니다. 늙은이가 젊은이에게 자리를 내주는 거고……. 이제 집에 돌아가면, 집이 텅 빈 것 같을 거요.」

「아! 동생은 그 집을 떠날 거예요.」 로리외 부인이 표독스럽게 말했다. 「망했거든요, 가게가.」

사람들이 쿠포를 설득했다. 모두가 가게를 넘기라고 재촉했다. 르라 부인까지도 얼마 전부터 랑티에, 비르지니와 함께 잘 지내게 되었고, 더욱이 랑티에와 비르지니가 애인 사이가 된 것이 틀림없다는 생각에 호기심이 잔뜩 동했기에 파산과 감옥을 들먹이며 끔찍하다는 표정을 지었다. 그때 이미 얼근히 취한 함석장이가 화를 벌컥 냈다, 슬픔이 분노로 변한 것이다.

「이봐.」 그가 마누라 코앞에 대고 말했다. 「제발 말 좀 들어! 늘 당신 고집 때문에 일을 망치잖아. 이번에는 내 맘대로 할 거야, 알겠어?」

「암, 그래야지!」 랑티에가 말했다. 「저 여자는 좋은 말로 해서는 절대 안 들어! 그걸 깨닫게 해주려면 망치가 필요할걸.」

두 남자는 잠시 그녀에게 욕을 퍼부었다. 그렇다고 턱을 못 움직이는 것은 아니었다, 브리 치즈가 사라졌고, 포도주가 샘물처럼 흘러갔다. 한편 제르베즈는 욕을 바가지로 얻어먹으면서 힘이 쭉 빠졌다. 그녀는 아무 대답도 없이 엄청 배가 고픈 양 서둘러 입안 가득 음식을 쑤셔 넣었다. 욕을 하던 두 남자가 지쳤을 때, 그녀가 천천히 고개를 들고 말했다.

「그만해요, 네? 나도 가게라면 지긋지긋해! 다 필요 없어요……. 아시겠어요? 지긋지긋하다니까! 모든 게 끝났어요!」

그러자 일행이 치즈와 빵을 다시 주문했다, 그러고서 진지하게 논의를 했다. 푸아송 부부가 가게를 인수하고 밀린 2기분의 집세를 떠맡겠다고 했다. 보슈는 거드름을 피우면서 주인을 대신해서 그 조정안을 받아들였다. 게다가 그는 즉석에서 쿠포 부부에게 방을, 로리외 부부와 같은 층인 7층의 빈방을 세주겠다고 했다. 그런데 맙소사! 랑티에는 푸아송 부부에게 폐가 안 된다면 자기 방을 그대로 쓰고 싶다고 했다. 순경은 고개를 끄덕이며 동의를 표했다, 전혀 폐가 될 것 없어. 정견은 달라도 친구끼리는 언제나 이해할 수 있지. 겨우 걱정거리를 매듭지었다는 듯 랑티에는 더 이상 양도 문제에는 끼어들지 않고 브리 치즈를 듬뿍 발라서 커다란 타르틴[48]을 만들었다. 몸을 뒤로 젖힌 채 음험한 기쁨에 불타서 얼굴이 상기된 그는 여유롭게 빵을 씹었고, 눈을 깜박이며 제르베즈와 비르지니에게 번갈아 욕망의 시선을 던졌다.

「이봐요! 바주즈 영감!」 쿠포가 불렀다. 「와서 한잔하쇼. 차별이 없어야지, 우린 다 같은 노동자니까.」

술집을 나가려던 참이었던 네 장의 인부는 일행과 한잔 나누기 위해 다시 들어왔다. 탓하는 건 아니지만 좀 전의 마님은 꽤나 무거웠소, 그러니 우리가 한잔 얻어먹을 자격이 있지. 바주즈 영감은 한마디도 무례한 말을 내뱉지 않았다, 다만 세탁부를 빤히 쳐다볼 뿐이었다. 불편함을 느낀 제르베즈는 자리에서 일어나 술에 취해 가는 남자들 곁을 떠났다. 벌써 만취한 쿠포는 다시 꺼이꺼이 울면서 너무 슬프다고 했다.

그날 저녁, 제르베즈는 집으로 돌아와서 의자에 멍하니 앉아 있었다. 방이 적막강산처럼 느껴졌다. 그래, 걱정거리가 없어진 건데 뭘. 하지만 마르카데 가의 작은 공원 무덤구덩이에 그녀가 두고 온 것은 쿠포 할멈만이 아니었다. 그녀는 너무도 많은 것을 잃었다, 그날 그녀가 거기에 묻은 것은 자신의 삶의 한 조각, 자신의 가게, 여주인으로서의 자긍심 그리고 다

48 *tartine*. 버터, 잼, 치즈 등을 바른 바게트 조각.

른 많은 소중한 감정들이었다. 그렇다, 사방의 벽도 그녀의 가슴도 아무것도 없이 헐벗고 있었다, 그것은 완전한 전락이요, 수렁으로의 추락이었다. 지쳤어, 나중에 다시 일어서야지, 할 수만 있다면.

10시에 옷을 벗으면서 나나는 발을 동동 구르며 울었다. 할머니의 침대에서 자고 싶었던 것이다. 엄마는 나나에게 겁을 주려고 했다. 그러나 몹시 조숙한 계집애에게는 죽음조차 오직 깊은 호기심만을 불러일으킬 뿐이었다. 하도 시끄럽게 굴어서 엄마는 집 안을 조용하게 하기 위해 마침내 할머니의 침대에서 자는 것을 허락했다. 이 어린 계집애는 넓은 침대를 좋아했다. 나나는 침대에 누워 뒹굴었다. 그날 밤 나나는 매트리스의 깃털이 살을 간질이는 가운데 따뜻한 온기 속에서 매우 잘 잤다.

10

쿠포 부부의 새 집은 7층 B 계단에 있었다. 르망주 양의 방 앞을 지나면 왼쪽으로 통로가 나 있다. 그런 다음 다시 한 번 돌아야 했다. 첫 번째 문은 비자르 가족의 문이었다. 그 맞은편 구멍 안에, 지붕으로 통하는 작은 계단 밑에 있는, 공기도 통하지 않은 구멍 안에 브뤼 영감이 살았다. 거기서 두 방을 지나면 바주즈 영감의 방이 나온다. 바주즈 영감의 옆방이 바로 쿠포 부부의 거처였는데, 거기에는 방 하나와 안마당이 보이는 곁방 하나가 있었다. 쿠포 부부의 거처에서 복도 안쪽으로는 두 방밖에 없었고, 복도 끝 막다른 곳에 로리외 부부의 집이 있었다.

방 하나와 곁방 하나, 그것이 전부였다. 쿠포 부부는 이제 그런 곳에서 살아야 했다. 방은 손바닥만 한 크기였다. 거기서 모든 것을 해결하지 않으면 안 되었다, 먹고, 자고, 그 밖의 것을. 곁방에는 나나의 침대가 겨우 들어갔다. 옷은 엄마 아빠의 방에서 갈아입어야 했고, 밤에 잘 때에는 질식하지 않도록 문을 열어 두어야 했다. 집이 너무도 좁아서 짐을 다 넣을 수 없었으므로, 제르베즈는 이사하면서 푸아송 부부에게 여러 물건을 넘겨주었었다. 침대, 식탁, 의자 네 개로 집이 꽉 차버렸다. 발 디딜 틈도 없었지만 서랍장을 두고 올 용기가 나지 않았기에, 그놈의 커다란 가구를 방으로 들여놓았더니 창문의 절반이 가려지고 말았다. 창문 한 짝을 열 수 없게 되자 방에 햇빛이 잘 들지 않아 상쾌한 분위기라고는 찾아볼 수 없었다. 제르베즈는 안마당을 내려다보고 싶었지만 살이 많이 찐 탓에 창틀에 팔꿈치를 올려놓을 만한 공간도 없었고, 굳이 바깥을 보자면 비스듬하게 몸을 숙이고 목을 비틀어야만 했다.

처음 며칠 동안, 세탁부는 앉아서 울기만 했다. 넓은 데서 살다가 몸도 움직일 수 없는 방에서 지내는 것이 너무도 서글펐다. 숨이 막혔던 탓에 그녀는 벽과 서랍장 사이에서 목을 비틀어야 해서 괴로웠지만 그래도 몇 시간이고 창가에 머물렀다. 오직 거기서만 숨을 쉴 수 있었다. 그렇지만 안마당은 그녀에게 슬픈 생각밖에 불러일으키지 않았다. 맞은편 양지바른 곳에서 그녀는 자신의 옛꿈이었던 6층 창문을 다시 보았는데, 그 창문에서는 해마다 봄이 오면 스페인 강낭콩이 줄로 엮은 아케이드 위로 가느다란 줄기를 감아올리곤 했었다. 그녀의 방은 음지쪽에 있어서 화분에 심은 물푸레나무가 일주일 만에 죽고 말았다. 아! 안 돼, 삶이 이상하게 돌아가고 있어, 이건 내가 꿈꾸던 삶이 아냐. 꽃밭에서 노후를 보내기는커녕 더러운 진창에서 뒹굴고 있어. 어느 날 고개를 내밀고 아래를 보고 있던 그녀는 이상한 느낌이 들었다, 경비실 옆 중앙 현관에서 얼굴을 하늘로 들고 처음으로 이 건물을 살피던 날의 자기 자신을 얼핏 본 듯했던 것이다. 대번에 13년의 세월을 거슬러 올라갔기에 사뭇 가슴이 두근거렸다. 안마당은 별로 변한 게 없었다. 헐벗은 건물 전면만이 예전보다 좀 더 검어지고 얼룩진 듯했다. 녹슨 하수구 뚜껑에서 악취가 올라왔다. 창에 매어 놓은 동아줄에는 오줌 자국이 난 어린애 이부자리와 빨래가 걸려 있었다. 아래쪽 군데군데 파인 포석은 자물쇠 가게의 석탄재와 목공소의 대팻밥으로 더러워져 있었다. 또한 질척한 수돗가에서는 염색소에서 흘러나온 염색물이 구덩이를 이루었는데, 그 푸른빛은 그 옛날의 염색물만큼이나 부드럽고 아름다웠다. 그러나 지금의 그녀는 완전히 변했고, 예전의 미색을 잃었다. 그녀는 더 이상 아래에서 하늘을 올려다보며 용기 있게 아름다운 아파트를 흐뭇하게 꿈꾸던 젊은 여자가 아니었다. 이제 그녀는 지붕 밑 가난뱅이들의 거처에, 햇빛조차 들어오지 않는 더러운 굴에 살고 있었다. 그러니 그녀가 눈물을 흘리는 것도, 자기의 운명을 한탄하는 것도 이해할 수 있는 일이었다.

그렇지만 제르베즈는 차츰 익숙해졌고, 새집에서의 살림도 그렇게 나쁘게만 전개된 것은 아니었다. 겨울이 거의 끝났고, 너절한 가구를 비르지니에게 넘긴 덕분에 정착하기도 어렵지 않았다. 게다가 날씨가 좋아지면서 행운이 찾아왔다. 쿠포가 일자리를 구해서 지방으로, 에탕프로 가게 된 것이다. 거기서 그는 석 달가량 있었다. 그는 술도 마시지 않았고, 시골의 맑은 공기 덕분에 건강도 삽시간에 좋아졌다. 거리가 온통 증류주와 포도주 냄새로 가득한 파리의 공기를 벗어난다는 것이 주정뱅이들에게 얼마나 이로운 일인지 아무도 모를 것이다. 집으로 돌아왔을 때 그는 장미꽃처럼 신선했고, 더욱이 4백 프랑이나 벌어 왔기에 그 돈으로 그들은 푸아송 부부가 대납한 2기분의 집세와 동네의 소소한 빚 가운데 가장 성가신 것들을 갚았다. 그 덕분에 제르베즈는 지금까지 피해 다녔던 두세 거리를 마음 놓고 다닐 수 있게 되었다. 물론 그녀도 일당을 받는 날품팔이 다림질장이가 되었다. 치켜세워 주기만 하면 선량하기 그지없는 포코니에 부인이 다시 그녀를 고용해 주었던 것이다. 게다가 그녀가 세탁소 주인이었던 점을 감안하여 최상급 노동자에게 주듯 일당 3프랑을 주었다. 따라서 살림은 어떻게든 꾸려 갈 수 있을 듯했다. 심지어 절약만 한다면, 빚도 청산하고 그럭저럭 괜찮게 살아갈 날도 올 것 같았다. 다만 그런 청사진을 꿈꾼 것은 남편이 벌어온 상당한 돈 때문에 마음이 들떴을 때였다. 열기가 식자 그녀는 다시 하루하루 되는대로 살았고, 호시절이란 그리 오래가지 않는 법이라고 되뇌었다.

그 당시 쿠포 부부의 마음을 가장 괴롭혔던 것, 그것은 푸아송 부부가 그들의 가게에서 보란 듯이 살아가는 것을 지켜보는 일이었다. 그들은 태생적으로 질투가 심한 편은 아니었다, 그러나 사람들이 그들을 자극했는데, 일부러 그들 앞에서 그들의 후계자들이 가게를 멋지게 꾸며 놓았다고 감탄하는 것이었다. 보슈 부부, 특히 로리외 부부가 입에 침이 마르도록 칭찬을 했다. 그들의 말에 따르면, 더 이상 아름다운 가게를 보기란 불가능했다. 그리고 그들은 푸아송 부부가 이사했을 때 가게가 얼마나 더러웠던지 세척을 하는 데만 무려 30프랑이 들었다고 했다. 비르지니는 망설임 끝에 사탕, 초콜릿, 커피, 차를 파는 작은 고급 식료품점을 열기로 결심했다. 그 장사를 강력하게 권한 랑티에에 의하면 기호품 장사는 이문을 굉장히 많이 남긴다는 것이었다. 가게는 두 가지 보색으로 칠했는데, 검은 색 바탕에 노란 줄무늬를 넣어 강조했다. 세

명의 목수가 일주일 동안 칸막이 선반, 유리창, 과자점처럼 주둥이가 넓은 유리병을 놓는 선반, 그런 선반을 갖춘 카운터 등을 만들었다. 푸아송이 따로 간직해 온 얼마 안 되는 유산이 적잖이 없어졌음이 틀림없었다. 그러나 비르지니는 의기양양했고, 로리외 부부는 문지기 부부와 함께 제르베즈에게 칸막이 선반, 유리창, 주둥이가 넓은 유리병 등을 빠짐없이 이야기해 주며 그녀의 안색이 변하는 것을 즐겼다. 샘을 내지 않으려고 애써 봤자 소용없다, 남이 자기 구두를 신고 자기를 밟으면 화를 내지 않는 사람이 어디에 있을까.

게다가 남자 문제가 있었다. 사람들은 랑티에가 제르베즈를 버렸다고 떠들어 댔다. 동네에서는 그것 참 잘됐다고 했다. 마침내 거리에 풍기가 좀 잡힌 것이다. 이별의 명예는 여자들이 여전히 덮어놓고 믿는 그 교활한 모자장이에게 돌아갔다. 구체적인 소문이 돌았는데, 그가 세탁부를 진정시키기 위해 따귀를 때렸음이 틀림없다, 그만큼 그녀는 그에 대한 집착이 강했다는 것이다. 물론 아무도 진실을 알지 못했다. 진실을 알 만한 사람들은 그 진실이 너무 단순하고 재미가 없다고 생각했다. 진실인즉 랑티에가 제르베즈와 헤어졌다면, 그것은 오직 그가 그녀를 밤낮으로 마음껏 부려 먹을 수 없게 됐다는 의미에서일 뿐이었다. 지금도 욕망이 일 때 그가 7층으로 그녀를 만나러 간다는 것은 확실했다, 왜냐하면 르망주양이 자연스럽지 못한 시간에 쿠포 부부의 집에서 나오는 그와 마주쳤기 때문이다. 결국 별다른 쾌감도 없이 둘의 관계는 되는대로 아무렇게나 지속되고 있었다. 그저 습관적으로, 서로에 대한 배려로, 그 이상은 아니었다. 그런데 문제를 복잡하게 만드는 것, 그것은 동네 사람들이 이제 랑티에와 비르지니가 동침한다고 생각하는 것이었다. 그 점에 있어서는 동네 사람들이 지나치게 성급했다. 물론 모자장이는 갈색 머리 키다리를 탐하고 있었을 것이다. 그녀가 이 집의 모든 것을 제르베즈에게서 물려받은 이상, 그것은 충분히 예상할 수 있는 일이었다. 때마침 우스운 농담이 돌았다, 어느 날 밤 그가 습관처럼 옆방 침대에서 제르베즈를 찾아 데리고 왔는데 실은 그게 비르지니였고, 어둠 속에서 새벽이 올 때까지 그녀를 알아보지 못하고 함께 잤다는 것이다. 이 농담은 사람들을 즐겁게 했지만, 사실 그는 그리 멀리 나아가지 못하고 있었다, 이제 겨우 그녀의 엉덩이를 꼬집어 보았을 뿐이었다. 로리외 부부는 세탁부 앞에서 랑티에와 푸아송 부인의 관계를 정겨운 사랑으로 이야기하면서 그녀의 질투를 자극했다. 보슈 부부 역시 그처럼 아름다운 한 쌍은 본 일이 없다고 했다. 그 모든 것과 관련해서 기이한 것은 구트도르 가가 푸아송 부부와 랑티에가 꾸린 새로운 삼자 살림에 대해서 전혀 기분 나빠 하지 않았다는 사실이다. 그랬다, 제르베즈에게는 그토록 가혹하던 도덕이 비르지니에게는 부드럽기 짝이 없었다. 아마도 거리의 관대한 미소는 남편이 순경이라는 사실에서 비롯되는 듯했다.

지금까지 제르베즈는 질투로 속을 끓이지는 않았었다. 랑티에의 불성실에도 그녀는 평정을 유지했었는데, 왜냐하면 자신들의 관계에 헛되이 마음을 쓰지 않은 지 오래되었기 때문이다. 알려고 애쓰지 않았음에도 소문으로 그녀는 더러운 이야기, 즉 모자장이가 온갖 여자들, 특히 거리를 쏘다니는 못된 창녀들과 관계를 맺고 있다는 것을 잘 알고 있었다. 그러나 그런 것쯤이야 전혀 대수롭게 여겨지지 않았고, 그랬기에 관계를 청산할 정도로 실망을 느끼지도 못한 채 계속해서 상냥하게 대해 주었었다. 그렇지만 자기 연인이 이번에 가진 새 애인만큼은 쉽사리 받아들일 수가 없었다. 비르지니라면, 문제가 다르지 않은가. 그들은 오직 둘이서 자기를 괴롭힐 목적으로 붙어먹을 생각을 한 것이다. 그녀에게 문제는 정사(情事)가 아니라 체면이었다. 그래서 로리외 부인이나 다른 심술궂은 여편네가 자기 면전에서 푸아송이 오쟁이 진 남편이 되었다고 하면, 갑자기 얼굴이 창백해지면서 가슴이 찢어질 듯하고 속에서 불이 나는 듯했다. 그녀는 적들을 즐겁게 해주지 않기 위해 입술을 깨물면서 화를 내지 않으려고 안간힘을 썼다. 하지만 그녀는 랑티에와 싸운 게 틀림없었다, 왜냐하면 르망주 양이 어느 날 오후 따귀 때리는 소리를 들은 것 같다고 말했기 때문이다. 어쨌든 불화가 있었던 것만은 확실했고, 랑티에는 2주일 동안이나 그녀에게 말 한마디 건네지 않았다, 그러다가 관계가 다시 회복되었고, 마치 아무 일도 없었던 듯 미적지근한 일상생활이 다시 시작되었다. 세탁부는 체념한 듯 모든 것을 운명이라고 받아들이며 자기 인생을 더 이상 망치고 싶지 않아 머리채를 잡아당기는 싸움에서도 뒤로 물러났다. 아! 그녀는 더 이상 스무 살이 아니었다, 그녀는 더 이상 남자를 빼앗기지 않기 위해 볼기짝을 때리는 싸움을 벌여 자기 입장을 난처하게 할 정도로 남자를 좋아하지 않았다. 이제 그것은 수많은 인생사 가운데 하나일 뿐이었다.

쿠포는 농담을 하며 재미있어했다. 자기 아내의 외도에는 눈을 감으려 했던 이 정신 나간 남편은 푸아송이 오쟁이 진 것을 보고서는 죽도록 웃어 댔다. 자기 집에서는 대수로운 문제가 아니었다. 그러나 남의 집에서 그런 일이 생기면 희극처럼 재미있어했고, 이웃 여자들이 밀회를 하는 기미가 보이기만 하면 안달복달 현장을 보고 싶어 했다. 푸아송 녀석, 정말 얼간이야! 칼을 차고 있잖아, 그런데도 저런 짓을 하게 놔두다니! 이어서 쿠포는 신바람이 나서 제르베즈까지 놀렸다. 이봐! 애인한테 보기 좋게 차였구먼! 운도 없지, 처음엔 대장장이와 일이 잘 안 풀렸고, 그다음엔 모자장이한테 버림받았으니 말이야. 그러니 몸을 함부로 굴리면 안 되는 거야. 왜, 이왕 시작한 건데 미장이 놈도 한 놈 받아들이지 그랬어? 회반죽을 이겨 붙이는 데는 선수라서 착 달라붙을 텐데 말이야. 물론 그는 농담으로 그렇게 말했지만 제르베즈는 새파랗게 질렸다. 그가 가느다란 회색 눈으로 그녀의 표정을 살피며 마치 송곳으로 그 말을 그녀의 몸속에 쑤셔 박고 싶어 하는 것처럼 보였기 때문이다. 그가 그런 추잡한 이야기를 시작했을 때, 그녀는 그것이 농담인지 진담인지 도무지 알 수 없었다. 1년 내내 술에 취해 정신이 없는 사람이 아니던가, 게다가 스무 살 때에는 질투가 심하다가도 서른 살이 되면서 아내의 정절보다 술독에 더 신경 쓰는 정신 나간 남편들이 얼마나 많은가.

구트도르 가에서 쿠포가 으스대는 광경은 정말이지 볼만했다! 그는 푸아송을 오쟁이 진 남편이라고 불렀다. 그 말을 듣고 수다스러운 여편네들조차 벌린 입을 다물 수가 없었으니! 오쟁이 진 남편은 더 이상 자기가 아니었다. 아, 물론! 그도 알 것은 다 알고 있었다. 예전에 동네 사람들의 입방아가 들리지 않는 척하고 있었다면, 그것은 소동을 일으키기 싫었기 때문이었다. 누구나 자기 집 일쯤은 알고 있고, 가려운 데가 있으면 긁는다. 그런데 그는 그 일이 가렵지 않았다. 그러니 괜스레 긁어서 사람들을 즐겁게 해줄 필요가 없었던 것이다. 글쎄! 순경 녀석이 알고 있을까? 어쨌든 이번엔 틀림없어. 괜한 험담이 아니란 말이다, 두 연놈이 함께 있는 것이 목격되었으니까. 그런데 그는 슬며시 화가 났다, 사내자식이, 그것도 정부의 관리라는 자가 자기 집에서 벌어지는 추잡한 짓거리를 묵인하고 있는 게 납득이 가지 않았다. 순경 녀석은 남이 먹다 남긴 찌꺼기를 좋아하는 게야, 그러지 않고서야. 마누라와 단둘이서 지붕 밑 방구석에 처박혀 무료함에 시달리는 저녁이면, 그는 거리로 내려가서 랑티에를 찾아 억지로 데리고 올라왔다. 그는 친구와 헤어진 이후로 어쩐지 집이 쓸쓸한 것 같았다. 랑티에와 제르베즈 사이가 냉랭해진 것을 보고 그는 둘을 다시 붙여 주고자 했다. 제기랄! 남의 말에 뭐하려 신경을 써, 잡소리 때문에 즐기지도 못한단 말이야? 그는 코웃음을 쳤다, 주정뱅이의 흐릿한 눈 속에 관대한 생각이, 인생을 아름답게 살기 위해 모든 것을 모자장이와 나누고 싶다는 욕망이 불타올랐다. 제르베즈가 보기에 그의 말이 농담인지 진담인지 구분이 가지 않았던 것은 특히 그런 날 밤이었다.

이런 소란 속에서도 랑티에는 거만하게 굴었다. 그는 아버지처럼 위엄 있게 행동했다. 세 번이나 그는 쿠포 부부와 푸아송 부부의 싸움을 말렸다. 두 부부가 사이좋게 지내는 것이 그의 만족스러운 삶의 원천이었다. 그가 부드럽고 단호한 눈초리로 두 여자를 감시한 덕분에, 제르베즈와 비르지니는 늘 서로에게 우정을 가진 척했다. 그는 터키 장군처럼 조용히 금발 머리와 갈색 머리를 지배했고, 교활한 술책으로 살쪄 갔다. 이 파렴치한은 여전히 쿠포 부부에게 기생하는 동시에 벌써 푸아송 부부를 파먹어 들어갔던 것이다. 아! 그렇다고 눈

하나 깜짝할 위인이 아니었다. 가게 하나를 삼킨 다음, 태연히 두 번째 가게를 먹을 뿐이었다. 결국 행운을 누리는 것은 이런 부류의 인간들인 것이다.

나나의 첫 번째 성체 배령이 그해 6월에 있었다. 나나는 겨우 열세 살이었지만, 벌써 다 자란 아스파라거스처럼 키가 컸고 뻔뻔스럽기까지 했다. 지난해에는 품행이 올바르지 못하다는 이유로 교리 문답에서 제외되었었다. 이번에 사제가 나나를 받아들인 것은 그 애가 다시 돌아오지 않을까 두려웠고, 그리하여 또 하나의 신심 없는 계집애를 거리로 내보내는 게 아닐까 염려되었기 때문이다. 나나는 하얀 드레스를 입을 생각에 기뻐서 춤을 추었다. 로리외 부부는 대부와 대모로서 드레스를 선물하기로 약속했다, 당연히 그들은 선물 이야기를 동네방네 떠들고 다녔다. 르라 부인은 베일과 보닛을, 비르지니는 지갑을, 랑티에는 기도서를 선물하기로 했다. 그래서 쿠포 부부는 별다른 근심 없이 의식의 날을 기다렸다. 게다가 집들이를 하고자 했던 푸아송 부부는 모자장이의 권고에 따라 그 기회를 이용했다. 그들은 쿠포 부부와 보슈 부부를 초대했는데, 보슈 부부의 딸 또한 첫 번째 성체 배령을 할 예정이었다. 저녁에 자기들 집에서 양 다리 구이를 주요리로 해서 파티를 하기로 했다.

그 전날 나나가 서랍장 위에 놓인 선물들을 보고 눈이 휘둥그레져서 감탄하고 있을 때, 마침 쿠포가 곤드레만드레 술에 취해서 돌아왔다. 파리의 공기가 다시 그를 사로잡은 것이다. 그는 마누라와 딸을 붙들고 술주정을 하며 그런 상황에서 해서는 안 될 상스러운 소리를 했다. 나나 또한 늘 상스러운 대화를 들으며 자랐기 때문에 입이 험했다. 부모가 다투는 날이면, 아이는 엄마에게 쌍년이니 매춘부니 하는 소리를 예사로 했다.

「빵을 가져와!」 함석장이가 고함을 질렀다. 「식사를 해야지, 이 못된 년들아!…… 에이, 거지 같은 년들! 빨리 안 차려 주면, 그 선물 나부랭이들을 깔고 앉아 뭉개 버릴 거야, 알겠어?」

「술만 취하면 지랄 발광을 하니!」 제르베즈가 짜증이 나서 중얼거렸다.

그러고는 그를 향해 돌아보며 말했다.

「데우고 있어요, 귀찮아 죽겠네, 정말.」

나나는 얌전히 있었는데, 이런 날에는 그렇게 하는 것이 옳다고 생각했기 때문이었다. 그녀는 눈을 내리깔고 아빠의 추잡한 말 따위는 이해하지 못하는 체하면서 서랍장 위의 선물들을 쳐다보았다. 그러나 함석장이는 술에 취해서 돌아온 날이면 짓궂기 짝이 없었다. 그는 딸의 목덜미에 대고 말했다.

「당치도 않잖아, 흰 드레스라니! 안 그래? 또 언젠가 일요일처럼 가슴에다가 종이 뭉치를 넣어서 젖통을 만들 작정이냐?…… 그래그래, 조금만 기다려! 엉덩이를 살랑살랑 흔들고 다닐 날이 올 테니. 온몸이 근질거리지, 예쁜 옷이 생기니까. 그걸 입으면 젖통이라도 생길 것 같아?…… 저리 비켜, 이 빌어먹을 년아! 거기서 손 떼, 서랍 속에 넣어 두라고, 안 그러면 그걸로 네년의 낯짝을 닦아 줄 테니까!」

나나는 고개를 숙인 채 여전히 아무 대답도 하지 않았다. 아이는 작은 망사 보닛을 들고 엄마에게 값이 얼마인지 물었다. 그때 쿠포가 손을 뻗어 보닛을 빼앗으려 했기 때문에, 제르베즈가 그를 밀치면서 소리를 질렀다.

「애 좀 내버려 둬요, 제발! 잘못하지도 않았고, 얌전히 있잖아요.」

그러자 쿠포가 욕을 바가지로 퍼부었다.

「하! 이 잡년들 봐라! 모녀가 한 쌍이 되었구먼. 사내에게 추파를 던지면서 하느님한테 얻어먹을 생각을 하니, 잘하는 짓이다. 할 말 있어? 이 갈보 계집애야!…… 그래, 포대 자루를 입혀 주마, 살이 견디나 보게. 그래, 포대 자루를 입히면 울화통이 터질 테지, 네년이나 사제란 것들이나. 어디서 배워 먹은 버르장머리야?…… 빌어먹을! 내 말 안 들려, 이년들아!」

쿠포가 찢어 버리겠다는 물건들을 보호하기 위해 제르베즈가 팔을 뻗는 순간, 갑자기 분을 참지 못한 나나가 몸을 홱 돌렸다. 아이는 아빠를 뚫어져라 노려보았다. 그런 다음, 고해 신부님이 말해 주신 겸양도 잊은 채 이렇게 말했다.

「돼지 같은 놈!」 아이는 이를 악물었다.

함석장이는 저녁 식사를 마치자마자 코를 골았다. 이튿날 그는 아주 얌전히 잠에서 깨었다. 딱 기분 좋을 정도로 전날의 취기가 남아 있었다. 그는 딸의 옷치장을 거들어 주면서 하얀 드레스에 감동한 듯, 치장을 조금만 해도 말괄량이 꼬마에게서 진짜 아가씨 태가 난다고 생각했다. 결국 그의 말대로 이런 날에는 당연히 아버지가 딸을 자랑스러워하는 법이다. 아주 짧은 드레스를 입고 새 신부처럼 수줍은 미소를 머금은 나나의 예쁜 모습은 정말 볼만했다. 일행은 밑으로 내려갔는데, 똑같이 차려입은 폴린이 경비실 문턱에 서 있는 것을 본 나나는 발걸음을 멈추고 맑은 눈초리로 상대방을 아래위로 훑어보았고, 짐짝처럼 꾸며 놓은 상대방이 자기보다 맵시가 없다고 생각했는지 아주 즐거운 표정을 지었다. 두 가족은 함께 성당으로 출발했다. 나나와 폴린은 기도서를 손에 든 채 앞장서서 걸으며 바람에 들썩이는 베일을 살며시 누르곤 했다. 두 아이는 말도 하지 않았다. 사람들이 가게에서 뛰어나오는 것을 보며 기쁨에 젖었고, 지나가는 길에 들리는 참 귀엽다고 하는 소리에 짐짓 경건하게 입을 샐쭉거렸다. 보슈 부인과 로리외 부인은 〈절름발이〉에 대해 이러쿵저러쿵 이야기를 나누느라 뒤처져서 걸었다. 〈절름발이〉가 모든 것을 다 털어먹은 까닭에 만약 일가친척들이 성찬을 생각해서 새 내의까지 모든 것을, 정말 그래, 모든 것을 준비해 주지 않았더라면 딸의 성체 배령도 못 치렀을 거라고 했다. 특히 자기가 선물한 드레스에 신경을 곤두세우고 있던 로리외 부인은 나나가 길가 가게에 너무 가까이 다가가는 바람에 옷에 먼지가 묻을라치면, 그때마다 〈계집애가 칠칠맞지 못하게〉라고 하면서 호통을 쳤다.

성당에서 쿠포는 내내 울었다. 바보 같은 일이었지만, 그는 참을 수가 없었다. 두 팔을 크게 벌린 사제, 두 손을 모으고 줄지어 들어오는 천사 같은 소녀들을 보자 가슴이 뭉클해졌다. 오르간 연주가 배 속까지 스며들었고, 짜릿한 향냄새가 얼굴에 꽃다발을 들이댄 것처럼 코를 킁킁거리게 했다. 그는 정신이 몽롱했고, 더없이 가슴이 벅차올랐다. 특히 계집애들이 성체를 삼키는 동안 울려 퍼지는 찬송가가 감미롭기 그지없었는데, 등줄기를 따라 전율이 흐르며 성체가 자기 목구멍으로 지나가는 듯했다. 그의 주변에서도 몇몇 예민한 사람들이 손수건을 적시고 있었다. 그래, 정말 좋은 날이었다, 인생에서 가장 좋은 날이었다. 그러나 성당에서 나와 눈물 한 방울 흘리지 않고 그를 놀려 대기만 하던 로리외와 함께 술을 한잔 하러 갔을 때, 그는 화를 내며 사제놈들이 교회에서 악마의 향을 피워 사람들을 심약하게 한다고 비난했다. 그래도 그는 속마음을 감추지 못했다, 눈이 젖어 있었던 것이다, 그것은 그의 가슴이 목석이 아니라는 증거였다. 그는 다시 술 한 잔을 주문했다.

그날 저녁, 푸아송 부부가 마련한 집들이는 매우 즐거웠다. 처음부터 끝까지 빈틈없이 우정이 지배했다. 궂은날이 계속되어도, 이처럼 서로 미워하는 사람들끼리 화해하는 좋은 시간, 좋은 저녁 식사도 있는 법이다. 랑티에는 왼쪽에 제르베즈를, 오른쪽에 비르지니를 앉히고서는 닭장 안의 평화를 바라는 수탉처럼 애정을 발산하며 두 여자 모두에게 상냥하게 굴었다. 맞은편에서는 푸아송이 길에서 오래도록 보초를 설 때 흐릿한 눈으로 아무 생각 없이 습관적으로 그렇게 하듯, 순경 특유의 조용하고 근엄한 표정으로 몽상에 잠겨 있었다. 축제의 여왕은 물론 두 계집아이 나나와 폴린이었는데, 그들은 옷을 갈아입지 않아도 좋다고 허락받았었다. 두 아이는 하얀 드레스에 얼룩이 묻을까 두려워서 몸이 뻣뻣하게 굳어 있었고, 한 입 먹을 때마다 사람들은 음식물을 흘리지 않도록 턱을 들라고 그들에게 소리쳤다. 나나는 힘들어하다가 결국 블라우스에 포도주를 왈칵 쏟고 말았다. 한바탕 소동이 일었다. 사람들이 즉시 나나의 옷을 벗겨 블라우스를 유리컵의 물로 씻었다.

디저트 시간에 모두 아이들의 장래에 대해 진지하게 이야기를 나누었다. 보슈 부인은 이미 정해 둔 것이 있었다, 폴린은 금은 세공소에 들어가기로 되어 있었다. 거기서 5~6프랑은 벌 수 있었다. 제르베즈는 아직 정해 둔 것이 없었으며, 나나의 취향도 아직 드러나지 않았다. 아! 물론 나나는 거리를 쏘다녔고, 그것이 그녀의 취향이라면 취향이었다. 하지만 그 밖의 일에 관한 한, 전혀 재주가 없었다.

「내가 자네라면…….」 르라 부인이 말했다. 「난 재를 조화 여공으로 만들겠어. 그건 깔끔하고 점잖은 직업이거든.」

「조화 여공들은…….」 로리외가 중얼거렸다. 「죄다 창녀들이야.」

「뭐! 그럼 나는?」 키다리 과부가 입을 삐죽 내밀며 말했다. 「당신이야말로 호색한이지. 이봐요, 난 암캐가 아냐, 휘파람만 불면 벌렁 드러누워 다리를 쳐드는 암캐가 아니라고!」

그러나 모두가 그녀에게 조용히 하라고 했다.

「르라 부인! 아휴! 르라 부인!」

그들은 웃음을 참느라 유리컵에 코를 처박고 있는, 첫 성체 배령을 한 두 아이를 곁눈질로 가리켰다. 예의상 남자들도 그때까지 점잖은 말만 골라서 하고 있는 상황이었다. 그러나 르라 부인은 막무가내였다. 방금 그녀가 한 말 정도는 상류 사회에서도 얼마든지 한다는 것이다. 게다가 그녀는 자기의 화법에 대해 자부심을 갖고 있었다. 아이들 앞에서도 품위를 잃지 않고 무슨 말이라도 할 수 있는 자기의 이야기 솜씨는 종종 칭찬의 대상이 된다고 했다.

「조화 여공 중에서도 훌륭한 여자들이 얼마든지 있어, 알겠어요?」 그녀가 외쳤다. 「조화 여공도 다른 여자들이랑 똑같아요, 조화 여공이라고 아무하고나 연애하는 건 아니란 말예요. 처신을 잘하죠, 물론 실수를 저지를 때가 있지만, 그때도 나름대로 선택을 하는 것이고……. 그래요, 꽃 덕분이죠. 꽃 덕분에 나도 몸을 지키는 것이고…….」

「알았으니 그만해요!」 제르베즈가 말을 끊었다. 「나도 꽃을 싫어하지는 않아요. 어쨌든 그 일이 나나의 마음에 들어야죠, 그뿐이에요. 직업에 관한 한 아이들 생각을 꺾어서는 안 되니까……. 자, 나나야, 잘 생각해서 대답하렴. 마음에 드니, 꽃 만드는 게?」

접시 위로 고개를 숙이고 있던 아이는 젖은 손가락으로 케이크 부스러기를 모은 다음 손가락을 빨았다. 그녀는 대답을 서두르지 않았다. 그러면서 음험하고 야릇한 미소를 지었다.

「그럼요, 엄마, 마음에 들어요.」 마침내 그녀가 분명히 말했다.

그러자 즉시 문제가 매듭지어졌다. 쿠포는 내일이라도 당장 르라 부인이 케르 가의 공장으로 아이를 데려가기를 원했다. 모두가 심각한 표정으로 인생의 의무에 대해 이야기했다. 보슈가 나나와 폴린은 성체 배령을 한 이상 이제 어엿한 여자라고 말했다. 푸아송은 그들이 이제 요리도 하고, 양말도 깁고, 집안 살림도 할 줄 알아야 한다고 덧붙였다. 심지어 좌중은 결혼과 언젠가 가지게 될 아이까지 이야기했다. 두 계집아이는 그런 말을 들으며 내심 즐거워했고, 하얀 드레스 속에서 난처한 듯 얼굴이 발갛게 상기된 채 여자가 된다는 생각에 가슴이 설레는지 서로 몸을 비벼 댔다. 그러나 그들의 몸을 가장 간질거리게 한 것은 랑티에가 농담으로 벌써 어린 남편들이 있는 게 아니냐고 물었을 때였다. 좌중은 나나가 엄마가 일하는 가게 여주인의 아들인 빅토르 포코니에를 좋아한다고 억지로 고백하게 했다.

「흥!」 가게를 나서면서 로리외 부인이 보슈 부부에게 말했다. 「우리 대녀 말예요, 걔가 조화 여공이 되면 다시 보지 않을 거예요. 거리에 창녀가 하나 더 느는 셈이지……. 6개월도 못 가서 부모 얼굴에 똥칠을 할걸.」

잠자러 올라가면서 쿠포 부부는 모든 게 잘되었고, 푸아송 부부도 그리 나쁜 사람들이 아니라는 데 의견 일치를 보았다. 심지어 제르베즈는 가게가 깔끔하게 잘 정돈되어 있다고 생각했다. 애초에 그녀는 다른 사람이 차지하고 있는 옛 가게에서 저녁나절을 보내면 마음이 아프리라고 예상했었다. 그러나 한순간도 화가 나지 않았기에 내심 놀랐다. 옷을 벗으며 나나는 지난달에 결혼한 3층 아가씨의 드레스도 자기 것처럼 모슬린이었느냐고 엄마에게 물었다.

어쨌든 그것이 쿠포 부부가 맞이한 마지막 좋은 날이었다. 2년이라는 시간이 흐르는 동안, 사정은 점점 더 나빠졌다. 특히 두 번의 겨울이 그들을 파멸로 몰아갔다. 날씨가 좋았던 계절에는 빵을 먹었지만, 비와 함께 추위가 찾아들자 굶주림이 엄습했고, 시베리아 벌판처럼 차디찬 방에서 끼니를 거른 채 찬장 앞을 서성이는 날이 많아졌다. 거지 같은 12월이 문틈으로 기어들어 실업, 엄동설한의 게으름, 습기 찬 계절의 비참한 가난 등 온갖 재난을 몰고 왔다. 첫 번째 겨울에는 그래도 가끔 불을 피웠고, 먹는 것보다 따뜻한 것이 더 좋다며 난롯가에 둘러앉아 불을 쬐었다. 두 번째 겨울이 오자 난로는 녹이 슬었을 뿐만 아니라, 주철로 만든 경계석처럼 음산한 모습으로 온 방을 얼음처럼 차갑게 만들었다. 그런데 특히 그들의 뼈마디를 쑤시게 하고 기력을 쇠진시킨 것은 집세를 내는 일이었다. 아! 집에 동전 한 닢 없는 1월에 보슈란 작자가 집세를 내라며 고지서를 내밀었던 것이다! 그것은 차디찬 북풍으로서 한층 더 강한 추위를 몰고 왔다. 그다음 토요일에는 마레스코 씨가 고급 외투를 입고 커다란 손에 털장갑을 낀 채 찾아왔다. 그가 나가라는 말만 끝없이 되풀이하는 동안, 마치 하얀 시트를 덮은 침대를 준비하는 양 거리에는 눈이 내리고 있었다. 집세를 내기 위해서라면 그들은 자신의 살이라도 팔았으리라. 찬장과 난로를 텅 비게 한 것은 바로 집세였다. 건물 전체에서 비탄의 신음이 올라왔다. 어느 층에서나 울음소리가 들렸고, 불행의 음악이 계단과 복도를 따라 울려 퍼졌다. 모든 집에서 한 사람씩 죽어 초상이 났다 해도, 이처럼 비참한 오르간 소리가 나지는 않았으리라. 정녕 최후 심판의 날이었고, 종말 중의 종말이었고, 생명의 끝이었고, 가난뱅이들의 죽음이었다. 4층 여자는 일주일 동안 벨롬 가의 감옥에 갔었다. 6층의 벽돌공은 주인집에서 도둑질을 했다.

물론 책임은 쿠포 부부에게 있었다. 생활이 아무리 힘들어도 정신 차리고 절약을 하면 늘 곤경에서 벗어날 수 있는 법이다, 그 증거로 로리외 부부는 집세를 더러운 종잇조각에 싸서 정해진 날에 어김없이 내밀곤 했다. 그러나 쿠포 부부는 일을 끔찍이도 싫어해서 그야말로 여윈 거미처럼 생활하고 있었다. 조화 공장에 다니는 나나는 아직 아무것도 벌어 오지 못했다. 오히려 치장을 하느라 적잖게 돈을 쓰고 다녔다. 제르베즈는 포코니에 부인의 가게에서 전과 같은 대우를 받지 못했다. 점점 솜씨가 떨어지고 일을 날림으로 한 탓에, 급기야 여주인이 그녀의 일당을 초보자들의 일당인 40수로 내렸던 것이다. 그래도 자존심이 강한 그녀는 모두에게 옛 가게 여주인의 시선을 던지며 거만한 표정을 짓곤 했다. 그녀는 결근을 자주 했고, 툭하면 자리를 비우곤 했다. 한번은 포코니에 부인이 퓌투아 부인을 가게에 들였기 때문에, 말하자면 옛 고용인과 어깨를 나란히 하고 일을 하게 되었기 때문에, 그녀는 너무도 화가 나서 2주일 동안 가게에 나타나지 않았다. 그렇게 변덕을 부려도 인정상 쫓아내지는 않았는데, 그것이 그녀의 자존심을 더욱 상하게 했다. 주말에 급료를 받아 보면 당연히 보잘것없었다. 그녀가 씁쓸한 표정으로 말한 대로, 어느 토요일에는 급료가 가불액을 밑돌아 오히려 여주인에게 빚을 지게 되었다. 한편 쿠포도 일을 하는 것 같긴 했지만, 정부를 위해 무료 봉사를 하는 것이 틀림없었다. 왜냐하면 제르베즈가 알기로 에탕프에서의 벌이 이후로 돈은커녕 돈 비슷한 것도 집으로 가져온 적이 없었기 때문이다. 봉급날 남편이 집으로 돌아와도 그녀는 더 이상 남편의 손을 살피지 않았다. 그는 두 팔을 축 늘어뜨리고 텅 빈 호주머니에 종종 손수건조차 잃어버린 채 들어오는 것이었다. 이런! 손수건이 없네, 불한당 같은 친구 놈들이 슬쩍 가져가 버렸나. 처음에는 계산을 해보면서 거짓말을 늘어놓았다, 10프랑은 자재 예약금으로 썼다느니, 20프랑은 호주머니에 난 구멍을 보여 주며 거기로 새어 나갔다느니, 50프랑은 있지도 않은 빚을 갚는 데 썼다느니 하면서 말이다. 그러다가 그는 뻔뻔스럽게 더 이상 둘러대지도 않았다. 어라, 돈이 증발되어 버렸네! 그는 더 이상 돈을 호주머니에 넣지 않았다, 그는 돈을 자기 배 속에 넣어 가지고 왔는데, 어쩌면 그것도 마누라에게 돈을 갖다 주는 웃기지도 않은 한 가지 방법일지 몰랐다. 보슈 부인의 충고에 따라 세탁부는 급료를 가로채 오기 위해 가끔 작업장 출구에서 남편을 기다렸다. 하지만 그래도 나아지는 게 없었다, 동료들이 쿠포에게 미리 알려 주었고, 쿠포는 돈을 신발이나 신발보다 더 더러운 지갑 속에 감춰 두었던 것이다. 이런 일에 대해서는 보슈 부인이 훤히 꿰뚫고 있었다, 왜냐하면 보슈가 알고 지내는 예쁜 여자들에게 토끼 고기를 사줄 요량으로 마누라 몰래 10프랑짜리 지폐 몇 장을 감춰 두곤 했기 때문이다. 그녀는 남편 옷을 샅샅이 뒤졌고, 심지어 아무리 으름장을 놓아도 내놓지 않던 돈을 모자 차양의 가죽과 헝겊 사이 기운 자국에서 찾아내기도 했다. 어휴! 그런데 함석장이는 자기 헌 옷가지에 황금을 넣어 두는 짓은 절대 하지 않았으니! 그는 황금을 자기 배 속에다 넣어 두었던 것이다. 그러니 제르베즈로서는 가위로 뱃가죽을 가를 수도 없는 노릇이었다.

그렇다, 계절이 바뀌면서 부부가 몰락해 간 것은 부부의 잘못 때문이었다. 하지만 그들은 흙탕물에 빠져 허우적거릴 때조차 결코 그렇게 생각하지 않았다. 그들은 불운을 탓했고, 하느님이 그들을 버렸다고 뇌까렸다. 이제 집은 늘 소란스러웠다. 온종일 그들은 드잡이를 했다. 그렇지만 아직 서로 치고받지는 않았다, 말다툼이 격해지면 고작 따귀를 날리는 정도였다. 가장 슬픈 것은 그들이 애정의 새장을 열어 놓은 탓에 감정이 방울새처럼 날아가 버렸다는 사실이었다. 서로 껴안고 한 덩어리로 살아갈 때 생기는 아버지, 어머니, 아이들의 열기가 이 집에서는 사라졌고, 각자 자기 구석에 처박혀 몸을 떨고 있었다. 쿠포, 제르베즈, 나나, 셋 모두 증오심이 가득 찬 눈초리로 아무것도 아닌 일에도 서로를 집어삼킬 듯 화를 냈다. 무엇인가가 단단히 고장 났다, 행복한 집에서는 모두의 심장을 동시에 박동시키는 기계, 가족이라는 저 거대한 기계의 태엽이 풀려 버린 것이다. 아! 그랬다, 제르베즈는 이제 쿠포가 지상에서 12미터, 15미터 높이에 있는 빗물받이 홈통에 매달려 있는 것을 봐도 더 이상 옛날처럼 걱정이 되지 않았다. 물론 그녀 스스로 그를 떠밀지는 않으리라. 하지만 그가 우연히 떨어진다면, 그렇고말고! 그야말로 지상에서 쓸모없는 존재 하나가 사라지는 셈이었다. 다툼이 있는 날이면, 그녀는 도대체 언제 들것에 실려 올 거냐고 소리쳤다. 그녀는 그날을 기다리고 있었고, 그렇게 되면 행복이 되찾아 올 것만 같았다. 이런 주정뱅이가 무슨 소용이 있어? 나를 울리고, 나를 파먹고, 나를 악의 구렁텅이로 밀어 넣는 이런 주정뱅이가. 아무렴! 이런 쓸모없는 인간들일랑 하루빨리 무덤구덩이에 집어넣어야 해, 그렇게 되면 그 위에서 해방의 춤이라도 출텐데. 엄마가 〈죽여!〉 하고 말하면, 나나는 〈때려죽여!〉 하고 대답했다. 나나는 신문에서 각종 사고 소식을 읽고는 비뚤어진 계집애의 생각에 잠겼다. 아버지는 너무 운이 좋아서 승합마차에 받혀도 취기조차 가실 것 같지 않았다. 도대체 언제 뒈질까, 저 늙다리는?

가난에 쪼들려 미쳐 가는 이런 생활 속에서도 제르베즈는 주변에서 굶주림의 헐떡거림을 들으면 마음이 한층 더 괴로워졌다. 건물에서도 이 구석이 가장 가난한 사람들의 구역이었기에, 거기 사는 서너 가족은 서로 약속이나 한 듯 날이면 날마다 끼니를 잇지 못했다. 문이 열려 있어도 음식 냄새가 풍기지 않았다. 복도를 따라 죽음과도 같은 침묵이 깃들었고, 벽도 텅 빈 배처럼 공허하게 울렸다. 간간이 소동이 일어 여자들의 울음소리, 굶주린 아이들의 보채는 소리가 들렸는데, 가족들은 저마다 배고픔을 잊기 위해 서로에게 대들었다. 누구나 입을 크게 벌려 하품을 할 때면 목구멍에 경련이 일었다. 영양가가 없어 하루살이조차 살아남지 못할 더러운 공기를 마신 탓에 가슴도 답답하기 그지없었다. 하지만 제르베즈가 가장 불쌍하게 생각한 것은 조그만 계단 밑에, 굴 같은 구멍 속에 사는 브뤼 영감이었다. 영감은 마르모트처럼 거기에 틀어박혀 조금이라도 추위를 덜기 위해 몸을 동그랗게 옹크렸다. 영감은 짚 더미에 엎드린 채 며칠씩 꼼짝하지 않고 있었다. 배가 고파도 밖으로 나가지 않았다, 동네에서 아무도 자기를 초대해 주지 않는데 괜히 몸을 움직여 식욕을 자극할 필요가 없기 때문이었다. 영감이 사나흘 보이지 않으면, 이웃들은 굴의 문을 살며시 열고 영감이 죽었는지 살펴보았다. 아니, 어쨌든 살아 있어, 많이는 아니지만, 아주 조금, 눈빛으로만 살아 있어. 이제 죽음까지도 그를 잊어버린 것일까! 제르베즈는 빵이 생기면 즉시 껍질을 영감에게 던져 주었다. 그녀 자신도 독해지고 남편 때문에 남자들을 싫어했지만, 그래도 늘 동물들을 몹시 동정했다. 이제 연장조차 들 수 없기 때문에 죽도록 방치된 이 불쌍한 늙은이 브뤼 영감은, 그녀에게 개와 같은 존재, 백정조차 가죽이나 지방질을 사 가지 않을 쓸모없는 짐승 같은 존재였다. 그녀는 복도의 맞은편에 하느님과 인간들로부터 버림받은 채 오직 자신의 육신만을 양식으로 삼아, 벽난로 위에서 굳어 가는 오렌지처럼 쪼글쪼글 말라비틀어진 존재가 누워 있다는 사실에 마음이 더없이 무거웠다.

세탁부는 또한 장의 인부 바주즈 영감과 이웃하고 있다는 사실 때문에도 몹시 괴로웠다. 아주 얇은 칸막이벽만이 두 방을 갈라놓고 있을 뿐이었다. 영감이 손가락을 입에 넣는 소리조차 그녀의 귀에 들렸다. 밤에 영감이 돌아오면 그녀는 본의 아니게 영감의 자질구레한 살림을 엿보게 되었다, 검정 가죽 모자가 흙 묻은 삽처럼 서랍장 위에 던져지며 둔탁한 소리를 냈다, 검은 외투가 벽을 스쳐 옷걸이에 걸리면서 밤새의 날

갯짓 같은 소리를 냈다, 시커먼 보따리가 방 한가운데 펼쳐지며 장례 유품이 방 안을 가득 채우는 소리가 들렸다. 그녀는 영감이 걷는 소리를 들었고, 아주 작은 동작 하나에도 불안을 느꼈으며, 영감이 가구에 부딪히거나 접시라도 뒤엎으면 화들짝 놀랐다. 이 몹쓸 주정뱅이는 그녀의 관심사로서 호기심과 은근한 공포를 동시에 불러일으켰다. 날마다 배불리 먹고 마시고 정신이 뒤죽박죽으로 엉킨 익살쟁이 영감은 기침을 했고, 침을 뱉었고, 「고디숑 할멈」을 노래했고, 더러운 물건을 집어 던졌고, 침대로 가며 여기저기 벽에 부딪혔다. 영감이 저 방에서 무슨 짓을 하고 있을까 하고 생각할 때면, 그녀는 갑자기 얼굴이 하얗게 질리곤 했다. 그녀는 끔찍한 상상을 했다, 그녀의 머리는 영감이 시체를 가지고 와서 침대 밑에 숨겨뒀을 거라는 생각으로 가득 찼다. 아이고머니나! 신문에 이런 일화가 실렸었다, 어떤 장의 인부가 한꺼번에 묘지로 옮기는 수고를 덜 목적으로 어린애 관을 자기 집에 모아 두었다는 것이다. 영감이 돌아오면 확실히 칸막이벽을 통해 죽음의 냄새가 났다. 그녀는 페르라셰즈 묘지 앞에, 두더지 왕국 한복판에 사는 기분이었다. 이 짐승 같은 영감은 자기 일이 즐거워 죽겠다는 듯 끊임없이 혼자서 킬킬거렸기 때문에 더욱 무서웠다. 심지어 영감이 미치광이 소동을 끝내고 드러누웠을 때조차, 코 고는 소리가 지천을 흔들어 세탁부는 숨이 끊어질 듯했다. 몇 시간씩 그녀는 귀를 기울였는데, 마치 옆방에서 장례 행렬이 끝없이 지나가는 듯했다.

그렇다, 가장 나쁜 것은 이런 공포 속에서도 제르베즈가 더 잘 듣기 위해 벽에 귀를 찰싹 붙일 정도로 매료되었다는 사실이었다. 바주즈 영감의 존재는 잘생긴 남자가 정숙한 여자에게 불러일으키는 것과 같은 효과를 자아냈다. 이런 여자들은 접촉을 원하지만, 감히 그럴 용기가 없을 뿐이다. 몸에 밴 교양이 그들을 자제시킨다. 그러니 말이다! 공포가 자제시키지 않았더라면, 제르베즈는 벌써 죽음을 만져 보고 그것이 어떻게 생겼는지 알아보았으리라. 간간이 제르베즈가 우스꽝스럽게도 숨을 죽이고 주의 깊게 바주즈 영감의 동작에서 비밀을 캐려고 애썼기 때문에, 쿠포는 야유조로 옆방 장의 인부에게 반했느냐고 물어보곤 했다. 그럴 때면 그녀는 화를 냈고, 이웃이 너무 역겨우니까 이사를 가자고 했다. 하지만 영감이 묘지 냄새를 풍기며 돌아오자마자 그녀는 자기도 모르게 다시 공상에 잠겼고, 부정을 꿈꾸는 여자처럼 노심초사하며 흥분하는 것이었다. 영감은 그녀에게 옷을 잘 입혀서 어디론가, 숙면의 즐거움으로, 이 세상 온갖 시름을 대번에 잊을 수 있는 잠자리로 데려다 주겠노라고 두 번이나 제의하지 않았던가? 정말 아늑할 것 같았다. 그것을 맛보고 싶은 욕망이 점점 더 강렬해졌다. 할 수만 있다면, 2주일이나 한 달 정도 시험을 해보고 싶었다. 아! 한 달만 잠들었으면, 특히 겨울에, 생활고로 죽어나는, 바로 그 집세 내는 한 달 동안 푹 잠들었으면! 하지만 그것은 불가능한 일이었다. 한 시간이라도 자기 시작하면 영원히 잠들어야 하니까. 그렇게 생각하자 등골이 오싹해졌다. 죽음의 매혹은 대지가 요구하는 영원하고 엄숙한 애정 앞에서 자취를 감추고 말았다.

그렇지만 1월의 어느 날 밤, 그녀는 두 손으로 칸막이벽을 두드렸다. 동전 한 닢 없이 모든 사람들에게 떠밀리며 끔찍한 일주일을 보낸 탓에, 그녀는 더 이상 살아갈 용기가 없어졌다. 그날 밤 몸이 너무 아팠다. 오한이 나서 덜덜 떨렸고, 눈앞에서 불꽃이 왔다 갔다 했다. 한순간 창밖으로 몸을 던질까 하고 생각하다가, 갑자기 벽을 두드리고 이름을 부르기 시작했다.

「바주즈 영감님! 바주즈 영감님!」

장의 인부는 「예쁜 세 아가씨가 있었다네」라는 노래를 부르며 신발을 벗고 있었다. 하루 일이 잘 끝난 모양인지 평소보다 훨씬 더 취해 있었다.

「바주즈 영감님! 바주즈 영감님!」 제르베즈가 소리를 높여 다시 불렀다.

내 목소리가 들리지 않는 걸까? 당장이라도 몸을 맡길 작정이었고, 영감은 그녀를 안고 돈 많은 여자든 가난뱅이 여자든 자기가 위로해 준 여자들을 데리고 갔던 곳으로 데려갈 수 있었다. 그녀는 「예쁜 세 아가씨가 있었다네」 노래가 듣기 싫었는데, 왜냐하면 그 노래에서 애인을 너무 많이 가진 남자의 경멸이 느껴졌기 때문이다.

「뭐야? 뭐지?」 바주즈 영감이 더듬거렸다. 「누가 몸이라도 아픈 겐가?…… 금방 가요, 아주머니!」

그러나 그 쉰 목소리를 듣자 제르베즈는 악몽에서 깨어나는 듯했다. 내가 무슨 짓을 한 거지? 칸막이벽을 두드린 것이 틀림없었다. 갑자기 허리가 몽둥이로 얻어맞은 것처럼 아팠고, 공포감이 볼기짝을 오므리게 했고, 장의 인부의 커다란 손이 벽을 통해 머리채를 움켜잡으러 오는 것 같아 뒤로 흠칫 물러났다. 아냐, 아냐, 싫어, 아직은 준비가 안 됐어. 벽을 두드렸다 해도, 그건 아무 생각 없이 돌아눕다가 팔꿈치를 부딪친 것일 뿐이야. 접시처럼 얼굴이 창백해지고 몸이 뻣뻣하게 굳은 채 영감의 팔에 안겨 이러지러 휘둘릴 거라고 생각하니,

무릎에서 어깨까지 공포감이 솟구쳐 올라왔다.

「엥? 아무도 없나?」 바주즈 영감이 정적 속에서 말했다. 「기다려요, 여자들에겐 친절하니까.」

「아녜요, 아무것도 아녜요.」 마침내 세탁부가 질식할 듯한 목소리로 대답했다. 「괜찮아요, 고맙습니다.」

장의 인부가 투덜거리며 다시 잠드는 동안, 그녀는 영감이 다시 벽을 두드리는 소리를 들은 것으로 착각할까 두려워서 꼼짝도 하지 않고 불안스레 귀를 기울였다. 이제 조심을 해야겠다고 다짐했다. 아무리 힘들어도 다시는 영감에게 도움을 청하지 않을 거야. 그렇지만 그것은 스스로를 안심시키는 말일 뿐이었는데, 왜냐하면 무서움에도 불구하고 매시간 영감의 매력이 눈앞에 어른거렸기 때문이다.

한편 제르베즈는 자기가 사는 가난뱅이 구역에서도, 자기의 근심과 다른 사람들의 근심이 뒤엉킨 구렁텅이 속에서도, 비자르의 집에서 용기의 훌륭한 모범을 발견했다. 꼬마 랄리, 2수짜리 버터 조각만큼 조그마한 이 여덟 살짜리 계집애가 어른처럼 훌륭하게 살림을 꾸리고 있었던 것이다. 정말 힘든 일이었다, 계집애는 세 살짜리 남동생 쥘과 다섯 살짜리 여동생 앙리에트를 책임지고 있었다, 온종일, 심지어 청소를 하고 설거지를 할 때에도 그 조무래기들을 돌보지 않으면 안 되었다. 비자르 영감이 마누라를 발로 차서 죽인 이후, 랄리는 온 가족의 작은 엄마가 되었다. 아무 말 없이 아이는 스스로 죽은 엄마를 대신했는데, 그 짐승 같은 아비는 진짜로 아이를 마누라로 착각했는지 예전에 엄마를 두들겨 팼던 것처럼 지금은 딸을 두들겨 팼다. 술에 취해 집에 돌아오면, 이자는 여자들을 죽도록 두들겨 패야 직성이 풀렸다. 그는 랄리가 몹시 어리다는 것도 깨닫지 못했다. 나이 든 여자였다 해도 더 세게 때리지는 않았으리라. 따귀 한 대가 아이의 얼굴 전체를 덮었고, 아직 살이 여려서 다섯 개의 손가락 자국이 이틀이나 남아 있었다. 그것은 비열한 구타였다, 그렇다고 해도 때렸고 그렇지 않다고 해도 때렸다, 그것은 사나운 늑대가 겁에 질려 아양을 떠는 불쌍한 작은 고양이, 눈물이 날 정도로 깡마른 작은 고양이에게 덤벼드는 격이었는데, 그 불쌍한 작은 고양이는 불평 한마디 없이 체념 어린 아름다운 눈으로 조용히 구타를 받아들였다. 그렇다, 랄리는 결코 반항하지 않았다. 얼굴을 보호하기 위해 고개를 약간 숙일 뿐이었다. 건물을 시끄럽게 하지 않으려고 이를 악물고 소리를 참았다. 이윽고 아버지가 구둣발로 차서 이 구석 저 구석으로 몰고 다니는 데 싫증이 났을 때, 아이는 다시 일어날 힘이 생길 때까지 가만히 기다렸다. 그런 다음 일을 다시 시작했고, 동생들을 씻겨 주었고, 식사를 준비했고, 가구에 먼지 하나 없도록 깨끗이 청소를 했다. 얻어맞는 것도 하루 일과 중의 하나였던 것이다.

제르베즈는 이웃 계집아이에게 깊은 우정을 느꼈다. 그녀는 그 애를 동등한 여자로, 살림을 아는 성년의 여자로 대했다. 기실 랄리는 창백하고 진지한 얼굴, 노처녀 같은 표정을 갖고 있었다. 그 애가 말하는 것을 들으면, 모두 서른 살쯤 된 여자로 착각할 정도였다. 랄리는 장보기, 바느질, 살림살이에 매우 능했고, 두세 번 해산의 경험이 있는 여자처럼 어린애들 이야기를 했다. 여덟 살짜리 소녀의 이야기가 사람들을 미소 짓게 했다. 하지만 이내 목이 메었고, 눈물을 보이지 않으려고 자리를 떴다. 제르베즈는 가능한 한 자주 그 애를 집에 들여 먹을 것, 헌 옷가지 등 줄 수 있는 모든 것을 주었다. 어느 날 나나가 입던 속옷을 입혀 보려 했을 때, 그녀는 온통 멍투성이인 등줄기, 껍질이 벗겨져 아직도 피가 맺혀 있는 팔꿈치, 끊임없는 학대로 뼈만 앙상하게 남은 죄 없는 아이의 몸뚱이를 보고 소스라치게 놀라며 숨이 막혔다. 맙소사! 바주즈 영감이 관을 준비해도 되겠어, 이 꼴로는 오래 못 가지! 그렇지만 아이는 세탁부에게 아무 말도 하지 말아 달라고 부탁했다. 자기 때문에 아버지를 곤란하게 하고 싶지 않았던 것이다. 아이는 아버지를 변호했고, 술만 마시지 않았더라면 그렇게 난폭해지지 않았을 거라고 장담했다. 아! 아이는 아버지를 용서하고 있었다, 미친 사람에게는 무엇이든 용서해야 하니까 말이다.

그때부터 제르베즈는 밤늦도록 귀를 기울였고, 비자르 영감이 계단을 올라오는 소리가 들리자마자 즉시 나가서 중재를 하려고 애썼다. 그러나 대개의 경우 따귀를 몇 대 얻어맞을 뿐이었다. 낮에 그녀가 들어가 보면, 랄리는 종종 철제 침대 다리에 묶여 있곤 했다. 자물쇠장이가 나가기 전에 아이의 다리와 배를 굵은 동아줄로 묶어 놓은 것인데, 왜 그랬는지는 알 수가 없었다. 술 때문에 정신이 이상해진 것이겠지만, 아마 자기가 집에 없는 동안에도 아이를 학대할 생각인 듯했다. 랄리는 다리에 경련이 이는데도 말뚝처럼 꼼짝하지 못하고 온종일 침대에 묶여 있었다. 심지어 비자르가 집에 돌아오지 않는 날이면 밤새도록 그 상태로 지내야 했다. 제르베즈가 화가 나서 줄을 풀어 주려 하면, 아이는 아버지가 돌아와서 매듭이 달라진 걸 알면 더 사나워지니까 제발 줄을 건드리지 말라고 애원했다. 정말예요, 힘들지 않아요, 이러니까 오히려 쉴 수 있는 걸요. 그렇게 말하며 미소 지었지만, 귀여운 계집아이의 작은 다리는 퉁퉁 부어올라 죽은 것 같았다. 랄리를 슬프게 한 것, 그것은 이렇게 침대에 묶여 있으니 집이 엉망인데도 모두지 일을 할 수 없다는 것이었다. 아빠가 다른 벌을 생각해 냈더라면 더 좋았을 텐데. 그래도 랄리는 앙리에트와 쥘, 두 동생에게서 눈을 떼지 않으며 이것저것 지시를 했고, 곁으로 불러서 코를 닦아 주었다. 손은 자유로웠기 때문에, 아이는 풀려날 때까지 마냥 시간을 허비하지 않기 위해 뜨개질을 했다. 특히 괴로웠던 것은 비자르가 끈을 풀어 줄 때였다. 피가 돌지 않았던 까닭에 서 있을 수가 없어서 족히 15분은 바닥을 기어다녀야 했던 것이다.

자물쇠장이는 또 다른 장난을 생각해 냈다. 그는 동전 몇 개를 난로에 넣어 빨갛게 달군 다음, 그것을 벽난로 위에 놓았다. 그러고는 랄리를 불러 빵 2파운드를 사오라고 했다. 아이는 아무 의심 없이 동전을 집었고, 집자마자 비명을 지르며 동전을 내던지고 불에 덴 작은 손을 흔들었다. 그러면 비자르가 화를 내며 호통을 쳤다. 아니, 이런 쓰레기 짓거리를 어디서 배웠어? 이제 돈까지 버려! 그는 냉큼 줍지 않으면 엉덩이를 걷어찰 거라고 위협했다. 아이가 망설이자 첫 번째 경고가 날아들었다, 따귀를 얼마나 세게 맞았던지 눈에 불이 번쩍했다. 눈가에 굵은 눈물방울이 맺힌 채 아이는 말없이 동전을 집었고, 그것을 식히느라 손바닥으로 튀기면서 밖으로 나갔다.

그렇다, 주정뱅이의 머릿속에서 잔인한 생각이 얼마나 많이 떠오를 수 있는지 아무도 모를 것이다. 어느 날 오후, 랄리가 집안 청소를 마치고 잠시 동생들과 함께 놀았다. 창문이 열려 있어 공기가 잘 통했고, 복도에 바람이 살짝 불어 방문이 가볍게 열렸다.

「아르디 씨다.」 랄리가 말했다. 「들어오세요, 아르디 씨. 자, 이리 들어오세요.」

랄리는 문 앞에서 예를 갖추어 절을 했다, 바람에게 인사를 드린 것이다. 뒤에 서 있던 앙리에트와 쥘도 이 놀이가 무척 흥겨워서 랄리를 따라 인사하며 누가 간지럼을 태우기나 한 것처럼 배꼽을 잡고 웃었다. 랄리는 동생들이 그토록 재미있어하는 것을 보자 볼을 장밋빛으로 물들이며 즐거워했다, 랄리에게는 좀체 없는 일이었다.

「안녕하세요, 아르디 씨. 어떻게 지내세요, 아르디 씨.」

바로 그 순간 거친 손이 문짝을 왈칵 밀었고, 비자르 영감이 들어왔다. 삽시간에 장면이 변했다, 앙리에트와 쥘은 뒤로 넘어져 벽에 가서 부딪혔다. 랄리는 공포에 질려 절을 하던 자세 그대로 몸이 굳어 버렸다. 자물쇠장이는 기다란 흰색 나무 손잡이와 끝에 가느다란 줄이 달린 가죽끈으로 이루어진, 큼직한 마부용 채찍을 들고 있었다. 침대 한구석에 채찍을 놓은 그는 랄리가 때리기 좋게 허리를 내밀고 있었음에도 여느 때와 달리 발길질을 하지 않았다. 냉소로 시커먼 이빨이 드러났고, 술에 만취해서 몹시 기분이 좋은 데다 지금부터 재미있는 장난을 치려는 생각에 흉측한 얼굴이 벌겋게 상기되었다.

「뭐야?」 그가 말했다. 「갈보 짓을 하고 있잖아, 이런 못된 년 같으니라고! 춤추는 소리가 밑에서도 다 들렸어……. 자, 이리 와! 더 가까이 오란 말이야, 염병할! 날 봐. 네년 궁둥이 냄새 따윈 맡고 싶지 않으니까. 내가 때리기라도 했어? 왜 그렇게 병아리처럼 떨어?…… 자, 구두 좀 벗겨 봐.」

구타를 당하지 않아서 몹시 놀란 랄리는 하얗게 질린 채 구두를 벗겼다. 침대 가장자리에 앉았다가 겉옷을 벗고 누운 비자르 영감은 랄리가 방 안에서 오가는 것을 눈을 부릅뜨고 노려보았다. 아이는 그런 시선에 혼이 빠진 듯 극심한 공포로 손발이 오그라들었고, 그 바람에 그만 찻잔 하나를 깨뜨렸다. 그러자 그는 느긋하게 누운 채로 채찍을 집어 들며 그것을 아이에게 보여 주었다.

「하, 바보 맹추가 따로 없어. 잘 봐, 네년 선물이야. 그래, 또 50수가 날아갔어……. 이제 네년을 쫓아다닐 필요도 없지, 이 구석 저 구석으로 기어 들어가 봤자 소용없다고. 한번 해볼래?…… 그래! 찻잔을 깨뜨렸겠다!…… 자, 해봐! 춤을 춰봐, 아르디 씨한테 절을 해보라고!」

그는 몸을 일으키지도 않고, 베개에 머리를 깊이 묻은 채 침대에서 뒹굴며 마부가 말을 몰듯 요란하게 채찍을 휘둘러 찰싹찰싹 소리를 냈다. 그런 다음 팔을 휘둘러 랄리의 몸통을 후려치면서 가죽끈으로 아이를 감았다 폈다. 아이가 쓰러졌고, 네 발로 기어 달아나려 했다. 그러나 다시 채찍이 날아들었고, 아이의 몸통을 감아 일으켰다.

「이랴! 이랴!」 그가 소리를 질렀다. 「이게 바로 암나귀의 달리기란 거야!…… 그렇지? 상쾌하지, 겨울 아침에 말이야. 난 누워 있어, 감기도 안 걸려, 동상에도 안 걸리면서 멀리서 개망나니들을 낚아채지……. 요년아, 이 구석에서 한 대! 저 구석에서 한 대! 하! 침대 밑으로 기어들겠다고, 그럼 손잡이로 두들겨 주지……. 이랴! 이랴! 달려! 달려!」

그의 입술에서 거품이 흘러나왔고, 거무스름한 눈구멍에서 노란 눈이 튀어나왔다. 랄리는 미치다시피 울부짖으며 깡충깡충 사방으로 도망다녔고, 방바닥에 뒹굴기고 하고 벽에 찰싹 달라붙기도 했다. 하지만 긴 채찍의 얇은 가죽끈이 어디든지 쫓아와서 귓전에 폭죽 터지는 소리를 내며 살에 기다란 화상 자국을 남겼다. 그것은 마치 곡예를 배우는 짐승의 춤 같았다. 불쌍한 새끼 고양이의 왈츠, 정말 굉장했다! 〈더 빨리!〉 하고 외치며 줄넘기를 하는 계집애들처럼 깡충깡충 공중으로 뛰었다. 랄리는 이제 숨조차 쉴 수 없었다, 통통 튀는 공처럼 저절로 튀었고, 도망갈 구멍을 찾는 데도 지쳐 눈을 감고 가만히 때리는 대로 맞았다. 그러자 늑대 같은 아비가 의기양양하게 딸을 갈보라고 부르며 이제 그만하면 되었느냐고, 이제 도망갈 생각을 버려야 한다는 걸 알겠느냐고 물었다.

바로 그때, 아이의 비명을 듣고 달려온 제르베즈가 들어왔다. 눈앞에 펼쳐진 광경을 보고 제르베즈는 주체할 수 없는 분노에 사로잡혔다.

「아! 이 더러운 인간!」 그녀가 소리쳤다. 「개를 놔줘요, 불한당 같으니라고! 경찰에 고발할 거야, 내가!」

비자르는 훼방을 당한 짐승처럼 으르렁거렸다. 그는 더듬더듬 이렇게 말했다.

「이봐, 〈절름발이〉! 당신 일이나 잘해. 저년을 잘 다루려면 꽤 신경을 써야 하거든……. 보다시피 주의를 주는 것뿐이야, 내 팔이 얼마나 긴지 알아야 하니까.」

그러면서 그는 마지막 채찍질을 했는데, 그것이 랄리의 얼굴에 정통으로 맞았다. 윗입술이 찢어졌고, 피가 흘렀다. 제르베즈는 의자를 집어 들어 자물쇠장이에게 던지려 했다. 그러나 아이가 애원하듯 두 팔을 뻗었고, 아무것도 아니며 이제 다 끝난 일이라고 말했다. 앞치마 자락으로 피를 닦으며 아이는 마치 자기들이 채찍질을 당한 듯 흐느껴 우는 동생들을 달랬다.

랄리를 생각하면, 제르베즈는 더 이상 자기 신세를 한탄할 수 없었다. 그녀는 이 계단에 모여 사는 여자들의 고통을 모두 합쳐 놓은 것만 한 고통을 참고 사는 이 여덟 살짜리 계집아이의 용기가 부러웠다. 그녀는 아이가 석 달 동안 메마른 빵 껍질만으로 연명해서 벽을 짚지 않고는 걷지도 못할 정도로 마르고 허약해진 것을 보았다. 먹다 남은 고기를 몰래 갖다 주었을 때, 목구멍이 좁아져서 음식물을 삼킬 수 없었던 아이가 조그마한 고기 조각을 씹으며 조용히 닭똥 같은 눈물을 흘리는 것을 보고 그녀는 가슴이 찢어질 듯 아팠다. 그럼에도 아이는 여전히 다정하고, 헌신적이고, 나이에 걸맞지 않게 이성적이고, 천진난만한 어린 시절을 누릴 틈도 없이 너무 일찍 모성애에 눈을 뜬 채 죽을 때까지 어머니의 의무를 다했다. 제르베즈는 이 고통과 용서의 사랑스러운 피조물을 본보기로 삼으면서 고통을 달래는 법을 배우려고 애썼다. 랄리는 체념한 듯 크고 검은 눈을 말없이 뜨고 있었는데, 이 눈빛에서 고통과 비참의 밤이 짐작되었다. 아이는 결코 입을 열지 않았다, 오직 검은 눈을 크게 뜨고 있을 뿐이었다.

쿠포 부부의 집에서도 〈목로주점〉의 싸구려 독주가 맹위를 떨치며 삶을 파괴하기 시작했다. 세탁부는 언젠가 남편이 비자르처럼 채찍을 들고 자기를 춤추게 할 날이 오리라고 생각했다. 그녀를 위협하는 불행이 자연스럽게 그녀로 하여금 아이의 불행에 한층 더 민감하게 만들었던 것이다. 그렇다, 쿠포는 건강이 나빠졌다. 싸구려 증류주가 혈색을 좋게 해주던 시절은 지나갔다. 그는 더 이상 배를 두드리며 이놈의 술 덕분에 살집이 통통해진다고 큰소리를 칠 수 없게 되었다. 왜냐하면 초기의 노란 악성 지방질이 녹아 없어져 피골이 상접했고, 안색은 늪에서 썩어 가는 시체처럼 푸르죽죽한 납빛이 되었기 때문이다. 식욕 또한 없어졌다. 빵도 먹기 싫었고, 심지어 음식은 쳐다보기조차 싫었다. 신경 써서 맛있는 음식을 만들어 줘봤자 소용이 없었다, 위장이 막혀 버렸고, 이가 흔들려서 씹을 수가 없었다. 몸을 지탱하기 위해 하루에 반 리터들이 증류주 한 병이 필요했다. 그것이 그의 하루 식량, 즉 밥이요 물이요 유일하게 소화시킬 수 있는 음식물이었다. 아침에 침대에서 내려오면 족히 15분은 허리를 굽혀 기침을 했고, 뼈에서 삐걱거리는 소리를 냈으며, 머리를 움켜쥔 채 목을 타고 올라오는, 알로에즙처럼 끈적끈적하고 쓰디쓴 점액을 뱉어 냈다. 매일 아침 그 지경이었으니, 미리 요강을 준비해 둬야 했다. 그는 해장술을 한 잔 마시지 않고서는 일어날 수가 없었는데, 해장술은 그에게 불로 창자를 소훼하는 치료약이었다. 그러다가 낮에는 다시 힘이 솟아났다. 우선 피부와 손발이 간지럽고 콕콕 찌르는 것 같았다. 그래서 그는 누가 간지럼을 태우고 있다느니, 마누라가 시트에 보들보들한 털을 넣어 둔 게 틀림없다느니 하면서 킬킬거렸다. 그러다가 다리가 점점 무거워졌고, 간지럼이 결국 끔찍한 경련으로 바뀌어 바이스처럼 살을 물고 조여 붙였다. 그건 정말 장난이 아니었다. 그는 더 이상 웃을 수가 없었다, 길을 걸을 때에도 갑자기 귀가 윙윙거리고 눈에 불꽃이 튀는 듯 앞이 캄캄해져서 잠시 멍하니 서 있어야 했다. 하늘이 노랗게 보였고, 집들이 춤을 추었고, 비틀비틀 당장이라도 쓰러질 것 같은 두려움에 사로잡혔다. 또 어떤 때에는 등줄기에 햇볕이 내리쬐는데도, 어깨에서 엉덩이까지 얼음물을 끼얹은 듯 말할 수 없는 오한을 느꼈다. 가장 골치 아픈 것은 손이 떨린다는 것이었다. 특히 오른손은 마치 나쁜 일이라도 저지른 것처럼 사시나무 떨리듯 했다. 젠장맞을! 이러면 사나이가 아니지, 벌써 노파가 된 거야 뭐야! 그는 난폭하게 근육을 긴장시키며 술잔을 꽉 잡고서는, 대리석 손으로 잡은 양 술잔을 꼼짝하지 않게 하겠노라고 큰소리를 쳤다. 하지만 아무리 애를 써도 술잔은 조금씩 규칙적으로 흔들리다가 마침내 이리저리 사납게 춤을 추며 술을 좌우로 튀겼다. 그러면 그는 화가 나서 단숨에 술을 마셔 버리고서는, 몇 십 잔 마시면 술통도 손가락 하나 까딱하지 않고 옮길 수 있다고 고함을 질렀다. 제르베즈는 손을 떨고 싶지 않으면 제발 술을 마시지 말라고 했다. 그는 마누라의 말에 코웃음을 쳤고, 술잔이 떨린 것은 때마침 지나가던 승합 마차 때문이었다고 화를 내면서 다시 시험을 해보자며 술을 몇 병이나 비웠다.

3월의 어느 날 밤, 쿠포는 뼛속까지 물에 젖어서 돌아왔다. 〈장화〉가 둘이서 뱀장어 요리를 배가 터지도록 먹은 몽루즈에서 집까지 데려다 주었다. 쿠포는 푸르노 시문에서 푸아소니에르 시문까지 그 엄청나게 먼 길을 오는 동안 소나기를 흠뻑 맞았었다. 밤새 그는 기침을 심하게 했다. 고열로 온몸이 불덩이가 되어 고장 난 풀무처럼 숨을 거칠게 몰아쉬었다. 아침에 보슈 부부가 불러온 의사가 등에 청진기를 대보고서는, 머리를 설레설레 흔들며 제르베즈를 한쪽으로 불러 빨리 병원으로 데려가라고 충고했다. 쿠포가 폐렴에 걸린 것이다.

물론 제르베즈는 화조차 내지 않았다. 예전 같으면 남편을 의사에게 맡기느니 차라리 온몸이 부서지는 한이 있더라도 자기 자신이 간호했을 것이다. 나시옹 가에서 사고를 당했을 때, 그녀는 남편을 애지중지 돌보느라 모아 둔 돈을 몽땅 쓰기도 했었다. 그러나 남편이 타락의 늪에 빠져 있을 때에는, 그런 아름다운 마음씨도 오래가지 않기 마련이다. 싫다, 싫어, 다시는 그런 성가신 일을 하고 싶지 않아. 누군가가 저 사람을 데려가서 다시 돌려주지 않는다면, 정말 고맙다고 인사를 드릴 텐데. 그렇지만 들것이 도착해서 쿠포를 짐짝처럼 실었을 때, 그녀는 하얗게 질려 입술을 깨물었다. 투덜거리면서 연방 꼴좋다고 했지만 진심은 그렇지 않았고, 서랍장에 10프랑만 있었어도 남편을 이렇게 보내지는 않을 텐데 하고 안타까워했다. 라리부아지에르 병원까지 따라간 그녀는 커다란 병실 끝에서 간호사들이 남편을 눕히는 것을 바라보았다, 병실에서는 죽은 사람 같은 표정으로 일렬로 누워 있던 환자들이 반쯤 몸을 일으킨 채 새로 들어온 동료를 눈으로 좇았다. 병실을 가득 채우고 있는 것은 임박한 죽음의 분위기, 숨이 막히게 하는 신열 냄새, 폐를 뱉을 듯 기침을 하는 폐병 환자들의 신음 소리였다. 요컨대 양쪽으로 무덤인 양 병상이 늘어선 병실은 작은 페르라셰즈 묘지 같았다. 그가 침대에 눕혀졌을 때, 그녀는 불행히도 그에게 무엇인가 사다 줄 돈도 없었고 해줄 말도 없었기 때문에 밖으로 도망쳐 나와 버렸다. 병원 앞에서 그녀는 몸을 돌려 건물을 힐끔 쳐다보았다. 그녀는 저 높이 빗물받이 홈통 끝에 매달린 쿠포가 햇빛이 쏟아지는 가운데 노래를 부르며 함석판을 깔던 옛 시절을 떠올렸다. 그 당시 그는 술을 마시지 않았고, 피부는 여자처럼 부드러웠다. 〈봉쾨르 호텔〉 창가에서 찾아보면, 그가 하늘 한복판에서 일하는 모습이 눈에 들어왔었다. 두 사람은 손수건을 흔들었고, 그것을 신호로 서로에게 미소를 보냈었다. 그랬었지, 쿠포는 저 높은 곳에서 일하면서도 자기만을 위해서 일한다고 생각하지 않았었지. 쾌활하게 지분거리는 참새 같았던 남편은 이제 더 이상 지붕 위에 있지 않았다. 그는 밑에 있었다, 병원에 자기 집을 지었고, 돼지가죽처럼 꺼칠꺼칠한 피부로 죽어 가고 있었다. 아! 서로 사랑했던 그 시절이 얼마나 아득히 멀어졌는지!

이틀 후 제르베즈가 소식을 알아보러 병원으로 갔을 때, 쿠포의 침대가 비어 있었다. 수녀 한 분의 설명에 따르면, 남편이 어제 갑자기 헛소리를 했기 때문에 생탄 신경 정신 병원으로 옮겼다는 것이었다. 오! 정신이 완전히 나갔었어요, 벽에 머리를 부딪치기도 했고, 다른 환자들이 잠을 잘 수 없을 정도로 고래고래 고함을 지르기도 했지. 술 때문인 듯해요. 몸에서 은근히 타오르고 있던 술이 폐렴으로 누워 기진맥진해진 틈을 타서 환자를 공격하고 신경을 비틀어 놓은 거지. 세탁부는 넋이 나간 채 집으로 돌아왔다. 이번엔 미쳐 버렸잖아! 그 상태로 집에 오면, 우리 가족은 끝장이 날 거야. 나나는 집으로 돌아오면 자기들 둘 다 죽어날 게 틀림없기 때문에, 아버지를 병원에 그대로 둬야 한다고 소리쳤다.

제르베즈는 일요일에만 생탄에 갈 수 있었다. 그것은 진짜 긴 여행이었다. 다행히 로슈슈아르 대로에서 글라시에르까지 가는 승합 마차가 신경 정신 병원 근처를 지나갔다. 그녀는 상테 가에서 내렸고, 빈손으로 가지 않기 위해 오렌지 두 개를 샀다. 건물은 잿빛 안마당, 끝없는 통로, 오래된 치료 약의 역한 냄새 때문에 도저히 상쾌한 분위기를 만들 수 없었다. 하지만 독방으로 안내되어 들어갔을 때, 그녀는 원기를 거의 회복한 쿠포를 보고 몹시 놀랐다. 그는 때마침 아주 깨끗한 나무 상자로 만든 변기 위에 앉아 있었는데, 변기는 냄새를 전혀 풍기지 않았다. 그가 엉덩이를 드러낸 채 용변을 보고 있는 모습을 그녀가 보았기 때문에, 두 사람은 동시에 웃었다. 어때? 어느 놈이 날 환자라고 할까. 옛날의 입담과 함께 그는 교황처럼 변기에 앉아 있었다. 어머! 정말 나았나 봐, 다시 청산유수로 말하는 걸 보니.

「폐렴은요?」 세탁부가 물었다.

「쫓아냈지!」 그가 대답했다. 「사람들이 손으로 내 몸에서 그놈을 끌어냈어. 아직 기침이 좀 있지만, 굴뚝 청소 마지막 단계야.」

그런 다음 변기를 떠나 침대로 기어들다가, 그는 다시 농담을 했다.

「당신은 코가 단단하잖아, 그러니 이런 냄새쯤이야 아무것도 아니겠지.」

분위기가 더욱 명랑해졌다. 그들은 내심 기뻤던 것이다. 그들이 서로 농담하는 방법은 이처럼 미사여구를 전혀 늘어놓지 않고 서로에게 만족감을 표하는 것이었다. 환자를 겪어 보지 않고서는, 환자가 다시 모든 일을 잘 처리하는 걸 보는 것이 얼마나 큰 기쁨인지 모를 것이다.

그녀가 침대 속으로 들어간 그에게 오렌지 두 개를 주었을 때, 그는 감동했다. 선술집 카운터에 정신을 놓고 다니는 대신 탕약을 마신 그는 더할 나위 없이 상냥해졌다. 그가 예전처럼 조리 있게 말하는 것을 보고 놀란 제르베즈가 마침내 그의 발광에 대해서 이야기했다.

「아, 그거!」 그가 농담하듯 말했다. 「그 얘기라면 벌써 몇 번이나 했지!…… 상상해 봐, 쥐새끼들이 보였어, 그래서 그놈들 꼬리에 소금 한 알을 갖다 놓으려고 네발로 쫓아다녔지. 그런데 당신이 날 부르는 거야, 웬 사내놈들이 당신을 죽이려고 했어. 하기야 말도 안 되는 얘기지, 낮에 유령을 본 거야……. 걱정 마! 난 기억력이 좋아, 정신이 말짱하다고……. 이제 다 끝났어, 자면서 잠시 꿈을 꾼 거지, 악몽 말이야, 모두가 악몽을 꾸잖아.」

제르베즈는 저녁때까지 그의 곁에 머물렀다. 6시 회진 시간에 인턴이 와서 그로 하여금 두 손을 펼쳐 보게 했다. 손가락 끝이 미세하게 떨렸을 뿐, 두 손은 거의 흔들리지 않았다. 그런데 밤이 되자, 쿠포는 조금씩 불안에 사로잡히기 시작했다. 두 번이나, 일어나서 앉은 채로 방바닥과 여기저기 어두운 구석을 두리번거리며 살폈다. 별안간 그는 팔을 뻗어 짐승을 벽에 짓이기는 자세를 취했다.

「왜 그래요?」 제르베즈가 겁에 질려 물었다.

「쥐야, 쥐.」 그가 중얼거렸다.

그런 다음 잠깐의 침묵 끝에 잠이 들었고, 수면 중에 토막토막 끊어지는 몇 마디를 내뱉으며 몸을 뒤틀었다.

「제기랄! 이놈들이 내 옷에 구멍을 내고 있어!…… 에잇! 더러운 쥐새끼들!…… 저런! 당신 치마 잘 잡아! 쥐새끼 조심해, 당신 뒤에!…… 어라, 발랑 뒤집어지긴, 웬 장난질이야, 이것들이!…… 더러운 놈들! 불한당들! 날강도들!」

그는 허공을 향해 주먹을 날렸고, 이불을 헝겊처럼 돌돌 말아 가슴까지 끌어당겼다. 눈앞에 보이는 털보 사내들에게서 가슴을 보호하려는 행동인 듯했다. 그러자 간수가 뛰어왔다. 제르베즈는 이 광경을 보고 얼어붙은 듯 놀란 가슴으로 밖으로 나왔다. 그러나 며칠 후에 다시 가보니, 쿠포는 완전히 회복되어 있었다. 악몽은 사라졌다. 어린아이처럼 얌전히 잠들었고, 팔다리 하나 움직이지 않고 열 시간을 내리 잤다. 그래서 집으로 데려가도 좋다는 허락이 떨어졌다. 다만 퇴원할 때 인턴이 의례적인 말을 하면서 그것을 새겨들으라고 충고했다. 만일 다시 술을 마시면, 병이 재발할 것이고, 결국 생명을 잃을 겁니다. 그래요, 그건 오직 환자에게 달린 문제입니다. 술을 마시지 않을 때 얼마나 몸이 좋아지고 정신이 맑아지는지는 환자가 직접 경험했죠. 그래요! 집에서도 생탄에서처럼 슬기롭게 생활해야 하고, 여전히 감금되어 있으며 이 세상에 술집이란 존재하지 않는다고 생각해야 합니다.

「의사 선생님 말씀이 옳아요.」 구트도르 가로 돌아오는 승합 마차에서 제르베즈가 말했다.

「물론 옳은 말씀이지.」 쿠포가 대답했다.

그런 다음 잠시 생각하더니, 이렇게 말했다.

「허! 그렇지만 가끔 딱 한 잔 정도야 어떻겠어, 그런다고 죽진 않아, 오히려 소화에 좋다니까.」

바로 그날 저녁, 그는 소화용으로 싸구려 증류주를 가볍게 한 잔 마셨다. 하지만 일주일 동안 그는 매우 착실하게 살았다. 사실 그는 겁이 많은 사람이었다, 적어도 비세트르 강제 시료원에서 인생을 마감하고 싶지는 않았던 것이다. 그러나 흥분이 차츰 그의 심신을 휘감았고, 최초의 한 잔이 두 잔이 되고 석 잔이 되고 넉 잔이 되었다. 그리고 보름이 지나자 평소의 주량으로 되돌아갔다, 하루에 반 리터들이 증류주 한 병 말이다. 제르베즈는 화가 나서 두들겨 패주고 싶었다. 병원에서 올바르게 생활하는 것을 보고 다시 성실한 삶을 살자고 다짐했는데, 이 얼마나 어리석은 생각이었던가! 기쁨도 잠시, 이게 마지막이야, 틀림없이! 아! 아무리 고치려 해도 고쳐

지지 않고, 다음번엔 죽는다고 해도 무서워하지 않으니, 그래, 이제 나도 더 이상 힘들게 살고 싶지 않아. 살림이 엉망이 되겠지만, 신경 쓰지 않을 거야. 그리고 그녀는 자기도 즐거움을 누릴 기회가 있으면 그렇게 하겠노라고 다짐했다. 지옥이 다시 시작되었다, 삶은 호시절을 만나리라는 일말의 희망도 없이 더 깊이 진창으로 빠져들어 갔다. 아버지가 뺨을 때리면, 나나는 왜 이 늙다리 폐인을 병원에 두지 않았느냐고 사납게 대들었다. 빨리 돈을 벌고 싶다, 그래서 아버지한테 증류주를 잔뜩 사주고 싶다, 하루라도 더 빨리 죽게 말이다 하고 나나는 지껄였다. 제르베즈도 어느 날 쿠포가 결혼을 후회한다고 하자 발끈하니 흥분했다. 쳇! 넌 남들이 먹다 남은 찌꺼기였어, 그런데도 숫처녀 같은 낯짝으로 날 유혹하다니, 그 바람에 내가 길바닥에서 줍게 됐잖아! 아니, 이런 비겁한 사낼 봤나! 뻔뻔스럽기 짝이 없어! 말도 안 되는 소리, 순 거짓말이야. 내가 언제 당신 같은 사람을 쳐다보기나 했어, 사실이 그랬잖아. 잘 생각하라고 충고를 해도 결심해 달라고 무릎 꿇고 애원한 게 누구야. 다시 할 수만 있다면, 흥, 어림도 없는 얘기지! 당신 같은 인간과 사느니 차라리 팔이 하나 잘리는 게 나아. 그래, 물론 당신 이전에 남자가 하나 있었어. 하지만 남자가 있었어도 성실하게 일하는 아내라면 술집마다 돌아다니며 가족의 명예를 더럽히는 게으름뱅이 남편보다야 백배 낫지. 그날, 쿠포 부부는 처음으로 본격적인 격투를 벌였다, 서로 얼마나 두들겨 팼던지 낡은 우산과 빗자루가 부러져 버렸다.

제르베즈는 마음속의 다짐을 이행했다. 그녀는 더욱더 무기력해졌다. 가게에도 더 자주 빠졌고, 온종일 수다만 떨었으며, 헌 누더기처럼 축 처져 버렸다. 무엇인가 물건이 자기 손에서 떨어져도 몸을 굽혀 주울 생각조차 하지 않고 바닥에 그대로 두었다. 게으름이 몸에 밴 것이다. 그녀는 손 하나 까딱하지 않아 점점 살이 쪄갔다. 편할 대로 살았고, 쓰레기에 걸려 넘어질 정도가 아니면 도대체 청소할 생각일랑 하지 않았다. 로리외 부부는 이제 쿠포 부부의 방문 앞을 지날 때면 코를 막는 시늉을 했다. 독이 따로 없다고 했다. 그들은 복도 끝에서 음험하게 숨어 살았다, 동전 한 닢 빌리러 오지 못하도록 문을 꽁꽁 걸어 잠근 채, 건물 한구석에서 괴로워하는 가난뱅이들을 피하고 외면했다. 쳇! 정말 마음씨가 비단결 같아, 얼마나 친절한 이웃이야! 그래, 마치 고양이 같아! 문을 두드려 불이나 소금이나 물을 빌리려고 애쓸 필요가 없었다, 당장에 코앞에서 문이 쾅 하고 닫히니까 말이다. 게다가 혀는 꼭 독사 같았다. 이웃을 도울 일이 생기면, 자기들은 남의 일에 신경을 쓰지 않는 성격이라고 소리쳤다. 그렇지만 다른 사람들을 헐뜯을 일이 생기면, 아침부터 저녁까지 입을 쉬지 않았다. 빗장을 걸고 틈새나 열쇠 구멍을 막느라 담요를 걸어 둔 채, 그들은 금줄에서 잠시도 눈을 떼지 않으며 험담을 즐겼다. 특히 〈절름발이〉의 몰락이 애무를 받는 수고양이처럼 온종일 목을 가르랑거리게 했다. 저 궁상이라니, 저 꼬락서니 좀 봐, 천치 같은 것들! 그들은 제르베즈가 장 보러 가는 것을 살피고 있다가, 그녀가 앞치마 밑에 아주 작은 빵 조각을 감추고 돌아오면 즐겁게 비웃었다. 그들은 그녀가 찬장 앞에서 발을 동동 구를 날을 손꼽아 기다렸다. 그들은 잔뜩 쌓인 먼지, 아무렇게나 팽개쳐 둔 접시 더미, 자포자기 상태에서 점증하는 비참과 게으름 등 그녀의 집에서 일어나는 모든 것을 알고 있었다. 게다가 넝마주이도 주워 가지 않을 옷가지며 역겨운 누더기라니! 흥! 쫄딱 망한 거지, 푸르게 칠한 예쁜 가게에서 엉덩이를 흔들며 우쭐대던 그 옛날 금발 머리 미녀가 말이야. 먹고 마시고 잔치 벌이는 걸 좋아하더니, 꼴좋게 된 거지. 그들이 자기를 헐뜯고 있는 게 아닌가 하는 의심이 들었기에, 제르베즈는 신발을 벗고 살금살금 다가가서 가만히 문짝에 귀를 갖다 대었다. 그러나 담요 때문에 잘 들리지 않았다. 다만 어느 날 그들이 자기를 일컬어 〈커다랗게 늘어진 젖통〉이라고 하는 소리를 들었는데, 그들이 그런 소리를 하는 것은 아마도 상의 앞자락이 불룩한 데다 영양 부족으로 피부에 탄력이 없어졌기 때문일 것이다. 그녀는 여기저기서 그들과 마주쳤다. 그녀는 남들이 입방아 찧는 게 싫어서 계속 그들과 말을 하고 지냈다, 이런 더러운 작자들에게 기대할 것은 모욕밖에 없었지만 더 이상 대꾸할 힘도, 욕을 바가지로 퍼부어 줄 힘도 없었다. 게다가 빌어먹을! 자기 스스로도 쾌락만 찾았고, 웅크리고 앉아 아무 일도 하지 않았으며, 즐길 수 있을 때에만 겨우 몸을 움직이는 것이었다.

어느 토요일, 쿠포는 그녀에게 서커스 공연장에 데려가겠다고 약속했다. 여자들이 말을 타고 달리다가 종이로 만든 둥근 테 속으로 뛰어든다니, 그것만으로도 만사를 제쳐 두고 가 볼 만했다. 때마침 쿠포는 보름치 급료를 받은 터여서 40수 정도는 쓸 수 있었다. 더욱이 그날은 나나가 급한 주문 때문에 작업장에서 밤늦도록 일해야 했기 때문에, 그들은 밖에서 식사를 하지 않으면 안 되었다. 그렇지만 7시가 되었는데도 쿠포가 나타나지 않았다. 8시에도 여전히 코빼기를 안 비치자, 제르베즈는 화가 났다. 이 주정뱅이가 동네 술집에서 친구들과 함께 보름 치 급료를 퍼마시고 있는 게 분명했다. 그녀는 사람들 앞에 나서는 터라 보닛도 세탁해 두었었고, 아침부터 부산을 떨며 낡은 드레스 구멍도 손질해 놓았었다. 9시경, 배도 고프고 화도 나서 창백한 얼굴로 그녀는 마침내 근처 거리로 내려가 쿠포를 찾아보기로 결심했다.

「남편 찾고 있어요?」 화가 잔뜩 난 그녀의 얼굴을 보고 보슈 부인이 소리쳤다. 「콜롱브 영감 주점에 있어. 보슈가 방금 그 사람과 함께 버찌 술을 마시고 왔거든.」

그녀는 고맙다고 했다. 그녀는 쿠포의 얼굴을 덮칠 생각을 하면서 몸을 꼿꼿이 세운 채 빠르게 길을 걸었다. 이슬비가 내렸는데, 그것이 발걸음을 더욱 처량하게 했다. 그러나 〈목로주점〉 앞에 이르자, 남편에게 덤벼들다가 혹시 자기가 다칠지도 모른다는 두려움에 갑자기 마음이 가라앉고 신중해졌다. 가스등이 켜진 가게는 불타오르듯 눈부시게 밝았다. 태양처럼 하얗게 반짝이는 거울들, 플라스크들, 주둥이가 넓은 유리병들이 형형색색으로 벽을 환하게 밝혔다. 가게 앞에 잠시 멈춰 선 그녀는 눈을 유리창에 갖다 대고 등을 잔뜩 구부린 채 안을 살폈는데, 진열해 놓은 두 개의 술병 사이로, 홀 안쪽 깊숙한 곳에서 쿠포의 모습이 얼핏 보였다. 그는 친구들과 함께 작은 아연 테이블을 둘러싸고 앉아 있었다. 하지만 파이프 담배 연기 때문에 모두의 모습이 흐릿하고 푸르스름했다. 큰 소리로 떠들었지만 들리지 않았기 때문에, 그들이 턱을 앞으로 내밀고 눈이 튀어나올 듯한 얼굴로 옥신각신하는 모습이 기이하게 보였다. 사내라는 것들이 아내와 집을 버려 둔 채 숨도 쉴 수 없는 소굴에 처박혀 있다니, 이게 말이나 될 법한 일인가! 빗방울이 그녀의 목을 타고 흘러내렸다. 그녀는 몸을 폈고, 안으로 들어갈 용기가 나지 않아 외곽 대로를 향해 걸으며 생각에 잠겼다. 젠장! 쿠포는 성가시게 따라다니는 걸 싫어하니, 들어가 봤자 좋을 일도 없었겠지 뭐! 더욱이 정숙한 여자가 들어갈 만한 장소도 아니었어. 그렇지만 비에 젖은 나무 밑을 걷고 있자니 가볍게 오한이 났고, 몹쓸 병에 걸리려나 보다 하는 생각이 들었다. 두 번이나 그녀는 술집으로 돌아가서 유리창에 눈을 갖다 대었다. 그 빌어먹을 주정뱅이들이 비도 맞지 않고 여전히 고함을 지르며 술을 마시는 걸 보니 울화통이 터졌다. 〈목로주점〉의 불빛이 포석의 물구덩이에 비쳤고, 빗방울이 촘촘히 떨어지며 거기에 작은 기포를 만들었다. 구리 막대들이 삐걱대는 소리와 함께 술집 문이 열렸다가 다시 닫히는 순간, 그녀는 화들짝 놀라 달아나다가 그만 물구덩이에 빠지고 말았다. 마침내 자기 자신이 너무도 어리석다고 생각하며 문을 밀었고, 곧장 쿠포의 테이블 쪽으로 걸어갔다. 결국, 그렇지 않은가? 그녀는 남편을 찾으러 온 것이었다. 그가 그날 저녁에 서커스를 보러 가자고 약속한 이상, 그녀는 그렇게 할 자격이 있었다. 어쩔 도리가 없어! 길에서 비를 맞으며 비누 덩어리처럼 녹아 버릴 수는 없었던 것이다.

「어! 이게 누구야, 우리 마누라잖아!」 함석장이가 숨넘어갈 듯 웃으며 말했다. 「이런! 이게 무슨 꼴이야, 익살 광대도 아니고!…… 어휴! 말도 안 돼, 진짜 웃기네!」

모두가 웃었다, 〈장화〉도 〈불고기 병정〉도 〈술고래〉도. 그래, 정말 우습긴 해. 그러나 그들은 영문을 몰랐다. 제르베즈는 당황해하며 서 있었다. 하지만 쿠포가 매우 다정해 보였기 때문에, 그녀는 용기를 내서 말했다.

「자, 가요. 빨리 가요. 지금 가면 제시간에 도착해서 구경할 수 있을 거예요.」

「근데 일어날 수가 없어, 자리에 붙어 버렸어, 아! 농담이 아냐.」 쿠포가 여전히 킬킬거리며 말했다. 「거짓말 같으면, 한번 해봐. 팔을 당겨 봐, 힘껏, 제기랄! 더 힘껏, 자, 끌어 올려!…… 글쎄, 망할 놈의 콜롱브 영감이 나사못으로 날 의자에 박아 놓았다니까.」

제르베즈는 장난을 받아 주었다. 그녀가 남편의 팔을 놓았을 때, 그들은 이 장난이 재미있어 죽겠다는 듯 마치 글경이로 빗질을 받는 노새들처럼 서로 어깨를 비비며 웃고 떠들었다. 함석장이도 목구멍이 보일 정도로 입을 크게 벌리고 박장대소를 했다.

「못 말리는 여자야!」 마침내 그가 말했다. 「잠시 이리 와서 앉아. 밖에서 철벅거리는 거보단 낫잖아……. 이봐! 그래, 내가 약속을 못 지켰어, 일이 좀 있어서 말이야. 뾰로통해 봐야 어쩔 수 없잖아……. 이보게들, 좀 비켜 봐.」

「부인, 제 무릎 위에 앉으시지요, 훨씬 푹신하답니다.」〈장화〉가 정중하게 말했다.

제르베즈는 이목을 끌지 않으려고 테이블에서 두세 걸음 떨어져서 앉았다. 그녀는 남자들이 유리잔 속에서 황금처럼 빛나는 독한 증류주를 마시는 것을 바라보았다. 테이블에 술이 조금 엎질러져 있었는데, 〈술고래〉가 이야기를 하면서 거기에 손가락을 적신 후 대문자로 〈욀랄리〉라는 여자 이름을 썼다. 〈불고기 병정〉은 눈에 띄게 건강이 나빠져서 몸이 삐쩍 말라 있었다. 꽃이 핀 듯 코가 빨간 〈장화〉는 부르고뉴 지방의 한 송이 파란 달리아 같았다. 그들은 넷 다 몹시 더러웠다, 지저분한 수염은 요강에 든 빗자루처럼 빳빳하고 지린내가 났고, 아무렇게나 걸친 작업복은 누더기가 다 되었고, 시커먼 손톱에는 때가 잔뜩 끼어 있었다. 하지만 그들끼리는 아무렇지도 않았다. 아침 6시부터 퍼마셨지만 얼큰히 취한 이 시각까지 그들은 제법 점잖게 앉아 있었다. 제르베즈는 카운터에서 술을 마시고 있는 다른 두 남자를 보았다. 술에 취해 정신이 없는 그들은 술을 마신답시고 턱에 대고 작은 술잔을 기울인 탓에 셔츠가 흠뻑 젖어 있었다. 뚱보 콜롱브 영감은 자기 술집을 지키는 무기인 거대한 두 팔을 뻗어 조용히 술잔을 채우고 있었다. 몹시 더웠다. 파이프 담배 연기가 눈부신 가스등 불빛 속으로 뭉게뭉게 피어올라 자욱한 먼지처럼 감돌았고, 손님들의 모습이 점점 짙어지는 안개에 묻혀 흐릿하니 잘 보이지 않았다. 이 연기의 구름 속에서 쉰 목소리, 유리잔 부딪치는 소리, 욕하는 소리, 주먹으로 쾅 하고 테이블을 치는 소리 등이 뒤섞여 귀를 먹먹하게 했다. 제르베즈는 상을 찌푸렸다. 그런 광경이 여자에게는, 특히 거기에 익숙하지 않은 여자에게는 재미가 없었기 때문이다. 그녀는 숨이 막히는 가운데 눈이 따가웠고, 홀 전체에서 풍기는 알코올 냄새 때문에 벌써 머리가 무거웠다. 그런데 문득 등 뒤에서 섬뜩한 불편함이 느껴졌다. 돌아보니 알코올 증류기가 있었는데, 이 주정뱅이 제조기는 유리로 가린 안마당에서 지옥의 부엌인 양 묵직한 진동과 함께 작동하고 있었다. 밤이면 구리 증류기는 동그란 몸체 위에 커다란 붉은 별이 켜져 있어 더욱 음산해 보였다. 그리고 안쪽 벽에 비친 증류기 그림자는 꼬리 달린 끔찍한 형상들, 사람을 삼킬 듯 턱을 크게 벌린 괴물들을 그려 내고 있었다.

「이봐, 수다쟁이 여편네, 싫은 표정 짓지 마!」 쿠포가 소리쳤다. 「글쎄, 흥을 깨지 말라니까!…… 뭐 마실 거야?」
「아무것도 안 마실래요.」 세탁부가 대답했다. 「아직 저녁 식사도 못 했단 말예요.」
「그래! 더 잘됐네. 한 방울 마시면 허기가 가신다고.」
그래도 그녀의 이마에 주름살이 펴지지 않자, 〈장화〉가 다시 정중한 태도를 취했다.
「부인은 달콤한 술을 좋아하시겠죠.」 그가 소곤거렸다.
「저는 술 마시지 않는 남자들을 좋아한답니다.」 그녀가 뾰로통하게 대답했다. 「저는 급료를 집으로 가져오고, 약속을 잘 지키는 사람을 좋아하죠.」
「아! 그것 때문에 기분이 상하셨구먼!」 여전히 킬킬거리며 함석장이가 말했다. 「당신 몫을 달라 이거지. 그렇다면 바보야, 왜 술을 뿌리치는 거야?…… 자, 술을 마시라고, 그게 남는 거야.」
그녀는 이마에 검은 줄처럼 새겨진 주름살과 함께 진지한 표정으로 그를 노려보았다. 그런 다음 느릿느릿한 목소리로 대답했다.
「그래요! 당신 말이 옳아, 좋은 생각이에요. 돈이 생기면 이렇게 둘이서 마셔 없애자구요.」
〈불고기 병정〉이 그녀에게 아니스 주를 시켜 주기 위해 자리에서 일어났다. 그녀는 의자를 당겨 테이블에 다가갔다. 아니스 주를 음미하는 동안, 그녀는 문득 한 가지 추억이 떠올랐다, 그 옛날 쿠포가 자기에게 치근거리던 시절에 그와 함께 먹었던 자두, 술에 절인 자두가 생각났던 것이다. 그때, 그녀는 자두만 먹고 술은 남겨 두었었다. 그런데 지금, 그녀는 술을 입에 대고 있었다. 아! 나라는 인간을 알 것도 같아, 의지라고는 서푼어치도 없어. 나를 술통에 빠뜨리기 위해서는 손가락으로 허리를 살짝 밀기만 하면 돼. 게다가 아니스 주는 지나치게 달고 조금 메스꺼운 느낌이 있었지만, 그래도 맛이 아주 좋은 듯했다. 그녀는 〈술고래〉가 뚱보 욀랄리와의 관계를 이야기하는 걸 들으면서 술을 홀짝거렸다. 뚱보 욀랄리는 거리에서 생선을 파는, 기막히게 꾀바른 여자로서 길을 따라 생선 수레를 밀고 다니면서도 술집에서 〈술고래〉를 귀신같이 냄새로 찾아냈다. 동료들이 그에게 알려 주고 그를 숨겨 봤자 소용없었다. 대개 그녀에게 붙잡혔던 것이다. 어제만 해도 작업장에 가지 않았다고 해서 그녀에게 따귀를 맞았었다. 정말 재미있는 이야기였다. 〈불고기 병정〉과 〈장화〉가 허리를 잡고 웃으면서, 마침내 누가 간지럼을 태우기라도 한 듯 자기도 모르게 킥킥 웃고 있는 제르베즈의 어깨를 툭 쳤다. 그들은 그녀에게 뚱보 욀랄리처럼 해보라고, 다리미를 가지고 와서 술집 아연판 위에서 쿠포의 귀를 다림질해 주라고 충고했다.

「어라! 좋았어.」 아내가 비운 아니스 술잔을 거꾸로 흔들면서 쿠포가 소리쳤다. 「잘 마시는데! 이보게들, 어때? 기다릴 틈도 없어.」

「부인, 한 잔 더 하시겠습니까?」 〈술고래〉가 물었다.

아니, 그 정도면 충분했다. 하지만 그녀는 망설였다. 아니스 주가 그녀의 속을 울렁거리게 했다. 속을 편하게 하자면, 차라리 무엇인가 독한 것을 마시는 편이 나을 것 같았다. 그녀는 등 뒤에 있는 주정뱅이 제조기에 힐끔 시선을 던졌다. 뚱뚱한 주물 공장 마누라의 배처럼 둥근 망할 놈의 가마솥은 코를 내밀었다 비틀었다 하면서 그녀의 어깨에 전율을, 욕망이 섞인 공포를 불어넣었다. 그렇다, 그것은 금속으로 만든 덩치 큰 매춘부의 내장 같았고, 방울방울 불을 내뿜는 마녀의 내장 같았다. 그것은 독의 근원이요, 벌써 지하에 묻었어야 할 기계였다, 얼마나 파렴치하고 가증스러운 몰골인가! 하지만 어쩔 수 없었다, 그녀는 거기에 코를 박아 냄새를 맡고 싶었고, 그 더러운 것을 맛보고 싶었다, 설령 혀가 타서 오렌지처럼 껍질이 벗겨진다 해도 말이다.

「지금 마시고 있는 게 뭐죠?」 남자들 앞에 놓인 술잔의 아름다운 황금색에 눈을 반짝이며 그녀가 음험하게 물었다.

「이게 뭐냐 하면…….」 쿠포가 대답했다. 「콜롱브 영감의 산삼이야……. 가만있어 봐, 맛을 보여 줄 테니까.」

독한 증류주 한 잔이 왔고, 첫 모금에 그녀의 턱이 오그라들자 함석장이가 허벅지를 탁 치며 말했다.

「어때! 목구멍을 대패질하는 것 같지 않아?…… 단숨에 확 들이켜. 이걸 한 잔 할 때마다 의사 주머니에서 6프랑짜리 은화를 빼내는 느낌이야.」

두 번째 잔을 들이켰을 때, 제르베즈는 고통스럽던 배고픔도 더 이상 느끼지 못했다. 그녀는 쿠포와 화해했고, 그가 약속을 어긴 것도 원망하지 않았다. 서커스는 다음에 보면 되지 뭐. 사실 말을 타고 달리는 곡예 따위는 그렇게 재미있는 것도 아니었다. 콜롱브 영감의 주점에는 비도 오지 않았고, 급료가 독주에 녹아 버린다 해도 적어도 자기 배 속으로 들어가는 것이었다, 다시 말해 아름다운 황금색 액체처럼 맑고 빛나는 급료를 마시는 셈이었다. 아! 세상 사람들이 뭐라고 지껄이든 상관없어! 인생이 그녀에게 이토록 큰 즐거움을 준 적은 일찍이 없었다. 게다가 돈을 탕진하는 데 한몫 끼는 것도 위안이 되는 듯했다. 이렇게 기분이 좋은데, 왜 여기를 떠나겠어? 이렇게 된 이상, 대포를 쏜대도 움직이기 싫어. 블라우스가 등에 붙을 정도로 따뜻한 온기 속에서 그녀는 행복감에 젖은 채 팔다리가 마비되고 온몸이 노곤해졌다. 그녀는 멍하니 테이블에 팔꿈치를 괸 채 웃었는데, 꺽다리와 땅딸보 같은 옆 테이블의 두 손님이 곤드레만드레 술에 취해 서로 꼭 껴안고 있는 모습이 무척 재미있었기 때문이다. 그렇다, 그녀는 웃었다, 〈목로주점〉을 향하여, 돼지기름 주머니처럼 통통하게 살찐 콜롱브 영감의 얼굴을 향하여, 파이프 담배를 피우며 고함을 지르고 침을 뱉는 손님들을 향하여, 거울과 술병을 반짝이게 하는 가스등의 커다란 불꽃을 향하여. 이제 술 냄새가 아무렇지도 않았다. 아니, 그 반대로 술 냄새가 코를 간질였고, 향긋하게 다가왔다. 눈이 슬며시 감겼고, 숨이 막히지는 않았지만 할딱거림 속에서 졸음이 서서히 몸을 휘감는 쾌감을 맛보았다. 세 번째 잔을 비우자 턱이 두 손 위에 떨어졌고, 눈에 보이는 것이라고는 쿠포와 친구들뿐이었다. 그들과 아주 가까이 얼굴을 맞대다시피 하고 있었기 때문에, 그들의 숨결에 뺨이 화끈거리는 것을 느끼며 그녀는 그들의 더러운 수염을 한 올 한 올 세듯 빤히 바라보았다. 이제 그들은 몹시 취해 있었다. 〈장화〉는 파이프를 이에 문 채 잠든 소처럼 조용하고 근엄한 표정으로 입가에 침을 흘리고 있었다. 〈불고기 병정〉은 술병을 뒤집어 그것을 입에 대지 않고 단숨에 마셔 버릴 수 있다고 떠벌렸다. 〈술고래〉는 카운터에서 투르니케를 가지고 와서 쿠포와 술 내기를 벌였다.

「2백 점!…… 큰손이라니까, 돌릴 때마다 큰 숫자만 맞히니 말이야.」

투르니케의 바늘이 긁히는 소리를 냄과 동시에 유리판 아래에 놓인 커다란 빨간색 〈운명의 여신〉의 그림이 돌아갔는데, 움직이지 않는 것은 한가운데 포도주 얼룩처럼 생긴 동그란 반점뿐이었다.

「350점!…… 진짜 잘하네, 망할 놈의 노름꾼! 에잇! 젠장맞을! 이제 그만할래.」

제르베즈는 투르니케에 흥미를 느꼈다. 그녀는 술을 꽤나 많이 마셨고, 〈장화〉를 〈우리 아기〉라고 불렀다. 그녀의 등 뒤에서는 주정뱅이 제조기가 땅 밑을 흐르는 개울물 소리를 내며 조용히 돌아가고 있었다. 그리고 그것을 멈추게 할 수도 고갈시킬 수도 없다는 것을 알면서도, 그녀는 음울한 분노에 사로잡혀 짐승에게 달려들듯 거대한 증류기에 달려들어 발로 차서 배때기를 터뜨리고 싶었다. 모든 것이 안개처럼 뿌옇게 보였다, 증류기가 흔들리는 것 같았고, 구리 팔다리에 결박당하는 느낌이었고, 이제 개울물이 그녀의 몸을 관통하며 흐르는 듯했다.

그런 다음, 별처럼 가물거리는 가스등과 함께 홀이 춤을 추었다. 제르베즈는 술에 취했다. 〈술고래〉와 그 매정한 콜롱브 영감이 사납게 다투는 소리가 들렸다. 소매치기 날강도 같은 영감탱이야! 여기는 도둑놈 소굴 봉디 숲이 아니란 말이다. 갑자기 밀치는 소리, 고함을 지르는 소리, 테이블이 우당탕 뒤집히는 소리가 들렸다. 콜롱브 영감이 두 손으로 떠밀어 가차 없이 일행을 밖으로 몰아낸 것이다. 문 앞에서 일행이 불한당 같은 놈이라고 욕을 퍼부었다. 여전히 비가 내렸고, 가볍게 찬 바람이 불었다. 제르베즈는 쿠포와 헤어졌다가, 만났다가, 다시 헤어졌다. 그녀는 집으로 돌아가고 싶었다, 아는 가게가 있는지 살피며 길을 찾았다. 갑자기 어둠 속에 내

던져진 탓에 어디가 어딘지 종잡을 수가 없었다. 푸아소니에가 길모퉁이에서 도랑물에 철퍽 주저앉았다. 거기가 공동 세탁장이라고 생각했던 것이다. 물에 흠뻑 젖은 그녀는 머리가 어지러웠고, 몸이 불편했다. 마침내 집에 도착했다. 술에 취한 몸을 이끌며 경비실 문 앞을 지나갔을 때, 경비실 식탁에 앉아 있던 로리외 부부와 푸아송 부부가 그녀의 꼬락서니를 보고 역겹다는 듯 눈살을 찌푸리는 게 뚜렷이 보였다.

그녀는 어떻게 7층까지 올라왔는지 알 수가 없었다. 7층 복도로 접어들었을 때, 그녀의 발소리를 들은 랄리가 안길 듯이 두 팔을 벌린 채 뛰어와서 웃으며 말했다.

「제르베즈 부인, 아빠는 아직 안 오셨어요. 아이들이 자는 것 좀 보세요……. 아유! 너무 귀여워요!」

그러나 세탁부의 얼빠진 얼굴을 보자, 계집아이는 흠칫 뒤로 물러나며 몸을 떨었다. 그 애는 독한 술 냄새, 핏기 없는 눈, 파르르 떨리는 입술이 무엇을 의미하는지 알고 있었던 것이다. 제르베즈가 말 한마디 못 하고 비틀거리며 지나가는 동안, 그 애는 자기 집 문턱에 서서 어둡고 조용하고 심각한 눈초리로 그녀를 지켜보았다.

11

나나는 성장했고, 왈가닥 아가씨가 되었다. 열다섯 살에 그녀는 송아지만큼 자랐는데, 피부는 눈처럼 하얐고, 통통하게 살이 쪄서 마치 털실 뭉치처럼 보들보들했다. 물론 아직 코르셋을 입을 나이는 아니었다, 영구치는 다 났어도 말이다. 하지만 그녀는 벌써 우유에 담근 듯 하얀 얼굴, 복숭아처럼 싱그러운 살결, 귀여운 콧날, 장밋빛 입술, 사내들로 하여금 파이프에 불을 붙여 보고 싶게 만드는 타오르는 두 눈을 갖고 있었다. 게다가 싱싱한 귀리 빛깔의 무성한 금발 머리는 금가루를 뿌리듯 관자놀이와 주근깨 위로 흘러내리면서 태양의 화관을 이루었다. 아! 로리외 부부의 말처럼, 얼마나 예쁜 인형인가, 아직도 코를 닦아 줘야 할 어린아이였지만 동그마니 큼직한 어깨는 벌써 성숙한 여자의 냄새를 풍겼다.

이제 나나는 더 이상 블라우스에 종이 뭉치를 넣지 않았다. 유방이, 하얀 비단처럼 부드러운 한 쌍의 유방이 부풀어 오른 것이다. 그리고 그것은 그녀를 조금도 당혹스럽게 하지 않았다, 그녀는 두 팔로 가득 안을 수 있는 유방, 유모의 젖가슴 같은 유방을 갖고 싶어 했으니까 말이다, 청춘이란 그처럼 탐욕스럽고 무분별한 것이다. 그녀를 특히 매혹적으로 만든 것, 그것은 하얀 이빨 사이로 혀끝을 살짝 내미는 버릇이었다. 거울을 보면서 그렇게 하면 귀여워 보인다고 생각했음이 틀림없었다. 그래서 예쁘게 보이려고 그녀는 하루 종일 혀를 살짝 내밀고 다녔다.

「혀 좀 내밀지 마!」 어머니가 소리쳤다.

종종 쿠포가 끼어들어 주먹으로 탁자를 탕 치면서 욕을 퍼부어야 했다.

「그놈의 빨간 넝마 집어넣지 못해!」

나나는 온갖 멋을 다 부렸다. 발은 잘 씻지 않았지만, 반부츠는 꼭 끼는 것을 신어서 마치 구둣방 감옥에서 순교의 고통을 겪는 꼴이었다. 얼굴이 보랏빛이 되어 힘들어하는 것을 보고 무슨 일이 있느냐고 물으면, 그녀는 멋을 부리느라 그렇게 된 것을 감추기 위해 배가 아프다고 대답했다. 빵이 부족한 집에서 몸치장을 하기란 어려운 일이었다. 그렇지만 그녀는 기적을 행했으니, 작업장에서 장식 띠를 가지고 와서 조잡한 드레스에 매듭과 리본을 잔뜩 달아 멋을 부린 것이다. 여름은 승리의 계절이었다. 그녀는 6프랑짜리 무명 드레스로 일요일을 보내며 구트도르 가를 자신의 아름다운 금발 머리로 가득 채울 수 있었다. 그렇다, 외곽 대로에서 성벽까지, 클리냥쿠르로(路)에서 샤펠 대로까지 그녀를 모르는 사람이 없었다. 사람들은 그녀를 〈귀여운 암탉〉이라고 불렀는데, 그만큼 그녀의 살결이 영계처럼 부드럽고 자태가 신선했기 때문이다.

드레스 하나가 특히 그녀에게 완벽하게 어울렸다. 장밋빛 물방울무늬가 있는 흰색 드레스로서 장식 하나 없이 아주 간결했다. 치마는 약간 짧아서 발이 살짝 드러났다. 품이 넓은 소매는 팔꿈치까지 두 팔을 드러냈다. 블라우스의 깃은 아버지에게 따귀를 맞지 않으려고 어두컴컴한 계단 구석까지 내려가서 핀을 꽂아 하트형으로 열어 젖혔기 때문에, 그 사이로 눈처럼 하얀 목과 황금색 그림자가 드리워진 젖가슴 골짜기가 그대로 드러났다. 그 외에 치장한 것이라고는 황금색 머리칼을 묶은, 그 끄트머리가 목덜미에서 살랑살랑 나부끼는 장밋빛 리본 하나뿐이었다. 이것만으로도 그녀는 꽃다발처럼 신선했다. 그녀는 소녀의 몸과 동시에 여자의 몸의 향기, 한마디로 청춘의 향기를 듬뿍 발산하고 있었다.

일요일은 그녀에게 군중과의 만남, 지나가면서 그녀를 탐하는 뭇 사내들과의 만남의 날이었다. 그녀는 한 주일 내내 간질간질한 욕정을 느꼈고, 숨이 막혀 가슴이 답답했으며, 나들이옷을 입은 변두리 행인들이 혼잡하게 오가는 가운데 맑은 공기 속에서 햇살을 받으며 거닐고 싶다는 욕망으로 일요일을 기다렸다. 일요일 아침부터 그녀는 옷 치장을 했고, 속옷 바람으로 서랍장 위에 걸린 거울 앞에서 몇 시간이고 서 있었다. 창문을 통해 같은 건물 사람들의 눈에 띌 수 있었기 때문에, 어머니는 화를 내며 그런 차림으로 어슬렁거리지 말라고 야단을 쳤다. 그렇지만 맨다리를 드러내고 속옷이 어깨 위로 흘러내리고 머리칼이 엉망으로 헝클어진 채, 나나는 태연히 설탕물로 애교머리를 이마에 붙이기도 하고, 반부츠 단추를 다시 달기도 하고, 드레스를 날림으로 수선하기도 했다. 허! 기가 막히는데, 그럴듯해! 쿠포가 딸을 비웃으며 말했다. 막달라 마리아가 따로 없어! 밤거리에 나서면 2수에 옷을 벗을 년이야. 그는 딸에게 소리쳤다. 「그 살덩이 좀 가려, 당최 빵을 먹을 수 있어야지!」 넘실거리는 황금색 머리칼과 함께 날씬하고, 하얗고, 눈부시게 예쁜 나나는 얼굴이 발갛게 물들 정도로 화를 냈고, 아버지에게 대꾸도 하지 않고 싸늘하고 사납게 이빨로 실을 끊으며 그 아름다운 알몸을 부르르 떨었다.

점심을 먹자마자, 그녀는 곧바로 달아나서 안마당으로 내려갔다. 일요일의 따뜻한 평화가 건물 전체를 나른하게 만들었다. 1층 작업장들의 문은 꼭 닫혀 있었다. 살림집들은 하품을 하듯 십자형 유리창을 활짝 열어 두었다. 그 사이로 벌써 저녁 식사를 위해 차려 둔 식탁, 성벽을 산책하며 식욕을 돋우는 가족들을 기다리는 식탁이 보였다. 4층에서 우는 듯 부드러운 톤으로 몇 시간 동안 똑같은 노래를 부르며 한 여자가 침대를 옮기고 가구를 밀치는 등 오래도록 자기 방을 청소했다. 휴무일이라 텅 빈 채 소리가 울리는 안마당 한복판에서는 나나, 폴린, 그리고 다 큰 계집애들 몇이서 배드민턴 게임을 했다. 함께 자란 그들 대여섯 계집애들은 이제 건물의 여왕들이 되어 남자들의 눈길을 한 몸에 받고 있었다. 남자 하나가 안마당을 걸어가면 깔깔거리는 웃음이 터졌고, 풀 먹인 치마의 옷깃 스치는 소리가 바람 소리처럼 휙휙 지나갔다. 계집애들의 머리 위에서, 게으름으로 나른해지고 산책로의 먼지로 하얗게 변한 휴일의 공기가 묵직하게 불타올랐다.

그러나 배드민턴 게임은 도망치기 위한 구실에 불과했다. 별안간 건물이 쥐 죽은 듯 조용해졌다. 계집애들이 방금 막 거리로 빠져나와 외곽 대로에 도착한 것이다. 맨머리를 리본으로 묶고 옷을 밝게 차려입은 여섯 계집애들은 서로 팔짱을 끼고 차도까지 가득 메우며 걸어갔다. 뽐내듯 반짝이는 눈을 내리깐 채 거리의 모든 것을 바라보았고, 목을 뒤집어 깔깔거리며 웃었는데 그럴 때면 오통통한 턱살이 드러났다. 꼽추가

지나가거나 노파가 길가에서 개를 기다리는 걸 보면 즐거운 폭소가 터져 줄이 끊어지기도 했고, 몇몇이 뒤에 처지기도 했고, 또 다른 몇몇이 처진 애들을 홱 끌어당기기도 했다. 그들은 사람들의 시선을 끌고 성숙해 가는 여체로 옷자락을 서걱거리게 하기 위해 엉덩이를 흔들거나, 몸을 동그랗게 웅크리거나, 휘청대며 걸었다. 거리는 그들의 것이었다. 그들은 줄지어 늘어선 가게를 따라 부끄러움도 없이 치마를 펄럭이며 자라 왔다. 그래서 그들은 스타킹 밴드를 다시 매기 위해 아무렇지도 않게 치마를 허벅지까지 끌어 올렸다. 핏기 없는 얼굴로 천천히 걸어가는 행인들을 헤치고 대로의 가느다란 나무들 사이로 이리저리 뛰어다니며 왈가닥 계집애들은 로슈슈아르 시문에서 생드니 시문까지 지그재그로 인파를 헤치고, 뒤를 돌아보고, 끊임없이 터지는 웃음 속에서 왁자지껄 떠들며 몰려갔다. 그들의 드레스가 펄럭이며 지나간 뒤에는 불손하기 그지없는 청춘의 냄새가 남았다. 눈부신 햇살을 받으며 거리를 쏘다니는 그들은 불량소녀처럼 상스럽고 외설스러운 동시에, 목덜미가 젖은 채 목욕탕에서 돌아오는 처녀처럼 탐스럽고 사랑스러웠다.

햇빛을 받아 반짝이는 장밋빛 드레스를 입은 나나가 한복판을 차지했다. 폴린이 나나의 팔짱을 끼었는데, 그녀가 입은 하얀 바탕에 노란 꽃무늬가 든 드레스도 반짝반짝 빛이 났다. 둘이 제일 크고, 제일 여자 태가 나고, 제일 뻔뻔스러웠기 때문에 무리를 이끌었고, 행인들의 시선과 감탄을 한 몸에 받으며 가슴을 앞으로 내민 채 폼을 잡고 걸었다. 다른 계집애들은 더 어렸지만 아가씨처럼 보이기 위해 몸을 쫙 펴고 좌우로 줄을 지었다. 나나와 폴린은 머릿속에 든 복잡한 계획을 실천하며 교묘하게 교태를 부렸다. 그들이 숨이 차도록 달린다면, 그것은 하얀 양말을 보여 주고 머리채를 묶은 리본을 나부끼게 하기 위해서였다. 이어서 달음박질을 멈추고 숨이 가빠 헉헉대는 척 젖가슴을 오르락내리락하게 한다면, 그것은 틀림없이 거기에 자기들이 아는 동네 청년이 있음을 뜻했다. 천천히 걸음을 옮기던 그들은 자기들끼리 무엇인가 소곤거리며 킥킥거렸고, 눈을 내리깔고 청년이 있는 쪽을 살폈다. 그들이 집에서 도망쳐서 혼잡한 거리로 나온 것은 바로 이런 우연한 만남을 기대했기 때문이다. 신사복을 입고 둥근 모자를 쓴 나들이옷 차림의 청년들이 도랑물가에서 잠시 계집애들을 붙들고 농담하며 허리를 꼬집으려 했다. 그리고 회색 작업복을 아무렇게나 걸친 스무 살가량의 노동자들은 팔짱을 낀 채 말을 걸며 계집애들의 얼굴에 파이프 담배 연기를 내뿜었다. 그것은 대수로운 일이 아니었다, 청년들도 어차피 계집애들과 함께 거리에서 자랐으니까 말이다. 그러나 계집애들은 이미 여러 청년들 가운데서 자기 상대를 정해 놓고 있었다. 폴린은 자기한테 사과를 사주곤 하는 열일곱 살짜리 목공 세공사를 만났는데, 그는 고드롱 부인의 아들 중 하나였다. 나나는 여기저기 가로수 길에서 세탁부의 아들인 빅토르 포코니에를 만나 어두운 길모퉁이에서 키스를 했다. 그렇지만 관계가 발전되지는 않았다. 무분별하게 어리석은 짓을 저지르기에는 계집애들이 너무도 영악했기 때문이다. 다만 사람들이 터무니없는 말을 만들어 낼 뿐이었다.

땅거미가 질 무렵, 이 말괄량이 계집애들을 가장 즐겁게 해 준 것은 곡예사들의 곡예였다. 요술쟁이들, 차력사들이 와서 가로수 길 바닥에 닳아 빠진 양탄자를 깔았다. 그러면 구경꾼들이 모여들어 동그랗게 원을 이루었고, 한가운데서 낡은 타이츠를 입은 곡예사들이 갖가지 재주를 부렸다. 나나와 폴린은 구경꾼이 가장 많은 곳에서 오래도록 머물렀다. 그들의 아름답고 상큼한 드레스가 더러운 외투와 작업복 틈에 끼여 구겨졌다. 그들의 맨팔, 맨머리, 벌거벗은 목덜미가 악취 나는 입김, 술 냄새, 땀 냄새에 뒤섞여 뜨뜻해졌다. 그래도 그들은 전혀 역겨워하지 않으며 두 볼이 더 발갛게 상기된 채 즐거워하며 깔깔거렸다. 그들 주변에서 상스러운 말, 노골적인 음담패설, 주정뱅이들의 욕설이 터져 나왔다. 하지만 그것은 그들의 언어였다, 그들은 그 모든 말을 알고 있었고, 비단결처럼 고운 흰 피부를 부끄러움으로 물들이는 법도 없이 천연덕스럽게 미소 지으며 뒤돌아보았다.

단 한 가지 그들을 곤란하게 했던 것은 아버지, 특히 술에 취했을 때의 아버지를 만나는 일이었다. 그들은 조심스럽게 살피며 서로 알려 주었다.

「저기 봐, 나나.」 폴린이 갑자기 소리쳤다. 「쿠포 아저씨야!」

「뭐라고! 술도 안 취했잖아, 어휴, 발이 안 떨어지네!」 나나가 당혹스러워하며 말했다. 「얘들아, 난 도망가야겠어! 야단맞는 건 질색이야……. 저런! 아빠가 곤두박질치고 있잖아! 맙소사, 머리가 깨진 거 아냐?」

가끔 나나가 달아날 새도 없이 쿠포가 근처에 나타날 때면, 그녀는 잔뜩 몸을 웅크린 채 소곤거렸다.

「얘들아, 나 좀 숨겨 줘!…… 아빠가 날 찾고 있어, 길바닥에서 어슬렁거리다 붙잡히면, 엉덩이를 걷어챌 줄 알라고 했거든.」

그러다가 주정뱅이 아버지가 그대로 지나쳐 버리면, 그녀는 다시 몸을 일으켜 세웠고, 계집애들은 그를 뒤쫓으며 폭소를 터뜨렸다. 들키느냐! 들키지 않느냐! 그것은 진짜 숨바꼭질이었다. 그렇지만 어느 날 보슈가 들이닥쳐 귀를 잡고 폴린을 끌고 간 적도 있었고, 쿠포가 엉덩이를 걷어차며 나나를 데리고 간 적도 있었다.

날이 저물었다, 그들은 동네를 마지막으로 한 바퀴 돌았고, 피로에 지친 인파 속에서 희미한 석양을 받으며 집으로 돌아갔다. 대기에 떠도는 먼지가 무거운 하늘을 뿌옇게 물들였다. 이 시각 구트도르 가는 문가에서 수다를 떠는 아낙네들, 마차가 다니지 않아 텅 빈 동네의 은근한 정적을 깨뜨리는 웃음소리 등으로 마치 시골 마을 한구석처럼 보였다. 계집애들은 잠시 안마당에 멈춰 서서 라켓을 잡고서는 거기서 한 발짝도 움직이지 않은 양 꾸몄다. 그런 다음 둘러댈 말을 준비하고 집으로 올라갔지만, 부모가 음식 앞에서 간을 잘못 맞췄느니 설익었느니 하면서 정신없이 다투는 통에 정작 준비한 말은 사용하지 못하기 일쑤였다.

이제 나나는 정식 조화공이 되었고, 수습 생활을 마친 케르 가의 작업장, 즉 티트르빌 작업장에서 일당 40수를 받았다. 쿠포 부부는 나나가 다른 공장으로 옮기기를 원치 않았다, 그들은 그녀를 10년 전부터 거기서 주임으로 일하는 르라 부인의 감시하에 두고 싶었던 것이다. 아침에 어머니가 뻐꾸기시계를 보고 있는 동안, 딸은 혼자서 기특하게도 품도 길이도 작은 낡은 검정 드레스를 억지로 끼워 입고 공장으로 갔다. 르라 부인은 나나의 도착 시간을 확인하는 책임을 맡고 있었고, 나중에 그 시간을 제르베즈에게 알려 주었다. 그들은 나나에게 구트도르 가에서 케르 가까지 가는 데 불과 20분을 주었지만 그것으로 충분했다, 이런 말괄량이 계집애들은 사슴처럼 발이 빨랐기 때문이다. 때때로 그녀는 제시간에 꼭 맞추어 도착했다, 얼굴이 새빨갛고 몹시 숨을 헐떡거리는 것으로 보아 도중에 딴짓을 하다가 시문에서 공장까지 10분 만에 달려온 것이 틀림없었다. 하지만 대개 그녀는 7~8분 늦게 도착했다. 그런 날엔 저녁까지 애원하는 눈초리로 고모에게 온갖 아양을 떨었고, 고모의 마음을 움직여 집에 말하지 못하게 하려 애썼다. 청춘이 무엇인지 알고 있는 르라 부인은 쿠포 부부에게 거짓말을 했지만, 나나에게는 수다스럽게 끝없이 설교를 하며 파리의 길거리를 쏘다닐 때 아가씨를 기다리는 위험과 자기의 책임을 강조했다. 아! 말도 마! 젊었을 땐 나도 사내들한테 얼마나 시달렸는지 몰라! 그녀는 끊임없이 떠오르는 음란한 생각과 함께 타오르는 눈초리로 조카딸의 응석을 받아 주었고, 이 불쌍한 어린 고양이의 순수성을 지켜주고 키워 줘야겠다는 생각으로 몸이 후끈 달아올랐다.

「알겠지?」 그녀가 되풀이했다. 「나한테 전부 말해 줘야 돼. 난 널 너무 사랑해, 너한테 불행한 일이 생긴다면, 난 센 강에 몸을 던질 수밖에 없어……. 알겠어? 요 귀여운 고양이야, 사내들이 말을 걸면, 나한테 전부 전해 줘야 해, 전부, 한 마디도 빼놓지 말고……. 뭐라고? 아직은 수작을 건 놈이 없다고, 나한테 맹세할 수 있어?」

그러면 나나는 야릇하게 입을 삐죽이며 웃었다. 아니, 아니, 남자들이 말을 건 적이 없어요. 내가 너무 빨리 걸으니까. 게다가 남자들이 나한테 무슨 말을 하겠어요? 난 남자들과 할 말이 아무것도 없어요, 정말! 그러고서 그녀는 아리송하게 늦은 이유를 설명했다. 그림 구경을 했다느니, 폴린이 이 핑계

저 핑계를 대며 자기를 붙들었다느니 하면서 말이다. 믿지 못하겠으면 뒤쫓아 와도 좋아요. 난 왼쪽 보도를 벗어난 적이 없어요. 게다가 걸음이 너무 빨라서 마차처럼 다른 계집애들을 다 앞질러 버려요. 그런데 어느 날 르라 부인이 프티카로 가에서 우연히 나나를 보았는데, 나나는 다른 세 명의 불량스러운 조화 여공들과 함께 얼굴을 쳐들고 위층에서 수염을 다듬고 있는 남자를 보며 깔깔거리고 있었다. 그렇지만 계집애는 화를 내며 1수짜리 빵을 사러 길모퉁이 빵집으로 가는 길이었다고 맹세했다.

「아! 내가 잘 감시하고 있어, 걱정하지 마.」 키다리 과부가 쿠포 부부에게 말했다. 「개 일이라면 내 일처럼 신경 쓰고 있으니까. 어떤 몹쓸 놈이 개를 조금이라도 건드리면, 내가 가만두지 않을 거야.」

티트르빌 작업장은 중이층(中二層)의 커다란 방으로서 받침대 위에 놓인 넓은 작업대가 중앙을 차지하고 있었다. 더러운 회색 벽지가 군데군데 찢긴 틈으로 회벽을 내보이는 헐벗은 사방 벽을 따라 낡은 판지, 꾸러미, 켜켜이 먼지가 쌓여 쓰레기가 다 된 표본으로 가득 찬 선반들이 열을 지어 달려 있었다. 천장에는 온통 가스등 그을음이 묻어 있었다. 두 개의 창문이 활짝 열려 있어서, 여공들은 작업대를 떠나지 않고도 맞은편 거리에서 사람들이 오가는 모습을 볼 수 있었다.

르라 부인은 모범을 보이기 위해 누구보다 먼저 도착했다. 이어서 15분 동안 문이 계속 여닫혔고, 작은 모자를 쓴 조화 여공들이 머리가 헝클어진 채 땀을 흘리며 정신없이 들어왔다. 7월의 어느 날 아침, 나나가 맨 마지막으로 나타났다. 물론 그것이 이미 습관처럼 되어 있었지만 말이다.

「젠장!」 그녀가 말했다. 「마차가 있으면, 이렇게 힘들지 않을 텐데.」

그러고서 자기가 카스케트라고 부르는 검정 모자, 이제 손질하는 데도 지쳐 버린 검정 모자를 벗지도 않은 채, 그녀는 창가로 다가가서 이리 기웃 저리 기웃 하며 거리를 내려다보았다.

「뭘 보는 거야?」 르라 부인이 의심의 시선을 던지며 물었다. 「아빠가 널 따라왔어?」

「아니, 아녜요.」 나나가 조용히 대답했다. 「아무것도 안 봐요……. 너무 더워서 잠깐 내다본 거예요. 뛰어오니까 정말 힘드네.」

아침부터 숨이 막힐 듯 더웠다. 여공들은 블라인드를 내리면서 그 틈으로 거리의 움직임을 살폈다. 이윽고 여공들이 작업대 양쪽에 나란히 자리를 잡았다, 하지만 르라 부인만은 작업대 한쪽 끝에 있는 높은 자리를 차지했다. 그들은 도합 여덟 명이었는데, 각자 자기 앞에 접착제 단지, 핀셋, 각종 도구, 무늬를 새길 패드 등을 두고 있었다. 작업대 위에는 철사, 실패, 솜, 초록색 종이와 밤색 종이, 실크, 새틴, 벨벳으로 만든 잎과 꽃잎 등이 뒤죽박죽으로 널브러져 있었다. 작업대 한가운데 놓인 커다란 물병에는 일전에 여공 하나가 자그마한 2수짜리 꽃다발을 꽂아 두었었는데, 꽃다발은 전날부터 그 여공의 블라우스에서 시들어 가고 있었다.

「아! 너희들은 모를 거야.」 예쁜 갈색 머리 여공 레오니가 몸을 숙여 패드에 장미 꽃잎을 새기면서 말했다. 「휴! 저 불쌍한 카롤린이 저녁마다 자기를 기다리는 남자애 때문에 말도 못 하게 고생을 해.」

「알 만해! 날마다 카롤린 꽁무니만 쫓아다니는 남자애 말이지.」

작업장이 음험한 즐거움에 휩싸이자, 르라 부인이 엄격한 태도를 보였다. 그녀는 상을 찌푸리며 중얼거렸다.

「잘한다, 요 계집애, 예쁜 말만 골라서 하는구나! 아빠한테 일러 줄 테다, 무슨 일이 벌어지는지 보게 말이야.」

나나는 터지려는 웃음을 억지로 참는 듯 볼을 볼록하게 부풀렸다. 풋! 아빠라고! 말을 참 점잖게도 하시는 아빠지! 갑자기 레오니가 목소리를 낮추어 재빨리 속삭였다.

「야! 조심해! 주인아줌마야!」

키가 크고 메마른 티트르빌 부인이 들어왔다. 보통 그녀는 아래층 가게에서 지냈다. 결코 농담하는 법이 없었기 때문에, 여공들은 그녀를 몹시 무서워했다. 그녀는 천천히 작업대 주위를 한 바퀴 돌았고, 여공들은 모두 고개를 숙이고 묵묵히, 열심히 일했다. 그녀는 솜씨가 형편없다고 여공 하나를 나무라며 데이지 꽃을 다시 만들게 했다. 그러고 나서 들어올 때와 마찬가지로 뻣뻣한 태도로 밖으로 나갔다.

「에잇! 에잇!」 모두가 투덜거리는 가운데 나나가 되풀이했다.

「얘들아, 자, 얘들아!」 르라 부인이 애써 엄격한 태도를 취하며 말했다. 「이러면 나도 가만있을 수가 없어…….」

그러나 아무도 그녀의 말을 듣지 않았고, 그녀를 무서워하지도 않았다. 그녀는 너무나 관대했고, 두 눈에 장난기가 가득한 이 계집애들 틈에서 즐거워했으며, 때로는 애인 이야기를 이끌어 내기 위해 그들을 따로 불렀고, 심지어 작업대 한 구석이 비어 있을 때에는 그들과 함께 카드놀이를 하기까지

했다. 피부가 거칠고 골격이 헌병 같았지만, 남녀 관계가 화제에 오르자마자 그녀는 수다스러운 아낙네처럼 흥에 겨워 어쩔 줄을 몰랐다. 노골적인 언어만 사용하지 않는다면, 여공들은 무슨 말을 해도 좋았다.

아무렴! 나나는 작업장에서 정말 대단한 교육을 받고 있었던 것이다! 아! 물론 그녀에게는 원래 소질이 있었다. 그러나 가난과 악덕에 파먹힌 여러 여공과 사귀지 않았더라면, 그녀의 모든 것이 이토록 금세 완성 단계에 이르지는 못했을 것이다. 거기서는 누구라 할 것 없이 서로서로 겹치면서 함께 썩어 갔다. 썩은 사과 몇 개가 사과 바구니 전체를 썩게 하는 것처럼 말이다. 물론 그들은 다른 사람들 앞에서는 얌전하게 행동했다, 성격도 불량스럽지 않게 보이려 했고, 말도 상스럽지 않게 하려고 애썼다. 요컨대 착실한 아가씨처럼 행동했던 것이다. 그러나 구석진 곳에서 귓속말을 할 때엔, 그야말로 천박하기 이를 데 없었다. 둘만 모였다 하면 금세 추잡스러운 이야기를 하면서 킥킥거리고 몸을 비비 꼬아 댔다. 저녁이 되면 모두 짝을 지어 퇴근했다, 이때 내밀한 속내 이야기, 머리칼을 쭈뼛 서게 하는 끔찍한 이야기가 교환되었는데, 혼잡한 인파 속에서 흥분한 두 계집애는 그 때문에 자꾸만 귀가가 늦어졌다. 게다가 나나처럼 아직 사내를 모르는 계집애들에게 썩 좋지 못한 작업장 분위기가 있었다, 즉 바람기가 많은 여공들이 흐트러진 머리칼과 엉망으로 구겨진 치마 속에 싸구려 댄스홀과 난잡한 밤의 냄새를 실어 왔던 것이다. 환락의 밤을 지새운 이튿날의 노곤한 피로, 게슴츠레한 눈, 르라 부인이 사랑의 타박상이라고 기막히게 이름 붙인 눈언저리의 다크서클, 빼근한 허리 비틀기, 쉰 목소리 등이 망가지기 쉬운 조화가 반짝반짝 빛나는 가운데 타락의 숨결을 작업대 위에 불어넣고 있었다. 옆에 앉은 여공이 벌써 남자를 알았다는 것을 느끼자, 나나는 냄새를 맡아 보고 거기에 도취했다. 그녀는 임신했다는 소문이 있는 키다리 리자 옆에 오래도록 붙어 있었다. 그러고는 리자의 배가 부풀어 올라 터지기를 기다리기나 하듯 반짝이는 눈으로 리자를 쳐다보았다. 물론 그것이 새로운 지식을 갖다 주지는 않았다. 왜냐하면 이 불량소녀는 구트도르 가의 길바닥에서 이미 모든 것을 배워 모든 것을 알고 있었기 때문이다. 하지만 작업장에서 그녀는 알고 있던 것이 실행되는 것을 보았고, 자기도 행동으로 옮겨 보고 싶다는 뻔뻔스러운 욕망이 조금씩 싹터 올랐다.

「숨이 막혀.」 나나가 블라인드를 조금 더 내리려는 듯 창가로 다가갔다.

그녀는 몸을 숙여 다시 이리저리 살펴보았다. 그와 동시에, 맞은편 보도 위에 서 있는 남자를 주시하던 레오니가 소리를 질렀다.

「저 노인네가 도대체 뭘 하는 거야? 이쪽을 기웃거린 지 벌써 15분이나 됐어.」

「놈팡이겠지 뭐.」 르라 부인이 말했다. 「나나, 네 자리에 가서 앉아! 창가에서 어슬렁거리지 말라고 했잖아.」

나나는 자기 자리로 가서 다시 제비꽃 꽃자루를 잡아 색종이를 감았는데, 그때부터 작업장 전체가 그 남자에게서 눈을 떼지 못했다. 반코트로 옷을 잘 차려입은 쉰 살가량의 신사였다. 얼굴은 창백했지만, 말쑥하게 다듬은 잿빛 수염과 함께 매우 진지하고 품위 있어 보였다. 한 시간 동안, 그는 약초 가게 앞에 서서 작업장 블라인드를 올려다보고 있었다. 조화 여공들이 키득거렸지만, 그 소리는 금세 거리의 소음에 가려졌다. 그들은 고개를 숙인 채 분주히 일감에 달려들면서도, 신사의 모습을 놓치지 않으려고 힐끔힐끔 창밖을 쳐다보았다.

「저것 봐!」 레오니가 가리켰다. 「코안경을 썼네. 와! 멋쟁인데……. 오귀스틴을 기다리는 게 틀림없어.」

그렇지만 못생긴 키다리 금발 머리 오귀스틴이 펄쩍 뛰며 자기는 늙다리가 싫다고 대꾸했다. 그러자 르라 부인이 고개를 가로저으며 암시로 가득 찬 희미한 미소와 함께 중얼거렸다.

「틀렸어, 그게 아냐. 노인들이 더 다감하지.」

그때 레오니 곁에 앉아 있던 작고 통통한 여공이 레오니의 귀에 대고 무엇인가 소곤거렸다. 그러자 레오니가 의자 위로 벌렁 나자빠지며 죽겠다고 웃었고, 몸을 비틀다가 창밖의 신사를 힐끔 보더니 다시 더 크게 킬킬거렸다. 그녀가 더듬더듬 말했다.

「그래 맞아, 아휴! 그래 맞아!…… 아휴! 소피 앤 정말 못 말린다니까!」

「뭐야? 뭐야?」 작업장이 온통 궁금증으로 안달이 나서 물었다.

레오니는 대답도 하지 못하고 눈물을 닦았다. 다소 진정이 되자, 레오니가 패드에 무늬를 새기며 말했다.

「다시 입에 담을 수가 없어.」

모두가 말해 달라고 졸랐지만, 그녀는 우스워 죽겠다는 듯 다시 킥킥거리면서도 고개를 저었다. 레오니 왼쪽에 앉아 있던 오귀스틴이 자기한테만 살짝 이야기해 달라고 애원했다. 마침내 레오니가 오귀스틴의 귀에 대고 무엇인가 소곤거렸다. 이번에는 오귀스틴이 뒤로 나자빠지며 몸을 뒤틀었다. 그런 다음 오귀스틴이 옆에 있는 여공에게 이야기를 전했고, 이런 식으로 이야기는 탄성과 킥킥대는 웃음 속에 귀에서 귀로 전해졌다. 모든 여공이 소피가 한 망측한 이야기를 알았을 때, 그들은 부끄러움으로 얼굴을 붉히면서도 서로 쳐다보고 웃음을 터뜨렸다. 이제 그 이야기를 모르는 사람은 르라 부인뿐이었다. 그녀는 몹시 화가 났다.

「예의 없는 짓들일랑 그만해 둬.」 그녀가 말했다. 「사람 면전에서 소곤거리다니……. 무례한 일이야, 안 그래? 원, 참! 버르장머리하고는!」

그녀는 소피가 한 망측한 이야기를 몹시 알고 싶었지만, 그렇다고 자기한테도 그 이야기를 해달라고 할 수는 없는 노릇이었다. 그녀는 잠시 위엄을 보이다가 고개를 숙인 채 여공들이 하는 이야기를 유심히 들었다. 이제 누군가가 한마디만 해도, 예컨대 작업에 대해서 그저 그런 한마디만 해도, 즉시 다른 여공들이 그 말을 짓궂게 해석했다. 〈내 핀셋이 부러졌어.〉 또는 〈누가 내 접착제 단지를 휘저었지?〉 하는 단순한 말을 듣고서도 그들은 뜻을 왜곡했고, 외설스러운 의미를 부여했으며, 특별한 암시를 읽었다. 그들은 그 모든 것을 맞은편 보도에 서 있는 신사에게 결부시켰다, 암시는 결국 신사에게 돌아갔던 것이다. 아! 귀가 꽤나 가려우시겠어! 그들은 마침내 듣기 민망한 이야기까지 했다, 불량스럽기 짝이 없는 계집애들이었다. 어쨌든 이 장난이 무척 재미있었기에 모두들 흥분해서 눈을 반짝이며 더 짓궂게 굴었다. 르라 부인이 화를 낼 상황도 아니었다, 진짜 노골적인 말은 하지 않았으니까 말이다. 그녀 자신도 이렇게 말함으로써 모두를 데굴데굴 구르게 했다.

「리자 양, 내 불이 꺼졌어, 네 불을 좀 빌려 주렴.」

「어머! 르라 부인의 불이 꺼졌대!」 작업장 전체가 소리를 질렀다.

「얘들아, 너희들도 내 나이가 되면…….」

그러나 아무도 그녀의 말을 듣지 않았다, 모두가 신사를 불러서 르라 부인의 불을 다시 붙여 보자고 했다.

이렇게 웃고 떠드는 가운데 특히 나나가 얼마나 즐거워했던지! 이중의 뜻이 있는 말은 무엇 하나 놓치지 않았다. 그녀 자신도 턱을 쳐들고 추잡스러운 말을 하고서는, 우스워 죽겠다는 듯 몸을 뒤로 젖혔다. 음란한 분위기 속에서 그녀는 마치 물을 만난 물고기 같았다. 그리고 의자 위에서 몸을 비틀면서도 제비꽃 꽃자루에 색종이를 솜씨 좋게 감았다. 와! 정말 기막힌 재주야, 담배 한 대 마는 시간도 걸리지 않았다. 가느다란 초록색 종이를 손에 잡는가 싶더니, 자, 간다! 색종이를 돌돌 말아서는 눈 깜짝할 사이에 철사를 감쌌다. 이어서 윗부분에 고무풀을 한 방울 발라 색종이를 깨끗이 붙였다, 자, 완성이야, 여자들의 가슴을 장식하기에 좋은 신선하고 우아한 초록색 나뭇잎 하나가 만들어졌다. 그런 재주는 탕녀들에게 흔히 있는 가느다란 손가락, 뼈가 없는 듯 유연하고 부드러운 손가락에서 나왔다. 나나가 작업장에서 배운 것이라고는 그것밖에 없었다. 작업장의 모든 꽃자루가 그녀에게 맡겨졌다, 그 정도로 그녀의 솜씨는 훌륭했던 것이다.

그러는 동안, 맞은편 보도의 신사가 사라졌다. 작업장은 조용해졌고, 뜨거운 열기 속에서 모두가 일에 열중했다. 점심 식사 시간인 정오를 알리는 종이 울리자, 여공들이 자리를 털고 일어났다. 부리나케 창가로 달려간 나나는 원한다면 심부름을 하러 내려가겠노라고 소리쳤다. 레오니가 새우 2수어치를, 오귀스틴이 감자튀김 한 봉지를, 리자가 라디[49] 한 다발을, 소피가 소시지 한 개를 주문했다. 나나가 계단으로 내려가고 있을 때, 그날따라 그녀가 창가에 관심이 많은 것을 수상히 여긴 르라 부인이 그녀를 뒤쫓으며 이렇게 말했다.

「기다려, 나랑 함께 가자, 살 게 좀 있어.」

그런데 맙소사, 골목길로 내려가니 그 신사가 양초처럼 우뚝 서서 나나에게 눈짓을 하고 있는 게 아닌가! 계집애는 얼굴이 새빨개졌다. 고모는 나나를 휙 잡아채고서는 종종걸음을 치게 했는데, 그자가 성큼성큼 뒤따라왔다. 오호라! 이 수고양이가 나나를 보러 왔군그래! 허, 참! 대단한 계집애야, 열다섯 살 반에 벌써 사내들을 치맛자락에 달고 다니다니! 르라 부인은 나나를 사납게 추궁했다. 어휴! 난 몰라요! 나나는 아무것도 모른다고 했다. 닷새 전부터 날 따라다니고 있을 뿐이야, 그때부터 밖으로 나가기만 하면 만나게 돼, 아마 장사를 하는 모양이야, 그래, 단추 제조업자인 것 같아. 르라 부인은 몹시 놀랐다. 그녀는 뒤돌아서서 신사를 곁눈질로 훔쳐보았다.

「돈은 좀 있어 보이네.」 그녀가 중얼거렸다. 「잘 들어, 요것아, 나한테 다 얘기해야 돼. 이제 겁낼 거 아무것도 없어.」

이야기를 하면서 그들은 이 가게에서 저 가게로, 돼지고기 가게, 과일 가게, 구이 가게로 뛰어다녔다. 금세 두 손 가득 기름종이에 싼 주문품들이 쌓였다. 하지만 그들은 기분이 좋았고, 엉덩이를 흔들며 가벼운 웃음과 반짝이는 눈길을 뒤로 흘

49 *radis*. 작은 무의 일종.

렸다. 르라 부인까지도 계속해서 뒤따라오는 단추 제조업자를 의식해서 젊은 아가씨처럼 우아한 태를 내며 걸었다.

「꽤 점잖은 사람이야.」 골목길에 들어서자 그녀가 말했다. 「올바른 마음만 먹고 있다면야…….」

계단을 올라오면서 그녀가 생각났다는 듯 말했다.

「그런데 말이야, 너희들이 귓속말로 이야기하던 게 뭐니? 아까 소피가 했다는 추잡한 이야기 말이야.」

나나는 애써 감추려 하지 않았다. 다만 르라 부인의 목을 잡고 두 계단쯤 내려오게 했다, 정말이지 계단에서조차 큰 소리로 할 수 없는 이야기였던 것이다. 나나는 소곤거리며 말했다. 내용이 너무도 천박해서 고모는 눈을 동그랗게 뜨고 입을 삐죽이며 고개를 설레설레 흔들 뿐이었다. 어쨌든 결국 알게 되었다. 이제 더 이상 애태울 필요가 없었다.

조화 여공들은 작업대를 더럽히지 않으려고 음식을 무릎 위에 올려놓고 먹었다. 먹는 것도 지겨운 듯 음식을 급히 삼킨 후, 남는 시간을 이용해서 오가는 행인들을 내려다보거나 한쪽 구석으로 가서 서로 내밀한 이야기를 주고받았다. 그날은 아침의 그 신사가 어디로 숨었는지 알고 싶어 했다. 하지만 그 신사는 온데간데없이 사라졌다. 르라 부인과 나나는 입을 꽉 다문 채 눈짓을 교환했다. 벌써 1시 10분이 되었음에도 여공들은 핀셋을 다시 들려는 기색조차 없었다, 그때 레오니가 입술로 프루룻! 하고 칠장이들이 서로 부를 때 내는 소리를 내며 여주인이 오고 있음을 알렸다. 순식간에 모두 자기 자리로 돌아가서 고개를 숙인 채 일을 했다. 티트르빌 부인이 들어와서 엄격한 표정으로 한 바퀴 돌았다.

그날부터 르라 부인은 조카딸의 첫 번째 사건을 즐겼다. 그녀는 조카딸을 놓아주지 않았고, 자기에게 책임이 있다며 아침저녁으로 조카딸과 함께 다녔다. 그것은 나나를 좀 귀찮게 했다. 하지만 보물처럼 아껴 주는 것이 싫지는 않았다. 게다가 단추 제조업자가 따라다니는 가운데 거리에서 둘이 나누는 대화는 나나를 달아오르게 했고, 오히려 유혹을 받아들이고 싶은 욕망을 불러일으켰다. 아! 고모는 인간의 감정을 이해했다. 더욱이 단추 제조업자, 그 나이 많고 예의 바른 신사는 그녀의 마음에 들었다, 무르익은 남자의 감정이란 언제나 뿌리가 더 깊은 법이니까 말이다. 그러나 그녀는 감시를 게을리하지 않았다. 그렇다, 그가 계집애를 손에 넣기 위해서는 먼저 그녀의 몸을 밟고 지나가지 않으면 안 되리라. 어느 날 저녁, 그녀는 신사에게 다가가서 지금 그가 하고 있는 짓은 점잖지 못하다고 거침없이 말했다. 그는 아무런 대답 없이 부모의 거절에 익숙한 늙은 청혼자처럼 공손히 인사를 할 뿐이었다. 그녀는 정색을 하고 화를 낼 수가 없었다, 그의 몸가짐이 너무나 정중했던 것이다. 그래서 나나에게 연애에 대한 실제적인 충고, 남자들의 추잡함에 대한 암시, 과거를 후회하는 여자들에 대한 온갖 이야기를 들려줬을 뿐인데, 나나는 실망한 표정으로 하얀 얼굴에 모종의 사악한 눈빛을 담았다.

그런데 어느 날 단추 제조업자가 포부르푸아소니에르 가에서 용기를 내어 고모와 조카딸 사이에 끼어들더니 몹시 듣기 민망한 말을 속삭였다. 깜짝 놀란 르라 부인은 더 이상 가만히 있을 수 없다고 되뇌면서 모든 것을 동생에게 털어놓았다. 그러자 일이 색다른 방향으로 전개되었다. 쿠포네 집에서 한바탕 소동이 일어났다. 우선 함석장이가 나나에게 따귀를 날렸다. 도대체 뭘 배웠어? 이 화냥년이 늙은이한테 빠졌대, 글쎄! 잘 논다! 길거리에서 버젓이 키스를 하지 않나, 이 년이 연애 박사야, 다시 한 번 그랬다간 다리몽둥이가 부러질 줄 알아! 뭐 이런 게 다 있을까! 코흘리개 년이 부모 얼굴에 똥칠을 하다니! 그런 다음 그는 나나를 잡고 흔들면서 말했다. 제기랄! 행실 똑바로 해, 이제부턴 내가 직접 감시할 테니까. 그때부터 딸이 집으로 돌아오면, 그는 딸을 정면에서 노려보며 눈 위에 소리 없이 스며든 키스 자국이 있지나 않은지 검사했다. 그는 냄새를 맡기도 했고, 돌려세우기도 했다. 어느 날 저녁에 그녀는 또 다시 혼쭐이 났다, 목에서 검은 반점이 발견된 것이다. 말괄량이 계집애는 키스 자국이 아니라고 주장했다. 그렇다, 그것은 멍이었다, 레오니와 장난을 하다가 생긴 멍일 뿐이었다. 그래, 그렇다면 내가 멍을 여러 개 만들어 주마, 다리몽둥이가 부러지면 투덜거리지도 못하겠지. 가끔 기분이 좋을 때면, 그는 딸에게 농담을 하며 놀려 댔다. 정말이야! 사내들한테 딱 좋겠어, 넙치처럼 펑퍼짐하니 말이야, 게다가 어깨 사이 젖가슴이 큼직하니 주먹이라도 어렵잖게 들어가겠어! 요컨대 아버지의 천박한 비난에 시달리고 저지르지도 않은 악행 때문에 매를 맞았던 나나는 구석에 몰린 짐승처럼 사나움을 감춘 채 교활한 순종의 태도를 보였다.

「그만 좀 해요!」 좀 더 이성적인 제르베즈가 되풀이했다. 「자꾸 그런 말을 하면, 걔도 그렇게 하고 싶어진단 말예요.」

아! 그럼, 그렇게 해보고 싶고말고! 사실인즉 아버지의 말처럼 나나는 어딘가로 도망가서 그렇게 해보고 싶은 생각에 온몸이 근질근질했던 것이다. 그가 그런 이야기로 딸을 그야말로 들볶았으니, 이런 상황이라면 아무리 얌전한 아가씨라 해도 불이 붙지 않을 수 없으리라. 게다가 그런 식으로 호통을 치는 가운데 놀랍게도 아버지는 딸이 아직 모르고 있던 것까지 가르쳐 주었던 것이다. 그리하여 조금씩 그녀는 이상한 짓을 하게 되었다. 어느 날 아침, 그는 딸이 얼굴에 무엇인가를 바르기 위해 종이봉투를 뒤적거리고 있는 것을 보았다. 그것은 쌀가루였는데, 그녀는 희한한 생각에 사로잡혀 비단결처럼 고운 자기 피부에 그것을 발랐던 것이다. 그는 방앗간 집 딸이냐고 호통을 치면서 피부가 벗겨질 정도로 딸의 얼굴을 종이봉투로 문질러 댔다. 또 한번은 나나가 자기를 몹시 부끄럽게 하던 낡은 검정 모자를 장식해서 써보려고 빨간 리본 몇 개를 가지고 온 적이 있었다. 그는 딸에게 리본이 어디서 났냐고 사납게 물었다. 그렇지? 벌렁 누운 채로 그걸 받았겠지! 아니면 어디서 훔친 거야? 갈보거나 도둑년이거나, 아니면 둘 다겠지. 여러 번 그는 딸이 장식품을 손에 들고 오는 것을 보았다, 홍옥 반지, 작은 레이스가 달린 한 쌍의 소매, 계집애들이 유방 사이로 늘어뜨리는, 계집애들 말로 〈만져 봐요〉라고 불리는 하트 모양의 도금 메달이 그것이었다. 쿠포는 그 모든 것을 때려 부수려고 했다. 그렇지만 그녀는 사납게 화를 내며 그것을 지켰다, 그것은 자기 것이었다, 부인네들에게서 얻은 것이거나 작업장에서 친구들과 맞바꾼 것이었다. 예를 들어 하트 메달은 아부키르 가에서 주운 것이었다. 아버지가 하트 메달을 구둣발로 짓뭉개 버렸을 때, 그녀는 얼굴이 하얗게 질린 채 똑바로 서서 몸을 부들부들 떨었고, 내면의 반항심이 그녀로 하여금 아버지를 쥐어뜯을 듯 덤벼들게 했다. 2년 전부터 얼마나 그 하트 메달을 갖고 싶어 했는지 모른다, 그런데 오늘 눈앞에서 그것을 짓뭉개다니! 그래, 이건 해도 너무했어, 어떻게 되나 두고 보라지!

한편 쿠포가 나나의 생활에 사사건건 개입하는 것은 올바른 교육을 하기 위해서라기보다 짓궂은 장난을 하기 위해서인 듯했다. 흔히 그가 틀렸고, 그의 몰상식함이 아이를 자극했다. 급기야 아이는 작업장을 빼먹기에 이르렀다. 함석장이가 매를 때려도 딸은 아랑곳하지 않고 더 이상 티트르빌 작업장에 다니고 싶지 않다고 했다, 왜냐하면 옆자리의 오귀스틴이 하도 사내들과 뒹굴고 다녀서 몸에서 악취가 나기 때문이었다. 그러자 쿠포는 딸을 직접 케르 가로 데리고 가서 벌로서 언제나 오귀스틴 옆에 앉혀 달라고 여주인에게 부탁했다. 2주일 동안, 아침마다 쿠포는 수고스럽게도 푸아소니에르 시문으로 내려가서 나나를 작업장 입구까지 데려다 주었다. 그런 다음에는 딸이 도망가지나 않을까 해서 5분 동안 길에 서 있었다. 그러나 어느 날 아침 그가 동료와 함께 생드니 가의 술집에 있을 때, 그 못된 년이 들어간 지 10분도 채 못 돼서 엉덩이를 흔들며 거리 아래쪽으로 급히 달아나는 것을 보았다. 2주일 전부터 그녀는 아버지를 속였는데, 두 층쯤 올라가서는 작업장으로 들어가지 않고 계단에 앉아 아버지가 떠날 때까지 기다렸던 것이다. 쿠포가 르라 부인에게 따져 묻자, 르라 부인은 잔소리 좀 집어치우라고 화를 내며 말했다. 이미 조카딸에게 사내를 조심해야 한다고 귀가 따갑게 말했어, 그러니 계집애가 놈팡이들과 놀아난다고 해도 내 잘못이 아냐, 이제 걔 문제라면 손 털었어. 그녀는 이제 아무 일에도 개입하지 않겠노라고 맹세했다, 왜냐하면 자기도 알 만한 건 다 알고 있고, 가족들 사이에 이러쿵저러쿵 떠드는 소리, 그래, 예를 들면 나나와 함께 싸돌아다니면서 나나가 몸을 망치는 걸 보며 음탕한 쾌감을 맛본다고 비난하는 소리도 잘 알고 있었기 때문이다. 게다가 쿠포는 최근에 작업장을 떠나서 방탕하게 살고 있는 그 화냥년 레오니 때문에 나나가 더욱 타락하고 있다는 사실을 여주인의 말을 듣고 알았다. 물론 아이가 단순히 거리에서 맛있는 것을 먹고 재미있는 놀이를 하고 싶은 거라면, 머리에 오렌지 화관을 쓰고 결혼을 하면 될 일이다. 그렇지만 말이야! 아이를 아무런 흠 없이, 손때 묻지 않고 깨끗한 상태로, 한마디로 양갓집 규수처럼 완전무결한 상태로 남편에게 보내고 싶다면, 정말이지 감시를 게을리해서는 안 될 일이었다.

구트도르 가의 건물에서는 모두가 익히 아는 유명인에 대해서 말하듯 나나의 노인 이야기를 했다. 아! 그는 무척 예의 바르고 심지어 소심하기까지 했지만, 엄청나게 고집이 세고 참을성이 있어서 말 잘 듣는 개처럼 언제나 열 걸음쯤 떨어져서 나나를 따라다녔다. 때때로 그는 안마당까지 들어오기도 했다. 고드롱 부인이 어느 날 저녁 3층 층계참에서 그와 마주쳤는데, 그는 고개를 숙인 채 흥분하고 겁먹은 표정으로 황급히 난간을 따라 내려갔다. 그러자 로리외 부부는 걸레 같은 조카딸 년이 계속해서 사내들을 꽁무니에 달고 다닌다면 이사를 할 것이라고 협박했다, 계단이 사내들로 꽉 차고, 내려가는 계단마다 사내들이 냄새를 맡으며 기다린다면 그것이야말로 역겹기 그지없는 일이기 때문이었다. 그래, 정말이지 건물 한구석에 발정 난 짐승 한 마리를 키우는 셈이었다. 보슈 부부는 그 불쌍한 신사의 운명을 동정했다, 어쩌다가 저토록 존경할 만한 남자가 그따위 바람둥이 계집애에게 홀딱 반했는지. 그것 참! 참으로 의젓한 상인이었다, 보슈 부부는 라빌레트 대로에 있는 그의 단추 공장도 보았었다, 저런 사람이 착실한 아가씨를 만났더라면 얼마나 호강을 시켜 주었을까. 문지기 부부가 들려준 이야기 덕분에, 온 동네 사람들이, 심지어 로리외 부부조차 창백한 얼굴, 굳게 다문 입, 단정하게 손질한 잿빛 수염으로 무척 점잖아 보이는 그가 나나를 뒤따라갈 때 심심한 경의를 표했다.

처음 한 달 동안, 나나는 노인을 아주 우습게 생각했다. 언제나 겁에 질린 표정으로 자기 주위를 맴도는 모습은 정말 꼴불견이었다. 게다가 인파 속에서는 시치미를 뚝 떼고 치마에 손을 얹어 엉덩이를 더듬는 진짜 치한이었다. 그리고 그 다리는 또 뭐야! 장작개비나 성냥개비처럼 말라비틀어졌잖아! 머리통에 터럭이라고는 없었고, 고작 목덜미에 고수머리 몇 가닥이 붙어 있었기에, 그녀는 늘 어떤 이발소에서 머리를 손질하느냐고 묻고 싶을 지경이었다. 아! 뻔뻔스러운 늙다리! 맘에 드는 구석이라고는 눈을 씻고 찾아봐도 없으니!

그렇지만 끊임없이 그와 마주치게 되자, 그녀는 더 이상 그가 우스워 보이지 않았다. 그녀는 은근히 그가 무서웠다, 그가 가까이 다가오면 비명을 지르고 싶었다. 종종 그녀가 보석가게 앞에서 걸음을 멈추면, 문득 그가 등 뒤에서 중얼거리는 소리가 들렸다. 그의 말이 맞았다, 기실 그녀는 목에 거는 벨벳 십자가, 또는 핏방울처럼 생긴 작고 예쁜 산호 귀고리가 너무도 갖고 싶었다. 아무튼 보석까지는 바라지 않는다 하더라도 누더기만은 걸치기 싫었고, 케르 가의 작업장에서 가져온 물건으로 골칫덩이 모자를 장식하는 데도 지쳤다, 이놈의 너절한 모자에 티트르빌 작업장에서 훔친 꽃을 달아 봐야 상거지 목에 은방울을 단 것처럼 전혀 어울리지 않았던 것이다. 그래서 길을 걷다가 마차가 튀기는 물을 맞거나 진열창 불빛에 눈이 부실 때면, 그녀는 배고플 때의 식욕처럼 위장을 짜릿하게 뒤트는 간절한 욕망, 옷을 잘 차려입고, 고급 레스토랑에서 식사를 하고, 연극을 보러 가고, 아름다운 가구로 장식된 자기만의 방을 갖고 싶은 간절한 욕망을 느꼈다. 욕망으로 얼굴이 창백해진 그녀는 문득 발걸음을 멈추었다. 파리의 포석에서 허벅지를 따라 올라오는 열기, 혼잡하기 이를 데 없는 보도에서 그녀를 자극하는 쾌락의 열기가 그녀의 몸을 후끈 달아오르게 했다. 더욱이 그것은 이룰 수 없는 꿈도 아니었다. 지금 이 순간 노인이 그녀의 귓전에 여러 가지 솔깃한 제안을 하고 있지 않은가. 아! 그가 무섭지만 않았더라면, 자신의 악덕에도 불구하고 가슴속의 반발심 때문에 남자라는 미지의 존재를 사납게 뿌리치며 역겨움으로 몸이 굳지만 않았더라면 그녀는 기꺼이 그의 손을 잡았을지도 모른다.

겨울로 접어들면서 쿠포네 집의 살림은 엉망진창이 되었다. 저녁마다 나나는 두들겨 맞았다. 아버지가 때리다 지치면, 어머니가 행실을 가르쳐 준다며 따귀를 날렸다. 그리하여 집은 난장판이 되기 일쑤였다. 한쪽이 때리면, 다른 쪽이 말렸고, 그러다 보면 결국 셋 모두 접시가 깨진 가운데 방바닥에서 뒹굴었다. 게다가 배는 고픈데 먹을 것이 없었고, 너무 추워서 얼어 죽을 지경이었다. 딸이 리본 매듭이라든가 소매 단추라든가 그럴듯한 것을 사오면, 부모가 그것을 빼앗아 지체 없이 팔아먹었다. 나나가 가진 것이라고는 너덜너덜한 침대 시트로 기어들어 가기 전에 선사받는 의례적인 따귀밖에 없었고, 침대에 들어가면 그녀는 이불 대신 검정 속치마를 덮은 채 오들오들 떨어야 했다. 안 돼, 이런 개 같은 생활을 계속할 수는 없어, 여기서 이렇게 죽고 싶진 않아. 오래전부터 아버지란 존재는 더 이상 중요하지 않았다. 곤드레만드레 술에 취해 있을 때에는 아버지라고 할 수도 없었고, 그저 빨리 떨쳐 버리고 싶은 더러운 짐승일 뿐이었다. 이제 어머니도 전락할 대로 전락해서 아버지 꼴이 되어 갔다. 그녀도 마찬가지로 술을 마셨던 것이다. 술이 당긴 그녀는 술을 얻어 마실 요량으로 콜롱브 영감의 주점으로 남편을 찾으러 가곤 했다. 처음에 보이던 그 역겹다는 표정은 온데간데없었다, 천연덕스럽게 테이블에 앉아 단숨에 술 몇 잔을 비웠고, 팔꿈치를 괸 채 몇 시간이고 죽치고 있다가 얼근히 취한 눈으로 거기서 나갔다. 〈목로주점〉 앞을 지나다가 남자들의 떠들썩한 소란 속에서 멍하니 술을 마시는 어머니를 보면 나나는 참을 수 없는 분노에 사로잡혔다, 왜냐하면 젊은이란 다른 즐거움에 정신이 팔려 음주란 걸 도통 이해하지 못하기 때문이다. 그런 날 밤이면 나나는 끔찍한 상황 속에 놓였다, 주정뱅이 아버지와 주정뱅이 어머니, 더욱이 망할 놈의 집구석에서는 빵 조각이라고는 찾아볼 수가 없었고, 오히려 독한 술 냄새만 물씬 풍겼다. 결국 성녀라 해도 이런 데서는 살 수 없는 법이다. 어쩔 수 없지 않은가! 조만간 그녀가 가출을 한다 해도. 부모는 〈메아 쿨파〉[50]를 외치고, 자기들 때문에 딸이 나간 것이라고 말해야 하리라.

어느 토요일, 나나가 집으로 돌아와 보니 아버지와 어머니가 실로 끔찍한 상태에 있었다. 침대에 가로로 쓰러진 쿠포는 코를 골고 있었다. 의자에 파묻힌 제르베즈는 흐릿하고 불안스러운 눈을 동그랗게 뜬 채 멍하니 앞을 바라보며 머리를 흔

50 *Mea culpa*. 〈내 탓이로다〉라는 의미의 라틴어.

들고 있었다. 그녀는 저녁거리인 스튜 찌꺼기를 불에 데우는 것조차 잊었던 것이다. 심지도 잘라 주지 않은 촛불이 부끄러울 정도로 누추한 방의 비참한 가난을 비추고 있었다.

「못된 년, 이제 왔어?」 제르베즈가 더듬거렸다. 「기다려! 아버지한테 좀 당해 봐!」

나나는 대꾸도 하지 않고 하얗게 질린 얼굴로 차디찬 난로, 접시조차 없는 식탁, 한 쌍의 주정뱅이가 무서울 정도로 창백하게 얼이 빠져 있는 음산한 방을 바라보았다. 그녀는 모자도 벗지 않고서 방을 한 바퀴 빙 돌았다. 그러고는 입을 악문 채 문을 다시 열고 나갔다.

「또 나가는 거냐?」 어머니가 고개도 돌리지 못하고 물었다.

「네, 잊은 게 있어서요. 곧 돌아올게요……. 먼저 주무세요.」

그러고서 그녀는 다시 돌아오지 않았다. 이튿날 술이 깨자, 쿠포 부부는 나나가 가출한 책임을 서로에게 뒤집어씌우며 싸웠다. 아! 멀리 가버렸어, 그렇게도 쏘다니더니! 아이들에게 참새잡이를 할 때 그렇게 하라고 하는 것처럼, 딸년의 꽁무니에 소금을 발라 놓을 수만 있다면 금세 잡아 올 텐데. 나나의 가출은 제르베즈에게 다시 한 번 큰 타격이 되었다. 왜냐하면 무기력한 마비 상태에도 불구하고 몸을 팔러 나간 딸의 전락이 자기를 더 깊은 구렁텅이 속으로 몰아넣을 것이고, 자기는 이제 돌봐 줄 자식 하나 없이 아득히 낮은 곳으로 굴러떨어질 것임을 예감했기 때문이다. 그렇다, 천륜을 저버린 그 못된 년이 더러운 속치마에 그녀의 마지막 남은 자존심마저 담아 가버린 것이다. 그녀는 사흘 동안 사나운 표정으로 주먹을 불끈 쥔 채 술을 마셨고, 갈보 같은 딸년을 향해 끔찍한 욕을 퍼부었다. 쿠포는 외곽 대로에서 어슬렁거리며 지나가는 더러운 여자들을 모조리 노려본 후, 어쩔 수 없다는 듯 무심히 파이프 담배를 입에 물었다. 하지만 가끔 식사 중에 벌떡 일어나서 손에 쥔 나이프를 허공에 휘두르며, 딸년 때문에 도대체 얼굴을 들고 다닐 수가 없다고 소리쳤다. 그러고는 다시 앉아 식사를 마저 했다.

문을 열어 준 새장의 방울새처럼 계집애들이 매달 몇 명씩 날아가 버리는 이 건물에서 쿠포네 집의 사건은 아무도 놀라게 하지 않았다. 다만 로리외 부부만이 의기양양했다. 그것 봐! 계집애가 부모 얼굴에 똥칠할 거라고 예고하지 않았어! 당연하지, 조화 여공이란 모조리 타락하기 마련이니까. 보슈 부부와 푸아송 부부도 장황하게 여자의 미덕을 늘어놓으며 비웃음을 아끼지 않았다. 다만 랑티에만이 음험하게 나나를 옹호했다. 안됐어! 물론 계집애들의 가출은 율법에 위배된다고 그는 청교도적인 태도로 단언했다. 그런 다음, 그는 눈을 반짝이며 덧붙였다, 제기랄! 그 나이에 가난 구덩이에 처박혀 살기에는 계집애가 너무 예뻤어.

「모르고 있었어요?」 어느 날 그들이 보슈 부부의 경비실에 모여 커피를 마시고 있었을 때, 로리외 부인이 큰 소리로 말했다. 「그렇다니까! 불을 보듯 환하죠, 〈절름발이〉가 딸을 팔아먹은 거야……. 그럼, 딸을 판 거지, 증거도 있어!…… 아침저녁으로 계단에 서 있던 노인네 말예요, 그 노인네가 벌써 선금을 줬다잖아. 틀림없어. 어제만 해도 말이야! 앙비귀 극장에서 그 못된 계집애하고 영감이 같이 있는 걸 누가 봤다니까…….
명예를 걸고 맹세하죠! 둘이 함께 있어, 알겠어요?」

그들은 커피를 마시며 내내 그 이야기를 했다. 여하튼 있을 법한 일이었다, 그보다 더한 일도 있으니까 말이다. 동네에서는 결국 가장 사려 깊은 사람들까지도 제르베즈가 딸을 팔아 먹었다고 떠들고 다녔다.

제르베즈는 이제 무너질 대로 무너져서 사람들의 입방아에도 전혀 신경 쓰지 않았다. 거리에서 사람들이 자기를 가리켜 도둑이야! 하고 소리쳐도, 돌아볼 생각조차 하지 않았으리라. 한 달 전부터 그녀는 포코니에 부인 가게에서 일하지 않았다. 포코니에 부인이 자신도 입방아에 오르기 싫어서 그녀를 내보내지 않을 수 없었던 것이다. 몇 주일 동안, 그녀는 여덟 세탁소를 전전했다. 어느 가게에서나 2~3일 일하는 것이 고작이었다. 그러고는 보따리를 싸야 했는데, 무슨 작업부터 해야 할지 모를 정도로 멍청해진 그녀는 더럽고 산만하게 일을 해서 세탁물을 망쳐 놓기 일쑤였던 것이다. 마침내 스스로도 엉터리 일꾼이라는 것을 깨달았다. 그래서 그녀는 다림질을 그만두고 뇌브 가의 공동 세탁장에서 일당을 받고 빨래를 했다. 구정물 속에서 첨벙거리고 때와 씨름하는, 거칠지만 손쉬운 일로 다시 돌아가 보니, 비록 전락의 비탈길로 한 걸음 더 굴러떨어지긴 했어도 그럭저럭 해나갈 만했다. 그러나 세탁장이 그녀의 존재까지 깨끗이 씻어 주지는 못했다. 물에 흠뻑 젖고 살이 푸르죽죽하게 변한 채 세탁장에서 나온 그녀를 보면, 정말이지 비참한 개의 모습과 다를 바 없었다. 게다가 텅 빈 찬장 앞에서 발을 동동 굴렀음에도 마냥 살이 쪘고, 그 바람에 다리가 더욱더 비틀려서 이제 길을 걸으면 옆에서 걷던 행인이 부딪혀서 넘어질 정도로 심하게 다리를 절었다.

전락이 이 정도에 이르면, 여자로서의 자존심도 사라지게 마련이다. 그 옛날의 긍지도, 애교도, 애정과 예의와 존경에 대한 욕구도 모두 사라졌다. 사람들에게 어디를 차여도, 앞을 차여도 뒤를 차여도 도무지 느낌이 없을 정도로 그녀는 무감각해졌고, 무기력해졌다. 이런 까닭에 랑티에도 그녀를 전혀 거들떠보지 않았다. 더 이상 형식적으로도 안아 보려 하지 않았다. 그렇지만 그녀는 서로 간의 권태 때문에 질질 끌어 오던 그 오랜 관계의 종말조차 인식하지 못하는 듯했다. 하기야 그녀로서는 고역이 하나 줄어든 것뿐이었다. 심지어 랑티에와 비르지니의 관계도 전혀 그녀의 관심을 끌지 못했다, 전에는 그토록 그녀를 화나게 했던 온갖 추잡한 짓거리에도 그녀는 아무런 반응이 없었다. 그들이 원한다면, 기꺼이 촛불을 들어 그들의 정사를 밝혀 주리라. 이제 모자장이와 식료품점 여주인이 그렇고 그런 사이라는 것을 모르는 사람은 아무도 없었다. 오쟁이 진 남편 푸아송이 이틀에 한 번씩 밤샘 근무를 하는 것은 매우 편리한 일이었다, 푸아송이 춥고 쓸쓸한 거리에서 몸을 떠는 동안, 집에서는 마누라와 이웃 방 남자가 서로의 몸을 녹여 주고 있었던 것이다. 아! 그들은 서두르지도 않았다, 텅 빈 어두운 거리에서 가게를 따라 천천히 걸어가는 푸아송의 구두 소리가 들려도 그들은 이불 밖으로 얼굴조차 내놓으려 하지 않았다. 순경이란 자기 의무밖에 모른다니까, 안 그래? 그러면서 그들은 순경의 재산을 야금야금 갉아먹으며 날이 밝을 때까지 침대 속에 머물렀다, 물론 그동안에 순경은 고지식하게 남의 재산을 단단히 지켜 주고 있었다. 구트도르 가 전체가 이 희극을 즐겼다. 순경이 마누라를 도둑맞는다는 게 너무 재미있었던 것이다. 게다가 랑티에는 여전히 이 동네를 지배하고 있었다. 가게에는 반드시 여주인이 있기 마련이다. 그는 방금 막 세탁소 여주인을 먹어 치웠다. 이번에는 식료품점을 씹고 있었다. 잡화상 여주인, 문방구 여주인, 모자 가게 여주인이 줄지어 몰려온다 해도 걱정 없었다. 그는 그들을 모두 삼킬 수 있을 만큼 커다란 턱을 갖고 있었으니까 말이다.

아니, 이처럼 설탕 속에서 굴러다니기를 좋아하는 남자가 또 어디에 있을까. 랑티에는 속셈이 따로 있어서 비르지니에게 사탕 과자 장사를 권했던 것이다. 그는 프로방스 출신이어서 단것이라면 사족을 못 썼다. 그는 드롭스, 사탕, 당과, 초콜릿으로 살았다고 해도 좋을 것이다. 특히 그가 〈설탕에 절인 아몬드〉라고 부른 당과는 보기만 해도 입에 군침이 돌았고, 목구멍을 간질간질하게 했다. 1년 전부터 그는 사탕만을 먹고 살았다. 비르지니가 가게를 봐달라고 부탁을 하면, 그는 이내 서랍을 열고 과자를 즐겼다. 종종 대여섯 명의 손님 앞에서 떠들어 대면서, 그는 카운터에 있는 유리병 뚜껑을 열었고, 손을 집어넣어 무엇인가를 꺼내 깨물곤 했다. 열린 유리병은 금세 텅 비워졌다. 아무도 더 이상 거기에 신경 쓰지 않았다. 그가 말하기를, 그것은 자기의 습관이었다. 또는 만성 감기로 목구멍이 아프니 그것으로 달래야 한다는 것이었다. 그는 여전히 일을 하지는 않았지만, 점점 더 큰 사업을 눈앞에 두고 있었다. 그 당시 그는 기막힌 발명품, 이름 하여 우산-모자, 즉 빗방울이 떨어지자마자 머리 위에서 바로 우산으로 변하는 모자를 구상하고 있었다. 그는 푸아송에게 이익의 절반을 주겠다고 약속했고, 실험을 하기 위해 그에게서 20프랑을 빌렸다. 그러는 동안 가게는 그의 혓바닥 위에서 녹고 있었다. 여송연 모양의 초콜릿과 파이프 모양의 붉은 캐러멜에 이르기까지 모든 상품이 그의 입으로 들어갔다. 단것을 실컷 먹고 기분이 좋아서 여주인에게 키스로 값을 지불하면, 여주인은 그가 너무 달콤하고 그의 입술이 꼭 초콜릿 사탕 같다고 생각했다. 키스를 이렇게 사랑스럽게 하는 남자가 또 있을까! 정말이지 그는 벌꿀 같았다. 보슈 부부는 그의 손가락이 닿기만 해도 커피가 진짜 시럽이 되어 버린다고 했다.

달콤한 디저트를 계속 먹어서 흐뭇해진 랑티에는 제르베즈에게 아버지처럼 굴었다. 그는 그녀에게 충고를 했고, 일하기를 싫어해서는 안 된다고 나무랐다. 제기랄! 여자도 그 나이가 되면 스스로를 돌아볼 줄 알아야 해! 그는 그녀가 늘 먹을 것만 밝힌다고 꾸짖었다. 어쨌든 그럴 만한 가치가 없는 사람이라 해도 돕는 것이 도리이기 때문에, 그녀에게 보잘것없는 일거리라도 얻어 주려고 애썼다. 그는 비르지니에게 부탁해서 제르베즈로 하여금 일주일에 한 번 가게와 방을 청소하게 했다. 양잿물 사용법이야 잘 알겠지. 한 번에 30수만 주면 돼. 제르베즈는 토요일 아침에 양동이와 솔을 가지고 왔다, 예전에 아름다운 금발 머리 여주인으로 당당하게 군림했던 바로 그 가게에서 더럽고 천한 일, 떨거지 잡역부들이나 하는 일을 하러 와서도 괴롭다는 기색은 전혀 없었다. 그것은 마지막 전락이었고, 자존심의 종말이었다.

어느 토요일, 그녀는 몹시 힘들었다. 사흘이나 비가 온 까닭에, 손님들의 발이 온 동네의 흙이란 흙은 죄다 가게로 쓸어 온 듯했다. 비르지니는 말쑥하게 머리를 빗고 귀여운 칼라와 레이스 소매를 착용한 채 귀부인인 양 카운터에 앉아 있었다. 그녀 옆 붉은 모조 가죽 장의자에 앉아, 랑티에는 제집인 양 진짜 가게 주인처럼 거드름을 피우고 있었다. 그러면서 그는 버릇처럼 단것을 깨물기 위해 박하 드롭스 병으로 무심히 손을 들이밀었다.

「이봐요, 쿠포 부인!」 입을 삐죽이며 청소부의 일하는 모양을 살펴보던 비르지니가 소리쳤다. 「저기 저 구석에 때가 그대로 있잖아. 잘 좀 닦아요!」

제르베즈는 명을 받들었다. 그녀는 그 구석으로 돌아가서 다시 청소하기 시작했다. 바닥에 무릎을 꿇고 더러운 땟물 가운데서 그녀는 어깨가 튀어나올 듯 몸을 둘로 꺾었는데, 두 팔은 보랏빛이 되어 뻣뻣하게 굳어 있었다. 낡은 속치마는 물에 젖어 엉덩이에 찰싹 붙어 있었다. 마루판 위에 웅크린 그녀는 무엇인가 더러운 물건 덩어리 같았다, 머리는 산발이 되어 있었고, 군데군데 터진 캐미솔 구멍에서는 언뜻언뜻 살찐 몸뚱이가, 거칠고 힘든 일을 하는 와중에 이리저리 출렁거리는 물렁물렁한 맨살이 삐져나왔다. 땀이 너무도 많이 나서 굵은 땀방울이 비 오듯 얼굴을 적시며 흘러내렸다.

「닦으면 닦을수록, 윤이 나는 법이지.」 랑티에가 입안 가득 드롭스를 넣으며 격언조로 말했다.

눈을 반쯤 감고 대공 부인처럼 몸을 뒤로 젖힌 비르지니는 여전히 청소를 살피며 참견했다.

「오른쪽을 좀 더 닦고. 이제 판자에 신경을 써요……. 글쎄, 지난 토요일엔 일이 엉망이었어요. 얼룩이 그대로 남아 있더라고.」

모자장이와 식료품점 여주인 둘 다 옥좌에 앉은 듯 더욱 으스댔고, 반면 제르베즈는 시커먼 땟물에 젖은 채 그들의 발밑에서 기어다녔다. 비르지니의 고양이 같은 눈이 한순간 노란 불꽃을 튀긴 것을 보면, 그녀는 상황을 즐기고 있음이 틀림없었다, 그녀는 희미한 미소를 지으며 랑티에를 바라보았다. 마침내 그녀는 늘 가슴속에 지니고 있었던 사건, 즉 공동 세탁장에서 볼기를 맞은 사건에 대해서 통쾌하게 복수를 했던 것이다.

이윽고 제르베즈가 잠시 걸레질을 멈추었을 때, 안쪽 방에서 가볍게 톱질하는 소리가 들렸다. 열린 문을 통해 안마당의 희미한 햇살을 받은 푸아송의 옆모습이 얼핏 보였는데, 그날 비번이었던 그는 여가를 이용해서 자기의 취미인 상자 만들기에 푹 빠져 있었다. 그는 탁자 앞에 앉아 마호가니 여송연 상자에 세심하게 공을 들여 아라베스크 무늬를 새겨 넣고 있었다.

「이봐, 바댕그!」 우정의 표시로 다시 이 별명으로 그를 부르기 시작한 랑티에가 소리쳤다. 「내가 그 상자 찜해 둘게, 아가씨 선물용으로 말이야.」

비르지니가 그를 꼬집었지만, 모자장이는 악을 선으로 갚으려는 셈으로 여전히 상냥하게 미소를 띤 채 카운터 밑에서 그녀의 무릎을 더듬어 올라갔다. 그러다가 남편이 고개를 들어 흙빛 얼굴 속에 뻣뻣하게 곤두선 황제 수염과 붉은 콧수염을 드러냈을 때, 그는 자연스럽게 손을 뺐다.

「그렇게 해.」 순경이 말했다. 「그러지 않아도 자네한테 주려고 했었어, 오귀스트. 우정의 표시로 말이야.」

「아! 그래, 그렇담 내가 잘 모셔 둘게!」 랑티에가 웃으며 말했다. 「자네의 하사품이니, 리본으로 목에 꼭 매달아 둬야지.」

이어서 그는 리본 때문에 갑자기 다른 생각이 떠오른 듯했다.

「그런데 말이야!」 그가 큰 소리로 말했다. 「어젯밤에 나나를 만났어.」

갑작스러운 소식에 가슴이 철렁했던 제르베즈는 가게에 흥건한 더러운 물구덩이에 자기도 모르게 철퍼덕 주저앉고 말았다. 그녀는 솔을 손에 든 채 땀을 흘리며 숨을 헐떡였다.

「아!」 그녀는 나직이 탄식할 뿐이었다.

「그래, 마르티르 가를 내려가는 중이었지, 그런데 내 앞으로 웬 노인과 팔짱을 낀 채 엉덩이를 흔들며 가는 계집애가 보이지 않았겠어. 당장에 어디서 많이 보던 엉덩이라고 생각했지……. 급히 뒤쫓아 가보니, 바로 그 말괄량이 나나더라고……. 아, 걱정할 거 없어, 아주 행복해 보였으니까, 예쁜 모직 드레스를 입고, 목에는 황금 십자가를 걸고, 무척 즐거운 표정이었어!」

「아!」 제르베즈는 들릴 듯 말 듯 더 나직이 되풀이했다.

드롭스를 다 먹은 랑티에는 다른 유리병에서 보리 사탕을 꺼냈다.

「정말 영악하단 말이야, 그 계집애!」 그가 말을 계속했다. 「침착하게 나더러 따라오라는 몸짓을 하더라니까. 그러더니 그 노인을 어떤 카페에 처박아 뒀어……. 오! 정말 기막힌 솜씨야, 그 노인을! 떨쳐 내더라고, 그 노인을 말이야!…… 그러더니 어느 집 문 앞으로 날 데려갔지. 정말 뱀 같은 계집애야! 대단해, 교태를 부리면서 내게 입맞춤을 했어, 귀여운 강아지처럼 말이야! 그럼, 내게 키스를 했다니까, 게다가 모든 이의 소식을 알고 싶어 했어……. 어쨌든 그 앨 만나서 기분이 참 좋았어.」

「아!」 제르베즈는 세 번째로 탄식했다.

그녀는 온몸에 힘이 빠졌지만, 여전히 기다렸다. 딸년이 엄마 이야기는 한마디도 안 했다는 거야? 조용한 가운데 푸아송이 톱질하는 소리가 다시 들렸다. 랑티에는 즐거운 듯 입술로 쪽쪽 소리를 내며 보리 사탕을 빨았다.

「흥! 나 같으면 그 앨 보자마자 길 건너편으로 피했을 거야.」 방금 막 모자장이를 다시 사납게 꼬집은 비르지니가 말했다. 「그렇고말고, 사람들 앞에서 그런 계집애들한테 인사를 받으면, 얼굴이 화끈거리지……. 당신이 이 자리에 있어서 하는 말은 아니지만, 쿠포 부인, 당신 딸은 정말 썩었어요. 푸아송이 매일 그런 년들을 잡아들이죠.」

제르베즈는 아무 말도 하지 않았고, 꼼짝 않고 허공을 바라보았다. 그녀가 마침내 자기 가슴속에 묻어 둔 생각에 대답이나 하듯 천천히 고개를 가로저었을 때, 모자장이가 군침이 돈다는 표정으로 소곤거렸다.

「이런 발랑 까진 계집애들이라면, 모든 사내들이 소화 불량 걱정은 안 하지. 영계처럼 야들야들하거든…….」

그러나 식료품점 여주인이 사납게 그를 노려보았기에, 그는 말을 끊고 그녀를 부드럽게 달래 줘야 했다. 그는 순경이 있는 쪽을 살피더니, 순경이 상자 만드는 데 여념이 없는 것을 보고 그 틈을 타서 비르지니의 입에 보리 사탕을 넣어 주었다. 그러자 그녀는 만족스러운 표정으로 웃었다. 그런 다음, 그녀는 청소부에게 화풀이를 했다.

「좀 서둘러요, 네? 그렇게 목석처럼 죽치고 있으면 일이 안 되잖아……. 자, 움직여요, 난 저녁때까지 물속에서 철퍽거리고 싶지 않아요.」

그런 다음 그녀는 목소리를 더 낮추어서 심술궂게 말했다.

「딸년이 갈보 짓을 한다 해도, 그게 어디 내 잘못이야!」

제르베즈는 그 말을 못 들은 것이 틀림없었다. 등을 굽히고 동면한 개구리처럼 납작 엎드린 채 그녀는 다시 마루판을 닦기 시작했다. 솔 자루를 꼭 잡은 두 손으로 눈앞의 시커먼 구정물을 밀면, 그 구정물이 튀어 올라 그녀의 머리칼까지 온통 흙탕물로 적셨다. 더러운 구정물을 시궁창에 쓸어 넣은 다음에는, 다시 깨끗한 물로 마루판을 헹구어야 했다.

잠시 침묵이 흐른 후, 지루해하던 랑티에가 목소리를 높였다.

「이봐, 바댕그.」 그가 소리쳤다. 「어제 리볼리 가에서 자네 왕초를 봤어. 엄청 초췌해 보이던데, 그러다가는 6개월도 못 가겠어……. 아! 젠장! 생활이 그래서야 어디!」

그는 황제 이야기를 하고 있었다. 순경이 고개도 들지 않고 무미건조하게 대답했다.

「자네도 나라를 다스린다면, 그렇게 건강할 수만은 없을 거야!」

「뭐! 이 사람아, 내가 나라를 다스린다면…….」 별안간 근엄한 표정을 지으며 모자장이가 말했다. 「모든 게 잘될 거야, 내 장담하지……. 저 사람들 외교 정책이란 것 좀 보라고, 얼마 전부터 웃기지도 않잖아, 안 그래? 나, 나로서는 말이야, 만약 내 생각을 진지하게 들어 줄 수 있는 기자가 한 사람이라도 있다면…….」

그는 흥분했다, 그리고 보리 사탕을 다 먹었기에 서랍을 열어 마시멜로 젤리를 꺼내 씹으면서 손짓 발짓과 함께 이야기했다.

「아주 간단해……. 먼저 폴란드를 재건할 거야, 그리고 스칸디나비아 대국을 세워서 북쪽의 거인을 존경하게 해야지……. 이어서 게르만 소왕국을 통일해서 공화국 하나를 만들고…… 영국이야 걱정할 것 없어. 영국이 준동하면, 인도로 10만 대군을 보내면 돼……. 게다가 등에 총을 들이대고서라도 터키 대왕은 메카로, 교황은 예루살렘으로 돌려보낼 거야……. 어때?

유럽이 금세 깨끗해질 거라고. 이봐! 바댕그, 여기 좀 봐…….」
그는 잠시 말을 끊고 마시멜로 젤리 대여섯 개를 한 움큼 집었다.
「아무렴! 이 과자를 삼키는 것보다 시간이 더 걸리진 않을 걸세.」 그는 벌린 입으로 마시멜로 젤리를 차례로 던져 넣었다.
「황제는 다른 계획을 가지고 계시네.」 순경이 족히 2분은 생각한 후에 말했다.
「그만해 둬!」 모자장이가 거칠게 말했다. 「잘 알지, 그놈의 계획! 유럽이 우리를 깔보고 있어……. 날마다 튈르리 궁 시종들이 매춘부 둘을 양쪽에 낀 채 테이블 밑에 쓰러져 있는 자네 왕초를 잡아 일으킨다잖아.」
그러자 푸아송이 자리에서 일어났다. 그는 앞으로 나오면서 손을 가슴에 대고 말했다.
「자네 말을 들으니 가슴이 아프군, 오귀스트. 토론을 하려거든 인신공격은 삼가게.」
그때 비르지니가 끼어들어 제발 좀 조용히 하라고 했다. 유럽이 어쨌다고 그래. 두 양반이 다른 건 다 나눠 가지면서 왜 정치 얘기만 나오면 난리를 하며 싸우는 걸까? 둘은 잠시 목소리를 낮춰 말을 주고받았다. 그런 다음 순경이 악감정이 없다는 것을 보여 주기 위해 방금 완성한 작은 상자의 뚜껑을 가지고 왔다. 거기엔 상감 세공으로 이런 글자가 새겨져 있었다. 〈오귀스트에게, 우정을 기념하며.〉 랑티에가 기분이 좋아서 몸을 뒤로 젖히다가 휘청하더니, 하마터면 비르지니를 덮칠 뻔했다. 남편은 낡은 토담 색깔의 얼굴을 들어 그 모습을 쳐다보았지만, 그의 탁한 눈은 아무것도 말하지 않았다. 그래도 콧수염의 붉은 털이 이상하게 움찔했는데, 그것은 모자장이만큼 정력이 좋지 못한 사내의 불안한 마음을 반영하는 것일지도 몰랐다.

이 랑티에라는 작자는 대담하고 뻔뻔스러웠지만, 여자들은 그 점을 좋아했다. 푸아송이 등을 돌렸을 때, 그는 푸아송 부인의 왼쪽 눈에 키스를 하려는 엉뚱한 생각을 했다. 보통 그는 음험하게 신중한 태도를 보였다. 그러나 지금은 정치 문제로 다투었기 때문에, 그는 여자를 정복해서 앙갚음을 할 요량으로 모든 위험을 감수했다. 순경의 등 뒤에서 파렴치하게 훔치는 이 탐욕스러운 애무는 프랑스를 매음굴로 만든 제정에 대한 복수를 뜻했다. 다만 그는 제르베즈의 존재를 잊고 있었다. 방금 막 가게 청소를 끝낸 그녀는 카운터 옆에 서서 30수를 주기를 기다리고 있었다. 랑티에가 비르지니의 눈에 키스를 해도 자기가 참견할 필요가 없는 자연스러운 일이라는 듯 눈 하나 깜짝하지 않았다. 비르지니는 약간 당혹스러웠다. 그녀는 카운터 위에 30수를 던졌다. 제르베즈는 꿈쩍하지 않고 여전히 무엇인가를 기다렸는데, 청소에 시달린 탓에 시궁창에서 건진 개처럼 흠뻑 젖은 몰골이 흉하기 짝이 없었다.

「그 애가 당신한테 아무 말도 안 했어요?」 그녀가 모자장이에게 물었다.

「누가?」 그가 소리쳤다. 「아! 그래, 나나!…… 아니, 다른 말은 없었어. 말괄량이 계집애, 입술이 얼마나 달콤하던지! 귀여운 딸기 단지 같아!」

제르베즈는 30수를 손에 쥐고 밖으로 나갔다. 뒤꿈치가 찌그러진 그녀의 낡은 신발은 펌프처럼 물을 찍찍 내뱉었는데, 걸을 때마다 젖은 발자국을 남기는 그 신발은 마치 하나의 음표만을 연주하는 악기 같았다.

동네의 주정뱅이들은 이제 제르베즈가 술을 마시는 것은 딸의 탈선 때문이라고 했다. 그녀 자신도 카운터에 앉아 독주를 마실 때면, 더없이 비극적인 표정으로 이대로 죽었으면 하고 그것을 목구멍에 털어 넣었다. 그리고 얼근히 취해서 집으로 돌아온 날에는 이게 다 슬픔 때문이라고 중얼거렸다. 그러나 성실한 사람들은 어깨를 으쓱했다. 물론 그녀가 슬픔 때문에 〈목로주점〉의 술을 퍼마신다는 것은 잘 알고 있어. 하지만 그녀에게 진짜 문제는 슬픔이 아니라 술이잖아. 처음에는 제르베즈도 나나의 가출을 감내하기 힘들었다. 그녀에게 남아 있던 마지막 성실성이 딸의 가출을 허락하지 않았던 것이다. 더욱이 일반적으로 어머니란 자기 딸이 뭇 남자에게 함부로 취급받는다고 생각하기를 좋아하지 않는다. 그러나 그녀는 이미 너무도 아둔해져서, 머리도 아프고 가슴도 짓뭉개져서 그런 수치심을 오래 간직할 수가 없었다. 수치심이 그녀의 마음속으로 들락날락했다. 일주일 동안 그녀는 화냥년 딸을 잊고 편안하게 지냈다. 그러다가 별안간 애정과 분노가 그녀를 엄습했다, 때로는 배가 고플 때, 때로는 배가 부를 때, 나나를 붙잡아 한구석에 데려다 놓고 안아 주고 싶기도 하고, 두들겨 패주고 싶기도 했다, 그때그때 기분에 따라 달랐지만 나나를 만나고 싶어 안절부절 어쩔 줄 몰라 했다. 그러다가 마침내 그녀는 더 이상 성실한 마음을 갖지 않았다. 다만 이렇게 말할 뿐이었다, 어쨌든 나나는 내 딸이야, 내 것이란 말이다, 그렇잖아? 아무렴! 자기 재산이 증발하는 걸 원하는 사람은 아무도 없어.

그런 생각에 사로잡히자, 제르베즈는 거리로 나가 헌병 같은 눈으로 살펴보았다. 아! 그 더러운 년이 내 눈에 보이기만

하면, 당장 집으로 끌고 와야지! 바로 그해에, 동네 모습이 확 바뀌었다. 옛 푸아소니에르 시문이 철거되고, 외곽 대로를 관통하는 마장타 대로와 오르나노 대로가 뚫린 것이다. 동네의 옛 모습을 찾기란 힘들었다. 푸아소니에 가 한쪽이 완전히 허물어졌다. 지금은 구트도르 가 앞으로 전망이 탁 트였다, 햇빛도 듬뿍 쏟아졌고, 공기도 자유롭게 통했다. 이쪽으로 전망을 가리고 있던 낡은 집들이 철거된 대신 오르나노 대로 위에 진짜 대단한 건물이 들어섰다, 그것은 교회처럼 조각된 7층 건물로서 자수 커튼이 드리워진 밝은 창문들이 호사스러운 부(富)의 냄새를 풍겼다. 구트도르 가 맞은편에 위치한 이 건물은 외벽이 온통 새하얗게 칠해져 있어서 그 반사광으로 거리를 눈부시게 비추었다. 게다가 그 건물은 매일 랑티에와 푸아송을 싸우게 만들었다. 모자장이는 파리가 파괴되고 있다고 끝없이 주장했다. 그는 황제가 노동자들을 시골로 내쫓기 위해 도처에 궁전을 짓고 있다고 비난했다. 순경은 분노로 파랗게 질린 채 황제는 반대로 무엇보다 노동자들을 생각하고 있으며, 노동자들에게 일거리를 주기 위해 필요하다면 파리 전체를 무너뜨릴 것이라고 대꾸했다. 제르베즈도 정든 변두리의 어두운 길모퉁이를 마구 부수는 이런 도시 미화가 불편한 기색이었다. 하지만 그녀의 불편함은 기실 그녀 자신이 폐허가 되어 감에도 동네는 아름답게 꾸며진다는 사실에서 비롯되는 것이었다. 똥통 속에 빠져 있을 때에는, 누구나 머리 위에서 햇빛이 환히 쏟아지는 걸 싫어하는 법이다. 그래서 그녀가 나나를 찾아다니던 날, 건축 자재를 훌쩍 뛰어넘기도 하고, 공사 중인 보도를 따라가며 허우적거리기도 하고, 울타리 판자에 부딪혀 비틀거리기도 하면서 화가 잔뜩 났던 것이다.

특히 오르나노 대로의 아름다운 대형 건물은 그녀를 격분하게 했다. 그런 건물은 모두 나나 같은 화냥년들을 위한 것이니까 말이다.

그러는 동안에도 그녀는 여러 번 계집애의 소식을 들었다. 나쁜 소식이라면 가능한 한 빨리 와서 알려 주는 수다쟁이들이 세상에는 늘 있기 마련이다. 그렇다, 계집애가 늙은이를 버렸다는 소식, 세상 물정을 몰라서 경솔한 짓을 저질렀다는 소식이 들렸다. 늙은이 집에서 호강도 하고 귀염도 받으면서 잘 지냈는데 말이야, 더욱이 처신만 적절하게 하면 자유롭게 바람도 피울 수 있었을 텐데. 그렇지만 젊음이란 늘 어리석은 것이 아니던가, 계집애가 젊고 잘생긴 놈팡이와 달아난 모양이었다, 어쨌거나 정확하게 아는 사람은 아무도 없었다. 확실한 것은 어느 날 오후 계집애가 살 게 있으니 노인에게 3수를 달라고 했고, 그때부터 지금까지 노인이 계집애를 기다리고 있다는 사실이다. 상류 사회의 은어로 말하자면, 그런 경우는 영국식 오줌 누기였다. 또 다른 사람들은 그 이후로 나나가 샤펠 가의 〈광기의 그랑 살롱〉에서 외설스러운 춤을 추고 있는 것을 보았다고 했다. 그래서 제르베즈는 동네의 싸구려 댄스홀을 뒤져 볼 생각을 했다. 제르베즈는 이제 댄스홀 문 앞을 지나갈 때면, 반드시 안으로 들어갔다. 쿠포도 그녀를 따라다녔다. 처음에 그들은 홀을 한 바퀴 돌며 격렬하게 춤을 추는 매춘부들을 물끄러미 바라볼 뿐이었다. 그러다가 어느 날 저녁에 돈이 좀 있었기에 그들은 테이블에 자리를 잡았고, 나나가 들어오는지 살피며 머리를 식힐 요량으로 샐러드 그릇에 담아 차례로 마시는 프랑스식 포도주를 시켰다. 한 달이 지나자 그들은 나나를 까맣게 잊었고, 댄스 구경이라는 새로운 즐거움을 위해 싸구려 댄스홀을 찾았다. 몇 시간 동안 서로 말 한마디 나누지 않고 테이블에 팔꿈치를 괸 채 마룻바닥이 뒤흔들리는 요동 속에서 얼이 빠져 있었고, 홀의 숨 막히는 분위기와 붉은 불빛 아래에서 변두리 매춘부들이 춤추는 모습을 창백한 시선으로 바라보면서 내심 즐거움을 느꼈다.

11월의 어느 날 밤, 그들은 몸을 녹이기 위해 〈광기의 그랑 살롱〉으로 들어갔다. 밖에서는 매서운 추위가 행인들의 얼굴을 칼로 도려낼 듯 맹위를 떨쳤다. 그러나 안에는 엄청나게 많은 사람들이 우글거렸는데, 테이블이란 테이블에는 죄다 사람들이 있었고, 중앙에도 사람들, 위층에도 사람들, 그야말로 돼지고기 더미처럼 인산인해를 이루었다. 정말이야, 캉식 내장 요리를 좋아하는 사람들이라면 배가 터지도록 포식을 할 수 있겠어. 두 번이나 돌았지만 빈 테이블을 찾을 수 없었기 때문에, 그들은 자리가 날 때까지 서서 기다리기로 했다. 쿠포는 더러운 작업복을 입고 정수리 부분이 납작하게 찌그러진, 차양조차 없는 낡은 카스케트를 쓴 채 몸을 건들건들 흔들고 있었다. 그가 통로를 막고 있었기 때문에, 키가 작고 깡마른 청년 하나가 그를 팔꿈치로 툭 치고서 자기 반코트 소매를 탁탁 털었다.

「이봐!」 화가 난 쿠포가 시커먼 입에서 파이프를 빼면서 소리쳤다. 「미안하다고 해야 되는 거 아냐?…… 작업복을 입었다고 깔보는 거야 뭐야!」

몸을 돌린 청년은 말을 계속하는 함석장이를 경멸하듯 위아래로 훑어보았다.

「작업복이 제일 훌륭한 옷이라는 거 몰라, 이 기생오라비 같은 놈아! 그래, 작업복!…… 원한다면 네 옷을 털어 주마,

따귀를 쳐서 말이야……. 노동자를 모욕하는 이런 버러지 같은 놈은 내 평생 처음일세!」

제르베즈가 진정시키려 했지만 소용없었다. 그는 누더기 같은 옷을 열어 젖힌 채 작업복을 두들기며 고함을 질렀다.

「이 속에 말이야! 사나이의 가슴이 있어, 알아?」

그러자 청년이 군중 속으로 사라지며 중얼거렸다.

「미친놈!」

쿠포는 그를 잡으려 했다. 반코트를 입은 놈한테 무시당할 순 없어! 제 돈으로 산 것도 아닐 거야, 저놈의 반코트! 너절한 중고 반코트로 동전 한 닢 치르지 않고 여자를 낚으려는 수작이지. 잡히기만 하면, 무릎을 꿇려 작업복에 절을 하게 만들 거야. 그러나 숨이 막힐 정도로 혼잡해서 앞으로 걸어가기조차 힘들었다. 제르베즈와 쿠포는 천천히 춤추는 사람들과 그 주변을 둘러보았다. 한 남자가 플로어에 닿을 듯 길게 드러눕는 동작을 하자, 한 여자가 다리를 번쩍 들어 모든 것을 다 드러내는 동작을 했다, 구경꾼들은 플로어를 세 겹으로 둘러싼 채 사뭇 흥분된 얼굴로 바라보았다. 제르베즈와 쿠포는 둘 다 키가 작았기 때문에 발돋움을 했는데, 펄쩍 뛰어오르는 모자들과 틀어 올린 머리채들만이 얼핏 보일 뿐이었다. 오케스트라는 금이 간 구리 악기들로 폭풍처럼 홀을 뒤흔드는 카드리유 무도곡을 미친 듯 연주했다. 춤추는 사람들은 연주에 맞춰 한꺼번에 발을 구르며 가스등 불빛이 흐릿하게 보일 정도로 자욱한 먼지를 일으켰다.

「저기 좀 봐요!」 갑자기 제르베즈가 말했다.

「뭔데?」

「저기 저 벨벳 모자.」

그들은 다시 발돋움을 했다. 왼쪽에 낡은 검정 벨벳 모자, 너절한 깃털 두 개가 팔락팔락 흔들리는 검정 벨벳 모자가 보였다. 그 깃털은 문자 그대로 영구차에 달린 장식 깃털 같았다. 그들의 눈엔 여전히 점프하고, 선회하고, 가라앉고, 다시 튀어 오르며 요란하게 난잡한 춤을 추는 그 모자밖에 보이지 않았다. 그들은 미친 듯 흔들리는 혼잡한 머리들 틈에서 그 모자를 놓쳤다가 다시 찾았다, 그 모자가 다른 사람들 머리 위에서 너무도 뻔뻔스럽고 희한하게 흔들려서 그들 주위의 모든 구경꾼들은 모자 아래에서 무슨 일이 벌어지는지도 모르는 채 정신없이 바라보며 즐거워했다.

「저 모자가 어쨌다는 거야?」 쿠포가 물었다.

「저 뒷덜미 모르겠어요?」 제르베즈가 목이 조이는 듯 나직이 소곤거렸다. 「그 애가 아니면, 내 목을 잘라도 좋아요.」

함석장이가 단숨에 인파를 헤치며 나아갔다. 빌어먹을! 그래, 나나야! 저따위 옷차림을 하고서는! 나나는 몸뚱이에 낡은 실크 드레스만을 걸치고 있었는데, 그 실크 드레스는 싸구려 술집의 테이블을 닦은 것처럼 더럽기 짝이 없었고 장식 밑단이 터져 사방으로 나풀거렸다. 게다가 외투도 입지 않았고, 어깨에는 숄 한 조각 걸치지 않았으며, 블라우스의 단춧구멍 틈으로 언뜻언뜻 알몸이 보였다. 이 갈보가 엄청 친절한 늙은이를 물었다더니, 어느 놈팡이한테 이끌려서 이 지경이 되었어? 틀림없이 얻어터지면서 살겠지! 그렇지만 그녀는 여전히 신선하고 달콤했다, 머리칼은 푸들처럼 부드러웠고, 음탕한 모자 밑에 감춰진 입술은 장미처럼 예뻤다.

「기다려, 혼쭐을 내줄 테니!」 쿠포가 말했다.

물론 나나는 모르고 있었다. 그녀가 몸을 비틀며 춤을 추는 모습이라니, 정말 장관이었다! 엉덩이를 왼쪽으로 돌리고 오른쪽으로 돌리고, 절을 하듯 몸을 앞으로 숙이고, 파트너의 얼굴을 향해 가랑이가 찢어질 듯 다리를 차올리고! 사람들이 동그랗게 둘러서서 그녀에게 박수갈채를 보냈다. 신바람이 난 그녀는 치마를 잡아 무릎까지 끌어 올린 채 난잡한 춤사위로 요란하게 몸을 흔들었고, 방향을 급선회하여 팽이처럼 빙글빙글 맴돌았고, 가랑이를 한껏 찢어 상체가 플로어에 닿을 듯 엎드렸고, 기막힌 솜씨로 엉덩이와 젖가슴을 흔들어 다시 완만하고 얌전한 춤으로 되돌아갔다. 한쪽 구석으로 데려가서 마음껏 애무하고 싶을 정도로 그녀는 매혹적이었다.

한편 쿠포는 콩트르당스[51]를 추는 사람들 속에 뛰어들어 춤을 방해하는 바람에 이리저리 떠밀렸다.

「내 딸이란 말이오!」 그가 소리쳤다. 「비켜요!」

마침 나나는 머리를 숙이고 뒷걸음질을 치면서 모자 깃털로 플로어를 쓸었고, 더욱 귀엽게 보이려고 엉덩이를 동그랗게 만들어 살살 흔드는 중이었다. 바로 그때 그녀는 구둣발에 정통으로 차였고, 다시 일어났을 때 아버지와 어머니의 모습이 보여 파랗게 질렸다. 운도 없지, 제기랄!

「문밖으로 쫓아내!」 춤추는 사람들이 고함을 질렀다.

그러나 딸의 파트너가 아까 그 반코트를 입은 깡마른 청년이라는 것을 알아차린 쿠포는 다른 사람들의 말이 귀에 들어오지 않았다.

「그래, 우리야!」 그가 소리쳤다. 「어때! 상상도 못 했지?…… 아! 여기서 널 붙잡다니, 더구나 좀 전에 싸가지 없이 굴던 그

51 *pastourelle*. 카드리유 춤의 일종. 무용 용어로 〈콩트르당스〉라고 한다.

애송이 무뢰배하고 말이야!」

제르베즈는 이를 악문 채 남편을 떠밀며 말했다.

「조용히 해요!…… 이러니저러니 말할 필요가 뭐 있어요?」

그녀는 앞으로 나서더니 다짜고짜 나나의 뺨을 두 차례 후려쳤다. 첫 번째 따귀에 깃털 달린 모자가 날아갔고, 두 번째 따귀에 속옷처럼 하얀 뺨에 발간 손자국이 났다. 정신이 반쯤 나간 나나는 울지도 못하고 반항하지도 못하고 가만히 얻어맞았다. 오케스트라는 연주를 계속했고, 군중은 화가 나서 격렬하게 소리쳤다.

「쫓아내! 쫓아내!」

「자, 가자!」 제르베즈가 말했다. 「똑바로 걸어! 도망갈 생각일랑 마, 그러면 감옥에 처넣어 버릴 테니까!」

키 작은 청년은 슬그머니 사라지고 없었다. 나나는 불운 때문에 넋이 나간 듯 몸이 뻣뻣하게 굳은 채 앞장서서 나갔다. 그녀가 잠시 상을 찌푸리며 머뭇거렸을 때, 뒤에서 따귀가 날아들어 다시 문가로 걸어갔다. 그리하여 홀의 희롱과 야유 속에서 셋 모두 밖으로 나왔다, 오케스트라는 대포를 쏘는 듯한 트롬본 소리와 함께 엄청 시끄럽게 콩트르당스 연주를 끝맺고 있었다.

삶이 다시 시작되었다. 나나는 자기가 쓰던 곁방에서 열두 시간을 내리 자고 일어나더니, 일주일 동안 무척 얌전하게 행동했다. 작고 수수한 드레스를 고쳐 입었고, 보닛을 쓰고서는 끈을 턱 밑으로 단정하게 묶었다. 심지어 기특하게도 이제부터는 집에서 일하겠다고 했다. 집에서도 작업장에서만큼 벌 수 있고, 더욱이 작업장의 추잡한 이야기를 듣지 않아도 된다는 것이었다. 그녀는 일감을 구했고, 처음 며칠 동안 5시에 일어나서 연장을 가지고 탁자 앞에 앉아 제비꽃 꽃자루를 말았다. 그러나 꽃자루를 몇 그로스[52] 만들어 전달하더니 몸을 길게 뻗어 기지개를 켰다. 꽃자루를 마는 요령을 잊어서 손이 저리도록 아픈 데다 여섯 달 동안 맑은 바깥 공기를 쐬고 온 터라 숨이 막혔던 것이다. 그리하여 접착제 단지는 말라 갔고, 꽃잎과 초록색 종이에는 기름때가 묻었다. 일을 맡긴 주인은 세 번이나 직접 찾아와서 못 쓰게 된 재료 값을 물어내라며 한바탕 소동을 피웠다. 나나는 빈둥빈둥 게으름을 부렸고, 아버지에게 매를 맞았고, 아침저녁으로 서로 끔찍한 욕설을 퍼부으며 어머니와 싸웠다. 이런 상황이 오래 지속될 수는 없었다. 열두 번째 날, 그 못된 년이 짐이라고는 엉덩이를 겨우 가릴 보잘것없는 드레스와 귀를 겨우 가릴 모자만을 챙겨 달아나 버리고 말았다. 계집애가 돌아와서 마음을 잡은 모습을 보고 심사가 뒤틀려 있던 로리외 부부는 쌍수를 들어 환호하며 죽어라고 웃어 댔다. 두 번째 소극, 두 번째 탈출, 호송차에 실어 생라자르 감옥에 보내야 할 년이야! 그래, 정말 웃겨. 나나라는 계집애, 미꾸라지처럼 잘도 빠져나가는구먼! 아, 그럼! 쿠포 내외가 그 앨 잡아 두려면, 이제 기둥서방과 함께 묶어서 새장에 가두는 수밖에 없다니까!

쿠포 부부는 사람들 앞에서는 골칫덩이가 사라져서 시원한 체했다. 그래도 속으로는 울화통이 터졌다. 그렇지만 노여움이란 늘 일시적이기 마련이다. 이내 그들은 나나가 동네를 어슬렁거린다는 말을 들어도 눈 하나 깜짝하지 않았다. 부모 얼굴에 먹칠하려고 그런 짓을 하고 다니느냐고 딸을 꾸짖었

52 1그로스*grosse*는 12다스를 가리킨다.

던 제르베즈는 이제 남의 험담에 전혀 신경 쓰지 않았다. 거리에서 그 못된 년을 만난다 해도 괜스레 따귀를 때려 손을 더럽히는 일은 하지 않으리라. 그래, 다 끝난 것이다, 그 화냥년이 벌거벗은 채 길바닥에서 죽어 간다 해도 자기 배에서 나온 애라는 걸 감추고 그냥 지나가 버리리라. 나나는 근처의 모든 댄스홀을 흥분시켰다. 〈백설 여왕〉에서 〈광기의 그랑 살롱〉까지 나나를 모르는 사람이 없었다. 그녀가 〈엘리제몽마르트르〉에 나타나면, 구경꾼들이 그녀의 콩트르당스, 즉 가재처럼 몸을 굽힌 채 뒷걸음질 치는 동작을 보려고 테이블 위로 올라갔다. 〈붉은 성〉에서는 두 번이나 내쫓겼기 때문에, 그녀는 아는 사람이 오면 함께 들어가려고 문 앞을 서성거렸다. 대로의 〈검은 공〉과 푸아소니에 가의 〈터키 대왕〉은 옷을 제대로 차려입어야만 들어갈 수 있는 점잖은 홀이었다. 그러나 동네의 싸구려 댄스홀 중에서 그녀가 가장 좋아한 곳은 습기 찬 안마당에 세워진 〈은자의 무도장〉과 카드랑 골목의 〈로베르 무도장〉이었는데, 작고 불결한 이 두 홀은 여섯 개의 켕케식 양등이 비치는 가운데 분위기가 나른했고, 모든 사람들이 매우 만족스럽고 자유롭게 시간을 보낼 수 있어, 예컨대 남자와 여자가 구석진 곳에서 거리낌 없이 포옹하며 키스하기도 했다. 나나의 생활도 부침이 있어서 마법에 걸린 듯 때로는 귀부인처럼 옷을 잘 차려입기도 했고, 때로는 하녀처럼 누더기를 걸치기도 했다. 아! 이 얼마나 흥미진진한 인생인가!

여러 번 쿠포 부부는 불결한 곳에서 딸의 모습을 본 듯했다. 그럴 때면 딸이라는 것을 확인하지 않기 위해 등을 돌려 다른 곳으로 달아나곤 했다. 홀 안에 있는 모든 사람들의 야유를 받으면서까지 쓰레기 딸년을 집으로 데려올 생각은 더 이상 없었다. 그러나 어느 날 밤 10시경, 그들이 자리에 누웠을 때 문 두드리는 소리가 났다. 나나였다, 말도 없이 슬그머니 잠을 자러 온 것이다. 그 몰골이라니, 맙소사! 모자를 쓰지 않아 머리가 산발이 되었고, 옷은 넝마 같았고, 구두는 뒤축이 찌그러져 있어 전체적인 차림새가 풍기 단속반이 붙잡아 유치장에 처넣어도 할 말이 없을 정도였다. 당연히 그녀는 매를 맞았다. 그런 다음 딱딱한 빵 조각에 허겁지겁 달려들었고, 마지막 한 입을 문 채 기진맥진해서 잠이 들었다. 그날부터 그렇고 그런 일상생활이 이어졌다. 하지만 다시 기운을 차린 어느 날 아침, 계집애가 온데간데없이 증발하고 말았다. 보지도 듣지도 못한 사이에! 감쪽같이 새가 멀리 날아가 버린 것이다. 몇 주일이 지나고, 몇 달이 흘렀다, 이제 다시 찾지 못할 거라고 생각했을 무렵, 그때 갑자기 그녀가 다시 나타났다, 어디서 왔는지 말하지도 않았다, 그 후로 때로는 머리에서 발끝까지 할퀸 자국투성이에 핀셋으로도 집지 않을 더러운 옷을 입고 들어왔고, 때로는 옷은 잘 차려입었지만 방탕한 생활 때문에 서 있지도 못할 정도로 축 늘어져서 들어왔다. 부모는 거기에 적응하지 않으면 안 되었다. 때려 봐야 소용없었다. 발로 차고 밟아도 그녀는 마치 여인숙에 오듯 집으로 와서 하루하루 자고 갔다. 그녀는 얻어맞는 것이 숙박비라고 여기는 모양이었다. 잠시 망설이다가 그 편이 이익이라고 생각되면, 집으로 매를 맞으러 오는 것이었다. 하지만 때리는 사람도 지치게 마련이다. 쿠포 부부는 마침내 나나의 탈선을 기정사실로 받아들이게 되었다. 문만 잠그고 다닌다면, 돌아오든 안 돌아오든 상관없었다. 맙소사! 습관이란 이렇게 성실성까지도 엉망으로 망가뜨리는 것이다.

단 한 가지만이 제르베즈를 격분하게 했다. 그것은 옷자락이 땅에 끌리는 긴 드레스를 입고 깃털에 덮인 모자를 쓰고 딸이 나타나는 것이었다. 안 돼, 이런 사치는 참을 수 없어. 원한다면, 분탕질을 하며 싸돌아다녀도 좋아. 하지만 어미의 집으로 올 땐, 적어도 노동자에게 걸맞은 차림을 하고 와야지. 옷자락이 땅에 끌리는 드레스는 건물을 술렁이게 했다. 로리외 부부는 비웃었다. 랑티에는 기분이 들떠 계집애 주위를 돌며 향긋한 냄새를 맡았다. 보슈 부부는 폴린에게 옷차림이 요란한 저런 더러운 계집애와 함께 다니면 안 된다고 단단히 타일렀다. 제르베즈는 또한 나나의 거친 잠버릇에도 화를 냈다, 며칠씩 싸돌아다니다 들어와서는 가슴을 드러낸 채 헝클어진 머리에 핀이 잔뜩 꽂힌 그대로 쓰러져서 12시까지 죽은 듯 창백한 모습으로 숨을 할딱거리며 자는 것이었다. 제르베즈는 아침나절 내내 대엿 번씩 딸의 몸을 흔들며 물을 한 양동이 퍼부어야겠다고 으름장을 놓았다. 이 아름다운 게으름뱅이 계집애가 악덕으로 기름진 반라의 몸을 드러낸 채 뼛속 깊이 스며든 색정을 발효시키며 깊은 잠에 빠진 꼴을 보고 있자니 분통이 터져 죽을 지경이었다. 나나는 눈을 반쯤 떴다가 다시 감고는, 한층 더 깊이 잠들었다.

어느 날, 딸의 생활을 노골적으로 꾸짖으며 이렇게 녹초가 돼서 돌아온 걸 보니 군인한테 몸을 판 게 아니냐고 다그치던 제르베즈는 젖은 손으로 딸의 몸뚱이를 찰싹찰싹 때리면서 윽박질렀다. 그러자 계집애가 시트 속에서 뒹굴며 사납게 소리쳤다.

「그만하면 됐잖아, 응? 엄마! 남자 애길랑 집어치우자고, 그게 나아. 엄만 엄마 하고 싶은 걸 했고, 난 내가 하고 싶은 걸 하는 것뿐이야.」

「뭐? 뭐라고?」 어머니가 더듬거렸다.

「그래, 지금까지 말 안 하고 살았어, 나랑 관계없는 일이니까. 엄마도 거리낌이 없었잖아, 아빠가 코를 골면, 금세 잠옷 바람으로 다른 방으로 가는 걸 한두 번 본 줄 알아?…… 이제 이런 건 엄마한테 하나도 재미없는 이야기겠지, 하지만 다른 사람들한텐 꽤 재미있을걸. 나 좀 내버려 둬, 그러게 본보기를 보이지 말았어야지!」

하얗게 질린 제르베즈는 손을 부들부들 떨었고, 자기가 무얼 하는지도 모르는 채 현기증이 났다, 그러는 동안 나나는 엎어져서 베개를 꼭 끌어안고 깊은 잠의 나락으로 떨어졌다.

쿠포는 더 이상 따귀를 때릴 생각도 하지 못한 채 투덜거리기만 했다. 그는 머리가 텅 비어 버렸다. 그렇다고 해서 그를 도덕성이 없는 아버지라고 탓할 수도 없는 노릇이었다, 왜냐하면 그에게서 선악의 의식을 깡그리 앗아 간 것은 다름 아닌 술이었기 때문이다.

이제 어쩔 도리가 없는 일이었다. 그는 여섯 달 동안 술에서 깬 적이 없었고, 마침내 쓰러져서 다시 생탄 신경 정신 병원으로 들어갔다. 그것은 이제 그에게 시골 소풍이나 다름없었다. 로리외 부부는 〈증류주 공작님〉이 영지 순방을 하신다고 말했다. 몇 주일 후에 그는 수선이 되고 나사도 조여져서 퇴원했고, 다시 수선이 필요해질 때까지 몸을 망치기 시작했다. 그리하여 3년 동안 그는 생탄 신경 정신 병원에 일곱 번이나 입원했다. 동네 사람들은 병원에서 그를 위해 독방을 비워 두고 있다고 쑥덕거렸다. 그러나 더욱 끔찍한 이야기는 매번 증세가 악화되니 추락에 추락을 거듭한 끝에, 안 그래도 테두리가 하나씩 터지고 있는 이 고집 센 주정뱅이 술통이 머잖아 그 마지막 파열음을 내리라는 것이었다.

게다가 그는 외모에도 전혀 신경 쓰지 않았다. 해골바가지가 따로 없었으니! 독이 그를 속 깊이 침식했다. 알코올에 젖은 그의 몸은 약국에 진열해 놓은 표본 병 속의 태아처럼 쭈글쭈글해졌다. 창가에 서면, 얼마나 말랐던지 그의 갈비뼈를 통해 햇빛이 비쳐 들 정도였다. 양 볼은 움푹 패었고, 두 눈은 성당을 다 밝힐 수 있을 정도로 두꺼운 양초 눈곱이 덕지덕지 끼어 역겹기 그지없었으며, 일그러진 얼굴 한복판의 코는 아름답고 붉은 카네이션처럼 빨갛게 꽃피어 있었다. 그가 마흔 살밖에 안 되었다는 사실을 아는 사람들은 폭삭 늙은 영감처럼 등이 휜 채 덜덜 떨며 지나가는 그의 모습을 보고 가벼운 전율을 느꼈다. 수전증은 더욱 심해졌고, 특히 오른손이 심하게 흔들려서 어떤 날은 술잔을 입술로 가져가기 위해 두 손으로 꽉 잡지 않으면 안 되었다. 젠장! 왜 이렇게 떨리는 거야! 만사가 귀찮은 생활 가운데서도 아직 그를 괴롭히는 게 있다면, 바로 이것이었다. 그가 자기 손에 대해 미친 듯이 욕을 퍼붓는 소리가 들리곤 했다. 또 가끔은 춤을 추는 두 손 앞에 앉아, 어떤 내적 기제가 두 손을 그처럼 뛰놀게 하는지 알아보려는 듯 두 손이 개구리처럼 튀어 오르는 모습을 더 이상 화도 내지 않고, 아무 말 없이, 몇 시간이고 바라보며 생각에 잠겨 있었다. 어느 날 밤, 제르베즈는 그런 자세로 앉아 있는 주정뱅이의 붉은 뺨 위로 두 줄기 눈물이 흐르는 것을 보았다.

나나가 여전히 밤을 보내려고 부모의 집으로 들락거리던 그 마지막 여름, 쿠포의 건강이 몹시 나빠졌다. 싸구려 독주가 목구멍에 새로운 음계를 주기나 한 듯, 그의 목소리가 완전히 변했다. 한쪽 귀도 들리지 않았다. 뒤이어 며칠 후에는 시력도 떨어졌다. 계단에서 굴러떨어지지 않으려면, 난간을 꼭 잡아야 했다. 사람들이 이르기를, 그의 건강은 지금 휴가 중이었다. 머리가 끔찍하게 아프고, 눈앞에 불꽃이 번쩍거릴 정도로 현기증이 났다. 별안간 팔다리에 날카로운 고통이 엄습했다. 백지장처럼 창백해진 얼굴로 자기도 모르게 털썩 주저앉았고, 의자에 멍하니 몇 시간 동안 앉아 있었다. 게다가 이런 발작이 있은 뒤에는, 온종일 팔이 마비 상태가 되었다. 수없이 그는 자리에 누웠다. 그는 몸을 웅크린 채 시트 속에 몸을 감추었고, 고통받는 짐승처럼 거칠게 숨을 헐떡였다. 그럴 때면, 생탄 신경 정신 병원에서의 그 기이한 광태가 다시 시작되었다. 불처럼 뜨거운 신열에 들떠 잔뜩 경계하고 불안해하는 눈초리로 그는 미친 듯 뒹굴었고, 작업복을 찢었고, 덜덜 떨리는 턱으로 가구를 물어뜯었다. 또 어떤 때에는 감정이 북받쳐서 계집애처럼 불평을 늘어놓으며 흐느꼈고, 자기는 아무한테도 사랑받지 못하고 있다고 한탄했다. 어느 날 밤, 제르베즈와 나나가 집으로 돌아와 보니 그가 더 이상 침대에 없었다. 침대와 벽 사이에 숨어 있는 그를 찾아냈을 때, 그는 이를 딱딱 부딪치며 떨고 있었고, 괴한들이 자기를 죽이러 오고 있다고 말했다. 두 여자는 그를 다시 눕히고 어린아이처럼 달래 줘야 했다.

쿠포를 다시 일으켜 세우는 치료약은 한 가지뿐이었다. 그것은 싸구려 독주를 들이부어 위장에 몽둥이질을 하는 것이었다. 아침마다 그는 이런 식으로 신물을 가라앉혔다. 기억력은 이미 오래전에 사라졌고, 두개골은 텅 비어 있었다. 그러면서도 자리에서 일어나기만 하면, 그는 병을 비웃었다. 아픈

적이 단 한 번도 없었다는 것이다. 하지만 웬걸, 건강하다고 말하지만 실은 죽어 가는 거나 진배없었다. 더욱이 그는 실성해 가고 있었다. 나나가 6주 동안이나 가출을 하고 돌아왔을 때에도, 그는 딸이 동네 심부름을 갔다 온 것으로 여기는 듯했다. 종종 뭇 사내와 팔짱을 낀 채 그와 마주친 나나가 아무리 놀려 대도, 그는 딸을 알아보지 못했다. 요컨대 그는 이제 사람 축에도 끼지 못했다, 만일 의자가 없었더라면 그녀는 그를 깔고 앉았을지도 모른다.

첫서리가 내릴 무렵, 나나는 과일 가게에 가서 구운 배가 있는지 알아보겠다고 하면서 다시 한 번 사라져 버렸다. 그녀는 겨울이 오는 것을 느꼈고, 불 꺼진 난로 앞에서 이를 딱딱 부딪치며 떨고 싶지 않았던 것이다. 쿠포는 좀처럼 오지 않는 그녀를 화냥년이라고 욕하면서 배를 기다리고 있었다. 틀림없이 돌아올 거야. 지난겨울에도 2수짜리 담배를 사오는 데 3주가 걸렸잖아. 몇 달이 흘러갔지만, 계집애는 돌아오지 않았다. 이번에는 꽤나 멀리 간 게 틀림없어. 6월이 와서 태양이 눈부신데도 그녀는 돌아오지 않았다. 이제 돌아오긴 글렀나 봐, 어디선가 먹을 빵을 찾아낸 게 틀림없어. 동전 한 닢 없던 어느 날, 쿠포 부부는 딸의 철제 침대를 단돈 6프랑에 팔아 그걸로 생투앙에서 술잔치를 벌였다. 거추장스럽기만 하니까, 그 침대는.

7월의 어느 날 아침, 비르지니는 지나가는 제르베즈를 불러 세워 간밤에 랑티에가 친구 둘과 함께 파티를 하는 바람에 설거지가 밀렸으니 좀 도와 달라고 했다. 모자장이가 비운, 기름이 반질반질한 접시를 제르베즈가 씻고 있을 때, 가게에서 소화를 시키고 있던 모자장이가 불현듯 소리쳤다.

「이봐, 그거 모르지! 나나를 봤어, 요전 날.」

카운터에 앉아 걱정스러운 얼굴로 유리병과 서랍이 비어 가는 것을 보고 있던 비르지니가 고개를 절레절레 흔들었다. 하지만 그녀는 참았다, 말을 하자면 끝이 없었지만 말을 해봐야 결국 분위기만 험악해지기 때문이었다. 랑티에는 나나를 엄청 자주 보게 된다고 했다. 오! 나나가 이 불장난에 발을 들여놓지 말아야 할 텐데, 이 작자는 계집한테 눈독을 들이면 무슨 나쁜 짓이라도 할 위인이니까. 그 즈음 비르지니와 친해져서 그녀의 속내 이야기를 들어 주곤 하던 르라 부인이 들어와 음란하게 입을 삐죽거리며 물었다.

「어느 동네에서 그 앨 만났어요?」

「아! 멋진 동네에서죠.」 신이 난 모자장이가 싱글벙글 수염을 꼬면서 대답했다. 「그 앤 마차를 타고 있었어요. 난 포석에서 질퍽거리고 있었고……. 정말이야, 맹세해요! 안타까워할 거 하나도 없어, 그 애 곁에서 다정하게 이야기하고 있는 도련님들은 모두 엄청 유복해 보였다니까.」

그의 눈빛이 반짝였다, 그는 가게 안쪽에 서서 접시를 닦고 있는 제르베즈를 돌아보았다.

「그래, 그 앤 마차를 타고 있었어, 옷차림도 훌륭했고!…… 처음엔 그 앤 줄 몰랐어, 꽃처럼 신선한 얼굴에 새하얀 이빨, 영락없이 상류 사회 귀부인이었어. 그 애가 장갑을 흔들며 나한테 미소를 보내 주지 않았더라면……. 뭐, 자작이라도 문 모양이지. 와! 어쨌든 출세했어! 이제 우리 같은 건 거들떠보지도 않을걸, 그 망나니가 엄청난 행운을 잡은 거라고!…… 귀여운 고양이처럼 사랑스러웠어! 얼마나 귀여운지 당신들은 상상도 못 할 거야!」

제르베즈는 반짝반짝 빛나고 있었음에도 아까부터 한 접시만을 계속 닦고 있었다. 비르지니는 내일 지불해야 할, 그러나 어떻게 지불해야 할지 모를 어음 두 장을 걱정하며 생각에 잠겨 있었다. 한편 살지고 기름진 랑티에는 그가 주식으로 삼는 사탕을 땀으로 배출하며, 이미 4분의 3쯤 먹어 치운, 파산의 냄새를 풍기는 고급 식료품 가게를 잘 차려입은 귀염둥이 계집애에 대한 열정으로 가득 채우고 있었다. 그렇다, 푸아송의 가게를 깨끗이 청소하기 위해서는 이제 초콜릿 사탕 몇 개를 깨물고 보리 사탕 몇 개만 빨아 먹으면 되었다. 문득 그의 눈에 근무 중인 순경이 단추를 꽉 채우고 긴 칼을 허벅지에 철걱거리며 맞은편 보도로 지나가는 모습이 보였다. 그 모습을 보자, 랑티에는 더욱 흥겨워졌다. 그는 억지로 비르지니로 하여금 남편을 보게 했다.

「젠장!」 그가 소곤거렸다. 「오늘 아침엔 신수가 훤한데, 바댕그 녀석!…… 조심해! 녀석이 너무 경계를 하고 다녀, 어디서 돋보기라도 샀나 봐, 제집 사람들을 덮치려고.」

제르베즈가 자기 집으로 올라갔을 때, 예의 그 발작으로 멍하니 침대 가장자리에 앉아 있는 쿠포가 보였다. 그는 생기 없는 눈빛으로 방바닥을 바라보고 있었다. 그녀는 팔다리가 쑤셔서 의자 위에 털썩 주저앉아 더러운 치마를 따라 두 팔을 늘어뜨렸다. 그러고는 15분이나 아무 말도 하지 않고 그의 면전에 앉아 있었다.

「소식 들었어요.」 이윽고 그녀가 중얼거렸다. 「당신 딸을 봤대요……. 아주 예쁘고, 이제 당신 따윈 필요 없대요. 무척 행복해 보이고!…… 아! 제기랄! 내가 그렇게만 될 수 있다면, 무얼 못 할까.」

쿠포는 여전히 방바닥을 바라보고 있었다. 그러다가 초췌한 얼굴을 들고 바보처럼 히죽 웃으며 더듬거렸다.

「이봐, 마누라, 말리지는 않겠어……. 세수만 하면 당신도 아직 봐줄 만해. 왜, 사람들 말이 있잖아, 아무리 헌 냄비도 뚜껑은 있다고……. 빌어먹을! 그래서 형편이 좀 나아진다면야!」

12

집세 지불 날짜가 지난 토요일이었던가, 아마 1월 12일이나 13일이었을 텐데, 제르베즈는 더 이상 정확하게 날짜를 알 수 없었다. 그녀는 제정신이 아니었다, 왜냐하면 배 속에 따뜻한 것을 넣지 못한 지 너무나 오래되었기 때문이다. 아! 일주일이 얼마나 지옥 같았는지! 밑바닥까지 박박 긁었다, 화요일에 산 4파운드짜리 빵 두 개로 목요일까지 버텼고, 그 전날에는 마른 빵 껍질이라도 먹었지만, 서른여섯 시간 전부터는 찬장 앞에서 발만 동동 구를 뿐 빵 부스러기조차 찾을 수 없었던 것이다! 그녀가 알고 있는 것, 예컨대 그녀가 등짝에서 느끼고 있는 것, 그것은 고약한 날씨, 음산한 추위, 냄비 바닥처럼 지저분하고 내릴 듯 내리지 않는 눈을 머금은 하늘뿐이었다. 추위와 굶주림이 창자까지 스며들면, 허리띠를 졸라매 봤자 소용없다, 그런다고 허기가 가시지는 않으니까.

저녁에는 아마도 쿠포가 돈을 가지고 오리라. 그는 일을 하고 있다고 말했다. 그럴 수도 있지 않은가? 지금까지 수없이 속았지만, 제르베즈는 이번만큼은 그 돈에 기대를 걸었다. 온갖 말썽이 있은 이후, 동네에서는 그녀에게 더 이상 걸레 하나 빨게 하지 않았다. 청소를 시키던 노부인조차 자기 술을 훔친다고 나무라며 그녀를 내쫓았다. 아무 데서도 그녀를 원하지 않았다, 그녀는 완전히 신용을 잃은 것이다. 그런데 실은 그녀도 그것을 괴로워하지 않았다, 열 손가락을 움직이느니 차라리 굶어 죽는 편을 택하고 싶을 정도로 지독한 무기력증에 빠져 있었기 때문이다. 어쨌든 쿠포가 급료를 가져오면, 무엇인가 따뜻한 것을 먹을 수 있으리라. 아직 12시도 되지 않았기 때문에 그녀는 쿠포를 기다리면서 짚 매트에 누워 있었다, 누워 있으면 추위도 덜하고 배도 덜 고팠으니까.

제르베즈는 그것을 짚 매트라고 불렀다. 그러나 사실을 말하자면, 그것은 한쪽 구석에 쌓아 놓은 짚 더미에 지나지 않았다. 침구는 동네 고물상으로 이미 하나씩 차례로 사라졌다. 우선 동전 한 닢 없는 날이면, 그녀는 침대 매트리스를 뜯은 후 거기서 양털을 몇 움큼씩 뜯어냈고, 그것을 앞치마에 담아 벨롬 가로 가서 1파운드에 10수를 받고 팔았다. 이어서 매트리스가 텅 비자, 커피 값을 치르기 위해 이불로 30수를 만들었다. 베개가 그다음 차례였고, 긴 베개가 그 뒤를 따랐다. 나무로 만든 침대 틀이 남아 있었지만 보슈 부부의 눈 때문에 들고 나갈 수가 없었고, 더욱이 보슈 부부가 건물 주인에게 담보물이나 다름없는 물건이 사라지는 것을 보는 날에는 건물을 발칵 뒤집어 놓을 것이 틀림없었다. 그렇지만 어느 날 밤, 보슈 부부가 식사하는 틈을 타서 그녀는 쿠포의 도움으로 침대를 몸체, 등받이, 바닥 뼈대 등으로 조각조각 분해했다. 그것을 판 돈 10프랑으로 그들은 사흘 동안 음식을 만들었다. 짚 매트만으로도 충분하잖아! 이불도 매트리스도 다 사라졌다, 그들은 스물네 시간을 굶주린 이후 그런 식으로 침구를 모두 팔아 빵을 배 터지도록 먹었던 것이다. 짚은 비질로 밀칠 수도 있었고, 언제라도 쉽게 뒤집을 수도 있었다. 게다가 이 새 잠자리는 다른 것보다 더 더럽지도 않았다.

짚 더미 위에서 제르베즈는 옷을 껴입은 채 잔뜩 웅크리고 있었고, 조금이라도 덜 춥게 하려고 이불 삼아 덮은 누더기 속치마 밑으로 손발을 집어넣었다. 몸을 실꾸리처럼 동그랗게 만들고 눈을 크게 뜬 그녀는 우울하게 이런저런 생각을 했다. 아! 안 돼, 염병할! 이렇게 계속해서 먹지 않고 살 순 없어! 그녀는 더 이상 허기도 느끼지 못했다. 위장에는 납덩이가 들어 있고, 머릿속은 텅 빈 것 같았다. 게다가 너절한 방구석 어디에도 상쾌한 기미라고는 보이지 않았다. 개집이나 다름없어, 거리에서 반코트를 입고 손님을 기다리는 암캐라 해도 이런 집은 사양할 거야. 그녀의 흐릿한 눈은 헐벗은 벽을 향하고 있었다. 전당포가 모든 것을 가져간 지 오래였다. 남아 있는 것이라고는 서랍장과 식탁과 의자뿐이었다. 서랍장의 대리석 상판과 서랍은 목제 침대와 같은 경로를 통해 증발되었다. 불이 나도 이렇게 깡그리 없어지지는 않을 것이다. 12프랑짜리 회중시계를 비롯해서 고물 장수 여자가 액자를 받아 준 가족사진에 이르기까지 자질구레한 실내 장식품은 모두 녹아 없어졌다. 고물 장수 여자는 마음씨가 무척 고와서 스튜 냄비, 다리미, 머리빗을 가져갔더니 물건에 따라 5수, 3수, 2수를 주었고, 제르베즈는 그것으로 빵을 살 수 있었다. 이제는 심지 자르는 가위밖에 남지 않았는데, 고물 장수 여자도 그것만은 1수도 쳐주지 않았다. 아! 쓰레기, 때, 먼지를 사가는 사람이 있다면 그녀는 가게를 차렸으리라, 이 방만큼 더러운 방을 찾기란 불가능한 일이니까! 눈에 띄는 것이라고는 사방 구석에

쳐진 거미줄밖에 없었다. 거미줄은 칼에 벤 상처에 좋다지만, 아직까지 거미줄을 사주는 장사치는 보지 못했다. 그래서 물건을 팔 희망을 버리고 고개를 돌린 채 그녀는 몸을 더욱 웅크렸고, 골수까지 얼릴 듯한 춥고 슬픈 날이니 창문을 통해 눈을 머금은 하늘이나 바라보는 것이 좋겠다고 생각했다.

너무 힘들어! 이런 상태에서 머리를 쥐어짜 봐야 무슨 소용이 있을까? 잠이라도 푹 잘 수 있으면 좋으련만! 그러나 누추한 집에서 벌어진 여러 소동이 뇌리에서 떠나지 않았다. 어제는 건물 주인 마레스코 씨가 와서 일주일 내에 밀린 2기분 집세를 내지 않으면 강제로 퇴거시킬 거라고 했다. 좋아! 내쫓으라지, 길바닥이라 한들 여기보다 못할까! 외투를 입고 모직 장갑을 낀 채 집세 이야기를 하러 온 이 더러운 작자의 상판대기라니, 우리가 돈주머니를 숨겨 두기나 한 것처럼 난리야! 제기랄! 목구멍이 막히기 전에 뭐라도 먹어야 할 거 아냐! 정말 나쁜 놈이야, 배불뚝이 녀석, 역겨워! 집에 들어오기만 하면 날 때리는 짐승 같은 쿠포와 똑같은 인간이야. 그녀에게는 쿠포나 건물 주인이나 다를 게 없었다. 그리고 더 나아가 생각해 보면 다른 사람들도 그들과 똑같았다, 그토록 그녀는 사람들과 인생살이가 싫어졌던 것이다. 그녀는 온갖 주먹질을 다 받아 주는 창고 꼴이었다. 쿠포는 자기가 암나귀의 부채라고 이름 붙인 몽둥이를 갖고 있었다. 그가 마누라에게 그 부채를 부쳐 주는 광경이란, 정말 굉장했다! 그럴 때면 그녀는 땀에 흠뻑 젖었다. 물론 그녀 또한 사납게 할퀴고 물어뜯었다. 텅 빈 방에서 난투극이 벌어지는 것이다, 허기조차 잊게 하는 주먹질 말이다. 그러나 마침내 그녀는 다른 것과 마찬가지로 주먹다짐도 예사로 여기게 되었다. 쿠포는 몇 주일이고 몇 달이고 일을 하지 않았고, 고주망태가 되어 집에 돌아오면 그녀를 때리려 했는데 거기에 익숙해진 그녀는 그저 그가 성가실 뿐이었다. 그런 날이면 그녀는 그를 엉덩이에 달고 지냈다. 그래, 엉덩이에, 그래, 버러지 같은 놈아, 엉덩이나 핥아라! 엉덩이나 핥아라, 로리외 연놈도, 보슈 연놈도, 푸아송 연놈도! 엉덩이나 핥아라, 날 무시한 동네 사람들도! 파리 사람들 전체가 엉덩이로 떠밀렸다, 그녀는 더없이 무심하게 그 모든 사람들을 마구 거기로 밀어 넣었다, 복수심에 젖어, 행복감에 젖어.

모든 것에 익숙해지는 것이 인간이라지만, 불행히도 아무것도 먹지 않고 지내는 데 익숙해진 인간은 아직까지 없었다. 제르베즈를 실망시킨 것이 바로 이 점이었다. 그녀는 시궁창 맨 밑바닥에 떨어져 쓰레기처럼 취급받아도, 그들 곁을 지나갈 때 사람들이 더럽다고 옷을 털어도 개의치 않았다. 사람들의 무례한 짓은 더 이상 괴롭지 않았지만, 배고픔만은 늘 창자를 뒤틀리게 했다. 아! 맛있는 요리와 작별을 고한 지는 오래되었다, 그녀는 거리로 내려가서 구할 수 있는 것은 무엇이든 허겁지겁 먹었다. 이제 푸짐한 식사를 준비할 수 있는 날이라 해도, 푸줏간 접시에서 오래 묵어 거무스레하게 변한 파운드당 4수짜리 하급 고기를 사는 것이 고작이었다. 그녀는 감자와 함께 그것을 냄비에 넣어 휘저었다. 또는 소 염통을 소스에 넣어 익혔는데, 그 보잘것없는 요리에도 그녀는 입맛을 다셨다. 가끔 포도주가 있을 때, 그녀는 수프에 적시는 얇게 썬 빵을 사서 진짜 포도주 수프 같은 것을 만들었다. 2수어치의 이탈리아산 치즈, 몇 부아소의 깨끗한 사과, 과즙으로 익힌 4분의 1파운드의 강낭콩은 이제 자주 먹을 수 없는 성찬이었다. 그녀는 수상쩍은 싸구려 식당의 음식 찌꺼기를 구하는 지경에 이르렀다, 그런 식당에서는 썩은 구이 부스러기가 붙은 생선 뼈를 무더기로 1수에 팔았던 것이다. 그녀는 더 아래로 추락해서 급기야 자애로운 식당에서 빵 껍질을 구걸하기에 이르렀고, 그것을 이웃집 화덕에서 가능한 한 오래 끓여 수프로 만들어 먹었다. 나락은 그게 끝이 아니었다, 배가 너무 고픈 아침이면 그녀는 도로 청소부가 지나가기 전에 개들과 함께 가게 쓰레기통 근처를 서성이며 먹을 만한 게 있는지 살폈다. 거기서 그녀는 가끔 부자들이 먹다 남긴 요리, 썩은 멜론, 빛깔이 변한 고등어, 혹시 구더기가 있을까 봐 요모조모 살펴본 갈비뼈 등을 찾아냈다. 그렇다, 그녀는 그 지경에 이르렀다. 고상한 사람이라면 이런 것은 생각만 해도 몸서리칠 일이다. 그러나 아무리 고상한 사람이라 해도 사흘만 굶어 보라, 그러면 위장에게 분통을 터뜨릴 것이다. 그리고 네 발로 기어가서 동료들과 함께 쓰레기통을 뒤질 것이다. 아! 가난뱅이들의 아사, 배가 고파 비명을 지르는 텅 빈 창자, 이를 딱딱 부딪치며 불결한 것이라도 게걸스레 먹으려는 짐승들의 욕망이 이 찬란하게 눈부신 황금빛 파리에 존재한다니! 제르베즈도 한때는 기름진 거위 고기를 배가 터지도록 먹지 않았던가! 이제 그녀는 그런 기억이 없는 듯이 살았다. 어느 날 쿠포가 빵 교환권을 몰래 훔쳐서 술을 마셨을 때, 굶주림에 지친 그녀는 빵을 도둑맞은 것이 너무도 분해서 하마터면 남편을 삽으로 때려 죽일 뻔했다.

그러는 동안 흐릿한 하늘을 보고 있었기 때문에, 그녀는 자기도 모르게 깜박 괴로운 잠에 빠졌다. 추위가 뼛속 깊이 스며들어, 눈을 머금은 하늘이 자기 머리 위에서 터지는 꿈을 꾸었다. 갑자기 그녀는 소스라치게 놀라며 잠에서 깨어 벌떡 일어섰다. 맙소사! 이대로 죽는 게 아닐까? 몸을 벌벌 떨며 공포에 질린 채 정신을 차려 보니, 여전히 훤한 대낮이었다. 아직 밤도 되지 않았잖아! 배에 든 게 없으니까 시간도 엄청 느린 것 같아! 그녀의 위장도 함께 잠이 깨서, 다시 그녀를 괴롭혔다. 그녀는 의자 위에 힘없이 주저앉아 고개를 숙인 채 두 손을 허벅지 사이에 넣어 녹였고, 벌써부터 쿠포가 돈을 가져오면 무얼 먹을까 궁리했다. 빵 한 개, 포도주 한 병, 리옹식 소 곱창 2인분이 좋을 듯했다. 바주즈 영감의 뻐꾸기시계가 3시를 알렸다. 아직 3시밖에 안 됐잖아. 그녀는 눈물이 났다. 7시까지 기다릴 힘이 전혀 없었던 것이다. 그녀는 복통을 달래려는 소녀처럼 허리를 접은 채 몸을 흔들었고, 굶주림을 느끼지 않으려고 위장을 힘껏 눌렀다. 아! 배를 곯는 것보다는 해산을 하는 게 훨씬 덜 힘들겠어! 그래도 허기가 가라앉지 않자 그녀는 화가 나서 자리에서 일어났고, 배고픔을 잠재우기 위해서 산책하는 아이처럼 발을 동동 굴렀다. 반 시간 동안, 그녀는 텅 빈 방에서 이리저리 오고 갔다. 그러다가 문득 걸음을 멈추고, 시선을 고정시켰다. 할 수 없어! 마음대로 지껄이라지 뭐, 원한다면 발이라도 핥아 줘야지, 그녀는 로리외 부부에게 10수를 빌리러 갔다.

겨울이 오면 건물의 이 계단, 가난뱅이들이 모여 사는 이 계단에서는 10수, 20수를 빌리는 일이 예사였고, 그것은 굶기를 밥 먹듯 하는 이 가난뱅이들이 서로에게 베푸는 은혜였다. 다만 로리외 부부에게 부탁을 하느니 차라리 굶어 죽는 편이 낫다고들 했는데, 왜냐하면 모두가 그들이 돈주머니를 여는 데 인색하다는 것을 잘 알고 있었기 때문이다. 그들의 집에

노크를 하러 가다니, 제르베즈가 꽤나 용기를 낸 셈이었다. 복도에서는 너무도 두려웠지만, 막상 문을 두드리고 보니 치과의 문을 두드린 환자처럼 갑자기 마음이 편안해졌다.

「들어와요!」 사슬장이가 날카로운 목소리로 외쳤다.

여긴 얼마나 따뜻한가! 화덕이 타오르며 새하얀 불꽃으로 좁은 방을 밝히는 가운데, 로리외 부인이 금줄 뭉치에 열을 가하고 있었다. 로리외는 작업대 앞에서 땀을 흘리며, 그토록 더웠으니까, 용접기로 사슬 고리를 땜질하는 중이었다. 맛있는 냄새가 났다, 양배추 수프가 제르베즈의 배 속을 뒤집고 정신을 아득하게 하는 김을 피워 올리며 난로 위에서 보글보글 끓고 있었다,

「아! 자네였어.」 로리외 부인이 앉으라는 말도 없이 시큰둥하게 말했다. 「무슨 일로 왔어?」

제르베즈는 대답을 하지 못했다. 이번 주에는 로리외 부부와 싸운 일도 없었다. 그러나 10수만 빌려 달라는 말이 목구멍에 걸려 나오지를 않았다, 왜냐하면 방금 막 난로 옆에 꼿꼿이 앉아 험담을 하고 있던 보슈가 눈에 띄었기 때문이다. 그는 사람을 무시하는 눈치였다, 망할 놈 같으니라고! 그는 엉덩이처럼 입을 동그랗게 하고 웃었는데, 두 볼이 하도 빵빵해서 코가 묻힌 지경이었다. 쳇, 엉덩이가 따로 없어!

「무슨 일로 왔소?」 로리외가 되풀이했다.

「쿠포 못 봤어요?」 마침내 제르베즈가 우물쭈물 말했다. 「여기 있는 줄 알았는데.」

사슬장이와 문지기가 비웃음을 흘렸다. 아니, 물론 못 봤어. 우린 술을 주지 않으니까 여기 올 리가 없지. 제르베즈는 안간힘을 쓰며 더듬더듬 말했다.

「오늘은 돌아온다고 약속했는데……. 그래요, 틀림없이 돈을 가지고 올 거예요……. 내가 꼭 살 게 있거든요……」

무거운 침묵이 감돌았다. 로리외 부인이 화덕의 불에 거칠게 부채질을 했고, 로리외는 자기 손가락 사이에서 길게 펴지고 있는 사슬 끄트머리 위로 고개를 숙였다. 한편 보름달 같은 미소를 머금은 보슈는 입을 하도 동그랗게 만들고 있어서 시험 삼아 거기에 손가락을 끼워 넣고 싶은 충동마저 일 지경이었다.

「10수만 있으면 좋겠는데.」 제르베즈가 나직이 중얼거렸다.

침묵이 이어졌다.

「10수만 빌려 주시면 안 돼요?…… 아! 오늘 저녁에 꼭 갚아 드릴게요!」

로리외 부인은 몸을 돌려 그녀를 노려보았다. 요것 봐라, 살살 아양을 떨면서 사람을 속이려 들잖아. 오늘은 10수를 달라지만, 내일은 20수가 되고, 그렇게 끝없이 계속되겠지. 안 돼, 안 돼, 그래선 안 돼. 날이 따뜻해지면, 참회의 화요일이면 또 몰라!

「이보게.」 그녀가 소리쳤다. 「우리가 돈이 없다는 건 자네도 잘 알잖아! 자, 내 호주머니 좀 봐. 뒤져 봐도 좋아……. 자, 괜찮다니까.」

「마음이야 그러고 싶지.」 로리외가 투덜거리듯 말했다. 「하지만 형편이 안 될 땐, 할 수 없는 거지.」

제르베즈는 몹시 겸손하게 고갯짓으로 동감을 표했다. 그렇지만 그녀는 자리를 뜨지 않았다. 그녀는 벽에 걸린 금 뭉치, 마누라가 짧은 팔로 전력을 다해 다이스 선반으로 잡아당기는 금줄, 남편의 마디진 손가락 밑에 수북이 쌓인 금 사슬 고리를 힐끔힐끔 곁눈질했다. 그녀는 거무튀튀한 저 망할 놈의 쇠 쪼가리만 있으면 맛있는 저녁 식사를 할 수 있을 텐데 하고 생각했다. 그날, 작업장은 고철, 석탄 그을음, 제대로 닦지 않은 기름때로 여전히 더러웠지만, 그녀의 눈에 그것은 환전소처럼 부로 번쩍이는 갑부의 집으로 보였다. 그래서 그녀는 용기를 내어 다시 천천히 말했다.

「갚아 드릴게요, 꼭 갚아 드릴게요……. 10수쯤은 아무것도 아니잖아요, 댁에서는.」

그녀는 가슴이 터질 듯했지만, 어제부터 쫄딱 굶었노라고 고백하기는 싫었다. 그녀는 다리에 힘이 쭉 빠졌고, 눈물이 흐를까 걱정하면서 다시 더듬더듬 말했다.

「제발 자비를 베푸세요!…… 당신들은 몰라요……. 그래요, 난 이 지경이 됐어요, 맙소사! 이 지경이 됐어요…….」

그러자 로리외 부부가 입을 삐죽거리며 서로 흐릿한 시선을 주고받았다. 〈절름발이〉가 이제 구걸까지 하잖아! 흥! 완전히 몰락했군그래. 우린 거지들을 좋아하지 않아! 미리 알았더라면 문도 열어 주지 않았을 텐데, 거지들은 늘 감시를 해야 하니까, 무슨 구실이든 대고 들어와서 값나가는 물건을 슬쩍하니까 말이야. 우리 집에는 도둑질할 만한 게 많으니 더욱 그래. 어디든지 손을 뻗어 주머을 쥐기만 하면, 30프랑, 40프랑이 그냥 떨어지니까. 지금까지 여러 번 저년이 금붙이 앞에 서 있을 때면, 그 수상한 낯짝에서 눈을 떼지 않고 경계했었어. 이번에도 잘 감시해야지. 제르베즈가 좀 더 앞으로 다가서는 바람에 발이 나무 체에 닿았을 때, 사슬장이가 그녀의 부탁에는 대꾸도 하지 않고 버럭 소리를 질렀다.

「이봐요! 좀 조심해요, 또 신발 바닥에 금 부스러기를 묻혀

가려고……. 젠장, 잘 붙으라고 신발 바닥에 기름이라도 칠해 놓은 거 아냐?」

제르베즈는 천천히 뒷걸음질을 쳤다. 그녀는 잠시 선반에 기댔는데, 로리외 부인이 그녀의 손을 주시하는 것을 알고 손을 활짝 펴서 보여 주면서 모든 것을 감수하는 몰락한 여자의 표정으로, 화도 내지 않고, 힘없는 목소리로 말했다.

「아무것도 안 집었어요, 자, 보세요.」

그러고서 그녀는 밖으로 나갔다. 강한 양배추 수프 냄새와 작업장의 따뜻한 열기가 그녀를 너무 힘들게 했던 것이다.

흥! 누가 붙잡을까 봐! 잘 가, 다시 문을 열어 주나 봐라! 저 낯짝이라면 지긋지긋해, 제 잘못으로 비참해진 가난뱅이들은 절대로 집에 들이고 싶지 않아. 그러면서 그들은 따뜻한 거처에서 편안하게, 곧 맛있는 수프를 먹을 생각으로 이기주의적인 쾌감에 젖어 드는 것이었다. 보슈도 느긋하게 발을 뻗었다. 게다가 두 볼을 얼마나 빵빵하게 부풀렸던지 웃는 모습이 비열하기 그지없었다. 그들은 모두 〈절름발이〉가 옛날에 보였던 건방진 태도, 푸른색 가게, 보란 듯이 벌인 잔치 따위에 대해 멋지게 복수했다고 여겼다. 정말 통쾌했어, 식탐쟁이의 말로가 바로 저런 거야. 게걸스럽고, 게으르고, 음탕한 여자는 당연히 내쫓아야지!

「뭐 저런 게 다 있어! 10수를 구걸하러 오다니!」 로리외 부인이 제르베즈의 등 뒤에 대고 소리쳤다. 「그럼, 어림도 없지, 10수를 주면 저년은 금세 술집으로 뛰어갈 거야.」

제르베즈는 몸을 축 늘어뜨리고 어깨를 움츠린 채 낡은 신발을 끌며 복도를 걸어갔다. 자기 집 문 앞에 이르렀을 때, 그녀는 안으로 들어가지 못했다. 문득 집이 무서워졌던 것이다.

차라리 걸어야 추위도 덜하고, 허기를 참기도 수월할 듯했다. 지나는 길에, 그녀는 계단 아래에 있는 브뤼 영감의 잠자리로 목을 들이밀었다. 개집 같은 그 잠자리에서 또 한 사람, 사흘 전부터 점심 식사와 저녁 식사를 공기로 대신하는 또 한 사람이 굶주림에 시달리고 있었다. 그런데 영감이 거기에 없었다, 구멍은 텅 비어 있었다, 어디론가 초대를 받아서 갔나 보다 하고 생각하니 갑자기 샘이 났다. 이어서 비자르네 집 앞에 이르렀을 때, 안에서 신음 소리가 났다, 열쇠가 자물쇠에 꽂힌 채 문이 열려 있어서 그녀는 안으로 들어갔다.

「왜 그래?」 그녀가 물었다.

방은 무척 깨끗했다. 랄리가 오늘 아침에도 청소를 하고 물건을 정돈해 둔 것이 틀림없었다. 비참한 가난이 아무리 거기서 기승을 부리고 누더기를 팽개치고 쓰레기를 던져 봐야 소용없었다, 랄리가 그 뒤를 따라다니며 일일이 닦고 문질러 모든 것을 말끔하게 정리해 놓았기 때문이다. 비록 부유하진 않아도 그 집에는 훌륭한 주부가 있다는 게 금세 느껴졌다. 안으로 들어가니 앙리에트와 쥘, 두 아이가 오래된 그림을 찾아내서 한쪽 구석에 앉아 가위로 자르며 얌전히 놀고 있었다. 그러나 몹시 창백한 얼굴로 시트를 턱까지 뒤집어쓴 랄리가 좁다란 간이침대에 누워 있는 것을 보고 제르베즈는 깜짝 놀랐다. 아니, 저 애가 누워 있다니! 정말 많이 아픈가 봐!

「왜 그래?」 제르베즈가 불안한 눈초리로 다시 물었다.

랄리는 더 이상 신음 소리를 내지 않았다. 아이는 핏기 없는 눈을 천천히 떴고, 미소를 지으려 했지만 입술이 파르르 떨렸다.

「괜찮아요.」 아이가 들릴 듯 말 듯 힘없이 말했다. 「아! 정말예요, 아무것도 아녜요.」

그러고는 눈을 감은 채 안간힘을 썼다.

「요즘 너무 피곤해서요, 게으름만 늘었어요, 이렇게 빈둥거리면 안 되는데.」

그러나 납빛 반점이 생긴 랄리의 앳된 얼굴이 너무도 고통스러운 표정을 짓고 있어서 제르베즈는 자신의 괴로움도 잊은 채 두 손을 모으고 아이 곁에 무릎을 꿇고 앉았다. 그러고 보니 몇 달 전부터 아이는 벽을 짚으며 걸었고, 허리를 접고 곧 죽을 듯 기침을 했다. 그런데 이제 아이는 기침조차 할 수 없는 상태가 되었다. 아이가 딸꾹질을 하면, 입가에서 핏줄기가 흘러내렸다.

「괜찮아요, 원래 약질이라서.」 이제 좀 편해진 듯 아이가 소곤거렸다. 「천천히 몸을 끌고 다니면서 겨우 좀 치워 놨어요……. 어때요, 깨끗하죠?…… 유리창도 청소하고 싶었지만, 다리가 말을 안 들어서요. 바보처럼! 이제야 끝이 나서, 이렇게 누웠어요.」

아이는 잠시 말을 끊더니, 다시 소곤거렸다.

「동생들이 가위에 베이지나 않는지 좀 봐주세요.」

그렇지만 계단을 올라오는 묵직한 발소리가 들리자, 아이는 몸을 떨면서 말문을 닫았다. 비자르 영감이 문을 쾅 하고 열어젖혔다. 여느 때처럼 술에 취한 그는 싸구려 독주로 불타오른 광기의 눈을 번뜩였다. 랄리가 누워 있는 것을 본 그는 비웃음과 함께 자기 넓적다리를 탁 치더니, 벽에 걸린 커다란 채찍을 벗겨 들고 소리를 질렀다.

「하! 요것 봐라, 세게 나오는데! 웃기지도 않아!…… 요 망나니가 벌건 대낮부터 자빠져 누워 있어!…… 사람을 놀리는 게냐, 게으름뱅이 잡년아?…… 자, 어서! 일어나!」

그는 벌써 침대 위로 채찍을 휙휙 휘둘렀다. 하지만 아이는 애원하면서 되풀이했다.

「안 돼, 아빠, 때리지 마세요, 제발……. 후회하실 거예요……. 때리지 마세요.」

「벌떡 일어나지 못해!」 그가 더 크게 소리를 질렀다. 「안 일어나면 갈비뼈를 분질러 놓을 거야!…… 벌떡 일어나, 망할 년아!」

그러자 아이가 천천히 말했다.

「일어날 수가 없어요, 모르시겠어요?…… 전 이제 곧 죽을 거예요.」

제르베즈는 비자르에게 덤벼들어 채찍을 빼앗았다. 그는 어리둥절한 표정으로 간이침대 앞에 서 있었다. 요 코흘리개가 무슨 소릴 지껄이는 거야? 이렇게 어린데 죽는다고, 아픈 데도 없는데! 꾀병이겠지, 빈둥거리려는 수작이야! 흥! 어디 보자, 거짓말이었단 봐라!

「보세요, 제 말이 맞죠.」 아이가 계속했다. 「할 수 있는 한, 아빠를 고생시키지 않으려고 했는데……. 조용히 놔두세요, 이번만은, 그리고 작별 인사를 해주세요, 아빠.」

비자르는 속는 게 아닐까 해서 코를 비틀어 봤다. 그런데 아이가 이상한 얼굴, 어른처럼 몹시 심각한 얼굴을 하고 있는 것은 사실이었다. 방 안을 스쳐 지나가는 죽음의 숨결이 그의 취기를 깨웠다. 그는 기나긴 잠에서 깨어난 사람처럼 이리저리 두리번거렸는데, 방이 말끔하게 정돈되어 있고 얼굴이 깨끗한 두 아이가 웃으며 놀고 있는 것이 보였다. 그는 의자에 털썩 주저앉아 더듬더듬 말했다.

「우리 작은 엄마, 우리 작은 엄마…….」

그는 이 말밖에 할 수 없었는데, 지금까지 한 번도 귀염을 받지 못했던 랄리에게는 이런 말도 너무나 다정하게 들렸다. 아이는 아버지를 위로했다. 랄리로서는 동생들을 다 키워 놓지 못하고 떠나는 것이 특히 슬펐다. 동생들을 잘 보살펴 주세요, 네? 아이는 동생들을 잘 관리하고 깨끗하게 만드는 방법을 아버지에게 자세히 설명했다. 다시 취기에 젖은 그는 눈을 동그랗게 뜨고 넋을 잃은 채, 죽어 가는 딸을 바라보면서 머리를 흔들었다. 머릿속에서는 온갖 생각이 떠올랐다. 하지만 그는 더 이상 할 말을 찾지 못했고, 온몸이 불에 타는 듯 화끈거려 눈물조차 나오지 않았다.

「조금만 더 들어 보세요.」 잠시 말을 끊었던 랄리가 다시 입을 열었다. 「빵집에 외상값이 4프랑 7수 있어요. 꼭 갚아야 해요……. 고드롱 부인이 우리 다리미를 빌려 갔으니 찾으세요……. 오늘은 저녁 식사 준비를 못 했어요, 하지만 빵이 좀 남아 있으니, 감자를 데우시고…….」

마지막 숨을 거둘 때까지, 이 가련한 고양이는 가족 모두의 작은 엄마 역할을 했다. 이 아이를 대신할 수 있는 사람은 아무도 없을 거야, 틀림없어! 가슴이 이토록 여리고 작은데 어떻게 그토록 커다란 모성애를 담고 있는 걸까, 어린 나이에 진짜 어머니 같은 분별력을 보여 준 아이는 지금 죽어 가고 있었다. 이런 보물을 잃는 것, 그것은 모두 짐승처럼 난폭한 아버지가 잘못했기 때문이었다. 어머니를 발로 차 죽인 후에, 이제 딸까지 죽이고 있는 게 아닌가! 두 착한 천사는 무덤 속에서 잠들겠지만, 이제 그는 길바닥에서 개처럼 죽게 될 것이다.

제르베즈는 울음을 터뜨리지 않으려고 애를 썼다. 아이를 편하게 해주려고 손을 내밀었다. 그리고 시트가 미끄러져 내려왔기 때문에, 그녀는 그것을 다시 끌어 올리고 침대를 정돈하려 했다. 그러자 죽어 가는 소녀의 작고 가련한 몸뚱이가 나타났다. 오! 하느님! 얼마나 비참하고, 얼마나 불쌍하던지! 돌멩이라 하더라도 그 모습을 보았더라면 눈물을 흘렸으리라. 속옷 대신 캐미솔 조각을 어깨에 걸쳤을 뿐, 랄리는 벌거숭이였다. 그렇다, 완전한 벌거숭이, 그것도 순교자처럼 처참하게 피에 물든 벌거숭이였다. 온몸에 살이라고는 찾아볼 수 없었고, 뼈가 가죽을 뚫고 튀어나올 듯했다. 양쪽 갈비뼈에서 양쪽 넓적다리까지 가느다란 줄무늬, 선명한 보랏빛 줄무늬가 무수히 나 있었는데, 그것은 가혹한 채찍질이 남긴 상처 자국임이 분명했다. 마치 바이스의 이빨이 그토록 여리고 성냥개비만큼 가냘픈 팔을 물어뜯은 듯, 납빛 반점이 왼쪽 팔을 휘감고 있었다. 오른쪽 다리에는 찢긴 상처가 아물지 않고 있었다, 아침마다 청소를 하느라 뛰어다닌 탓에 상처가 다시 벌어지곤 했던 것이다. 머리에서 발끝까지 온몸이 멍투성이였다. 아! 어린아이를 이토록 학대하다니, 사랑스러운 햇병아리를 그토록 육중한 남자의 발로 짓밟다니, 이토록 연약한 아이가 그토록 무거운 십자가를 짊어지고 할딱거려야 한다니, 이 얼마나 끔찍한 일인가! 성당에서 사람들은 채찍질을 당한 성녀들을 찬미하지만, 그 성녀들의 나신(裸身)도 이 아이만큼 순수할 수는 없을 것이다. 제르베즈는 침대 바닥에 붙어 있는 그 불쌍하고 여린 몸뚱이를 보고 가슴이 미어져서, 시트를 끌어 올려 줄 생각조차 잊은 채 다시 웅크리고 앉았다. 그녀의 떨리는 입술은 기도의 말을 찾고 있었다.

「쿠포 아주머니.」 아이가 소곤거렸다. 「제발 부탁해요…….」

아버지가 있어서 알몸을 내놓기가 부끄러웠기에, 아이는 너무나 짧은 팔로 수줍게 시트를 끌어 올리려고 애썼다. 비자르는 자기가 만든 시체를 멍하니 바라보며, 여전히 어찌할 바를 모르는 짐승처럼 천천히 머리를 흔들고 있었다.

랄리에게 이불을 덮어 주었을 때, 제르베즈는 더 이상 거기에 머무를 수가 없었다. 죽어 가는 아이는 이제 힘이 빠져서 말도 하지 못했고, 오래전부터 가지고 있던 특유의 시선, 체념하고 꿈꾸는 듯한 소녀의 시선으로 그림을 자르며 놀고 있는 두 동생을 물끄러미 바라보았다. 방 안에 어둠이 깃들었고, 비자르는 멍하니 임종을 지키며 술 냄새를 발산하고 있었다. 싫다, 싫어, 인생은 너무도 끔찍해! 아! 더러워! 아! 더러워! 제르베즈는 밖으로 뛰쳐나왔다, 자기가 무슨 짓을 하는지도 모르는 채 계단을 내려오면서 너무도 머리가 아득하고 너무도 처량해서 차라리 승합 마차 바퀴 밑으로 뛰어들어서 삶을 끝내고 싶었다.

쓰라린 운명을 저주하면서 정신없이 달렸더니, 어느새 그녀는 쿠포가 일하고 있다고 하는 주인집 문 앞에 와 있었다. 그녀의 다리가 자기도 모르는 새 그녀를 여기로 데려온 것이다, 위장이 다시 노래하기 시작했다, 아흔 절로 이루어진 굶주림의 애가를, 그녀가 송두리째 외워 버린 굶주림의 애가를. 쿠포가 나올 때 바로 붙잡아서, 받은 돈으로 먹을 것을 사야지. 기껏해야 한 시간만 기다리면 될 거야, 어제부터 손가락만 빨았으니 그 정도야 참고 기다려야지.

그 집은 샤르트르 가와 교차하는 샤르보니에르 가에 있었는데, 이 십자로는 사방에서 바람이 부는 고약하기 짝이 없는 거리였다. 빌어먹을! 아무리 포석 위에서 발을 동동 굴러도 몸이 녹지 않았다. 모피 외투가 있으면 얼마나 좋을까! 하늘은 여전히 음산한 납빛이었고, 당장에라도 눈이 쏟아질 듯 거리는 온통 얼음 모자를 쓰고 있었다. 하늘에서 아무것도 떨어지지 않았지만, 대기에 감도는 거대한 침묵이 파리를 위해서 완전한 변장, 새로운 순백의 아름다운 무도회 드레스를 준비하고 있었다. 제르베즈는 고개를 들어 제발 지금은 순백의 모슬린을 늘어뜨리지 말아 달라고 하느님께 기도했다. 종종걸음을 치다가 문득 맞은편의 식료품점을 바라보았다, 그러나 미리부터 더 배를 주릴 필요가 없었기 때문에 발걸음을 돌렸다. 십자로에 심심파적거리라고는 아무것도 없었다. 몇몇 행인이 목도리를 두른 채 서둘러 걸어갔다. 추위가 살을 에는데 한가롭게 어슬렁거릴 사람이 누가 있겠는가. 그때 제르베즈는 네다섯 명의 여자가 자기처럼 함석장이 주인집 문 앞에서 보초를 서고 있다는 것을 알아차렸다. 물론 그들도 불행한 여자들, 남편의 급료가 술집으로 날아가는 것을 막기 위해서 망을 보는 불행한 여편네들이었던 것이다. 헌병 같은 얼굴을 한 키 크고 깡마른 여자 하나가 남편이 나오면 바로 덮칠 태세로 벽에 바싹 붙어 있었다. 그리고 순하고 약하게 보이는 키 작은 여자 하나는 온통 검은 옷을 입은 채 길 건너편에서 왔다 갔다 했다. 행동이 굼뜬 또 다른 여자 하나는 추워서 울고 있는 두 아이를 좌우 양쪽에 걸리면서 어슬렁거렸다. 제르베즈도 보초를 서는 그 여자들도 서로 말없이 곁눈질을 하면서 서성이고 있었다. 정말 상쾌한 만남이야, 아! 그럼, 상쾌해서 미칠 지경이지! 우린 주소를 알기 위해 서로 인사를 나눌 필요도 없어. 모두가 가난뱅이 집합소라는 똑같은 간판 아래 살고 있으니까. 1월의 혹독한 날씨에 발을 동동 구르며 조용히 서로 엇갈려 걷는 여자들을 보니, 제르베즈는 추위가 한층 더 뼈에 사무쳤다.

그렇지만 주인집에서는 고양이 한 마리 나오지 않았다. 이윽고 일꾼 한 사람이 나타났다, 이어서 둘, 이어서 셋. 그들은 급료를 어김없이 집으로 가져가는 착한 사내들임이 분명했는데, 왜냐하면 문 앞에서 배회하는 여자들을 보고 고개를 설레설레 흔들었기 때문이다. 깡마른 키다리 여자가 문 옆으로 더 바싹 다가섰다. 그러고는 그 순간 문밖으로 조심스럽게 고개를 내미는 자그마한 시골뜨기 사내에게 와락 달려들었다. 오! 눈 깜짝할 새 끝났어! 그녀는 남자의 몸을 뒤져 돈을 모두 빼앗았다. 다 털렸어, 몽땅, 술 한 방울 맛볼 돈도 안 남았어! 그러자 몸집이 작은 사내는 분하고 원통해서 헌병 같은 마누라를 따라가면서 어린아이처럼 굵은 눈물을 흘렸다. 일꾼들이 계속 나왔다, 조무래기 둘을 데리고 있던 억센 아낙네가 문가로 다가갔을 때, 교활한 얼굴의 덩치 큰 갈색 머리 사내가 그녀를 알아보고 잽싸게 다시 들어가서 남편에게 알려 주었다. 남편이 건들거리며 나타났을 때에는 벌써 1백 수짜리 새 동전 두 개를 빼돌려서 구두 한 짝에 하나씩 넣어 둔 상태였다. 한 아이를 번쩍 안아 든 그는 따지고 묻는 마누라에게 이런저런 거짓말을 늘어놓으며 사라졌다. 그들 가운데에는 급료를 친구들과 함께 술로 마셔 버리려고 안달하며, 황급히 거리로 뛰어나가는 웃기는 일꾼들도 있었다. 또한 보름에 사나흘 일하고 받은 급료를 손에 꼭 쥔 채 스스로를 게으름뱅이라고 탓하며 새롭게 살겠다는, 믿을 수 없는 술꾼의 맹세를 하는 침울한 표정의 일꾼들도 있었다. 그런데 특히 슬펐던 것은 순하고 약해 보이는, 검정 옷을 입은 자그마한 여자의 고통이었다. 미남자인 그녀의 남편은 코앞에서 그녀를 확 밀치고 도망갔는데, 얼마나 세게 밀었던지 그녀는 땅바닥에 쓰러질 뻔했다. 그녀는 줄지어 늘어선 가게를 따라 비틀거리면서, 그리고 하염없이 눈물을 흘리면서 혼자 집으로 돌아갔다.

마침내 일꾼들의 행렬이 끊겼다. 제르베즈는 거리 한복판에 서서 출입문을 지켜보았다. 좋지 못한 예감이 들기 시작했다. 뒤쳐진 일꾼 두 사람이 나왔지만, 여전히 쿠포의 모습은 보이지 않았다. 그녀가 그들에게 쿠포는 나오지 않느냐고 물었을 때, 가만히 듣고 있던 그들은 그 친구가 방금 막 암탉을 오줌 뉘러 간다며 뒷문으로 도망쳤다고 농담하듯 대답했다. 그녀는 알아차렸다. 쿠포가 또 속인 것이다, 내 눈으로 확인해야겠어! 그래서 뒤꿈치가 찌그러진 단화를 끌면서 그녀는 천천히 샤르보니에르 가를 따라 내려갔다. 저녁 식사가 눈앞에서 깨끗이 사라진 것이다, 그녀는 저녁 식사가 사라지는 것을 노란 황혼 속에서 가벼운 전율과 함께 바라보았다. 이제 끝났어. 돈도 없고, 희망도 없어, 남은 거라곤 밤과 굶주림뿐이야. 아! 정말 아름다운 죽음의 밤이야, 어깨를 짓누르는 더러운 밤이라고!

그녀가 푸아소니에 가를 무거운 발걸음으로 올라가고 있을 때, 문득 쿠포의 목소리가 들렸다. 그랬다, 그는 〈귀여운 사향고양이〉에서 〈장화〉에게 한턱내는 중이었다. 이 익살쟁이 〈장화〉는 지난여름이 끝날 무렵 진짜 여염집 여자와 결혼하는 행운을 누렸는데, 이 여자는 이미 시들었지만 그래도 마지막 미색을 간직하고 있었다. 오! 그녀는 마르티르 가의 여염집 여자로서 시문 주변의 너절한 여자들과는 달랐다. 이 최고의 행운아가 혈색 좋은 얼굴로 옷을 잘 차려입고 호주머니에 두 손을 찌른 채, 의젓하게 살아가고 있는 모습은 참으로 볼만했다. 기름지게 살이 쪄서 이제 알아보기도 힘들었다. 친구들은 그의 아내가 평소 알고 지내는 나리들 집에서 원하는 대로 일감을 얻어 낸다고 했다. 그런 아내에 시골 별장까지, 그야말로 인생을 아름답게 꾸미기 위해 필요한 모든 것을 갖춘 셈이었다. 그래서 쿠포는 감탄의 시선으로 〈장화〉를 바라보았다. 이 녀석이 손가락에 금반지까지 끼고 있잖아!

쿠포가 〈귀여운 사향고양이〉에서 나오는 순간, 제르베즈는 그의 어깨에 손을 얹었다.

「이봐요, 아까부터 기다렸어……. 배가 고파요. 돈은 다 어떻게 했어요?」

그러나 그는 고함을 지르며 그녀의 말문을 막았다.

「배가 고프다고? 그럼 주먹을 먹으면 될 거 아냐!…… 나머지 하나는 남겨 뒀다가 내일 먹고.」

이 사람은 사람들 앞에서 난리 치는 걸 장기로 생각하나 봐! 그건 그렇고! 어떻게 된 거지! 그렇담 오늘 일을 하지 않았던 걸까? 아냐, 아까 그 일꾼들이 그렇게 말했는걸. 그녀는 남편이 겁을 주려고 일부러 거짓말을 하는 거라고 생각했다.

「나더러 도둑질이라도 하라는 거야 뭐야.」 그녀가 희미한 목소리로 중얼거렸다.

〈장화〉는 턱을 쓰다듬으며 화해시키려 했다.

「안 돼요, 그건, 그렇게 하면 안 돼요.」 〈장화〉가 말했다. 「하지만 여자란 어떻게든 살아 나가기 마련인데…….」

그러자 쿠포가 그의 말을 끊으며 브라보! 하고 소리쳤다. 그럼, 여자란 어떻게든 살아 나갈 줄 알아야지. 그런데 우리 마누라는 예나 지금이나 고물 마차, 굼벵이 마차란 말씀이야.

우리가 짚 더미 위에서 죽는다 해도, 그건 우리 마누라 잘못이지. 그러고서 그는 〈장화〉를 보며 다시 감탄에 빠졌다. 이 녀석, 정말 재주꾼이야! 제법 부티도 나고! 흰 셔츠에 근사한 댄스 구두! 거 참! 허접스러운 물건들이 아냐. 하긴 살림을 기막히게 잘하는 마누라가 있으니까!

두 사내는 외곽 대로를 향해 내려갔다. 제르베즈는 그들을 따라갔다. 잠자코 길을 가던 그녀가 쿠포의 등 뒤에서 다시 말했다.

「배가 고파요, 네?…… 온종일 당신만 기다렸는데. 뭐라도 먹을 걸 좀 사줘요.」

그가 대답을 하지 않자, 그녀는 고통스러운 어조로 되풀이했다.

「이봐요, 돈을 다 어떻게 했어요?」

「허, 제기랄! 한 푼도 없다니까그래!」 그가 사납게 뒤돌아보며 소리를 질렀다. 「나 좀 놔줘, 응? 안 그럼 두들겨 팰 거야!」

그는 벌써 주먹을 쳐들고 있었다. 그녀는 뒷걸음질을 쳤고, 무엇인가 결심한 듯했다.

「그래요, 놔줄게요, 난 다른 남자를 찾을 테니까.」

그러자 함석장이가 킬킬거렸다. 그 말을 농담으로 받아들이는 체하면서 티를 내지 않고 그녀를 부추겼다. 그래, 정말 좋은 생각이야! 밤에 불빛 아래에서 보면 아직도 남자들이 꼬일걸. 사내놈 하나가 걸리면, 〈카퓌생〉으로 데려가는 게 좋을 거야, 그 식당은 근사하게 먹을 수 있는 밀실도 많거든. 그녀가 창백하고 소심한 얼굴로 외곽 대로를 향해 발걸음을 옮겼을 때, 그가 다시 소리쳤다.

「내 말대로 해, 날 위해서 디저트라도 좀 챙겨 놓고, 내가 케이크 좋아하는 거 알지?…… 손님 차림새가 좋거든 헌 반코트라도 달라고 해, 내가 그걸로 돈을 만들어 볼 테니까.」

제르베즈는 이 악랄한 농담에 쫓겨 급히 걸어갔다. 잠시 후 인파 속에 혼자 있게 되었을 때, 발걸음을 늦추었다. 결심은 굳건했다. 도둑질을 하느냐 그 짓을 하느냐, 그렇다면 그 짓을 하는 게 낫지, 그 편은 적어도 아무에게도 해는 끼치지 않으니까. 자기 재산을 자기 마음대로 하는데 누가 무슨 상관이겠어. 물론 그것은 깨끗한 일이 아니었다. 하지만 지금 이 시각 그녀의 머릿속에서는 깨끗한 일과 깨끗하지 않은 일이 뒤죽박죽으로 섞였다. 굶주림으로 죽어 갈 때, 누가 이러쿵저러쿵 이치를 따지랴, 빵이 있으면 먹을 뿐이지. 그녀는 클리냥쿠르 로까지 거슬러 올라갔다. 밤은 좀처럼 오지 않았다. 밤이 오기를 기다리면서 그녀는 마치 식전에 바람을 쐬러 나온 부인네처럼 대로를 따라갔다.

그녀가 자신의 누추한 모습에 부끄러움을 느낄 정도로 깨끗해진 이 동네는 이제 사방으로 활짝 열려 있었다. 파리의 중심부로부터 올라오는 마장타 대로와 교외로 빠져나가는 오르나노 대로는 낡은 건물들을 깡그리 부수면서 옛 시문에 거대한 구멍을 뚫어 놓았는데, 회반죽 때문에 아직도 허옇게 보이는 두 대로의 옆구리에는 끄트머리가 음산한 창자처럼 깎이고 잘리고 뒤틀린 채 움푹 꺼진 포부르푸아소니에르 가와 푸아소니에 가가 붙어 있었다. 오래전부터 입시세관의 벽을 철거한 탓에 외곽 대로가 넓어졌고, 대로 양쪽으로는 차도가, 한가운데에는 네 줄의 플라타너스가 심긴 보행자용 평지가 있었다. 그 거대한 십자로는 인파로 들끓고 건물들이 뒤엉킨, 끝없이 뻗어 나가는 작은 길들을 통해 저 멀리 지평선까지 펼쳐져 있었다. 그러나 신축한 높은 건물들 사이사이에 여전히 쓰러질 듯 낡은 누옥들이 촘촘히 서 있었다. 조각 전면을 가진 멋진 건물들 틈으로 거무스레하게 푹 꺼진, 개집처럼 누추한 집들이 창가에 누더기를 펼쳐 놓고 하품을 하고 있었던 것이다. 파리에서 올라오는 호화로운 분위기 속에서 변두리의 가난은 더욱 비참해 보였고, 눈부시게 빠른 속도로 건설되는 신시가지의 공사 현장을 지저분하게 채색하고 있었다.

드넓은 보도의 혼잡한 인파 속에서 작은 플라타너스 가로수를 따라가던 제르베즈는 문득 자기만이 혼자이고, 세상에서 버림받았다는 느낌이 들었다. 가로수 길이 아득히 빠져나가는 것을 보니 위장이 더욱더 텅 비는 것 같았다. 이 인파 속에는 여유 있는 사람도 있을 거야, 그런데 내 사정을 눈치채고 슬그머니 10수쯤 손에 쥐여 주는 선인이 단 하나도 없다니! 그래, 참 넓기도 하지, 참 아름답기도 하지, 끝없이 펼쳐진 광대한 잿빛 하늘을 보자 그녀는 머리가 어지러웠고, 다리에 힘이 쭉 빠졌다. 노을은 파리 황혼 특유의 칙칙한 노란색, 세상이 더욱 추악하게 보여 그녀로 하여금 당장에 죽고 싶은 마음이 들게 하는 노란색을 띠고 있었다. 주위가 흐릿해졌고, 원경(遠景)이 흙빛으로 뿌옇게 변했다. 이미 지쳐 버린 제르베즈는 때마침 집으로 돌아가는 노동자 무리 속에 휩쓸리게 되었다. 이 시각에는 신축 건물에 사는 모자를 쓴 귀부인과 옷을 잘 차려입은 신사들도 작업장의 탁한 공기로 아직도 창백해 보이는 서민 남녀의 행렬에 뒤섞였다. 마장타 대로와 포부르푸아소니에르 가가 길을 오르느라 숨을 헐떡이는 사람들을 쉼 없이 토해 내고 있었다. 이륜마차, 포장마차, 짐수레가 텅 빈 채 속보로 돌아가고 승합 마차와 삯마차가 더 둔중한 소리를 내며 지나가는 가운데, 작업복을 입은 노동자들이 점점 불어나더니 급기야 차도까지 덮어 버리고 말았다. 심부름꾼들이 어깨에 짐을 진 채 걸어오고 있었다. 두 노동자가 서로 쳐다보지도 않고 손짓을 해가며 큰 소리로 떠들면서 성큼성큼 걸어갔다. 카스케트를 쓰고 외투를 입은 몇몇 노동자는 고개를 숙인 채 혼자서 길가를 따라 걷고 있었다. 또 다른 노동자들은 대여섯 명씩 무리를 지어 앞서거니 뒤서거니 걸어오면서도 창백한 눈으로 호주머니에 두 손을 찌른 채 한마디도 나누지 않았다. 그중 몇몇 사람은 불 꺼진 파이프를 입에 물고 있었다. 미장이들이 삯마차 휘장 사이로 핏기 없는 얼굴을 내밀었는데, 삯마차 위에서는 반죽 통이 춤을 추고 있었다. 칠장이들은 그들의 페인트 통을 흔들었다. 함석장이는 당장이라도 행인들의 눈을 찌를 것 같은 긴 사다리를 가지고 갔다. 한편 뒤에 처진 물통 장수가 등짐을 진 채 작은 트럼펫으로 「다고베르 왕」[53]을, 가슴이 찢어질 듯 비통한 황혼 속에서 구슬픈 노래를 연주했다. 아! 얼마나 슬픈 노래인가, 지칠 대로 지친 몸을 이끌고 외양간으로 돌아가는 마소의 발걸음을 따라가는 이 음악! 이제야 하루가 끝났다! 정말이지 하루는 너무나 길고, 너무나 자주 온다. 배불리 먹을 시간도 먹은 것을 삭일 시간도 없이 또 하루가 시작되고, 가난의 굴레를 다시 써야 하는 것이다. 그래도 건장한 사내들은 큰 걸음으로 휘파람을 불면서 저녁 식사에 이끌려 서둘러 집으로 돌아갔다. 제르베즈는 군중의 물결 한가운데 휩쓸린 채 여기저기

53 Le bon roi Dagobert. 프랑스 대혁명(1789)을 전후하여 항간에 유행한 노래. 다고베르 1세(독일어 발음으로는 다고베르트 1세, 600~639)는 메로빙거 왕조 최후의 프랑크 왕이었다.

팔꿈치에 찔렸지만, 아픈 것도 모르는 듯 혼잡한 인파가 흘러가는 것을 그저 지켜보기만 했다. 왜냐하면 피로에 지치고 배가 고플 때 여자에게 관심을 가지는 사내란 한 명도 없기 때문이다.

문득 고개를 들자, 세탁부의 눈에 그 옛날의 〈봉쾨르 호텔〉이 보였다. 그 작은 건물은 수상쩍은 카페가 되었다가 경찰의 폐쇄 명령을 받고 지금은 버려진 폐가가 되었다. 포도주 지게미 색깔의 페인트칠에는 곰팡이가 슬었고, 램프는 깨어지고 덧문은 온통 광고지에 덮인 채 군데군데 부서지고 위에서 아래까지 비에 젖어 썩어 가고 있었다. 건물 주변에는 변한 것이 아무것도 없었다. 문방구와 담배 가게는 여전히 그 자리에 있었다. 그 뒤로, 낮은 집들 위로 커다랗고 너절한 그림자를 드리우는 6층 건물들의 얼룩진 전면도 변함없이 보였다. 다만 댄스홀 〈그랑 발콩〉만이 더 이상 존재하지 않았다. 열 개의 불타오르는 창문이 환히 밝히던 홀에는 설탕 공장이 들어섰고, 거기서 쉭쉭거리는 소리가 끝없이 들려왔다. 그녀의 저주스러운 삶이 시작된 것이 바로 여기, 〈봉쾨르 호텔〉의 누추한 방에서였다. 그녀는 그 자리에 서서 파손된 덧창이 덜렁 매달려 있는 2층 창문을 바라보았고, 랑티에와 함께한 젊은 시절, 그들 최초의 싸움, 그가 자기를 버릴 때 보인 비열한 행동을 떠올렸다. 그래, 그땐 젊었어, 멀리서 되돌아보니 어려웠던 그 시절도 너무나 그리웠다. 20년도 안 됐는데, 맙소사! 이젠 길바닥을 헤매고 있으니. 그렇게 생각하자, 호텔을 바라보는 것이 너무도 뼈아팠다. 그녀는 몽마르트르 쪽으로 대로를 거슬러 올라갔다.

날이 점점 어두워지는데도, 조무래기들이 벤치 사이 모래

더미에서 놀고 있었다. 행렬은 아직도 계속되고 있었고, 여공들이 진열창을 기웃거리느라 허비한 시간을 만회하려고 발걸음을 서둘렀다. 키 큰 여공 하나가 자기 집 근처까지 바래다준 청년에게 손을 잡힌 채 서 있었다. 몇몇 여공은 헤어지면서 밤에 〈광기의 그랑 살롱〉이나 〈검은 공〉에서 다시 만나자고 약속했다. 인파 속에서 날품팔이 일꾼들이 겨드랑이에 보따리를 끼고서 집으로 돌아가고 있었다. 벽난로 수리 잔해를 잔뜩 실은 수레를 끌고 가던 멜빵 차림의 난로공은 하마터면 승합 마차에 깔릴 뻔했다. 좀 더 뜸해진 인파를 헤치고 모자도 쓰지 않은 맨머리의 여자들이 달려왔는데, 그들은 집에 불을 피워 놓고 급히 저녁거리를 사러 내려온 사람들이었다. 여자들은 사람들을 떠밀며 빵집과 돼지고기 가게로 뛰어 들어갔고, 금세 손에 물건을 들고 나와 지체 없이 집으로 갔다. 심부름을 나온 여덟 살짜리 꼬마 계집애들도 있었다, 그들은 자기만큼이나 키가 큰 4파운드짜리 빵을 예쁜 노란색 인형인양 품에 꼭 안고서 길을 가다가, 문득 그림 간판이 눈에 들어오자 족히 5분이나 한쪽 뺨을 빵에 기댄 채 넋을 잃고 서 있었다. 이윽고 인파가 사라졌고 무리도 뜸해졌다, 노동자들이 모두 집으로 돌아간 것이다. 하루 일이 끝나고 가스등이 켜진 가운데, 마침내 나태와 방탕이 눈을 뜨고 슬그머니 고개를 내밀기 시작했다.

아! 그래, 제르베즈에게도 하루가 끝난 것이다! 그녀는 마구 자기를 부딪치며 지나간 그 노동자들보다 더 지쳐 있었다. 노동이 그녀를 원하지 않는 이상, 그녀는 그 자리에 누워 그대로 죽고 싶었다. 그녀는 너무도 고통스러워서 혼잣말을 했다. 「이번엔 누구 차례일까? 난, 난 더는 못하겠어, 지긋지긋해!」 지금쯤 모두들 저녁을 먹고 있겠지. 하루가 끝났으니까, 태양은 자기 촛불을 껐고, 밤은 끝없이 길겠지. 하느님! 편안하게 누워 더 이상 일어나지 않을 수 있게, 연장을 영원히 돌려 드리게, 그리고 영원히 쉴 수 있게 해주소서! 20년 동안 뼈 빠지게 일했는데, 도대체 이 꼴이 뭐람! 제르베즈는 위장이 뒤틀리는 경련에 사로잡힌 채 자기도 모르게 자기 인생에서 즐거웠던 날들, 푸짐하게 차려 잔치를 했던 날들, 친지들과 웃고 떠들었던 날들을 떠올렸다. 특히 지독하게 추웠던 사순절 세 번째 목요일, 정말 취하도록 마시고 배가 터지도록 먹었었어. 그 시절엔, 나도 무척 예쁘고 신선한 금발 머리 여자였는데. 뇌브 가의 공동 세탁장에서는 다리를 저는데도 모두 나를 여왕이라고 불렀었지. 그땐 상류 사회 사람들도 나를 탐내듯 곁눈질하는 가운데 온통 초록으로 장식한 마차를 타고 대로를 산책하기도 했어. 몇몇 신사들은 진짜 여왕을 볼 때처럼 코안경을 꺼내 쓰기도 했고. 그리고 밤이 되면 원 없이 먹고 마시는 잔치를 벌였고, 새벽녘까지 춤을 추었지. 여왕, 그래, 여왕이었어! 왕관을 쓰고 스카프를 맨 채, 스물네 시간 동안, 시곗바늘이 두 번 돌 때까지! 그런데 지금은 굶주림의 고통 속에서 무거운 몸을 이끌며, 그녀는 마치 시궁창에 떨어진 왕위를 찾듯 땅바닥만 바라보고 있는 것이다.

그녀는 다시 고개를 들었다. 바로 눈앞에 철거 중인 도살장이 있었다. 여기저기 부서진 건물 전면을 통해 어둡고, 냄새나고, 피로 물들어 아직도 축축한 안마당이 보였다. 그녀가 대로를 따라 다시 내려가자 라리부아지에르 병원이 나타났는데, 높은 회색 담장 위로 창문이 가지런히 뚫린 음산한 건물 익면들이 부채꼴로 펼쳐져 있었다. 담장에 뚫린 하나의 문은 동네 사람들을 공포에 떨게 하는 시체의 출입문으로서 균열 하나 없이 단단한 참나무 문짝이 무덤의 묘석처럼 엄숙하고 적막한 분위기를 자아내고 있었다. 그래서 도망치듯 그녀는 등을 돌려 멀리 철교까지 내려갔다. 볼트로 죈 높다란 철판 난간 때문에 철로가 보이지 않았다. 다만 그녀의 눈에는 눈부신 파리의 지평선 위로 넓은 역 모퉁이, 매연으로 새까매진 커다란 지붕만이 보였다. 그 밝고 드넓은 공간으로부터 기관차의 기적 소리, 마차들이 오가는 네거리의 규칙적인 흔들림 소리, 그 밖에 온갖 눈에 보이지 않는 거대한 활동 소리가 귀에 들렸다. 파리발(發) 기차 한 대가 칙폭칙폭 숨을 헐떡이며 점점 빠른 속도로 다가왔다. 그러나 그녀의 눈에는 기차가 뿜어내는 증기, 난간 위로 솟아 금세 없어져 버리는 갑작스러운 입김만이 보일 뿐이었다. 철교가 요란하게 흔들리더니, 순식간에 전속력으로 지나간 기차가 남긴 여진 속에 그녀만이 덩그러니 남았다. 소리가 잦아들며 저 멀리 가물가물 사라져 가는 기관차를 따라가려는 듯, 그녀는 몸을 돌려 물끄러미 바라보았다. 그쪽으로, 협로 저편에, 전면은 회칠조차 하지 않았고 벽은 거대한 광고 그림이 그려진 데다 기관차의 매연으로 누르스름하게 변색된 높은 건물들이 좌우로 드문드문 무질서하게 서 있는 협로 저편에, 전원과 자유로운 하늘이 얼핏 보이는 듯했다. 아! 저편으로 떠날 수만 있다면, 가난과 고통의 집들 저 너머로 갈 수만 있다면! 그러면 아마도 다시 시작할 수 있을 텐데. 그녀는 난간 철판에 붙어 있는 광고지들을 멍하니 읽었다. 온갖 색깔의 광고지가 있었다. 그중에서 작고 예쁜 푸른색 광고지 하나는 잃어버린 암캐를 찾아주는 사람에게 사례금 50프랑을 주겠다고 했다. 무척이나 사랑받는 동물이었나 봐!

제르베즈는 천천히 다시 걸었다. 흐릿한 연기처럼 드리워지는 어스름한 안개 속에서 가스등이 켜졌다. 조금씩 시커먼 어둠에 잠기던 긴 가로수 길이 별안간 환하게 반짝이며 어둠을 뚫고 저 멀리 암흑의 지평선까지 뻗어 나갔다. 거센 바람이 한차례 지나갔다, 한층 넓어진 동네는 달도 없는 광막한 하늘 아래 동아줄 같은 불빛 줄기를 여기저기 끝없이 펼쳐 놓았다. 바로 이 시간이 대로의 끝에서 끝까지 술집, 싸구려 댄스홀, 지저분한 카바레가 줄지어 불을 밝히며 첫 잔을 돌리고 추잡스러운 춤을 추기 시작하는 시간이었다. 거리는 두툼한 보름치 급료 덕분에 벌써 한잔 걸친 탕아들로 붐볐다. 공기 중에도 유흥의 분위기, 질퍽한 유흥의 분위기가 서려 있었다, 그러나 아직은 모두가 얌전했다, 발화의 시작이라고나 할까, 그 이상은 아니었다. 사람들이 허접스러운 식당에서 게걸스럽게 식사를 하고 있었다. 불빛이 비친 유리창마다 사람들이 입안 가득 음식물을 넣은 채 삼키려 하지도 않고 웃고 떠드는 모습이 보였다. 술집에서는 술꾼들이 벌써부터 죽치고 앉아 손짓 발짓을 해가며 소리를 지르고 있었다. 사람들이 보도 위를 끊임없이 오가는 가운데 벼락같은 고함 소리, 날카로운 목소리, 혀가 꼬부라진 말소리가 들렸다 「이봐! 한잔하러 왔어?…… 이리 와, 꾸물대지 말고! 내가 한잔 살게…… 이런, 저게 누구야! 폴린이잖아! 허! 하기야, 놀랄 일도 아니지!」 여기저기 문이 여닫힐 때마다 술 냄새가 물씬 풍겼고, 코넷 소리가 요란하게 울려 퍼졌다. 대미사 시간의 성당처럼 환하게 불을 밝힌 콜롱브 영감의 주점 앞에서는 사람들이 줄을 서서 기다렸다. 제기랄! 진짜 미사 같잖아, 볼이 빵빵한 배불뚝이 녀석들이 저 안에서 보면대 앞의 성가대원 같은 표정으로 노래를 하고 있으니 말이다. 월급이라는 성녀를 축성하는 미사야, 그럼! 사랑스러운 성녀지, 틀림없이 천국에서 경리를 맡고 있을 거야. 그러나 미미한 연금으로 생활하는 몇몇 사람은 아내와 산책하러 나왔다가 초저녁 분위기를 살펴보고서는, 고개를 설레설레 흔들며 오늘 밤에는 파리에 주정뱅이들이 넘쳐 날 거라고 중얼거리며 사라졌다. 죽은 듯 얼어붙은 짙은 어둠이 선술집 위로 하늘 가득 드리워졌고, 거기에 구멍을 내는 것은 오직 대로에서 줄지어 반짝이는 가스등 불빛뿐이었다.

제르베즈는 〈목로주점〉 앞에 서서 생각에 잠겼다. 2수만 있으면, 안으로 들어가서 한 잔 마실 텐데. 딱 한 잔만 걸치면, 당장에 허기가 가실 텐데. 아! 실컷 마시던 시절도 있었지! 그것도 즐거운 추억처럼 떠올랐다. 멀리서 그녀는 주정뱅이 제조기를 바라보면서 자기의 불행이 거기서 시작되었다고 생각했고, 언젠가 돈이 생기면 증류주를 마시고 삶을 끝낼 것을 꿈꾸었다. 그렇게 생각하자 온몸에 소름이 돋으면서 머리끝이 쭈뼛 섰다, 이제 어둠이 짙어졌다. 자, 알맞은 시간이 되었어. 저마다 즐거운 시간을 보내는 사람들 한가운데서 죽고 싶지 않다면, 힘을 내서 예쁘게 보여야 해. 다른 사람들이 포식하는 모습을 본다고 해서 내 배 속이 채워지는 게 아닌 만큼, 더욱더 그래. 그녀는 발걸음을 멈추었고, 주변을 둘러보았다. 나무 아래 어둠이 더욱 짙어졌다. 인적이 드물었고, 간혹 지나가는 행인들도 발걸음을 재촉하며 대로를 급히 가로질렀다. 이웃 거리에서 즐겁게 웃고 떠드는 소리조차 잦아드는 이 어둡고 쓸쓸한 큰길에서, 몇몇 여자들이 손님들을 기다리고 있었다. 그들은 작고 앙상한 플라타너스처럼 뻣뻣하게 서서 오래도록 참을성 있게 꼼짝도 하지 않았다. 그러다가 천천히 몸을 움직여 차디찬 땅 위로 헌 신발을 끌었고, 열 걸음쯤 가다가는 다시 멈춰 서서 얼어붙은 듯 꼼짝하지 않았다. 몸통은 거대한데 팔다리는 곤충처럼 가느다란 여자 하나가 살 때문에 터질 듯한 낡은 검정 실크 드레스를 입고 머리에는 노란 스카프를 쓴 채 서 있었다. 맨머리에 키가 크고 깡마른 또 다른 여자 하나는 하녀들이나 두를 법한 앞치마를 두르고 있었다. 그 밖에 화장을 짙게 한 늙은 여자도 있었고, 넝마주이도 주워 가지 않을 정도로 몹시 더럽고 초라한 아가씨도 있었다. 한편 아무것도 모르는 제르베즈는 그들을 흉내 내면서 손님을 끌 방법을 익히려고 애썼다. 소녀 같은 감상이 그녀의 가슴을 미어터지게 했다. 부끄러운지 어떤지도 느껴지지 않았고, 마치 악몽을 꾸고 있는 듯했다. 15분 동안 꼼짝도 하지 않고 서 있었다. 남자들은 고개조차 돌리지 않고 지나갔다. 그래서 그녀는 스스로 몸을 움직였고, 호주머니에 두 손을 찌른 채 휘파람을 불고 있는 남자에게 막무가내로 다가가서 목이 졸리는 듯한 소리로 소곤거렸다.

「여보세요, 잠깐만요…….」

남자는 곁눈질로 힐끔 쳐다보더니, 더 힘차게 휘파람을 불며 떠나 버렸다.

제르베즈는 점점 더 대담해졌다. 끝없이 달아나는 저녁 식사를 필사적으로 뒤쫓는 이 힘겨운 남자 사냥 덕분에 배고픔마저 잊혔다. 시간도 길도 잊은 채 그녀는 종종걸음을 쳤다. 주변의 여자들은 검은 그림자처럼 말없이 나무 아래를 서성였고, 우리에 갇힌 짐승처럼 규칙적으로 왔다 갔다 했다. 그들은 어렴풋한 형상으로 유령처럼 천천히 어둠 속에서 나왔다. 그런 다음, 그들의 창백한 얼굴이 돌연 뚜렷이 드러나는 가스등 불빛 아래로 지나갔다. 이윽고 그들은 속치마의 하얀 줄무늬를 살랑살랑 흔들며, 보도의 어둠이 지닌 살 떨리는 매력을 찾아가기라도 하듯 다시 어둠 속으로 서서히 빠져들어 갔다. 몇몇 남자들은 잠시 멈춰 서서 농담으로 몇 마디 나누다가, 킬킬거리면서 다시 가버렸다. 또 다른 남자들은 신중하게 몸을 숨긴 채 여자들 뒤에 열 걸음쯤 떨어져서 걸었다. 다급하게 속삭이는 소리, 숨죽여 다투는 소리, 거칠게 흥정하는 소리가 들리다가, 별안간 쥐 죽은 듯 조용해지곤 했다. 제르베즈가 가는 곳 어디에나, 마치 외곽 대로 끝에서 끝까지 여자라는 가로수가 심어져 있기라도 한 것처럼, 어둠 속에서 보초인 양 일정한 간격으로 서 있는 여자들이 보였다. 스무 걸음쯤 가면, 어김없이 여자가 나타났다. 대열은 끝이 없었고, 파리 전체를 지키고 있었다. 사내들이 거들떠보지도 않아 화가 난 제르베즈는 방향을 바꾸어 클리냥쿠르 로에서 샤펠 대로까지 걸어갔다.

「여보세요, 잠깐만요…….」

그러나 남자들은 지나가 버렸다. 그녀는 건물 잔해에서 아직도 피비린내가 나는 도살장을 떠났다. 이제는 폐쇄되어 음산하기 그지없는 옛 〈봉쾨르 호텔〉에 시선을 던졌다. 라리부아지에르 병원 앞을 지나면서, 그녀는 빈사자(瀕死者)를 지키는 야등처럼 조용하고 흐릿한 불빛이 비치는 창문의 개수를 기계적으로 헤아렸다. 그리고 그녀는 절망의 기적 소리로 허공을 가르며 지나가는 열차의 요란한 진동 속에서 철교를 가로질렀다. 아! 밤에는 왜 이처럼 모든 것이 서글프게 보이는 걸까! 그녀가 뒤돌아섰을 때, 가로수 끝 협로에서 본 아까 그 건물들이 다시 두 눈 가득 들어왔다. 그녀는 그런 산보를 열 번, 스무 번, 쉼 없이, 벤치에 앉아 1분도 쉬는 법이 없이 되풀이했다. 틀렸어, 아무도 날 원치 않아. 남자들의 이런 멸시가 한층 부끄러웠다. 그녀는 병원 쪽으로 내려갔다가, 다시 도살장 쪽으로 거슬러 올라갔다. 그것은 좀 전에 지나왔던 길이었다. 짐승의 피비린내가 나는 도살장 안마당에서 누가 사용했는지도 모르는 시트 속에서 환자들이 죽어 가는 창백한 병원 홀까지. 그녀의 목숨이 그 사이에 있었다.

「여보세요, 잠깐만요…….」

갑자기 그녀는 땅에 비친 자신의 그림자에게 말을 걸었음을 깨달았다. 가스등으로 다다가자 그림자가 점점 뭉치며 또렷해졌다, 거대하고 작달막하고 괴상망측한 그림자, 그녀는 그토록 둥글둥글 살이 쪘던 것이다. 땅바닥에 퍼질러진 그 그림자는 배, 젖가슴, 엉덩이 할 것 없이 한꺼번에 두리둥실 떠돌았다. 더욱이 다리를 심하게 절었기 때문에, 그녀가 걸음을 뗄 때마다 땅에 비친 그림자가 마치 재주넘기를 하는 것 같았다. 꼭두각시가 따로 없어! 그녀가 가스등에서 멀어졌을 때, 꼭두각시는 점점 더 커지다가 마침내 거인이 되어 대로를 가득 채웠고, 게다가 마구 절을 하는 바람에 코가 자꾸만 나무와 집에 부딪혔다. 맙소사! 이 얼마나 우습고 끔찍한 꼴인가! 그때까지 그녀가 이토록 자신의 쇠락을 절감한 적은 없었다. 어쨌든 가스등을 계속 스쳐 지나갔기에, 그녀는 자기 그림자가 난잡하게 춤추는 광경을 지켜보지 않을 수 없었다. 아! 내가 이토록 아름다운 매춘부와 함께 걷고 있었다니! 굉장한 자태야! 금세 사내들이 주렁주렁 붙겠어. 그녀는 이제 목소리를 더욱 낮추었고, 행인들의 등 뒤에 대고 그저 더듬거릴 뿐이었다.

「여보세요, 잠깐만요…….」

그러는 동안 밤이 깊었다. 동네의 분위기도 사뭇 변했다. 싸구려 식당들이 문을 닫았고, 가스등 불빛이 더욱 붉어진 술집에서는 취기에 젖은 목소리가 흘러나왔다. 농담이 말다툼으로, 말다툼이 주먹다짐으로 변했다. 누더기를 걸친 거한 하나가 고함을 질렀다. 「죽여 버리겠어, 네 뼈다귀나 세어 봐!」 싸구려 댄스홀 출입구에서 애인의 멱살을 잡은 한 아가씨는 애인을 향해 더러운 놈이니 색골이니 하면서 욕을 했는데, 상대방은 아무 말도 못 하고 이렇게 되풀이할 뿐이었다. 「미친 소리 좀 작작 해!」 취기는 서로 때려죽이고 싶은 욕망을 불러일으켰고, 험악한 작태는 드문드문 지나가는 행인들을 새파랗게 질리게 만들었다. 싸움이 벌어졌다, 주정뱅이 하나가 벌렁 나자빠졌고, 상대방은 그만하면 대가를 치른 셈이라며 커다란 신발을 끌며 가버렸다. 몇몇 무리가 큰 소리로 추잡한 노래를 불렀고, 그러다가 문득 깊은 정적이 깃들었는데, 주정뱅이들이 딸꾹질하는 소리와 쿵 하고 둔중하게 넘어지는 소리가 그 정적을 깨뜨렸다. 보름치 급료일의 주연은 언제나 이런 식으로 전개되었다, 6시부터 콸콸 흐른 술이 이제 길바닥을 휩쓸었다. 와! 정말 멋진 불꽃놀이야, 길바닥까지 넘쳐흐르는 엄청난 구토라니까, 밤늦게 귀가하는 사람들이 밟지 않으려면 펄쩍 뛰어넘을 수밖에! 정말이야, 이 동네는 너무 깨끗해! 아침에 청소도 하기 전에 여기를 찾은 이방인이라면 참 좋은 인상을 받을 거야. 그러나 이 시각, 주정뱅이들은 제집에 있는 듯 편안해했고, 유럽이 무슨 상관이냐고 화를 냈다.

염병할! 칼이 호주머니에서 나왔고, 축제는 피로 끝났다. 여자들은 종종걸음을 쳤고, 사내들은 늑대처럼 눈을 번뜩이며 어슬렁거렸다. 밤이 흉측한 짓거리들로 부풀어 오르며 깊어 갔다.

제르베즈는 다리를 절면서 걷고 또 걸었다. 오직 걸어야 한다는 일념으로 다시 올라가고 다시 내려왔다. 견딜 수 없는 졸음이 엄습했고, 그저 다리가 움직일 뿐 잠이 들었다. 그러다가 화들짝 놀라 주위를 돌아보면, 죽은 사람처럼 의식이 없는 상태에서 1백 보쯤 걸은 것을 깨달았다. 잠이 든 채 걸어서인지 두 발이 구멍 뚫린 헌 신발 속에서 부어올랐다. 그녀는 더 이상 감각이 없었다. 그만큼 심신이 지치고 배 속이 비어 있었던 것이다. 그녀의 머릿속을 채웠던 마지막 선명한 생각, 그것은 지금 이 순간 그 몹쓸 딸년이 굴 요리를 먹고 있을지도 모른다는 생각이었다. 하지만 이내 모든 것이 흐릿해졌고, 눈을 뜨고 있었지만 생각을 하기 위해서는 무진 애를 써야 했다. 생명이 꺼져 가는 와중에서도 끈질기게 지속되는 단 한 가지 감각은 지독한 추위의 감각, 그녀가 결코 경험한 적이 없었던 살을 에는 추위의 감각이었다. 땅속에 묻힌 시체라 할지라도 이렇게 춥지는 않으리라. 그녀는 무거운 머리를 천천히 들었다. 무엇인가 얼음처럼 차가운 것이 얼굴을 때렸던 것이다. 눈이었다. 잔뜩 흐린 하늘에서 마침내 눈이 내렸다. 눈은 소용돌이치는 바람에 실려 날카롭고 세차게 떨어졌다. 사흘 전부터 눈이 올 듯했다. 눈은 참 좋은 시간을 골라서 내리고 있었다.

첫 번째 돌풍에 제르베즈는 정신이 번쩍 들어 더욱 빨리 걸었다. 벌써 어깨가 하얗게 된 몇몇 남자들이 달음박질을 치며 서둘러 집으로 돌아갔다. 나무 아래로 천천히 걸어오는 한 남자가 눈에 띄자, 그녀는 다가가서 다시 말했다.

「여보세요, 잠깐만요…….」

남자가 멈춰 섰다. 그러나 그녀의 말을 들은 것 같지는 않았다. 그는 손을 내밀며, 나지막이 속삭이듯 말했다.

「한 푼 적선합쇼…….」

두 사람은 서로를 바라보았다. 오! 맙소사! 둘이 이렇게 만나다니, 브뤼 영감은 구걸을 하고, 쿠포 부인은 매춘을 하면서! 그들은 서로의 면전에서 어처구니가 없어 입을 벌리고 서 있었다. 이런 시간에, 이렇게 만나 어떻게 서로를 돕는단 말인가. 밤새도록 늙은 노동자는 거리를 배회하면서도 감히 사람들에게 접근하지 못했다. 그런데 그가 다가간 첫 번째 사람이 바로 자기처럼 굶어 죽어 가는 여자였던 것이다. 주여! 불쌍하지도 않으신가요? 50년이나 일하고서, 구걸을 하다뇨! 구트도르 가 최고의 세탁부였는데, 시궁창에서 헤매다뇨! 그들은 여전히 서로를 바라보았다. 그러다가 한마디 말 없이 서로 헤어져 각자 세찬 눈보라 속으로 걸어갔다.

문자 그대로 광풍이었다. 사방이 탁 트인 이 고지대 한가운데에서, 눈보라는 회오리바람처럼 돌면서 동서남북 모든 곳에서 한꺼번에 불어오는 듯했다. 열 발짝 앞도 보이지 않았고, 휘날리는 눈보라 속에서 모든 것이 지워졌다. 마치 돌풍이 마지막 주정뱅이들의 딸꾹질 소리를 새하얀 침묵의 시트로 덮은 것처럼, 동네도 사라졌고 대로도 죽은 듯 고요했다. 제르베즈는 앞도 안 보이고 길도 잃었으면서도 여전히 고통스럽게 걸어갔다. 그녀는 나무를 잡고 몸을 지탱했다. 그녀가 앞으로 나아감에 따라, 가스등이 꺼진 횃불처럼 하나씩 허공에서 희미하게 나타났다. 이어서 그녀가 십자로를 건넜을 때, 별안간 가스등 불빛이 사라져 버렸다. 이제 자기를 이끌어 줄 지표를 아무것도 분간하지 못한 채, 그녀는 희끄무레한 회오리바람 속에 휘말렸다. 발밑으로 지면이 희미하게 보였지만, 몹시 미끄러웠다. 사방에 둘러쳐진 회색의 벽이 그녀를 가둬 버린 것이다. 그녀가 멈춰 서서 주춤주춤 고개를 돌렸을 때, 얼음의 장막 뒤로 드넓은 가로수 길, 끝없이 줄을 선 가스등의 행렬, 잠든 파리의 어둡고 황량한 무한의 세계가 어렴풋이 느껴졌다.

그녀가 외곽 대로, 마장타 대로, 오르나노 대로가 만나는 교차점에 이르러 이대로 땅바닥에 누워 버릴까 하고 생각한 순간, 발소리가 들렸다. 그녀는 달려갔지만 눈보라가 앞을 가렸고, 발소리가 왼쪽에서 나는지 오른쪽에서 나는지 알아차릴 새도 없이 그 소리가 멀어져 갔다. 이윽고 남자의 넓은 어깨, 안개 속으로 춤을 추듯 사라져 가는 어두운 얼룩이 보였다. 아! 안 돼, 저 사람이 필요해, 놓치면 안 돼! 그녀는 더 빨리 달려가서, 마침내 그의 작업복을 잡았다.

「여보세요, 여보세요, 잠깐만요…….」

남자가 고개를 돌렸다. 그것은 구제였다.

필사적으로 매달린 사람이 다름 아닌 〈황금 주둥이〉라니! 도대체 하느님께 무슨 죄를 지었기에, 이토록 최후까지 고통을 받아야 한단 말인가? 대장장이의 다리를 붙들고 시문의 매춘부들처럼 창백한 얼굴로 애원하는 꼬락서니라니, 그것은 마지막 일격이었다. 마침 가스등 밑이었기에, 그녀의 눈에 익살 광대처럼 눈 위에서 까불거리는 자신의 기괴한 그림자가 보였다. 그것은 주정뱅이 여자의 형상, 바로 그것이었다. 맙소사! 배 속에 빵 한 조각도 술 한 방울도 넣지 못했는데, 주정뱅이 여자로 취급받다니! 물론 내 잘못이야, 하지만 어떻게 내가 술에 취할 수 있단 말인가? 분명히 구제는 내가 술을 마시고 이런 더러운 짓거리를 하고 있다고 생각할 거야.

눈이 구제의 아름다운 노란색 수염에 하얀 데이지 꽃을 뿌리는 동안, 그는 그녀를 바라보았다. 뒤이어 그녀가 고개를 숙이고 뒷걸음질을 쳤을 때, 그는 그녀를 붙잡았다.

「이리 와요.」 그가 말했다.

그가 앞장서서 걸었다. 그녀는 뒤를 따랐다. 둘 다 고요한 동네를 가로질러 벽을 따라 소리 없이 빠져나갔다. 불쌍한 구제 부인은 10월에 악성 류머티즘으로 세상을 떠났다. 구제는 여전히 뇌브 가의 작은 건물에서 혼자서 쓸쓸히 살고 있었다. 오늘 밤은 부상당한 동료를 밤새워 돌보느라 귀가가 늦어진 것이다. 문을 열고 램프를 켠 후, 그는 층계참에서 부끄러워 어쩔 줄 모르는 제르베즈를 돌아보았다. 마치 어머니 귀에 들릴까 봐 조심하듯, 그는 몹시 낮은 소리로 말했다.

「들어와요.」

구제 부인의 방이었던 첫 번째 방은 부인이 쓰던 상태 그대로 경건하게 보존되어 있었다. 창가의 의자 위에는 여전히 자수틀이 놓여 있었고, 그 옆의 커다란 안락의자는 레이스 짜는 노부인을 기다리고 있는 듯했다. 침대는 말끔히 정돈되어 있었다, 노부인이 아들과 밤을 보내기 위해 무덤에서 돌아온다 해도 아무 문제 없이 쓸 수 있을 정도였다. 그 방은 묵상의 분위기를 자아내고, 정숙과 선의의 향기를 풍기고 있었다.

「들어와요.」 대장장이가 목소리를 좀 더 높여 되풀이했다.

그녀는 성소에 들어가는 소녀처럼 겁먹은 표정으로 들어왔다. 구제 또한 돌아가신 어머니 방에 여자를 들였기 때문에, 몹시 창백한 얼굴로 부들부들 떨었다. 그들은 누가 들을까 부끄럽다는 듯 살금살금 발소리를 죽여 그 방을 가로질렀다. 제르베즈를 자기 방으로 밀어 넣고서 그는 문을 닫았다. 그 방에서는 마음이 한결 편했다. 그녀가 잘 아는 그 방은 하숙방처럼 작은 곁방으로서 거기에는 흰 커튼을 친 철제 침대가 있었다. 벽에는 구제가 여기저기서 오려 낸 그림들이 붙어 있었는데, 그것이 천장까지 이르렀다. 제르베즈는 방이 너무도 깨끗해서 감히 앞으로 나아가지 못하고, 램프에서 멀리 떨어져 있었다. 한마디 말도 없이 격한 분노에 사로잡힌 구제는 그녀를 붙잡아 품속에서 으스러뜨리고 싶었다. 하지만 그녀는 실신할 듯한 표정으로 이렇게 중얼거릴 뿐이었다.

「어! 어쩌면 좋아!…… 아! 어쩌면 좋아!……」

코크스 재에 덮인 난로가 여전히 타고 있었고, 대장장이가 돌아와서 먹으려고 남겨 두었던 스튜는 난로 재받이돌 앞에서 그윽이 김을 피워 올리고 있었다. 따뜻한 온기에 몸이 녹은 제르베즈는 냄비 속의 스튜를 먹기 위해서라면 네발로 기기라도 했을 것이다. 그녀의 위장은 그녀보다 더 짓찢기고 있었다, 그녀는 고개를 숙이며 한숨을 쉬었다. 구제는 다 알고 있었다. 그는 스튜를 시타에 올려놓았고, 빵을 자르고 포도주를 따라 주었다.

「고마워요! 고마워요!」 그녀가 말했다. 「아! 정말 좋은 분이세요! 고마워요!」

그녀는 더듬거렸지만, 더 이상 말을 할 수가 없었다. 포크를 잡은 손이 너무나 떨려 바닥에 포크를 떨어뜨렸다. 굶주림이 목을 졸라 그녀의 머리를 노인처럼 흔들리게 했다. 그녀는 어쩔 수 없이 손으로 음식을 먹었다. 첫 번째 감자를 입에 쑤셔 넣었을 때, 그녀는 울음을 터뜨렸다. 커다란 눈물방울이 두 뺨을 타고 흐르다가 빵 위로 떨어졌다. 그녀는 계속 먹었다, 숨을 가쁘게 몰아쉬며 턱에 경련이 일 정도로 게걸스럽게 눈물에 젖은 빵을 삼켰다. 숨이 막히지 않도록, 구제는 억지로 포도주를 마시게 해야 했다. 유리잔이 이에 부딪혀서 달가닥거리는 소리를 냈다.

「빵을 더 드시겠소?」 그가 나지막이 물었다.

그녀는 울었다, 그녀는 〈아니오〉라고 했다, 그녀는 〈예〉라고 했다, 그녀는 뭐가 뭔지 아무것도 알 수 없었다. 오! 하느님! 굶어 죽는 순간에 먹을 수 있다는 것은 얼마나 기쁘고, 얼마나 슬픈 일인가!

그녀 앞에 서서, 그는 그녀를 응시했다. 환한 램프 불빛 아래에서 그녀의 모습이 뚜렷이 보였다. 아, 얼마나 늙고 얼마나 망가진 모습인가! 방 안의 열기로 머리칼과 옷에 묻었던 눈이 녹아서 그녀는 물에 흥건히 젖어 있었다. 가엾게도 이리저리 흔들리는 그녀의 머리는 온통 잿빛이었고, 눈보라에 헝클어진 머리채도 잿빛이었다. 목이 어깨에 묻힌 그녀는 눈물겨울 정도로 쇠락해서 추하고 뚱뚱해 보였다. 구제는 그녀가 장미꽃 같았던 시절, 그녀가 아주 예쁜 목걸이인 듯 아기 같은 목주름을 드러내고 다림질을 하던 시절, 그 시절에 둘이 함께 나눈 사랑을 떠올렸다. 그 시절, 그는 몇 시간이고 그녀를 탐하듯 만족스럽게 바라보았었다. 그 후 그녀가 대장간으로 왔고, 거기서 그가 쇠를 두들기고 그녀가 쇠망치의 댄스에 흠뻑 빠져 있는 동안, 그들은 이를 데 없는 쾌감을 느꼈었다. 그때, 그는 도대체 몇 번이나 그녀를 오늘처럼 자기 방으로 데려오고 싶어서 베갯잇을 물어뜯었던가! 아! 만약 품에 안았더라면, 그녀의 몸뚱이를 으깨 버렸을지도 모른다, 그토록 간절히 그는 그녀를 원했었던 것이다! 그런데 지금 이 시각, 그녀는 그의 것이었다, 그는 그녀를 가질 수 있었다. 그녀는 빵을 다 먹었고, 여전히 음식물 위로 소리 없이 떨어지는 커다란 눈물방울로 냄비 밑바닥을 적시고 있었다.

제르베즈는 일어섰다. 식사를 마친 것이다. 그가 자신을 원하는지 몰랐기 때문에, 그녀는 잠시 어쩔 줄 몰라 하며 고개를 숙이고 있었다. 그런 다음 그의 눈에서 불꽃이 이는 것을 본 듯했기에, 그녀는 손을 캐미솔로 가져가서 첫 번째 단추를 풀었다. 그러나 구제는 무릎을 꿇었고, 그녀의 손을 잡으며 천천히 말했다.

「사랑합니다, 제르베즈 부인, 오! 저는 당신을 여전히, 무슨 일이 있어도 사랑합니다, 맹세할 수 있어요!」

「그렇게 말씀하지 마세요, 구제 씨!」 그가 자기 발밑에 무릎 꿇는 것을 보고 그녀가 질겁하며 소리쳤다. 「안 돼요, 그렇게 말씀하지 마세요, 그런 말을 들으면 저는 너무 괴로워요!」

그가 자기 평생 두 번의 사랑은 가질 수 없다고 말했기 때문에, 그녀는 더욱 절망감에 빠졌다.

「안 돼요, 안 돼, 그만하세요, 전 너무나 부끄러워요……. 제발! 일어나세요. 바닥에 무릎을 꿇어야 할 사람은 바로 저예요.」

그는 일어났고, 몸을 와들와들 떨면서 더듬거리는 목소리로 말했다.

「키스해도 되겠습니까?」

놀라움과 흥분으로 정신이 아득해진 그녀는 무슨 말을 해야 할지 몰랐다. 그녀는 고갯짓으로 좋다고 했다. 맙소사! 그녀는 그의 것이었다. 그는 그녀를 자기 마음대로 할 수 있었던 것이다. 그렇지만 그는 그저 입술을 갖다 댈 뿐이었다.

「우리 사이는 이것으로 충분해요, 제르베즈 부인.」 그가 속삭였다. 「이게 바로 우리의 우정입니다, 그렇죠?」

그는 그녀의 이마 위에, 잿빛 머리칼 위에 키스를 했다. 어머니가 돌아가신 이후, 그는 그 누구와도 포옹을 하지 않았었다. 그의 진정한 친구 제르베즈만이 그의 삶에 남아 있었다. 그래서 깊은 경의와 함께 키스를 한 후, 그는 뒷걸음질을 치더니 침대에 가로로 쓰러져 흐느껴 울었다. 제르베즈는 더 이상 그 자리에 서 있을 수가 없었다. 서로 사랑하면서도 둘이 이런 상황에서 다시 만났다는 것은 너무도 슬픈 일이었고, 너무도 끔찍한 일이었다. 그녀는 그에게 소리쳤다.

「사랑해요, 구제 씨, 저도 당신을 사랑해요……. 아! 맞아요, 그건 안 돼요, 저도 알아요……. 안녕히 계세요, 안녕히, 그렇게 하면 우리 둘 다 질식할 테니까요.」

그녀는 구제 부인의 방을 가로질러 거리로 뛰쳐나왔다. 정신을 차리고 보니, 그녀는 구트도르 가의 초인종을 누르고 있었다. 보슈가 줄을 당겨 문을 열어 주었다. 건물은 몹시 어두웠다. 무덤 속으로 들어가듯, 그녀는 안으로 들어갔다. 이 야심한 시각, 입을 벌린 채 점점 망가져 가는 중앙 현관은 괴물의 아가리처럼 보였다. 그 옛날, 병영의 뼈대 같은 이 건물의 한 귀퉁이를 간절히 탐낸 적도 있었으니! 그 시절 그녀의 귀는 막혀 있었던가, 벽 저 너머에서 울려 퍼지는 비통한 애가가 들리지 않았으니 말이다! 기실 그녀가 여기에 발을 들여놓은 그날부터, 그녀의 전락이 시작되었던 것이다. 그렇다, 이 누추하고 거대한 노동자 건물에서 서로서로 겹쳐 살았으니 불행은 어쩌면 예정된 길이었다. 여기서는 모두가 가난의 콜레라에 걸릴 수밖에 없는 것이다. 오늘 밤에는 건물 전체가 죽어 있는 듯했다. 오른쪽에서는 보슈 부부의 코 고는 소리만이 들렸다. 왼쪽에서는 랑티에와 비르지니가 마치 따뜻한 곳에서 잠들지는 않은 채 눈만 감고 있는 고양이처럼 가르랑거리고 있었다. 안마당으로 들어서니, 그녀는 진짜 묘지 한가운데 서 있는 느낌이었다. 눈이 땅바닥에 희끄무레한 사각형을 그려 놓고 있었던 것이다. 납빛 회색의 높다란 건물 전면이 불빛 하나 없이 폐허의 벽처럼 솟아 있었다. 한숨 소리 하나 없었고, 추위와 굶주림으로 굳어 버린 온 마을이 통째로 눈 속에 파묻힌 듯했다. 그녀는 검은 도랑, 말하자면 염색소에서 흘러나와 김을 피워 올리며 하얀 눈 속에 흙탕길을 낸 물구덩이를 펄쩍 건너뛰어야 했다. 그 도랑의 검은색은 지금의 자기 생각을 드러내 주는 색깔이었다. 옛날에 흐르던 도랑은 아름다운 연푸른색, 연한 장미색이 아니었던가!

7층으로 올라가면서 그녀는 어둠 속에서 웃음 짓지 않을 수 없었다. 그것은 뼈에 사무치는 쓰디쓴 웃음이었다. 그녀는 그 옛날 자신의 이상을 떠올렸다. 조용히 일하고, 언제나 빵을 먹고, 잠자기 위한 깨끗한 집을 가지고, 아이들을 잘 키우고, 매를 맞지 않고, 자기 침대에서 죽는 것. 그래, 말도 안 돼, 웃기는 생각이었어, 뭐 하나 이루어진 게 없잖아! 지금 그녀는 일을 하지 않았고, 더 이상 먹을 것이 없었고, 쓰레기 더미 위에서 잠을 잤고, 딸은 화냥질을 했고, 남편은 자기를 두들겨 팼다. 그녀에게 남은 일은 길바닥에서 쓰러져 죽는 것뿐이었는데, 그것은 집으로 돌아가서 창문으로 몸을 던질 용기만 있다면 지금 당장이라도 가능한 일이었다. 예전에는 어떻게 감히 하느님께 3천 프랑의 연금과 사람들의 존경심을 요구했을까? 아! 그런 거야, 인생에서는 아무리 겸손하게 노력해도, 결국은 빈털터리가 되는 거야! 먹을 것도 없이 잠잘 곳도 없이, 그게 모두의 운명이지. 그녀가 더욱 서글프게 쓴웃음을 지은 것은 바로 그때 20년의 다림질 후에 시골로 은퇴해서 살리라는 옛 희망이 생각났기 때문이었다. 아무렴! 시골로 가야지. 그녀는 풀이 무성한 페르라셰르 묘지 한 모퉁이를 떠올렸다.

복도에 들어섰을 때, 그녀는 심신이 괴로워 미칠 것만 같았다. 머리가 너무나 어지러웠다. 그녀가 이토록 괴로운 것은 무엇보다 방금 막 대장장이에게 영원한 작별을 고했기 때문이었다. 우리 사이는 끝났고, 이제 두 번 다시 만날 일이 없으리라. 이어서 또 다른 불행한 생각들이 떠올라서 그녀의 머리를 쪼개질 듯 아프게 했다. 지나는 길에 그녀는 비자르네 집을 들여다보았다, 거기서 죽은 랄리, 영원히 달콤한 잠을 즐기게 되어 만족한 듯한 죽은 랄리의 모습이 보였다. 그런가 봐! 아이들이 어른들보다 운이 더 좋은가 봐! 바로 그때 바주즈 영감의 방에서 새어 나온 한 줄기 불빛이 보였다, 그녀는 미치도록 랄리와 같은 여행을 떠나고 싶었기에 곧장 그 방으로 들어갔다.

늙은 익살꾼 바주즈 영감은 그날 밤 더없이 기분 좋은 상태에서 집으로 돌아왔었다. 영감은 곤드레만드레 취해서 혹독한 추위에도 불구하고 바닥에 쓰러져 코를 골고 있었다. 즐거운 꿈을 꾸고 있는 것이 틀림없었는데, 왜냐하면 자면서도 영감의 배가 웃고 있는 것처럼 보였기 때문이다. 아직도 켜져 있는 등잔불이 누더기 옷, 한쪽 구석에 팽개쳐 둔 모자, 이불처럼 무릎까지 덮은 검은 외투 등을 비추었다.

영감의 모습을 보면서 제르베즈는 별안간 긴 한숨을 쉬었고, 그 바람에 영감이 잠에서 깨었다.

「빌어먹을! 문 좀 닫아! 찬바람이 들어오잖아!…… 엥! 당신이군그래!…… 왜 그래요? 무슨 일이 있소?」

그러자 제르베즈는 두 팔을 내밀며, 자기가 더듬더듬 무슨 말을 하는지도 모르는 채, 정신없이 애원하기 시작했다.

「아! 데려가 줘요, 지긋지긋해요, 떠나고 싶어……. 일전의 일로 날 너무 탓하지 마세요. 아무것도 몰랐어요, 맙소사! 누구나 자기 일이 되기 전에는 모르는 법이죠……. 아! 그래, 죽는다는 건 정말 기쁜 일이야!…… 데려가 줘요, 데려가 줘요, 정말 감사드릴게요!」

그녀는 자신을 창백하게 하는 욕망으로 부들부들 떨며 무릎을 꿇었다. 그녀가 남자의 발밑에서 이토록 사무치게 몸부림쳐 본 적은 결코 없었다. 입은 비틀어지고 살가죽은 무덤의 흙먼지로 잔뜩 더럽혀진 바주즈 영감의 흉측한 얼굴이 그녀에게는 태양처럼 눈부시고 아름답게 보였다. 그렇지만 잠이 덜 깬 영감은 그녀가 못된 장난을 치고 있는 것으로 여겼다.

「이봐요.」 그가 중얼거렸다. 「장난일랑 그만해!」

「데려가 줘요.」 그녀가 더욱 열정적으로 되풀이했다. 「기억나요? 어느 날 밤에 내가 칸막이벽을 두드렸던 거. 그러고서는 아무 일도 아니라고 말했던 거, 그땐 내가 너무 어리석었어요……. 하지만 이제! 자, 손을 줘요, 이제 무섭지 않아! 날 데려가서 재워 줘요, 버둥거리지 않을 테니까……. 아! 내 소원은 그것뿐이야, 아! 영감님을 사랑해 드릴게요!」

언제나 여자에게 친절한 바주즈 영감은 자기에게 이토록 큰 연정을 품은 여자를 물리쳐서는 안 된다고 생각했다. 이 여자, 자태가 상하긴 했어. 하지만 흥분하는 모습이 꽤나 예쁜걸.

「당연히 그래야지.」 영감이 확신에 찬 표정으로 말했다. 「오늘도 여자를 셋이나 데려갔지, 내 호주머니에 손을 넣을 수만 있었다면, 다들 팁을 두둑이 줬을 게야……. 하지만 아주머니, 일이 그렇게 간단한 게 아니란 말씀이야…….」

「데려가 줘요, 데려가 줘요.」 제르베즈가 여전히 소리쳤다. 「떠나고 싶어…….」

「제기랄! 그 전에 해야 할 일이 있잖소……. 몰라요? 퀙!」

영감은 혀를 삼키듯 목구멍을 좁혀 소리를 냈다. 그러고서 자기가 생각해도 괜찮은 농담이라고 생각했는지 이죽이죽 웃었다.

제르베즈는 천천히 몸을 일으켰다. 영감도 날 위해 해줄 일이 아무것도 없단 말이야? 그녀는 멍하니 자기 방으로 돌아갔고, 음식물을 삼킨 것을 후회하며 짚더미에 몸을 던졌다. 아! 말도 안 돼, 가난도 죽음을 앞당기지 못하다니!

13

그날 밤, 쿠포는 만취하도록 마셨다. 이튿날, 제르베즈는 철도 공장 기계공이 된 아들 에티엔으로부터 10프랑을 받았다. 아이는 집안 형편이 어렵다는 것을 알고 가끔 1백 수를 어머니에게 보냈다. 그녀는 포토푀를 만들어서 혼자 먹었는데, 왜냐하면 영감쟁이 쿠포가 이튿날에도 집으로 돌아오지 않았기 때문이다. 월요일에도 돌아오지 않았고, 화요일에도 돌아오지 않았다. 일주일이 지났다. 아! 망할 놈의 인간! 다른 여자가 데려갔다면, 춤이라도 출 텐데. 그런데 바로 그 주의 일요일, 제르베즈는 인쇄 문서 한 통을 받았다, 처음엔 그것이 경찰의 소환장 같아서 깜짝 놀랐다. 하지만 이내 안심했다, 그것은 다만 돼지 같은 남편이 생탄 신경 정신 병원에서 죽어가고 있음을 알리는 통지서였기 때문이다. 통지서는 그런 사실을 정중하게 표현하고 있었지만, 결국 같은 말이었다. 그래, 쿠포를 데려간 것은 여자였어, 주정뱅이들의 마지막 친구, 〈죽음〉이라 불리는 여자 말이다.[54]

54 *Sophie Tourne-de-l'œil.* 〈죽음〉을 의미한다. 소피Sophie는 여성의 이름이며 〈*tourne-de-l'œil*〉는 눈이 뒤집어진 상태를 뜻한다.

물론 제르베즈는 전혀 동요하지 않았다. 쿠포는 집으로 오는 길도 잘 알고 있었으니까 말이다. 지금까지 병원에서 여러 번 고쳐 주었으니, 이번에도 제 발로 걸어 나오는 희한한 기적을 만들어 줄 거야. 일주일 동안 쿠포가 〈장화〉와 함께 벨빌의 술집 여기저기를 공처럼 굴러다녔다는 이야기를 바로 오늘 아침에 들었으니, 결국 술병이 아니고 무엇일까! 〈장화〉란 작자가 한턱낸 게 틀림없어. 뼈 빠지게 일해서 모은 마누라 돈을 자기가 흥청망청 쓰고 다니는 거야. 아! 그토록 깨끗한 돈으로 마셨으니, 온갖 더러운 병에 걸린다 해도 어쩔 수 없지! 쿠포가 복통이라도 일으켰다면, 그야말로 박수를 칠 일이야. 그리고 제르베즈는 이기주의적인 두 악당이 자기에게는 술 한 잔 사줄 생각을 안 했다는 것을 특히 괘씸하게 여겼다. 이런 나쁜 놈들은 본 적이 없어! 일주일 내내 처마시면서도 여자한테는 국물 한 방울 없다니! 혼자 마셨으니, 혼자 죽어야지, 암, 그렇고말고!

그렇지만 월요일, 저녁 식사용으로 강낭콩과 포도주를 가지고 조촐한 음식을 마련했을 때, 제르베즈는 산책을 하면 밥맛이 좋아질 거라는 핑계를 생각해 냈다. 서랍장 위에 놓아둔 병원 통지서가 마음에 걸렸던 것이다. 눈은 이미 녹았고, 날씨가 흐렸지만 온화하고 상큼한 가운데 쌀쌀한 맛이 있는 신선한 공기가 정신을 맑게 했다. 길이 멀었으므로, 그녀는 정오에 출발했다. 파리를 가로질러야 했는데, 그녀의 걸음으로는 늘 늦게 도착하곤 했다. 거리는 사람들로 북적였다. 그러나 사람들을 보는 것이 재미있었던 까닭에, 그녀는 매우 즐거운 기분으로 병원에 도착했다. 그녀가 자기 이름을 말했을 때, 사람들이 끔찍한 이야기를 전해 주었다. 누군가가 쿠포를 퐁뇌프 다리 밑에서 건져 올렸다는 것이다. 쿠포는 수염을 기른 남자가 자기 앞길을 가로막는다고 생각하고서 난간 너머로 몸을 던졌었다. 정말 멋진 투신이야, 정말! 그가 어떻게 해서 퐁뇌프 다리로 가게 되었는가에 대해서는, 그 자신도 설명할 수 없었다.

그러는 동안 간수 하나가 제르베즈를 안내했다. 계단을 올라가자, 등골을 오싹하게 하는 고함 소리가 들렸다.

「뭐야? 또 시작했군, 그놈의 노래!」 간수가 말했다.

「누가요?」 그녀가 물었다.

「당신 남편이지 누구겠어요! 그제부터 저렇게 소리를 지른답니다. 춤까지 춰요, 곧 보시게 될 겁니다.」

오! 맙소사! 이게 무슨 꼴이야! 그녀는 어이가 없었다. 독방은 위에서 아래까지 천으로 누비질이 되어 있었다. 바닥에는 짚 매트 두 장이 겹으로 깔려 있었다. 한쪽 구석에 매트리스와 베개가 있을 뿐, 더 이상 아무것도 없었다. 그 안에서 쿠포는 춤을 추고 고함을 지르고 있었다. 누더기가 된 작업복을 입고 두 손을 허공으로 휘두르는 꼬락서니라니, 꼭 라 쿠르티유[55] 사육제의 탈바가지 광대 같았다. 그렇지만 하나도 우습지 않은 탈바가지 광대, 그 지랄 춤을 보고 있자면 모골이 송연해지는 그런 탈바가지 광대였다. 그는 빅사자로 변장하고 있었다. 염병할! 혼자서 춤은 웬 춤이야! 그는 창문으로 가서 부딪쳤고, 손을 부러뜨려서 사람들의 얼굴에 던지고 싶다는 듯 두 손을 격렬하게 흔드는 가운데 두 팔로 박자를 맞

55 La Courtille. 파리 벨빌 지역의 일부로서 19세기 중반을 전후하여 〈파리 사육제*carnaval de Paris*〉가 열렸던 축제의 장소. 사육제 때 가장행렬이 대단히 유명했다고 한다.

추며 뒷걸음질을 쳤다. 싸구려 댄스홀에도 이와 비슷한 춤을 추는 익살꾼들이 있었다. 그러나 그들의 솜씨는 쿠포에 비하면 어림도 없었다, 진짜 잘된 리고동[56] 춤이 무엇인지 알기 위해서는, 이 주정뱅이 무용수가 뛰어다니는 것을 보지 않으면 안 되었다. 노래도 독특하기 그지없었다, 사육제 때처럼 끝없는 고함 소리가 이어졌는데, 입을 크게 벌린 채 몇 시간 동안 똑같은 음표로 목쉰 트롬본 소리를 냈다. 쿠포는 발이 부러진 짐승처럼 비명을 질러 댔다. 자, 오케스트라 앞으로, 여자들의 무도곡 시작!

「맙소사! 이게 무슨 일이야?…… 이게 무슨 일이야?……」 제르베즈가 겁에 질려 되풀이했다.

장밋빛 혈색에 뚱뚱한 금발 머리 청년 인턴이 흰 가운을 입고 조용히 앉아 무엇인가를 기록하고 있었다. 증세가 희귀한 것이어서, 인턴은 환자 곁을 떠나지 않았다.

「잠시 계셔도 좋습니다, 원하신다면.」 그가 세탁부에게 말했다. 「하지만 조용히 하셔야 됩니다……. 말을 시켜도, 저분이 못 알아보실 겁니다.」

과연 쿠포는 자기 아내조차 알아보지 못하는 듯했다. 그녀 또한 그를 알아볼 수 없었는데, 그는 심신이 완전히 망가져 있었다. 그의 얼굴을 자세히 들여다보던 그녀는 두 팔을 툭 떨어뜨렸다. 눈에는 핏발이 서 있고 입술에는 딱지가 덕지덕지 앉아 있고, 어떻게 이런 몰골이 될 수 있단 말인가? 그녀가 알아볼 수 없는 것은 당연한 일이었다. 그는 이유 없이 상을 잔뜩 찌푸렸다, 그러더니 별안간 입술을 뒤집고, 콧등에 주름

56 *rigodon*. 17세기에서 18세기까지 프랑스에서 유행한 무용 또는 무용곡의 일종.

을 잡고, 빰을 움푹 빨아들여 꼭 무슨 짐승의 낯짝처럼 보이게 했다. 속이 얼마나 뜨거운지 몸에서 김이 모락모락 피어올랐다. 살가죽은 진땀이 흥건히 흘러내려 니스를 칠해 놓은 것 같았다. 미친 듯 사육제 춤을 추면서도, 그는 머리가 무겁고 팔다리가 쑤시고 몸이 불편한 표정이었다.

제르베즈는 의자 등받이를 손가락으로 두드리며 박자를 맞추고 있는 인턴에게 다가갔다.

「선생님, 이번에는 증세가 심각한 모양이죠?」

인턴은 대답 없이 고개를 끄덕였다.

「글쎄, 저 사람이 뭔가 나직이 재잘거리고 있잖아요?…… 그렇죠? 들리죠, 저게 무슨 소리예요?」

「뭔가가 눈에 보이나 봐요.」 청년이 소곤거렸다. 「조용히 하세요, 좀 들어 보게.」

쿠포는 말을 툭툭 끊으며 단속적으로 이야기를 하고 있었다. 하지만 눈에서는 즐거운 광채가 돌았다. 방바닥을 좌우로 살피면서, 그는 마치 뱅센 숲길을 한가로이 산책하듯 혼잣말을 하며 방 안을 맴돌았다.

「하! 이거 좋은데, 아주 괜찮아……. 샬레[57]도 있고, 정말 시골 장터 같아. 풍악도 괜찮고! 멋진 축제야! 항아리 깨지는 소리가 나네, 저 안에서……. 좋아! 어라, 불이 켜졌잖아. 빨간 풍선이 하늘로 올라가네, 저 높이, 저 멀리!…… 오! 오! 나무에 걸린 초롱불 좀 봐! 정말 예쁘다! 여기저기서 오줌을 싸잖아, 분수에서, 폭포에서, 물이 노래를 하네, 오! 어린이 성가대처럼……. 멋있어! 폭포 소리!」

57 *chalet*. 유럽 산악 지방의 오두막집.

그는 감미로운 물의 노래를 더 잘 들으려는 듯 몸을 곧추 세웠다. 그는 분수에서 날아오른 신선한 물방울을 마시려는 듯 숨을 더 크게 들이쉬었다. 그렇지만 그의 얼굴은 점점 더 고통스러운 표정을 지었다. 그는 허리를 굽혔고, 나지막이 협박을 하면서 감방의 벽을 따라 더 빨리 걸었다.

「또 엉망진창이잖아, 모든 게!…… 조심을 했는데……. 조용히 해, 이 불한당들아! 그래, 날 무시한다 이거지. 날 괴롭히려고 술을 처마시고, 저 안에서 갈보들과 놀아나는 거 아냐……. 내가 너희들 샬레로 쳐들어가서 다 때려죽일 테다!…… 제기랄! 날 좀 내버려 둬.」

그는 주먹을 쥐었다. 뒤이어 쉰 목소리로 비명을 질렀고, 달아나다가 납작 엎드렸다. 그는 말을 더듬거렸고, 공포에 질려 이를 딱딱 부딪쳤다.

「나더러 죽으라고? 안 돼, 난 투신하지 않을 거야!…… 이 물 좀 봐, 내가 용기가 없다는 거지. 그래도 안 돼, 난 투신하지 않을 거야!」

폭포는 그가 다가가면 물러나고, 그가 뒷걸음질 치면 다가오는 모양이었다. 갑자기 그가 넋이 나간 표정으로 주위를 둘러보았고, 들릴 듯 말 듯 작은 목소리로 더듬거렸다.

「말도 안 돼, 날 해치려고 의사들을 데려왔잖아.」

「갈게요, 선생님, 안녕히 계세요!」 제르베즈가 인턴에게 말했다. 「너무 어지러워요, 다시 올게요.」

그녀의 얼굴이 몹시 창백해졌다. 땀에 흠뻑 젖은 쿠포는 창문에서 매트리스로, 매트리스에서 창문으로 등골이 휘도록 뛰어다니며 동일한 박자로 계속 춤을 추었다. 그러자 그녀가 달아났다. 하지만 그녀가 쓰러질 듯 재빨리 계단을 뛰어 내려와 봐야 소용없었다, 밑에서도 남편의 빌어먹을 지랄 춤 소리가 들렸던 것이다. 오! 하느님! 그래도 밖으로 나오니 살 것 같아, 숨이라도 쉴 수 있으니까 말이야!

그날 저녁, 구트도르 가 건물 전체가 쿠포 영감의 기이한 발병 이야기를 했다. 그즈음 〈절름발이〉를 사람 취급도 하지 않았던 보슈 부부조차 이야기를 상세히 듣기 위해 그녀를 경비실로 불러 카시스 주를 대접했다. 로리외 부인도 왔고, 푸아송 부인도 왔다. 모두가 끝없이 주해(註解)를 달았다. 보슈는 생마르탱 가에서 알몸으로 폴카를 추다가 죽은 소목장이를 알고 있었다. 소목장이는 압생트 주라면 사족을 못 쓰던 사람이었다. 서글프기는 해도 어쨌든 재미있는 이야기였기에, 여자들은 배꼽을 잡고 웃었다. 이어서 좌중이 잘 이해하지 못했기 때문에, 제르베즈는 그들에게 뒤로 좀 비키라고 소리치며 공간을 확보했다. 경비실 한가운데에서 좌중이 쳐다보는 가운데 그녀는 소리를 지르고, 펄쩍펄쩍 뛰고, 끔찍하게 상을 찌푸린 채 춤을 추며 쿠포 흉내를 냈다. 그래요, 맹세한다니까! 바로 이렇게 했어요! 그러자 모두가 대경실색했다. 설마하니! 누구든 그렇게 발광을 해서는 세 시간도 못 버텨. 웬걸요! 쿠포는 어제부터 벌써 서른여섯 시간 동안 내리 이렇게 지랄 춤을 추고 있다고 제르베즈는 신성한 하늘을 두고 맹세했다. 믿지 못하겠다면 직접 가서 보라고 했다. 로리외 부인은 고맙지만 생탄은 사양하겠노라고 잘라 말했다. 그녀는 로리외에게도 거기에 발도 들여놓지 말라고 했다. 가게 형편이 점점 악화되어 울상이 되어 다니는 비르지니는 인생이란 게 늘 즐거운 것만은 아니지 않느냐고 중얼거렸다, 아! 힘들어, 정말 힘들어! 모두가 카시스 주를 다 마셨다, 그러자 제르베즈는 잘 자라고 인사를 했다. 자기 이야기를 끝낸 뒤로, 그녀는 눈을 동그랗게 뜬 채 얼빠진 사람 같은 표정을 짓고 있었다. 아마도 남편이 춤추고 있는 모습이 눈앞에 보이는 모양이었다. 이튿날 잠에서 깨었을 때, 그녀는 더 이상 병원에 가지 않으리라고 다짐했다. 가봐야 무슨 소용이 있어? 그녀는 자기마저 정신을 잃고 싶지는 않았다. 그렇지만 1분마다 그녀는 생각에 잠겼고, 그야말로 넋이 나간 것처럼 보였다. 하기야 남편이 여전히 무용을 하고 있는지 궁금하기도 했으리라. 정오의 종소리가 울렸을 때, 그녀는 더 이상 참을 수가 없었다, 길이 멀다는 것도 생각나지 않았는데, 그만큼 자기를 기다리고 있는 광경에 대한 욕망과 공포에 송두리째 사로잡혔던 것이다.

아! 하지만 남편의 소식을 물어볼 필요조차 없었다. 계단 아래에서부터 벌써 쿠포의 노랫소리가 들려왔다. 똑같은 곡조, 똑같은 춤이었다. 그녀는 자신이 밑으로 내려갔다가 금세 다시 올라온 것으로 착각할 지경이었다. 복도로 탕약 그릇을 들고 가던 어제 그 간수가 그녀와 마주치자 상냥하게 윙크를 했다.

「저기, 차도가 없죠!」 그녀가 말했다.

「아! 차도가 없습니다.」 그가 발걸음을 멈추지 않으며 대답했다.

방 안으로 들어갔지만, 쿠포 곁에 사람들이 있어서 그냥 문가 한구석에 서 있었다. 장밋빛 혈색의 금발 머리 인턴도 훈장을 단, 담비 같은 얼굴의 대머리 노신사에게 의자를 양보하고 서 있었다. 노신사는 담당 의사임이 틀림없었다, 왜냐하면 그의 눈빛이 송곳처럼 가늘고 날카로웠기 때문이다. 기실 비명

횡사 담당 의사들은 모두 그런 눈빛을 하고 있기 마련이었다.

그러나 제르베즈는 담당 의사를 만나러 온 것이 아니었기 때문에, 발돋움을 해서 그의 머리 너머에 있는 쿠포를 바라보았다. 이 미치광이는 어제보다 더 심하게 고함을 지르며 춤을 추고 있었다. 예전에, 사순절 세 번째 목요일에 그녀는 공동 세탁장에서 일하던 건장한 청년들이 밤새 춤을 추는 것을 본 적이 있었다. 그러나 인간이 이토록 오랫동안 즐겁게 춤출 수 있다는 것은 결코, 단언하건대 결코 상상해 본 적이 없었다. 물론 즐겁게 춤춘다고 말하는 것은 표현 방식일 뿐이다, 화약고를 삼킨 듯 미쳐 날뛰는 것이 즐거울 리 만무하기 때문이다. 땀에 흠뻑 젖은 쿠포의 몸에서는 어제보다 더 많은 김이 피어올랐다. 고함을 지른 탓에 그의 입은 평소보다 더 커 보였다. 아휴! 임산부라면 이 방에 안 들어오는 게 좋을 거야. 그가 매트리스에서 창문까지 얼마나 많이 걸어다녔던지 바닥에 작은 길이 생겼다. 바닥에 깔린 짚 매트는 그의 헌 구두 때문에 너덜너덜하게 헤져 버렸다.

안 돼, 정말이야, 눈 뜨고 볼 수가 없어, 제르베즈는 부들부들 떨며 왜 여기에 다시 왔는지 후회했다. 어젯밤, 보슈 부부의 경비실에서 모두가 과장한다고 날 비난했었지! 어림도 없어! 이 광경의 절반도 보여 주지 못했단 말이야! 지금은 쿠포가 어떻게 행동하는지 더 잘 보였다, 이번엔 절대로 잊어버리지 않게 눈을 크게 뜨고 봐야지. 그녀는 인턴과 담당 의사 사이의 대화를 이해할 수 없었다. 인턴이 담당 의사에게 간밤에 있었던 일을 그녀가 이해할 수 없는 용어로 보고하고 있었던 것이다. 환자가 밤새도록 무엇인가를 지껄이며 빙빙 맴돌았다, 이것이 보고의 내용이었다. 이윽고 그렇게 예의 바르다고는 할 수 없는 대머리 노신사가 방 안에 있는 그녀의 존재를 느꼈다. 인턴이 환자의 아내라고 말하자, 그가 경찰서장처럼 딱딱한 태도로 그녀에게 질문을 하기 시작했다.

「이 사람의 아버지도 술을 마셨습니까?」

「예, 선생님, 아주 조금, 다른 사람들처럼……. 그러다가 술이 과했던 어느 날, 지붕에서 떨어져 돌아가셨죠.」

「어머니도 술을 마셨습니까?」

「그럼요! 선생님, 다른 사람들처럼, 그저 여기서 한 방울, 저기서 한 방울……. 아! 가족은 모두 건강해요!…… 다만 동생이 아주 어릴 때 경련을 일으키면서 죽었답니다.」

담당 의사는 꿰뚫는 듯한 눈초리로 그녀를 바라보았다. 그는 거친 목소리로 다시 물었다.

「당신도 술을 마십니까, 당신도?」

제르베즈는 말을 더듬었고, 자기를 변호하면서 신성한 맹세의 표시로 가슴에 손을 얹었다.

「당신도 마시는군! 조심하시오, 술을 마시면 어떻게 되는지 잘 봐두시오……. 당신도 언젠가 이렇게 죽게 될 테니.」

제르베즈는 벽에 꼭 붙어 있었다. 담당 의사는 등을 돌렸다. 그는 몸을 웅크린 채 연미복에 지푸라기 먼지가 묻어도 전혀 개의치 않았다. 그는 쿠포가 오가는 것을 눈으로 따라가며 몸의 떨림을 오래도록 관찰했다. 그날, 쿠포는 두 다리로 펄쩍펄쩍 뛰었는데, 몸의 떨림이 손에서 발까지 내려갔다. 그의 동작은 마치 실을 당기면 몸통은 나무처럼 뻣뻣하지만 팔다리는 흐느적거리는 꼭두각시의 동작 같았다. 증세가 조금씩 심해졌다. 그의 몸속에서 음악이 연주되는 듯했다. 3~4초마다 연주가 시작되었고, 잠시 고조되다가 갑자기 멈추었고,

그러고서 다시 시작되었다. 그것은 마치 추운 겨울날 남의 집 문 앞에서 파르르 떠는 버림받은 개의 전율 같았다. 이미 배에도 어깨에도 비등점에서 끓는 물처럼 부글거리는 떨림이 번졌다. 정말 희한한 종말이야, 간지럼을 타는 소녀처럼 몸을 비비 꼬면서 죽어 가다니!

그러는 동안 쿠포는 들릴 듯 말 듯한 목소리로 불평을 했다. 어제보다 훨씬 더 고통스러운 모양이었다. 툭툭 내뱉는 불평으로 미루어 아프지 않은 데가 없는 것 같았다. 수천 개의 핀이 그를 찔렀다. 무엇인가 육중한 것이 그의 몸 전체를 짓눌렀다. 물에 젖은 차가운 짐승이 그의 넓적다리 위로 기어 다니며 살을 물어뜯었다. 이어서 또 다른 짐승들이 어깨에 달라붙어 발톱으로 등을 할퀴었다.

「목이 말라, 아! 목이 말라!」 그가 계속해서 투덜거렸다.

인턴이 선반 위에 있던 레몬수 단지를 가져와서 그에게 주었다. 그는 두 손으로 단지를 잡더니, 절반은 몸에 흘리며 벌컥 한 모금 들이켰다. 하지만 곧바로 몹시 역겹다는 표정으로 레몬수를 왈칵 쏟아 내면서 소리쳤다.

「제기랄! 이건 증류주잖아!」

그러자 담당 의사의 눈짓에 따라 인턴이 직접 물병을 손에 쥔 채 그에게 물을 먹였다. 이번에는 제대로 삼켰지만, 마치 불덩이를 삼킨 듯 그가 울부짖었다.

「또 증류주야, 염병할! 또 증류주야!」

어제부터 그는 무엇을 마시든 증류주라고 했다. 그래서 목이 더욱 말랐지만, 모든 음료가 그의 몸을 불태웠기에 더 이상 마시기도 힘들었다. 포타주를 갖다 줘도, 싸구려 화주 냄새가 난다며 자기를 독살하려는 수작이 틀림없다고 고함을 질렀다. 빵은 상해서 시큼한 냄새가 났다. 그의 주변에는 온통 독뿐이었다. 병실에서는 유황 냄새가 등천했다. 심지어 그는 사람들이 자기를 쓰러뜨리려고 코 밑에 대고 성냥을 긋고 있다고 비난했다.

담당 의사는 일어나서 쿠포의 말을 유심히 들었다, 쿠포는 벌건 대낮에 유령이 보이는 모양이었다. 돛단배만큼 커다란 거미줄이 벽에 걸려 있어! 저놈의 거미줄이 그물망처럼 늘었다 줄었다 하네, 정말 재미있는 장난감이야! 검은 공 몇 개가 요술 공처럼 그물망에서 이리저리 굴러다녔는데, 처음에는 당구공만 하더니 금세 포탄만큼 커졌다. 그 공들이 그를 짜증나게 하기 위해 커졌다 작아졌다 하고 있었다. 별안간 그가 소리쳤다.

「어! 쥐다, 쥐, 이 시간에!」

공이 쥐가 되었다. 그 더러운 쥐들이 점점 커지더니 그물망을 가로질렀고, 매트리스 위로 팔짝 뛰어내리더니 온데간데없이 사라졌다. 벽을 들락날락하는 원숭이도 있었다, 그놈이 매번 너무 가까이 다가와서 그는 코를 물릴까 봐 흠칫 뒤로 물러섰다. 갑자기 그것이 또 변했다. 사방의 벽이 깡충깡충 뛰는 모양이었다, 왜냐하면 그가 공포와 분노에 짓눌려 이렇게 말했기 때문이다.

「좋아, 에잇! 흔들어 봐, 내가 눈 하나 깜짝하나!…… 에잇! 거지 같은 쪽방! 에잇! 꺼꾸러져라!…… 그래, 종을 울려라, 까마귀 떼야! 풍금을 쳐라, 내가 경비원을 부르지 않도록!…… 벽 뒤에 기계를 놔뒀구나, 이 썩을 놈들! 기계 소리가 들려, 부릉부릉, 저놈들이 나를 뛰고 솟게 만들 작정인가 봐……. 불이야! 젠장! 불이야. 불이 났다고 모두가 난리 법석을 떠네! 저기 불타는 것 좀 봐. 와! 세상이 훤해, 세상이 훤해! 온 하늘에 불이 났어, 빨간 불, 초록 불, 노란 불……. 날 잡으러 오잖아! 사람 살려! 불이야!」

그의 비명은 헐떡임 속에 잦아들었다. 입에 거품을 물고 턱이 침에 젖은 채, 그는 이제 앞뒤가 맞지 않는 소리를 웅얼거릴 뿐이었다. 담당 의사는 중병을 다룰 때의 버릇인 듯 코를 손가락으로 비벼 댔다. 그는 인턴을 돌아보며 나직이 물었다.

「열은 여전히 40도인가, 그렇지?」

「예, 선생님.」

담당 의사는 입으로 쯧쯧 소리를 냈다. 그는 2분 정도 더 쿠포를 뚫어지게 바라보았다. 그러더니 어깨를 으쓱하며 덧붙였다.

「처방은 똑같아, 수프, 우유, 레몬수, 물약으로 된 기나피 진액……. 환자 곁을 떠나지 말고, 무슨 일이 있으면 날 부르게.」

그가 밖으로 나갔다, 제르베즈는 더 이상 희망이 없는지 물어보려고 그를 따라 나갔다. 그러나 그가 너무도 뻣뻣한 자세로 복도를 걸어갔기 때문에, 그녀는 감히 그에게 다가가지 못했다. 그녀는 남편을 보러 다시 들어갈까 망설이며 잠시 그 자리에 서 있었다. 하지만 지금까지 본 것만 해도 이미 더없이 흉측했다. 그녀의 귀에 다시, 맙소사! 레몬수를 증류주라고 외치는 소리가 들렸기 때문에, 그녀는 진절머리를 내며 달아나고 말았다. 거리의 말발굽 소리, 마차 소리가 그녀로 하여금 생탄 전체가 자기를 뒤쫓는 게 아닌가 생각하게 했다. 담당 의사가 그녀를 위협하지 않았던가! 정말이지 그녀는 자신도 이미 병에 걸린 기분이었다.

구트도르 가에서는 보슈 부부를 비롯하여 여러 사람이 그녀를 기다리고 있었다. 그녀가 출입구에 나타나자마자, 사람들이 그녀를 경비실로 불러들였다. 어때! 쿠포가 아직 살아 있소? 어휴! 그래요, 아직 살아 있어요. 보슈는 깜짝 놀라며 난감한 표정을 지었다. 쿠포가 저녁까지 버티지 못한다는데 술 한 병을 걸었던 것이다. 뭐라고! 아직도 살아 있단 말이야! 모두가 허벅지를 탁 치며 놀랐다. 지금까지 버티다니, 정말 힘이 장사네! 로리외 부인이 시간을 계산했다. 서른여섯 시간 더하기 스물네 시간, 도합 예순 시간이었다. 이럴 수가! 예순 시간이나 쉬지도 않고 다리와 입을 놀렸다니! 모두가 평생 이런 힘자랑은 본 적이 없다고 입을 모았다. 그때 술 한 병을 내야 하기에 쓴웃음을 짓고 있던 보슈가 의심스러운 눈초리로 병문안 직후 쿠포가 퍼레이드를 멈추지 않은 게 확실하냐고 제르베즈에게 물었다. 아! 그럼요, 펄쩍펄쩍 얼마나 높이 뛰었는지 몰라요, 꼬꾸라질 뜻이 전혀 없었죠. 그러자 보슈가 더욱 집요하게 그가 어떻게 했는지 구경 삼아 조금만 흉내 내보라고 간청했다. 그래그래, 조금만 해봐! 모두가 이렇게 부탁하잖아! 좌중은 그녀에게 호의를 베풀어 주면 좋겠다고 했는데, 왜냐하면 어제 구경하지 못한 두 이웃 여자가 그 광경을 보기 위해 방금 막 일부러 내려왔기 때문이었다. 문지기 여자가 모두에게 비켜서라고 소리쳤고, 좌중은 호기심에 들떠 팔꿈치로 서로를 치며 경비실 한가운데를 비웠다. 그렇지만 제르베즈는 고개를 숙이고 있었다. 정말이지 자기도 병에 걸리는 게 아닐까 두려웠던 것이다. 그렇지만 사람들의 간청을 더욱 부추기려고 그러는 게 아니라는 것을 보여 주고 싶었기 때문에, 그녀는 가볍게 두세 번 폴짝거렸다. 그러고는 기분이 좋지 않아 금세 뒤로 물러났다. 진심이야, 도저히 못 하겠어! 두런두런 실망하는 목소리가 흘러나왔다. 유감이야, 진짜 흉내를 잘 내는데. 어쩔 수 없지 뭐, 못 하겠다는데! 그러다가 비르지니가 가게로 돌아가자, 금세 쿠포 영감을 잊은 채 사람들은 이제 엉망진창이 돼버린 푸아송 부부 집 이야기를 신나게 했다. 어제는 집달리가 들이닥쳤었다. 순경은 곧 직장을 잃게 될 참이었다. 랑티에로 말하자면 이웃 식당의 딸에게 눈독을 들이고 있었는데, 그녀는 내장 가게를 차려 보겠다고 하는 예쁘장한 여자였다. 그럼 그렇지! 사람들은 재미있다고 웃어 댔다, 벌써 내장 가게에 앉아 있는 그녀의 모습이 눈에 그려졌던 것이다. 당과 다음에 내장이라. 오쟁이 진 남편 푸아송은 집안이 그 모양인데도 태평이었다. 직장에서는 그토록 꾀바른 사람이 집에서는 어쩌면 저토록 어리석을까. 그런데 갑자기 모두가 입을 다물었다, 더 이상 눈에 띄지 않던 제르베즈가 경비실 안쪽에서, 혼자서 손발을 부들부들 떨며 쿠포의 흉내를 내고 있었기 때문이다. 브라보! 바로 저거야, 부탁하지도 않았는데 웬일이야. 문득 꿈에서 깬 듯, 그녀는 멍하니 앉아 있었다. 그러더니 부리나케 달아났다. 안녕히 주무세요, 여러분! 그녀는 집으로 올라가서 잠을 청했다.

이튿날, 보슈 부부는 그녀가 지난 이틀처럼 정오에 집을 나서는 것을 보았다. 그들은 그녀에게 즐겁게 지내다 오라고 말했다. 그날, 생탄의 복도는 쿠포의 고함 소리와 발 구르는 소리로 진동했다. 그녀가 계단 난간을 잡았을 때, 벌써 쿠포가 부르짖는 소리가 들렸다.

「빈대다, 빈대!…… 이리 와, 내가 뼈를 추려 줄 테니까!…… 아! 이것들이 날 죽이려고 해, 아! 이 빈대 새끼들이!…… 네까

짓 것들보다야 내가 몇 곱절은 더 부자지! 꺼져 버려, 제기랄!」

그녀는 문 앞에서 잠시 숨을 골랐다. 마치 대군에 맞서 싸우는 사람 같아! 그녀가 들어갔을 때, 싸움은 더 격렬해졌고, 더 장렬해졌다. 샤랑통[58] 정신 병원에서 탈출한 미치광이가 따로 없어, 어떻게 저토록 사납게 날뛸까! 그는 병실 한가운데서 고군분투하며 도처에, 즉 벽에, 바닥에, 자기 가슴에 주먹을 휘둘렀고, 벌렁 나자빠져서는 허공을 때렸다. 그는 창문을 열고 싶어 했다, 그리고 그는 몸을 숨기고, 방어 태세를 취하고, 누군가를 부르고, 무엇인가 대답하며, 수많은 사람들에게 괴롭힘을 당하는 사람처럼 흥분한 표정으로 혼자서 이 엄청난 소동을 벌였다. 그 모습을 보고 제르베즈는 그가 지붕 위에 올라가서 함석판을 까는 중이라고 생각한다는 것을 알아차렸다. 그는 입으로 풀무질을 했고, 화로 속에서 인두를 휘저었고, 무릎을 꿇고 납땜을 하는 것처럼 엄지손가락으로 짚 매트 끄트머리를 쫙 문질렀다. 그래, 죽는 순간에 천직이 생각났나 봐. 그가 그토록 크게 고함을 지르고 지붕 위에서 주먹을 휘두르는 것은 불한당들이 일을 깔끔하게 처리하지 못하게 방해하기 때문이었다. 바로 옆 지붕 여기저기에도 악당들이 있어서 그를 놀려 댔다. 더욱이 이 장난꾸러기들은 그의 다리에 쥐 떼를 풀어 놓았다. 아! 더러운 쥐새끼들, 끝이 없어! 그가 쥐를 잡아 발로 힘껏 짓뭉개고 짓이겨 봐야 소용없었다, 금세 새로운 무리가 나타나서 지붕이 온통 새까맣게 변했던 것이다. 게다가 거미들도 있지 않았던가! 그는 바지

58 Charenton. 1641년 일드프랑스Ile-de-France 지방의 생모리스Saint-Maurice 코뮌에 설립되었던 유명한 정신 병원. 지금은 다목적 의료원으로 활용되고 있다.

속으로 기어든 거미들을 죽이려고 바지를 잡고 허벅지에 마구 문질렀다. 빌어먹을! 이래서야 언제 하루 일이 끝날까, 이 놈들이 날 파멸시키려고 해, 이러다간 주인이 날 마자스[59] 감옥에라도 처넣겠어. 그래서 일을 서두르던 그는 이번에는 배 속에 증기 기관이 들어 있는 느낌이 들었다. 입을 크게 벌리고서 그는 연기를 뿜었다, 자욱한 연기는 병실을 가득 채우며 창문으로 빠져나갔다. 고개를 숙인 채 계속해서 연기를 뿜어내던 그는 창밖으로 연기의 리본이 펼쳐지고, 그것이 하늘 높이 올라가서 태양을 가리는 것을 보았다.

「어라!」 그가 소리쳤다. 「클리냥쿠르 놈들이 곰으로 변장했잖아, 주렁주렁 장신구를 달고…….」

마치 지붕에서 거리의 가장행렬을 구경하듯, 그는 창가에서 몸을 웅크리고 있었다.

「저기 기마행렬 좀 봐, 사자들과 표범들이 상을 찌푸리고 있네……. 조무래기들은 개와 고양이로 가장했고……. 키다리 클레망스도 머리에 깃털을 수북이 달았네. 허! 제기랄! 클레망스가 재주를 넘고 있어, 망측한 게 다 보여……. 어이! 불한당 노새들아, 저 여자 가지고 싶어!…… 쏘지 마, 젠장! 쏘지 말라니까…….」

겁에 질리고 잔뜩 쉰 목소리가 고조되었고, 그는 급히 몸을 숙이며 순경과 붉은 바지를 입은 군인들이 아래에서 총으로 자기를 겨냥하고 있다고 되뇌었다. 벽 속에서 자기에게 들이댄 권총의 총신이 보였다. 그놈들은 그에게서 딸을 빼앗으러 온 것이었다.

59 Mazas. 1850년에서 1898년까지 사용된 파리의 감옥. 지금의 가르 드 리옹Gare de Lyon 정면에 있었다.

「쏘지 마, 빌어먹을! 쏘지 말라니까…….」

이어서 건물들이 무너졌다, 그는 동네 전체가 와당탕 쓰러지는 소리를 흉내 냈다. 모든 것이 사라졌고, 모든 것이 날아갔다. 그러나 그가 숨 돌릴 틈도 없이, 또 다른 광경들이 가공할 속도로 전개되었다. 이야기를 하고 싶은 격렬한 욕망이 횡설수설 조리 없이 튀어나오는 뜬금없는 말들로 그의 입을 가득 채웠다. 그는 여전히 목소리를 높였다.

「이런, 당신이야, 잘 지냈어?…… 장난하지 마! 왜 날더러 당신 머리칼을 먹으라고 그래.」

손을 얼굴 앞으로 가져가더니, 손에서 머리칼을 떼어 내려는 듯 그는 훅훅 바람을 불었다. 인턴이 그에게 물었다.

「도대체 누가 보이는 겁니까?」

「내 마누라지, 누구긴 누구야!」

그때 그는 제르베즈에게 등을 돌린 채 벽을 보고 있었다.

제르베즈는 몹시 무서웠지만, 혹시 자기 모습이 있는지 확인하기 위해서 벽을 살폈다. 그는 계속해서 이야기했다.

「이봐, 날 속이려고 아양 떨지 마……. 난 엮이는 게 싫어……. 우와! 당신 정말 예쁜데, 차림새가 기가 막혀. 근데 그게 어디서 났어, 창녀 같으니라고! 사내놈을 끌어들였지, 이 화냥년아! 기다려, 손 좀 봐줄 테니!…… 뭐야? 치마 뒤에 서방을 감춰 뒀잖아. 이놈은 도대체 누구야? 인사를 해봐, 어디 좀 보게……. 젠장! 또 그놈이야!」

그는 무섭게 튀어 오르며 벽에 가서 머리를 부딪쳤다. 그러나 벽을 천으로 누비질해 놓은 덕택에 충격이 완화되었다. 다만 그 반동으로 그의 몸이 짚 매트 위로 텅 하고 나자빠지는 소리만이 들렸다.

「이번에는 누가 보이죠?」 인턴이 다시 물었다.

「모자장이! 모자장이!」 쿠포가 소리를 질렀다.

인턴이 제르베즈에게 모장장이가 누구냐고 물었을 때 그녀는 대답을 하지 못하고 말을 우물거렸다, 왜냐하면 이 장면이 그녀의 내면에서 일평생 괴로웠던 일을 다시 휘저어 놓았기 때문이다. 함석장이는 주먹을 내질렀다.

「둘이서 붙어 보자, 이 자식아! 오늘이 네 제삿날인 줄 알아라! 아! 네놈이 뻔뻔스럽게 이년을 껴안고 사람들 앞에서 날 모욕했겠다. 죽여 버리겠어, 자, 자, 내 손으로! 장갑은 안 껴도 돼!…… 건방 떨지 말고…… 이거나 먹어. 퍽! 퍽! 퍽!」

그는 허공으로 주먹을 날렸다. 격렬한 분노가 그를 사로잡았다. 뒷걸음질 치다가 벽에 부딪히자, 그는 뒤에서 공격을 당했다고 여겼다. 그는 돌아섰고, 벽을 향해 달려들었다. 그는 튀어 올랐고, 이 구석에서 저 구석으로 솟구쳤고, 배, 엉덩이, 어깨 할 것 없이 부딪쳤고, 바닥을 뒹굴었고, 다시 벌떡 일어섰다. 뼈가 물렁거렸으며, 살이 물에 젖은 삼베 소리를 냈다. 그는 이 끔찍한 난투극에 지독한 협박과 목구멍에서 나오는 거친 고함을 반주로 곁들였다. 그렇지만 눈알이 눈에서 튀어나올 것 같고 호흡이 짧아지는 것을 보면, 싸움이 그에게 불리하게 전개되는 것이 분명했다. 그는 조금씩 어린애처럼 겁에 질린 표정을 짓기 시작했다.

「살인이다! 살인!…… 둘 다 꺼져 버려! 아! 더러운 것들, 노는 꼴 좀 봐. 누워서 다리를 쳐들고 있잖아, 저 갈보가!…… 뒈져야 해, 당장에……. 앗! 강도다, 강도가 마누라를 죽이고 있어! 강도가 한쪽 다리를 칼로 자르고 있어. 또 한쪽 다리는 땅바닥에 뒹굴고, 배도 갈라져서 두 동강이가 났어, 저 피 좀 봐, 저 피……. 오! 맙소사, 오! 맙소사, 오! 맙소사…….」

땀에 흠뻑 젖고 머리칼이 이마에 곤두선 채 그는 공포에 떨면서 뒷걸음질을 쳤고, 끔찍한 광경을 떨쳐 버리려는 듯 두 팔을 격렬하게 내저었다. 그러다가 가슴을 찢는 비명을 두 번 지르더니, 발뒤꿈치가 매트리스에 걸리면서 뒤로 벌렁 나자빠졌다.

「선생님, 선생님, 이 사람이 죽었어요!」 제르베즈가 두 손을 모으며 말했다.

인턴이 앞으로 나가서 쿠포를 매트리스 한가운데로 끌어다 놓았다. 아뇨, 죽지 않았어요. 그가 쿠포의 신발을 벗겼다. 벌거벗은 두 발이 드러났다. 나란히 놓인 두 발은 박자를 맞추며 빠르고 규칙적인 떨림으로 혼자서 춤을 추고 있었다.

바로 그때, 담당 의사가 들어왔다. 그는 자기처럼 훈장을 단 두 명의 동료를 데리고 왔는데, 한 사람은 말랐고 다른 한 사람은 뚱뚱했다. 셋 다 몸을 숙이고 아무 말 없이 환자를 이모저모 살폈다. 그러더니 나지막한 목소리로 급히 몇 마디를 나누었다. 그들은 환자를 어깨에서 넓적다리까지 발가벗겼다, 제르베즈는 발돋움을 해서 벌거벗고 누운 상반신을 바라보았다. 이럴 수가! 완벽했다, 떨림이 두 팔에서는 내려오고 두 다리에서는 올라왔으며, 이제는 몸통까지 즐거워하고 있었던 것이다! 게다가 꼭두각시는 배로도 웃고 있었다. 우스워 죽겠다는 듯 잔물결이 일며 양쪽 늑골을 따라 웃음이 퍼져 나갔다. 온몸이 구석구석 동시에 움직이고 있어, 어떻게 이럴 수가 있지! 힘줄은 서로 마주 보고 있었고, 살갗은 북처럼 떨렸고, 털은 서로에게 인사하며 춤을 추었다. 요컨대 그것은 날이 샐 무렵 춤추던 사람들 모두가 손에 손을 잡고 다 함께 발

뒤꿈치를 구르는 갤럽[60] 춤을 연상케 하는 일대 소동이었다.

「잠들었어.」 담당 의사가 소곤거렸다.

그는 두 동료로 하여금 환자의 얼굴을 주시하게 했다. 쿠포는 눈을 감고 있었지만, 신경의 미세한 떨림으로 얼굴 전체가 꿈틀거리고 있었다. 악몽에 시달린 시체처럼 안면이 일그러지고 턱이 튀어나온 그는 지칠 대로 지쳐 몰골이 더욱 끔찍했다. 그러나 두 발을 본 의사들은 매우 흥미롭다는 표정을 지으며 그 위로 얼굴을 들이밀었다. 두 발은 여전히 춤을 추고 있었다. 쿠포가 잠들어도 소용없었다, 두 발은 춤을 추었다. 아! 주인이 코를 골아도 아랑곳하지 않았다, 두 발은 서두르지도 꾸물거리지도 않으며 자기 할 일을 계속했다. 그것은 그야말로 기계적인 발, 즐길 수 있을 때 즐기는 발이었다.

의사들이 손을 남편의 상반신에 대는 것을 보았을 때, 제르베즈는 자기도 그를 만져 보고 싶었다. 살며시 다가가서 어깨 위에 손을 얹었다. 그녀는 잠시 그대로 있었다. 맙소사! 안에서 도대체 무슨 일이 벌어지고 있는 걸까? 살 속 깊은 곳까지 춤추는 것이 느껴졌다. 뼈도 뜀을 뛰고 있는 듯했다. 전율과 파동이 저 깊은 곳에서부터 강물처럼 흘러서 피부 바로 밑에까지 도달했다. 살짝만 눌러도 골수가 고통스럽게 비명을 지르는 것이 느껴졌다. 육안으로는 다만 소용돌이의 표면처럼 조그만 구멍들을 만드는 잔물결이 보일 뿐이었다. 그러나 내부에서는 엄청난 파괴 작용이 일어나고 있음이 틀림없었다. 이 무슨 끔찍한 작업이야! 마치 두더지가 일을 하고 있는 것 같아! 쿠포의 몸속에서 곡괭이질을 하고 있는 것은 다름 아

60 *galop*. 두 박자의 빠른 무용 또는 무용곡.

닌 〈목로주점〉의 싸구려 증류주였다. 온몸이 곰팡이질로 녹초가 되었다, 어휴! 곰팡이질이 다 끝나면 이 사람은 콩가루가 되어 파르르 떨면서 세상을 떠나겠지.

의사들이 가버렸다. 한 시간 후에, 인턴과 함께 남아 있던 제르베즈가 목소리를 낮추어 다시 말했다.

「선생님, 선생님, 이 사람이 죽었어요.」

그러나 인턴은 두 발을 보더니 고갯짓으로 아니라고 했다. 침대 밖으로 나온 벌거벗은 두 발이 여전히 춤을 추고 있었던 것이다. 발은 더러웠고, 기다란 발톱이 나 있었다. 다시 몇 시간이 흘렀다. 별안간 그의 몸이 뻣뻣해지더니, 더 이상 움직이지 않았다. 그러자 인턴이 제르베즈를 돌아보며 말했다.

「끝났습니다.」

그의 두 발을 멈추게 할 수 있는 것은 오직 죽음뿐이었다.

제르베즈가 구트도르 가로 돌아왔을 때, 보슈 부부의 경비실에서 한 무리의 아낙네들이 들뜬 목소리로 수다를 떨고 있는 모습이 보였다. 그녀는 여느 때처럼 그들이 소식을 듣기 위해 자기를 기다리고 있는 것이라고 생각했다.

「죽었어요.」 문을 밀면서 그녀가 지치고 넋 나간 표정으로 조용히 말했다.

그러나 아무도 그녀의 말을 듣지 않았다. 건물 전체가 발칵 뒤집혀 있었다. 허, 참! 정말 망측한 일이야! 푸아송이 자기 마누라와 랑티에가 함께 있는 현장을 덮쳤던 것이다. 사태를 정확하게 파악한 사람은 아무도 없는 듯했는데, 왜냐하면 각자가 자기 나름대로 그 이야기를 했기 때문이다. 어쨌든 둘이 예상치 못한 시간에 푸아송이 들이닥친 모양이었다. 여자들이 입을 삐죽이며 서로에게 되풀이한 자세한 이야기는 이랬다. 현장을 보자, 당연히 푸아송의 눈이 뒤집혔다. 진짜 호랑이 같았다니까! 평소에 말없이 허리에 방망이를 차고 다니던 그 과묵한 사내가 짐승처럼 소리를 지르며 길길이 날뛰었다. 그러더니 더 이상 아무런 소리도 들리지 않았다. 랑티에가 남편에게 상황을 설명했음이 틀림없었다. 끝났어, 이 문제가 더 이상 확대될 것 같진 않아. 그리고 보슈는 이웃 식당의 딸이 가게를 인수해서 내장 가게를 차리기로 했다는 소식을 알려 주었다. 이 교활한 모자장이는 내장도 엄청 좋아했으니까 말이다.

한편 로리외 부인이 르라 부인과 함께 들어오는 것을 본 제르베즈는 힘없이 다시 한 번 말했다.

「죽었어요……. 휴! 나흘이나 온몸을 부들부들 떨고, 고래고래 소리를 지르더니…….」

두 자매는 손수건을 꺼내는 것 외에 달리 할 수 있는 일이 없었다. 동생이 수도 없이 잘못을 저질렀지만, 그래도 결국 동생이니까 말이다. 보슈는 어깨를 으쓱하며 모두에게 들으라는 듯 목소리를 높여 말했다.

「쳇! 주정뱅이 하나가 없어진 거지 뭐!」

그날부터 제르베즈가 자주 실성을 했기 때문에, 건물 주민들은 그녀가 쿠포를 흉내 내는 것을 큰 구경거리 가운데 하나로 여겼다. 이제 애써 부탁할 필요도 없었다, 그녀는 손발을 떨고 자기도 모르게 가볍게 비명을 지르면서 공짜로 그 광경을 재현했다. 아마도 생탄에서 남편을 너무 오래 쳐다봐서 그런 좋지 않은 버릇이 생긴 모양이었다. 하지만 그녀는 그다지 운이 좋지 않았다, 그렇게 해도 남편처럼 금방 죽지는 않았으니까 말이다. 그녀는 동물원에서 도망쳐 나온 원숭이처럼 상을 찌푸렸는데, 그 모습이 거리의 조무래기들로 하여금 그녀에게 양배추 속껍질을 던지게 했다.

제르베즈는 그렇게 여러 달을 살았다. 그녀는 한층 더 밑바닥으로 굴러떨어졌고, 더할 나위 없이 심한 모욕도 참았고, 날마다 죽도록 굶주렸다. 4수가 생기자마자 술을 마셨고, 갈지자걸음을 걸었다. 동네의 더러운 허드렛일은 그녀가 도맡아 했다. 어느 날 저녁, 사람들이 무엇인가 구역질 나는 것을 주면서 그녀가 그것을 먹을 수 있는지 없는지 내기를 했다. 그녀는 10수를 벌기 위해 그것을 먹었다. 마레스코 씨는 7층 방에서 그녀를 내쫓기로 결정했다. 그래도 최근에 브뤼 영감이 계단 밑의 개집만 한 구멍에서 죽은 채로 발견되었기 때문에, 건물 주인은 그 구멍을 그녀에게 주는 호의를 베풀었다. 이제 그녀는 브뤼 영감의 개집에서 살았다. 그녀가 뼈까지 얼어붙은 채 이를 딱딱 부딪치며 주린 배를 움켜쥐었던 것은 개집 속의 짚 더미 위에서였다. 무덤의 흙마저도 그녀를 원치 않음이 분명했다. 그녀는 멍청이가 되었다, 7층에서 안마당의 포석으로 몸을 던져 인생을 끝내겠다는 생각조차 하지 못했으니 말이다. 죽음은 그녀 스스로 만든 이 지독한 삶의 종점까지 그녀를 끌고 다니면서 조금씩, 한 조각 한 조각 그녀를 씹어 삼켰음이 틀림없었다. 어떻게 그녀가 죽었는지 정확하게 아는 사람은 아무도 없었다. 오한이 원인이었다는 소문이 있었다. 그러나 확실한 것은 그녀가 비참한 가난과 망가진 인생 때문에, 그리고 그로 인한 쓰레기 같은 생활의 피로 때문에 죽었다는 사실이다. 로리외 부인은 올케가 무기력증 때문에 죽었다고 했다. 어느 날 아침 복도에서 악취가 났을 때, 사람들이 이틀 전부터 그녀의 모습이 보이지 않았다는 사실을 떠올렸다. 그녀는 개집에서 이미 푸르죽죽하게 변한 상태로 발견되었다.

그녀를 데려가기 위해 가난뱅이들의 싸구려 관을 들고 나타난 것은 바로 바주즈 영감이었다. 그날도 영감은 거나하게 술에 취해 있었지만, 그래도 상냥했고 방울새처럼 명랑했다. 자기가 처리해야 할 손님이 누구인지 알았을 때, 영감은 손님이 묵을 새집을 준비하면서 철학적인 감상을 내뱉었다.

「모두가 거기로 가는 게야……. 그러니 서로 다툴 필요가 없지, 누구든 자기 자리가 있으니까 말이야……. 서두르는 건 어리석은 일이야, 그런다고 더 빨리 가는 것도 아니니까……. 나로서는 모두를 기쁘게 해주고 싶어. 어떤 이는 그걸 원하고, 어떤 이는 원하지 않아. 어쨌든 준비를 잘해야 해……. 이 여자도 처음에는 원하지 않았지만, 나중에는 애원을 했었어. 어쩔 수 없이 내가 기다리라고 했지……. 이제 됐어, 아무렴! 소원 성취한 거지! 자, 즐겁게 떠나자고!」

제르베즈를 굵고 검은 두 손으로 움켜잡았을 때 영감은 사랑스러운 감정에 사로잡혔고, 자기에게 그토록 오랫동안 추파를 던졌던 그 여자를 천천히 들어 올렸다. 그런 다음 아버지처럼 정성스레 관 속에 눕히고서, 딸꾹질을 하는 사이사이 더듬거리며 말했다.

「이봐……. 잘 들으시게……. 나일세, 〈쾌활한 병정〉, 부인네들의 위안부일세……. 자, 이젠 당신도 행복한 여자야. 잘 자시게, 우리 예쁜 아가씨!」

역자 해설

최초의 민중 소설 — 노동자의 언어로 전하는 노동자의 이야기

1. 에밀 졸라

에밀 졸라Emile Zola(1840~1902)와 관련하여 문학적 사실 외에 늘 특징적으로 언급되는 전기적 사실은 파리에서 태어나 파리에서 죽었다는 것, 토목 기사인 아버지의 사업 관계로 세 살부터 열여덟 살까지 유소년기를 남프랑스의 중소 도시 엑상프로방스에서 보냈다는 것, 이 시기에 미래의 위대한 화가 폴 세잔과 죽마지우가 되었다는 것, 어머니는 프랑스인이었지만 아버지가 이탈리아인이었기에 스물두 살 때인 1862년 프랑스로 귀화했다는 것, 드레퓌스 사건(1894~1906) 때 진실과 정의를 위해 목숨을 건 투쟁을 했다는 것 등이다. 특히 〈행동하지 않는 양심은 양심이 아니다〉라는 명제로 요약되는 프랑스 사회의 지적 전통을 마련한 직접적 계기가 된 드레퓌스 사건에서 졸라가 보여 준 영웅적이고 양심적인 행동은 그의 전기에서 가장 빛나는 부분일 것이다.

프랑스 문학사에서 일반적으로 졸라의 좌표는 19세기 후반 사실주의를 뒤잇는 자연주의라는 지점에 설정된다. 프랑스 문화사를 아주 짧게 개관하면서 이 지점을 좀 더 명확하게 이해해 보자. 유럽의 경우 고대 문화, 중세 문화, 르네상스 문화까지는 개별 국가의 문화라기보다는 주로 그리스 로마 문화와 기독교 문화에 의해 종합적으로 규정된다. 유럽 각국이 자국의 문화를 본격적으로 논할 수 있게 되는 것은 중앙 집권화가 일정하게 이루어지고 독립 국가의 윤곽이 뚜렷해지는 17세기에 이르러서이다. 프랑스의 경우 17세기는 코르네유와 라신이 주도한 고전 비극의 시대라고 할 수 있고, 18세기는 볼테르, 디드로, 루소가 이끈 계몽 철학의 시대라고 할 수 있다. 19세기는 인쇄술의 발달로 문학이 황금기를 맞았던 시대로서 바로 이때 낭만주의, 사실주의, 자연주의, 파르나스파(派), 상징주의, 데카당스 등 오늘날까지 중요하게 탐구되는 문예 사조가 모두 나왔고, 소위 〈세계 문학 전집〉에서 빠지지 않고 등장하는 위고, 발자크, 스탕달, 플로베르, 보들레르, 랭보, 말라르메, 졸라 등이 탄생했다. 알다시피 20세기는 실존주의와 누보로망이라는 흐름이 있었고 프루스트, 지드, 말로, 카뮈, 로브그리예Alain Robbe-Grillet 등이 활약했지만, 중후반으로 갈수록 사르트르, 레비스트로스, 푸코, 데리다 등 인문학자들이 더욱 돋보였던 시대로 여겨진다. 요컨대 졸라는 자연주의 문학의 대표자로서 19세기 종반의 가장 중요한 프랑스 소설가라고 말할 수 있다.

자연주의는 사실주의가 극단화한 형태로서 연구자에 따라서는 자연주의를 따로 분류하지 않고 사실주의에 통합시키기도 한다. 그러나 19세기 프랑스 소설에 초점을 맞출 때에는 양자를 분리해서 생각하는 것이 옳은 태도일 듯하다. 왜냐하면 졸라, 모파상, 위스망스Joris-Karl Huysmans, 폴 알렉시Paul Alexis, 앙리 세아르Henry Céard, 레옹 에니크Léon Hennique 등 19세기 후반 일군의 작가들이 자연주의라는 기치를 내걸고 사실주의 작가들과의 차별성을 지속적으로 강조하며 자신들의 정체성을 확립했기 때문이다. 졸라는 사실주의의 골간이 〈과학적 방법론의 문학에의 적용〉에 있는 것으로 이해했다. 그는 이를 계승하고 심화했는데, 자연주의의 본질은 다름 아닌 〈자연 과학적 방법론의 문학에의 적용〉에 있다. 그가 적용하려 했던 자연 과학적 방법론은 그 당시에 새롭게 소개된 〈유전론〉과 〈환경 결정론〉으로 요약된다. 소설 속에 한 사회 전체를 재현하여 그 사회를 작동시키는 메커니즘을 파악하는 것, 그것은 발자크 이후 프랑스 소설가들의 꿈이었던바, 졸라는 역사와 과학과 문학의 행복한 결합을 통해 그것을 실현하려 했고, 그 결과물로서 〈루공-마카르Les Rougon-Macquart〉 총서를 세상에 내놓았다.

물론 〈루공-마카르〉 총서(1871~1893) 이전과 이후에도 졸라는 소설을 썼지만, 그래도 졸라 문학의 정수가 환경 결정론과 유전론을 횡축과 종축으로 한 〈루공-마카르〉 총서에 있음은 이론의 여지가 없다. 개별 소설의 제목이 아니라 20권의 소설을 총칭하는 〈루공-마카르〉라는 제목은 아델라이드 푸크라는 여자를 정점으로 하는 한 가족으로부터 유래한다. 아델라이드 푸크는 먼저 루공이라는 농부와 결혼하여 아들 하나를 낳으며, 3년 후 남편이 죽자 마카르라는 주정뱅이 밀수업자와 관계하여 아들 하나와 딸 하나를 낳는다. 말하자면 〈루공-마카르〉는 아델라이드 푸크의 자손들의 이야기인즉, 적통인 루공 가계는 대개 정상아들로 구성되어 있고, 사생아 혈통인 마카르 가계는 대개 비정상적 기질을 가진 아웃사이더

들로 구성되어 있다. 유전과 환경의 문제는 〈제2제정하의 한 가족의 자연적·사회적 역사〉라는 〈루공-마카르〉의 부제에서도 확인된다. 여기서 〈자연적 역사〉는 유전의 영향을, 〈사회적 역사〉는 환경의 영향을 함축한다. 유전과 환경을 날줄과 씨줄로 하여 〈루공-마카르〉는 쿠데타, 부동산 투기, 은행 증권 조작, 자본 집중 등 제2제정 사회의 온갖 부패상을 그리고 있다. 사회적 차원에서 볼 때 〈루공-마카르〉는 한마디로 제2제정 사회의 타락 백서라고 할 수 있다.

졸라의 소설은 노동자, 여성, 알코올 중독, 살인, 신경증 등 사회적 소수자의 문제를 드러내고 있기 때문에, 20세기 후반 푸코의 활약으로 광기와 비정상이 담론의 중심부로 들어선 이후 졸라 소설에 대한 연구가 폭증했다. 그러나 이런 위반의 문제 못지않게 학자들의 관심을 끄는 졸라 소설의 본질적인 특징은 돌과 나무로 형성된 건축물이 철과 유리로 형성된 건축물로 바뀌는 서구 문명의 이행기를 적실하게 담아냈다는 데 있다. 20세기 말에 활성화된 미국 문화 학계의 학제적 연구에서 졸라의 소설이 빈번한 탐구의 대상이 된 것은 이처럼 그의 소설이 문화 정보의 풍요로운 보고(寶庫)였기 때문이다. 바르트는 진정한 문학적 참여란 문제의 해결이 아니라 증언과 진단에 있으며, 그런 면에서 프랑스 문학사상 단연 돋보이는 작가는 졸라라고 말한 바 있다. 문학의 본질이 문제의 해결이 아니라 문제의 제기에 있다면, 문학의 본질이 미담을 미담으로, 추문을 추문으로 만드는 데 있다면, 21세기에도 졸라의 소설은 여전히 탐독할 가치가 있다.

2. 『목로주점』의 안팎

프랑스 제2제정 말기와 제3공화정 초기는 19세기 산업화의 최절정기로서 지방의 노동자 농민이 활발하게 파리로 유입되던 시대이며, 특히 파리 북부의 빈민가에서 노동자들의 사회 정치적 운동이 고조되던 시대이다. 이런 사회 분위기는 졸라로 하여금 노동자를 주요 등장인물로 하는 소설을 구상하게 했다. 졸라에 앞서 공쿠르 형제가 『제르미니 라세르퇴*Germinie Lacerteux*』의 서문에서 문학에의 민중 도입을 주장한 적이 있지만, 그것은 새로운 모티프에 대한 호기심의 반영일 뿐이었다. 졸라의 의도는 근본적으로 달랐다. 발자크식으로 동시대 사회 전체를 그리고자 한 졸라는 노동자의 언어로 노동자의 삶을 통째로 이야기하는 소설을 쓰고자 했다. 졸라의 초안은 그 점을 분명히 하고 있다. 〈한마디로 민중의 삶을 그 오물, 자포자기의 삶, 상스러운 언어 등과 함께 정확하게 그릴 것.〉 이렇게 해서 탄생한 것이 바로 〈루공-마카르〉의 대표 소설이자 프랑스 노동 소설의 백미인 『목로주점*L'Assommoir*』이다.

〈루공-마카르〉 제7권으로서 1877년에 발표된 『목로주점』은 유전론과 환경 결정론이 적용된 자연주의적인 노동 소설이다. 시조 아델라이드 푸크의 손녀로서 마카르 혈통인 제르베즈는 비정상적 신경증을 유전적으로 물려받아 게으름, 섹스, 알코올 등 위반의 쾌감에 쉽게 굴복한다. 더욱이 제르베즈가 사는 파리 북부 빈민가는 이런 유전적 약점을 악화시키기에 충분할 정도로 경제적으로, 위생적으로 열악하기 짝이 없는 환경을 갖고 있다. 요컨대 『목로주점』은 유전과 환경에 의해 결정되는 한 노동자에 대한 탁월한 임상 보고서이다.

『목로주점』에서 제르베즈의 비중이 어느 정도인가를 가늠하기 위해서는 졸라가 〈목로주점〉이란 제목에 앞서 〈제르베즈 마카르의 단순한 생활〉을 가제로 상정했었다는 사실을 떠올리면 될 것이다. 열세 장으로 이루어진 『목로주점』은 1850년에서 1869년까지 전개되는 제르베즈의 성공과 실패의 이야기인데, 제르베즈를 중심으로 볼 때 그 서사 구조는 정확히 대칭을 이루는 하나의 건축물을 연상시킨다.

1장에서 6장까지 여섯 장은 제르베즈가 오랫동안 함께 살아온 연인에게서 버림받은 후 새로운 연인을 만나 결혼을 하고 세탁소 여주인으로 성공하는 과정을 그리고 있다. 7장은 『목로주점』의 정점이자 제르베즈의 생활의 정점인데, 여기서 그녀의 성공이 온 동네 사람들에게 과시되는 생일잔치 즉 그 유명한 거위 요리 파티가 펼쳐진다. 8장에서 13장까지 여섯 장은 환경과 유전의 영향으로 제르베즈가 게으름과 알코올 중독에 빠져 가게의 파산을 겪고 추위와 굶주림 속에서 비참하게 죽어 가는 과정을 그리고 있다. 『목로주점』의 서사 구조가 하나의 건축물을 연상시킨다는 것은 이처럼 7장을 정점으로 하여 상승 국면을 담은 전반 여섯 장과 하강 국면을 담은 후반 여섯 장이 서로 완벽한 대칭을 이루고 있다는 의미에서이다.

성(性)과 술은 빈자들에게 허용된 유일한 낙원으로서 주인공을 파멸시키는 두 계기를 이루지만, 〈목로주점〉이라는 제목이 시사하듯 이 소설에서 좀 더 근본적인 드라마는 역시 알코올 중독의 드라마이다. 〈목로주점〉을 뜻하는 프랑스어 〈*assommoir*〉는 원래 보통 명사로서 짐승을 도살하는 데 사용되는 〈도살용 몽둥이〉라는 뜻과 〈불순한 술을 파는 술집 또는 술집 주인〉이라는 뜻을 지닌다. 이를테면 이 소설에서 〈*l'Assommoir*〉라는 제목은 〈저급한 술집〉과 〈도살용 몽둥이〉라는 두 가지 뜻을 두루 함축하여 〈알코올로 사람을 죽이는 술집〉을 의미한다고 할 수 있다. 소설의 공간적 배경이 되는 거리 이름 〈구트도르Goutte-d'Or〉 또한 알코올 중독의 드라마와 관련된다. 〈*goutte-d'or*〉는 〈황금 물방울〉이라는 뜻으로 여기서는 다름 아닌 싸구려 증류주를 가리키는데, 소설은 제르베즈가 〈황금 물방울〉의 제물이 됨과 동시에 막을 내린다.

『목로주점』은 제2제정 사회의 벽화를 완성하기 위해 우발적으로 급조한 작품이 아니다. 그것은 수년에 걸쳐 작가의 머릿속에 있던 작품이며, 경험에서 자양을 얻은 작품이다. 일곱 살 때 토목 기사 아버지가 돌아가신 이후 졸라는 홀어머니와 수없이 이사를 하며 어렵게 살았고, 특히 파리에 올라온 1859년부터 〈아셰트Hachette〉 출판사에 입사하는 1962년까지는 돈도 연고도 없이 파리 빈민가의 꼭대기 층, 지붕 밑 다락방에서 살았다. 이 시기에 그는 하층민들의 풍속에 대해 개괄적 지식을 얻었다. 그리고 『목로주점』의 집필을 위해 직접 노동자 여성들의 사진을 찍었고, 평상복, 작업복 등 의복을 조사했으며, 샤펠 대로, 푸아소니에 가, 구트도르 가 등에서 가게와 건물의 양상, 퇴근 시간 거리의 움직임, 카바레와 싸구려 댄스홀의 장식 등을 유심히 관찰했다. 졸라의 말대로 『목로주점』에서 노동자의 체취가 물씬 풍긴다면, 그것은 바로 이 체험과 현장 조사 덕분일 것이다. 그러나 작가가 서문에서 밝힌 대로 『목로주점』에 드리워진 진짜 〈민중의 냄새〉, 그 냄새의 바탕은 뭐니 뭐니 해도 민중의 언어에 있다.

3. 『목로주점』의 언어의 현대성

졸라는 서문에서 『목로주점』을 일컬어 〈민중의 냄새가 나는 최초의 민중 소설〉이라고 했다. 물론 졸라 이전의 소설에서도, 예컨대 발자크, 위고, 상드, 플로베르의 소설에서도 노동자가 등장했고, 노동자의 비극이 그려졌다. 그러나 그 언어는 여전히 작가의 언어요, 전통적인 문학 언어였다. 『목로주점』은 서술자와 등장인물이 모두 민중의 언어로 이야기하는 최초의 소설이다. 당시에 민중 언어의 사용이 얼마나 충격적이었던지 『목로주점』에 대한 공격도 찬사도 모두 민중 언어의 노골성을 대상으로 한 것이었다. 서문에서 졸라가 안타까워한 것 또한 문학에서 민중 언어가 가지는 전환기적 가치의 무시였다.

> 나의 죄는 민중의 언어를 모아서 그것을 무척 공들여 만든 거푸집에 붓는 문학적 호기심을 가졌다는 데 있다. 아! 형식, 거기에 대죄가 있다니! (서문 중에서)

『목로주점』에서 사용된 노동자의 은어나 민중적 표현을 알기 위해 졸라가 주로 의지한 책은 알프레드 델보Alfred Delvau의 『가공하지 않은 언어 사전*Dictionnaire de la langue verte*』과 드니 풀로Denis Poulot의 『숭고미 또는 1870년 노동자의 현실태와 가능태*Le Sublime, ou Le travailleur comme il est en 1870 et ce qu'il peut être*』였다. 이 책들에서 그는 〈장화〉, 〈불고기 병정〉, 〈술고래〉 등 민중의 별명, 〈기침하는 졸병〉, 〈코흘리개 꼬마〉, 〈광기의 그랑 살롱〉 등 술집 이름, 다량의 민중적 어휘와 표현, 파리 노동자 은어로 된 술집에서의 대화 등을 빌려 왔다. 『목로주점』은 별명, 조롱, 욕설 등 가공하지 않은 노골적 언어가 어떻게 집단 내의 결속과 다른 집단과의 차별화를 야기하는지를 잘 보여 준다. 시인 말라르메는 『목로주점』의 민중 언어를 졸라가 문학에 부여한 절대적 참신성이라고 격찬한 바 있다. 『목로주점』이 보여 준 언어의 현대성은 민중 언어의 사용뿐만이 아니라 〈자유 간접 화법*style indirect libre*〉의 사용에서도 드러나는데, 자유 간접 화법이란 서술자의 목소리와 등장인물의 목소리를 결합한 형태를 일컫는다. 예컨대 『목로주점』 7장에 나오는 제르베즈의 생일 파티 장면을 보자.

> 술잔은 단숨에 비워졌고, 마치 폭우가 쏟아지는 날 빗물이 홈통을 따라 내려가듯 술이 목구멍을 따라 콸콸 내려가는 소리가 들렸다. 포도주의 비야 이건, 어라! 처음엔 낡은 술통 맛이 나더니 자꾸 마시니까 고소한 개암 냄새가 나네. 와! 빌어먹을! 예수회 수도사들이 탓해 봐야 소용없어, 어쨌거나 포도즙은 정말 멋진 발명품이야! 좌중이 웃으며 옳소! 하고 외쳤다. (307면)

술의 향연에 대한 서술자의 서술이지만, 보다시피 어투는 노동자의 어투 그대로이다. 졸라의 자유 간접 화법은 이처럼 서술자가 자신의 의식과 언어에 노동자 집단의 의식과 언어를 실어 한꺼번에 전달하는 말의 경제를 실현함으로써, 달리 말해 발언자의 복수성을 구현함으로써 텍스트의 울림을 더 풍요롭게 한다. 비평가 자크 뒤부아Jacques Dubois가 『목로주점』의 서술을 서술자의 독창이 아니라 〈민중의 합창〉이라고 부른 것도 이런 맥락에서일 것이다. 소설의 서문이 보여주듯 대부분의 동시대인들은 욕설, 은어, 상투어 등을 그대로 옮겨 놓은 『목로주점』의 언어의 자연주의를 제대로 이해하지 못했었다. 그러나 민중의 어휘를 소설에 활용하는 데 그친 것이 아니라 민중의 어휘와 통사 구조로 서술을 하는, 즉 독자의 목소리로 스토리를 이야기하는 언어의 실험은 졸라의 작품 세계에서도 독특한 것이었을 뿐만 아니라 세계 문학사에서도 유례를 찾아볼 수 없는 기념비적 시도였다는 것이 오늘날의 일반적 시각이다.

4. 『목로주점』에 대한 평가의 역사

『목로주점』은 졸라의 이름을 문단에 확고히 각인시키고 그를 명실상부한 자연주의 유파의 수장으로 만들어 준 출세작이다. 그러나 출간 당시에는 찬사보다 비난이 월등히 우세한 문제작이었다. 1876년 4월 13일 〈파리 풍속 연구*Etude de mœurs parisiennes*〉라는 부제와 함께 급진 공화파 신문 「르 비엥 퓌블릭Le Bien Public」에 첫 호가 연재되자 즉각 보수파 논객들의 공격이 쏟아졌다. 민중의 참상을 담았다고 하여 졸라는 〈문학적 코뮌의 두목〉이라고 공격당했고, 『목로주점』은 〈책상 위에 굴러다니도록 내버려 두지 말아야 할 책〉으로 규정되었다. 「르 비엥 퓌블릭」은 가장 대담한 부분의 삭제를 단행했지만 결국 6장까지 연재한 후 연재를 중단했고, 「라 레퓌블릭 데 레트르La République des Lettres」가 나머지를 연재했다. 「라 레퓌블릭 데 레트르」 역시 몇몇 대담한 대목을 완화했음에도 〈동물적 악취〉, 〈오물〉, 〈포르노그래피〉 등 혹독한 비판을 피할 수 없었다.

1877년 1월 말에 『목로주점』이 단행본으로 출간되자 비난의 열기는 한층 더 뜨거워졌다. 우파도 좌파도, 낭만주의자도 사실주의자도 『목로주점』을 공격했다. 『목로주점』에서 〈끔찍한 음란〉과 〈역겨운 불결함〉만을 읽은 우파는 〈싸구려 발자크〉 졸라의 부도덕과 외설성을 문제 삼았다. 민중의 참상보다는 민중의 미화를 원했던 좌파는 『목로주점』에서 민중에 대한 〈잔혹한 경멸〉을 읽었다. 낭만주의자 위고는 설령 〈진실〉이라 할지라도 빈곤을 〈구경거리〉로 제시해서는 안 된다고 하면서 『목로주점』을 〈불량한〉 소설로 규정했다. 졸라와 같은 계열에 있던 사실주의의 주요 작가들도 흔쾌히 졸라의 편에 서지는 않았다. 샹플뢰리Jules Husson Champfleury는 『목로주점』과 같은 소설들을 가리켜 〈천박한 소설들의 눈사태〉라고 했고, 졸라를 〈뜻밖의 횡재를 한 벼락출세자〉라고 여겼던 에드몽 드 공쿠르는 〈글쓰기에 대한 명백한 포기〉라는 표현을 통해 문체의 결여를 비판했다. 반대자들의 비난은 내용의 비도덕성, 문학 언어의 타락, 노동자 참상의 과대 포장으로 요약된다.

일방적 비난의 분위기 속에서 플로베르는 〈체계〉와 〈원칙〉에 대한 강박 관념을 비판하면서도 졸라의 진실 묘사와 이야기꾼으로서의 힘을 상찬했다. 전술한 대로 말라르메는 〈경탄할 만한 언어학적 시도〉, 〈가난한 악마들이 만든 (……) 가장 아름다운 문학적 언어〉를 지지했다. 자연주의 계열의 후배들은 선배의 출세작에 당연히 열광했다. 모파상은 문체가 지닌

〈엄청난 힘〉에 감동했고, 위스망스는 〈눈보라 속에서 만나 서로 한마디 말 없이 자기 길을 따라 헤어지는 제르베즈와 브뤼 영감〉보다 더 감동적이고 위대한 묘사를 알지 못한다고 단언했다. 보수파 작가 진영에서는 드물게 폴 부르제Paul Bourget가 『목로주점』의 작가를 〈세기말의 발자크〉라고 격찬했다. 지지자들의 찬사는 이처럼 진실 묘사와 새로운 언어를 대상으로 하고 있다.

졸라는 『목로주점』을 이런 말로 플로베르에게 헌정했었다. 〈나의 위대한 친구 플로베르에게, 취향에 대한 증오와 함께.〉 이 헌사는 졸라가 〈고상한 취향〉을 강조하는 보수적 전통 비평을 얼마나 경멸했는지 잘 보여 준다. 또한 진보파의 비난에 대해 졸라는 〈상처〉를 알아야 〈치료〉도 가능하기에 〈유토피아〉를 꿈꾸기 전에 해야 할 일은 〈현실〉을 정확하게 탐구하는 것이라고 반박했다. 어쨌든 늘 그렇듯 뜨거운 논쟁은 상업적 성공, 공쿠르의 표현에 따르면 〈전례가 없는 엄청난 성공〉을 몰고 왔다. 첫해에만 38판이 찍히고 4년 동안 91판이 찍힌 『목로주점』은 현대적인 대량 인쇄의 문을 연 최초의 소설이라는 점에서도 한 시대의 획을 그은 작품임이 틀림없다. 결국 『목로주점』 덕분에 졸라는 파리 근교 메당에 자신의 집 — 이 집은 오늘날 〈졸라 박물관〉으로 사용되고 있다 — 을 마련할 수 있었고, 거기서 위스망스, 모파상, 세아르, 에니크, 알렉시 등과 함께 정기적 모임을 가짐으로써 자연주의 유파를 형성할 수 있었다.

20세기에 들어서면서 『목로주점』은 고전의 반열에 올랐고, 졸라 또한 적어도 19세기 종반의 최고 소설가로 평가받게 되었음은 의문의 여지가 없다(자연주의에 대한 평가의 불일치에도 불구하고 그 어떤 프랑스 문학사 책을 펼쳐도 졸라가 발자크나 플로베르에게 버금갈 정도의 자리를 할애받고 있음을 쉽게 확인할 수 있다). 지드는 1934년의 일기에서 이렇게 썼다. 〈『목로주점』을 다시 읽었다. (……) 나는 졸라가 매우 높은 자리에 군림할 만한 작가라는 사실을 새롭게 확신한다, 경향과 무관하게 예술가로서 말이다.〉 게다가 1955년에 르네 클레망René Clément 감독이 영화로 만든 이래 『목로주점』이 열 번이나 영화화되었다는 사실은 이 소설에 대한 문화계의 지속적인 관심을 입증한다. 심지어 소설가 레몽 크노Raymond Queneau는 『목로주점』을 상송 가사로까지 각색하지 않았던가. 여하튼 『목로주점』의 탄생 이후 전개된 숱한 논쟁을 고려할 때, 졸라의 무덤 위에서 읽은 아나톨 프랑스의 조사(弔辭)야말로 졸라에 대한 가장 종합적인 평가가 아닐까 싶다.

> 사람들은 찬양했다, 사람들은 경악했다, 사람들은 칭찬했다, 사람들은 비난했다. 격찬과 비난은 하나같이 격렬했다……. 그런 가운데 작품은 점점 위대해져 갔다.

5. 번역의 괴로움, 번역의 즐거움

고백하자면 『목로주점』의 번역을 시작한 것은 무엇보다 의무감에서였다. 졸라의 소설을 텍스트로 하여 박사 학위 논문을 쓴 후 소위 〈졸리엥*zolien*〉 즉 졸라 전공자라고 불리며 전문가 행세를 한 지도 14년이 되었기에, 내 손으로 졸라의 대표작을 번역해 두는 것이 작가에 대한 최소한의 예의일 듯했다. 그러나 플레이아드 정본으로 425쪽에 이르는 방대한 분량의 책을 자원해서 손에 들기는 쉽지 않았다. 그러던 차에 〈열린책들〉에서 번역을 제의했고, 반가운 마음으로 〈번역의 괴로움〉을 받아들였다. 실제로 번역의 괴로움은 예상보다 격심했다. 특히 분량에 짓눌렸는데, 생래 결벽증이 있어 하루에 열 시간을 투자해도 6쪽 이상을 번역하기 힘들었다. 더욱이 직장 생활과 일상생활을 제쳐 두고 매일 열 시간씩 번역에만 매달릴 수도 없는 노릇이 아닌가. 지난 1년 반 동안 『목로주점』의 번역은 내 생활에서 〈번역의 즐거움〉 외에 다른 즐거움을 거의 모두 앗아 갔다.

『목로주점』의 번역에서 가장 공을 들인 것은 문체의 번역이었다. 기존 번역서 몇 종을 일람해 본 결과 긴 문장들이 잘게 쪼개져 있다든가 심지어 단어, 문장, 문단이 생략되었다든가 하는 경우가 적지 않았다. 따라서 졸라의 문체를 최대한 되살리는 번역이 매우 요긴해 보였다. 왜냐하면 예술이란 무엇보다 스타일이기 때문이다. 조각가 미켈란젤로와 로댕의 차이, 화가 다빈치와 피카소의 차이는 주제나 내용에 있는 것이 아니라 무엇보다 스타일에 있다. 그러나 번역에서 문체의 전달만큼 어려운 것은 없다. 프랑스어와 우리말의 통사 구조가 다르기 때문에, 졸라의 만연체를 온전히 전달하는 우리말 문장을 만들기란 너무나 힘들었다. 문체의 전달에 얼마나 성공했는지는 독자와 번역 평론가들이 판단할 일이지만, 그래도 자부심을 가질 수 있는 한 가지 사실은 이 번역에서 『목로주점』의 그 어느 문장도 임의로 분할하거나 통합하지 않았다는 것이다. 이 번역서의 문장의 수효는 『목로주점』 원문의 문장의 수효와 정확히 일치한다. 문학의 경우 문체를 파괴하는 번역은 내용을 파괴하는 번역보다 어쩌면 더 나쁘다고 할 수 있다. 졸라의 『목로주점』과 카뮈의 『이방인』이 서로 비슷한 문체로 번역되어 있다고 상상해 보라. 도대체 그것만한 재앙이 또 어디에 있을까.

문체의 전달 다음으로 어려웠던 것은 노동자 언어의 번역이었다. 작가는 『목로주점』에 붙인 서문에서 민중 언어 탐구가 그 자체로 흥미진진한 작업이라고 했지만, 번역자로서 은어(隱語)가 난무하고, 심지어 일반 사전에도 은어 사전에도 나오지 않는, 프랑스 문학을 전공한 프랑스인 교수도 모르는 희귀한 표현이 출몰하는 소설을 번역하는 것은 흥미진진하기는커녕 괴롭기 그지없는 일이었다. 『목로주점』 번역의 성패는 바로 이 민중 언어를 얼마나 우리말로 실감 나게 옮기느냐에 달려 있다고 해도 좋을 것이다. 동시대의 논쟁에서 『목로주점』의 반대자들은 언어의 상스러움을 탓했지만, 그렇다고 해서 노동자들끼리 늘 욕설에 가까운 표현을 주고받았다고 생각하면 오산이다. 『목로주점』의 노동자들은 대개의 경우 반말에 가까운 〈*tutoyer*〉가 아니라 범절을 지키는 〈*vouvoyer*〉를 한다. 그러므로 노동자들의 일상 언어를 어느 정도의 거칠기로 옮겨야 하는가가 큰 숙제였다. 『목로주점』처럼 등장인물이 많은 소설의 경우 또 하나의 번역상의 어려움은 말투의 적절한 배분이다. 말투란 발화자의 문체에 다름 아니기 때문에, 성별, 나이, 직업, 신분, 성격에 따라 말투를 적절하게 배분하는 데 실패하면 원본의 인물들이 모두 몰개성적인 인물로 화하고 만다. 문학 번역의 경우, 무엇보다 중요한 것은 작가와 인물의 스타일의 번역이 아닐까.

다행히도 번역에 어려움과 괴로움만 있는 것은 아니다. 번역자로서 원문을 그 누구보다 꼼꼼히 읽는다는 즐거움도 있지만, 프랑스어 텍스트에 접근할 수 없는 한국 독자에게 프랑스 고전을 소개한다는 즐거움은 아무나 가질 수 있는 것이 아닐 것이다. 혹자는 인터넷에서 스마트폰까지 디지털 이미지가 생활 곳곳을 지배하는 현대 사회에서 고전 문학이 무슨 소용이냐고 말할지도 모른다. 그러나 디지털 이미지 시대의 문을 연 바로 그 빌 게이츠가 자신을 만든 것은 하버드 대학도 심지어 자신의 어머니도 아니며, 그것은 바로 고향 마을의 작은 도서관이었다고 고백한 바 있다. 문학이라는 매체의 최대 약점은 뭐니 뭐니 해도 즉물적으로 보이는 이미지를 제공할 수 없다는 사실일 것이다. 그러나 기이하게도 바로 이 약점 때문에 문학은 살아남으리라고 예측할 수 있다. 예컨대 데이비드 린David Lean 감독의 영화 「닥터 지바고」를 본 관객의 경우, 지바고를 오마 샤리프라는 배우의 즉물적 개성 없이 떠올리기 힘들 것이다. 그러나 그 영화를 보지 않고 파스테르나크의 소설 『닥터 지바고』만을 읽은 독자의 경우, 지바고는 각자의 상상 공간 속에서 더없이 다채롭게 형상화될 것이다. 다시 말해 문학이 제공하는 이미지의 비가시성, 바로 거기에 창조적 상상력의 문을 여는 열쇠가 있다. 현대 기술 문명을 진정으로 꽃피우고 싶은 사람이라면 더욱더 열심히 셰익스피어, 괴테, 카뮈, 도스토예프스키를 읽을 일이다. 요컨대 다시, 아니 언제나, 문제는 고전 문학의 탐독이다.

유기환

에밀 졸라 연보

1840년 **출생** 4월 2일 파리 생조제프 가(街)에서 아버지 프랑수아 졸라François Zola와 어머니 에밀리 오베르Emilie Aubert 사이에서 에밀 졸라Emile Zola가 태어남. 아버지와 어머니의 나이 차이는 24세였음. 아버지가 베네치아 출신 이탈리아인이었기 때문에, 졸라는 1862년 프랑스로 귀화하게 됨.

1843년 **3세** 토목 기사인 아버지의 업무 관계로 엑상프로방스로 이사하여 정착함. 프로방스 지방의 자연에 깊이 물든 어린 시절을 보냄. 졸라 가족은 비교적 넉넉한 생활을 함. 엑상프로방스 시청이 졸라의 아버지가 제안한 운하 건설 계획을 받아들임에 따라, 아버지는 빚을 내어 〈졸라 운하 회사〉를 설립함.

1847년 **7세** 운하 공사가 시작된 지 두 달도 못 되어 아버지가 향년 52세를 일기로 돌연 병사함. 28세에 미망인이 된 어머니에게 남은 것은 채무와 소송뿐이었으며, 이때부터 졸라 모자의 경제적 어려움이 시작됨.

1848년 **8세** 어머니는 아버지의 업적을 인정받기 위해 운하 회사 대주주와 소송에 들어가고 엑상프로방스 시청과 논쟁을 벌임. 어린 졸라는 가족에게 가해진 불의를 억울해하며 아버지의 정당한 위상을 되찾으려는 꿈을 가짐. 예컨대 1868년 「르 메사제 드 프로방스Le Messager de

Provence』지에 〈강탈자〉들에게 보내는 〈편지〉를 발표하는 것도 이런 소망과 무관하지 않음.

1852년 12세 장학금을 받고 부르봉 중학교에 입학하여 그곳에서 미래의 위대한 화가 폴 세잔을 친구로 사귐. 데생 수업에 열중하며 학교 브라스 밴드에서 클라리넷을 연주하기도 함. 이 시기에 열렬한 독서광이 됨.

1854년 14세 아버지가 착공했던 운하가 〈졸라 운하〉라는 이름으로 완공됨. 콜레라 전염병을 피해 시골로 피신하여 알렉상드르 뒤마, 외젠 쉬Eugène Sue 등의 연재소설을 탐독함.

1856년 16세 파리에서 온 교사를 통해 미슐레, 위고, 라마르틴, 뮈세 등 낭만주의자들을 알게 되고 그들을 예찬함. 이 작가들은 졸라의 뇌리에 지울 수 없는 흔적을 남김. 처음으로 드라마와 시를 습작하고, 친구들과 함께 프로방스의 자연을 마음껏 쏘다님.

1857년 17세 운하 회사 대주주와의 소송 문제로 어머니가 파리로 감.

1858년 18세 어머니의 부름을 받아 파리로 감. 프로방스를 몹시 그리워하며 친구들에게 긴 편지를 씀. 생루이 고등학교에 장학생으로 입학하지만 적응에 어려움을 겪음. 시와 극작품을 습작함.

1859년 19세 이때부터 10년 동안 열세 번이나 이사할 정도로 심한 경제적 어려움을 겪음. 처음으로 미술 전람회인 살롱전(展)을 관람함. 대학 입학 자격시험인 바칼로레아에 응시하지만, 두 번의 낙방을 경험함. 두 번째 낙방의 이유는 프랑스어 점수의 부족이었음. 습작을 계속하며 미슐레를 탐독함.

1860년 20세 고등학교 졸업장을 받기도 전에 어머니의 경제적 짐을 덜어 주기 위해 직업 전선에 뛰어듦. 생활고를 겪는 와중에도 상드와 셰익스피어를 읽고, 습작 시편들을 거장 위고에게 보내며, 인류의 진화에 대한 장시(長詩) 『존재의 사슬*La chaîne des êtres*』 집필을 계획함. 이 시기의 생활상은 졸라의 첫 소설 『클로드의 고백*La confession de*

Claude』에 반영됨.

1861년 21세 집에서 나와 빈민가에서 독립생활을 해나감. 경제적 고통에도 불구하고 훗날 이 시기를 행복하게 추억하게 됨. 프랑스 국적을 신청함. 엑상프로방스에 있던 세잔이 파리를 방문하여 졸라와 함께 전람회를 구경함. 위고의 『여러 세기의 전설*La légende des siècles*』, 몽테뉴의 『수상록*Essais*』을 읽음. 습작을 계속하면서도 영감의 퇴화를 괴로워함.

1862년 22세 유명 출판사인 〈아셰트Hachette〉에 직원으로 채용됨. 거기서 4년을 보내는데, 출판사는 문자 그대로 졸라에게 〈대학〉의 역할을 함. 이내 광고 책임자로 승진한 덕분에 급료가 오름으로써 어머니와 함께 살 수 있게 됨. 귀화가 받아들여져서 마침내 프랑스 국적을 취득함. 세잔이 파리로 와서 약 2년 동안 체류하며 졸라에게 여러 화가를 소개함. 출판사 일로 많은 작가, 비평가, 기자들과 관계를 맺기 시작함.

1863년 23세 몇몇 신문에 최초의 기고문, 서평, 콩트 등을 싣기 시작함.

1864년 24세 〈아셰트〉의 필자들이었던 생트뵈브Charles Sainte-Beuve, 텐Hippolyte Taine, 리트레Emile Littré 등을 알게 됨. 미래의 아내 알렉상드린 멀레Alexandrine Meley를 만나 동거에 들어감. 최초의 창작집 『니농에게 주는 이야기*Les contes à Ninon*』 출간.

1865년 25세 「르 프티 주르날Le Petit Journal」, 「르 피가로Le Figaro」 등 주요 신문에 서평, 예술 비평을 기고하면서 진정한 저널리스트로서 데뷔함. 「프루동과 쿠르베Proudhon et Courbet」라는 소론을 발표하는데, 여기서 예술이란 〈기질을 통해 본 창조의 한 편린〉이라는 예술관이 천명됨. 첫 번째 소설 『클로드의 고백』 출간. 목요일마다 졸라의 집에 세잔, 피사로, 바이유Jean-Baptistin Baille, 솔라리Philippe Solari, 루Marius Roux 등 친구들이 모이는 오랜 습관이 시작됨.

1866년 26세 작가로서 살 것을 결심하고 〈아셰트〉를 떠남. 「르 피가로」, 「르 살뤼 퓌블릭Le Salut Public」, 「레벤느망L'Evénement」 등 여러 신문에 기고를 계속함. 아카데미와 낭만주의에 반대하는 새로운 유파의 작가들, 화가들과 교제함. 「레벤느망」에 마네와 인상파 화가들을 옹호하는 글을 기고함. 그동안 발표한 소론들을 양분하여 『나의 증오*Mes haines*』와 『나의 살롱*Mon salon*』이라는 책으로 묶어 출간함. 두 번째 소설 『죽은 여인의 서원(誓願)*Le vœu d'une morte*』 발표.

1867년 **27세** 경제적으로 힘든 나날을 보냄. 『테레즈 라캥*Thérèse Raquin*』과 『마르세유의 비밀*Les mystères de Marseille*』 출간. 마네가 이듬해 살롱전에 출품하기 위해 자신의 친구이자 열렬한 지지자인 졸라의 초상화를 그림.

1868년 **28세** 「부패 문학La Littérature Putride」이라는 제하의 평문을 통해 『테레즈 라캥』을 비판한 루이 윌바크Louis Ulbach와 논쟁을 벌임. 소설 『마들렌 페라*Madeleine Férat*』 발표. 하나의 시대, 하나의 사회에 대한 거대한 벽화를 담을 소설 시리즈를 구상함.

1869년 **29세** 대가 플로베르와의 우정이 시작됨. 졸라를 그림자처럼 충실히 따르게 될 후배 작가 폴 알렉시Paul Alexis와 친교를 맺음. 공화주의적인 〈라크루아Lacroix〉 출판사가 〈제2제정하의 한 가족의 자연적·사회적 역사〉를 다룰 20권의 소설 시리즈 〈루공-마카르Les Rougon-Macquart〉 총서의 출간 기획에 동의함.

1870년 **30세** 동거 중이던 알렉상드린 멀레와 결혼함. 에드몽 드 공쿠르와의 우정이 돈독해짐. 제2제정과 보불 전쟁에 반대하는 글을 신문에 기고함. 보불 전쟁이 발발하자 마르세유로 피신하여 친구 마리우스 루와 함께 「라 마르세예즈La Marseillaise」지를 창간함. 행정부가 있던 보르도로 가서 군수로 임명받고자 애쓰지만 실패함.

1871년 **31세** 베르사유에서 의회가 개회될 무렵 파리로 돌아옴. 〈루공-마카르〉 1권 『루공가의 행운*La fortune des Rougon*』 출간. 인세 수입으로 경제적 안정을 찾음. 3월에서 5월까지 파리 코뮌 봉기가 일어나자 잠시 글로통으로 피신했다가 돌아옴.

1872년 **32세** 〈라크루아〉가 파산함에 따라 〈샤르팡티에Charpentier〉 출판사와 〈루공-마카르〉 총서의 계속적인 출판을 계약함. 출판사 사장 샤르팡티에Georges Charpentier는 이후 자연주의자들의 작품을 출판해 주면서 졸라의 절친한 친구가 됨. 알퐁스 도데, 투르게네프, 모파상 등과 친교를 맺음. 〈루공-마카르〉 2권 『이전투구*La curée*』 출간.

1873년 33세 저널리스트 활동을 계속함. 〈루공-마카르〉 3권 『파리의 배*Le ventre de Paris*』 출간.

1874년 34세 플로베르, 투르게네프, 도데, 에드몽 드 공쿠르, 졸라가 참석한 이른바 〈야유받은 작가들〉의 월례 만찬이 최초로 열림. 마네의 소개로 시인 말라르메와 친해짐. 〈루공-마카르〉 4권 『플라상스의 정복*La conquête de Plassans*』과 『니농에게 주는 새로운 이야기*Les nouveaux contes à Ninon*』 출간. 희곡 「라부르댕가의 상속자들Les héritiers Rabourdin」을 무대에 올리지만 실패로 끝남.

1875년 35세 사춘기 때부터 그를 괴롭히던 신경증이 과중한 작업으로 악화됨. 투르게네프의 소개로 러시아 문예지 『메사제 드 뢰롭*Le messager de l'Europe*』에 월평을 기고하기 시작하는데, 이 일은 이후 5년 동안 계속됨. 〈루공-마카르〉 5권 『무레 신부의 잘못*La faute de l'abbé Mouret*』 출간.

1876년 36세 자연주의 유파의 일원이 될 앙리 세아르Henri Céard, 위스망스Joris-Karl Huysmans, 레옹 에니크Léon Hennique와의 교우가 시작됨. 〈루공-마카르〉 6권 『외젠 루공 각하*Son Excellence Eugène Rougon*』 출간.

1877년 37세 〈루공-마카르〉 7권 『목로주점*L'Assommoir*』 출간. 출간 즉시 노골적 언어와 외설적 내용을 이유로 비난이 쏟아짐. 소설이 일으킨 공전의 스캔들 덕분에 엄청난 인세와 유명세를 동시에 얻음. 졸라와 출판인 샤르팡티에 외에 플로베르, 공쿠르, 모파상, 세아르, 알렉시, 에니크, 미르보Octave Mirbeau가 모여 〈트랍 식당의 만찬〉을 하는데, 그것이 일반인들의 눈에는 마치 자연주의 유파의 세례식처럼 보임.

1878년 38세 희곡 「장미 단추Le bouton de rose」의 상연이 실패로 끝남. 『목로주점』의 성공이 가져다준 수입 덕분에 파리 근교 메당에 별장을 구입함. 루공-마카르 가계도가 실린 〈루공-마카르〉 8권 『사랑의 한 페이지*Une page d'amour*』 출간.

1879년 **39세** 『목로주점』을 각색한 연극이 성공을 거둠. 연극 장르에서 자연주의의 승리를 실현하기 위해 세아르, 에니크와 함께 『플라상스의 정복』의 연극 각색에 몰두함.

1880년 **40세** 플로베르의 죽음, 어머니의 죽음이 잇따르면서 정신적·육체적 침체를 겪음. 「르 피가로」에 자연주의 문학을 옹호하는 기고문 「캠페인Campagne」을 싣기 시작함. 〈루공-마카르〉 9권 『나나*Nana*』, 자연주의에 관한 소론을 모은 『실험 소설*Le roman expérimental*』 출간. 졸라, 모파상, 위스망스, 세아르, 에니크, 알렉시 등 자연주의 작가들이 단편집 『메당의 야회*Les soirées de Médan*』를 발표함.

1881년 **41세** 「르 피가로」의 「캠페인」 기고를 끝냄. 이미 발표된 이론적 평문을 모아 『연극에서의 자연주의*Le naturalisme au théâtre*』, 『우리의 극작가들*Nos auteurs dramatiques*』, 『자연주의 소설가들*Les romanciers naturalistes*』, 『문학 자료*documents littéraires*』 등 네 권의 책을 출간함.

1882년 **42세** 신문에 연재된 『살림*Pot-bouille*』을 보고 사법관 뒤베르디Duverdy가 법조인 등장인물에 자신의 이름을 부여했다는 이유로 졸라를 고소함. 재판 결과 유죄 선고를 받음. 〈루공-마카르〉 집필에 매진함. 명성이 이탈리아, 영국, 독일, 오스트리아, 러시아, 네덜란드, 노르웨이, 포르투갈 등 외국에까지 확대됨. 〈루공-마카르〉 10권 『살림』과 단편소설집 『대위 뷔를*Le capitaine Burle*』 출간.

1883년 **43세** 친구이자 동지인 마네가 작고함. 졸라는 북프랑스 지역 사회주의 국회의원 알프레드 지아르Alfred Giard를 만나는데, 그로부터 광산에 관한 소설을 써볼 것을 권유받음. 〈루공-마카르〉 11권 『부인들의 행복 백화점*Au bonheur des dames*』과 단편소설집 『나이스 미쿨랭*Naïs Micoulin*』 출간.

1884년 **44세** 광산 소설을 쓰기 위한 자료를 수집하고자 앙쟁 광산을 방문함. 사회주의 정치 지도자 쥘 게드Jules Guesde, 폴 라파르그Paul

Lafargue 등이 주도하는 정치 회합에 참석함. 〈루공-마카르〉 12권 『삶의 기쁨*La joie de vivre*』 출간.

1885년 45세 『종탑 주변*Autour d'un clocher*』이라는 소설 때문에 투옥된 청년 작가 루이 데프레Louis Desprez의 석방을 위해 노력함. 〈루공-마카르〉 13권 『제르미날*Germinal*』 출간. 『제르미날』을 연극으로 각색하지만, 이 연극은 당국의 검열에 의해 상연이 금지됨.

1886년 46세 『땅*La terre*』을 쓰기 위한 자료를 수집하고자 보스 지방을 여행함. 〈루공-마카르〉 14권 『작품*L'œuvre*』 출간.

1887년 47세 〈루공-마카르〉 15권 『땅』 출간. 자연주의 유파를 자처하는 무명의 청년 작가 다섯 명이 『땅』에 대한 격렬한 항의인 동시에 졸라의 자연주의에 대한 전면적 부인인 「5인 선언Manifeste des cinq」을 「르 피가로」에 발표함. 이 선언이 그즈음 졸라의 문학을 탐탁지 않게 여기던 공쿠르의 사주를 받아 이루어진 것으로 의심한 졸라는 그 어떤 반응도 하지 않음으로써 5인의 공격을 무시함.

1888년 48세 연극으로 각색한 『제르미날』이 상연 금지에서 해제되어 초연되지만, 지나친 삭제와 어조 완화 때문에 성공을 거두지 못함. 〈루공-마카르〉 16권 『꿈*Le rêve*』 출간. 국가최고 훈장 레지옹 도뇌르 훈장을 수여받음. 아내가 데려온 가정부 잔 로즈로Jeanne Rozerot를 정부(情婦)로 삼음. 평생의 취미가 될 사진에 입문함.

1889년 49세 『인간 짐승*La bête humaine*』 집필을 위한 취재를 하고자 잔과 함께 르아브르를 방문함. 졸라와 잔 사이에서 딸 드니즈Denise가 태어남. 〈아카데미 프랑세즈〉의 회원에 처음으로 입후보함. 이후 1897년까지 공석이 생길 때마다 입후보하지만 매번 탈락함.

1890년 50세 『돈*L'argent*』을 집필하기 위해 증권 거래소를 방문함. 『꿈』의 오페라 각본 제작에 협력함. 루앙에 건립된 플로베르 기념관 개관식에 참석함. 〈루공-마카르〉 17권 『인간 짐승』 출간.

1891년 51세 〈문인 협회〉 회장으로 피선되어 로댕에게 발자크의 동상을 제작해 달라고 부탁함. 『패주*La débâcle*』를 쓰기 위해 스당으로 취재 여행을 떠남. 오페라 『꿈』이 성황리에 초연됨. 아내와 함께 피레네 산맥 지방으로 여행을 떠나는데, 거기서 루르드의 기적에 강한 인상을 받음. 졸라와 잔 사이에서 둘째 아이 자크Jacques가 태어남. 익명의 편지를 받은 아내가 졸라의 외도 사실을 알게 되고, 이혼이 거론될 정도로 부부 사이에 심각한 불화가 생김. 레옹 블루아Léon Bloy가 〈자연주의의 장례*Les funérailles du naturalisme*〉라는 제목으로 강연을 함. 〈루공-마카르〉 18권 『돈』 출간.

1892년 52세 노르망디 지방, 루르드, 미디 지방, 젠 지방을 여행함. 〈루공-마카르〉 19권 『패주』가 출간되어 큰 성공을 거둠.

1893년 53세 〈루공-마카르〉 총서의 마지막 소설인 20권 『의사 파스칼*Le docteur Pascal*』 출간. 〈루공-마카르〉의 완간을 기념하는 축하연이 불로뉴 숲에서 열림. 영국 왕립 언론인 협회의 초대로 런던을 방문하여 열렬한 환대를 받음. 세기의 교체와 현대 도시의 변화에 자극을 받아 새로운 소설 시리즈 〈세 도시Les trois villes〉를 기획함. 〈메당의 집〉에 출입하던 자연주의 문인들이 졸라로부터 멀어지기 시작함. 졸라의 변함없는 친구이던 앙리 세아르마저 졸라 부부의 불화에서 어느 한 쪽을 편들기 힘들었기에 출입을 자제함.

1894년 54세 오페라 각본 「메시도르Messidor」를 씀. 〈문인 협회〉 회장직 임기가 끝남. 노르망디, 이탈리아 등을 여행함. 〈세 도시〉 시리즈 1권 『루르드*Lourdes*』 출간. 루르드의 기적을 의심하는 소설의 내용 때문에, 가톨릭계를 중심으로 졸라에 대한 비난의 여론이 들끓음. 결국 졸라는 소송에 휘말리고, 『루르드』는 금서 목록에 오름.

1895년 55세 〈문인 협회〉 회장직에 재선됨. 「르 피가로」를 통해 새로운 「캠페인」 기고문을 싣기 시작함.

1896년 56세 〈세 도시〉 시리즈 2권 『로마*Rome*』 출간. 「르 피가로」에 「유대인을 위하여Pour les juifs」라는 글을 기고함. 오페라 각본 「폭풍우L'ouragan」와 「긴 머리 비올렌Violaine la chevelue」을 씀. 소책자 「사법적 오판, 드레퓌스 사건에 대한 진실Une erreur judiciaire, la vérité sur L'affaire Dreyfus」을 쓴 베르나르 라자르Bernard Lazare의 첫 번째 방문을 받음.

1897년 57세 오페라 「메시도르」 초연. 「르 피가로」 기고문들이 『새로운 캠페인*Nouvelle campagne*』이라는 제목으로 묶임. 모파상 기념관 개관식에서 연설함. 베르나르-라자르를 다시 만남. 드레퓌스Alfred Dreyfus의 무죄를 확신하는 상원 부의장 쉐레르-케스트네르Auguste Scheurer-Kestner의 집에서 열린 비밀 모임에 참석한 졸라는 마침내 진실 규명을 요구하는 캠페인을 전개할 결심을 하며, 「르 피가로」에 드레퓌스 사건과 관련한 세 편의 글을 기고함.

1898년 58세 1월 13일 「로로르L'Aurore」지에 프랑스 언론사상 가장 유명한 기고문이 된 〈펠릭스 포르Félix Faure 대통령에게 보내는 편지〉 「나는 고발한다J'accuse」를 발표함. 「로로르」는 평소 판매 부수의 열 배가 넘는 30만 부를 인쇄함. 보수주의자들이 격노한 가운데 고등 사범 학교 학생들, 작가들, 예술가들, 과학자들, 교수들의 대대적 지지가 잇따름. 졸라 외에도 아나톨 프랑스, 에밀 뒤르켐, 프루스트, 모네 등이 드레퓌스 재심 청원서에 서명함. 국방부 장관이 졸라를 명예 훼손으로 고소함. 중죄 재판소로 소환된 졸라는 열다섯 차례의 공판 끝에 법정 최고형인 징역 1년 벌금 3천 프랑을 선고받음. 즉각 프랑스 최고 법원인 파기원에 상고하지만, 징역 1년 벌금 3천 프랑이 확정 선고됨. 선고 당일 저녁 런던으로 원하지 않는 망명을 떠남. 정부는 졸라의 레지옹 도뇌르 수훈자 자격을 박탈함. 〈세 도시〉 시리즈 3권 『파리*Paris*』 출간. 영국에서 새로운 소설 시리즈 〈네 복음서Quatre évangiles〉를 기획하고 집필에 들어감.

1899년 59세 열화 같은 여론의 압박으로 드레퓌스 사건의 재심이 확정됨. 졸라는 영국을 떠나 파리로 돌아옴. 군사 재판 결과 드레퓌스의 유죄 판결이 원심대로 확정되자, 졸라는 「로로르」에 격문 「제5막Le cinquième acte」을 발표함. 〈네 복음서〉 시리즈 1권 『풍요*Fécondité*』 출간.

1900년 **60세** 만국 박람회를 관람하며 사진 찍기에 몰두함. 의회가 드레퓌스 사건의 모든 관련자들을 사면하는 사면법을 통과시킴.

1901년 **61세** 오페라 「폭풍우」 초연. 드레퓌스 사건과 관련한 기고문을 모은 책 『멈추지 않는 진실*La vérité en marche*』과 〈네 복음서〉 시리즈 2권 『노동*Travail*』 출간. 여러 노동자 단체들이 『노동』을 기념하는 모임을 가짐.

1902년 **62세** 메당의 별장에서 여름을 보냄. 멀지 않은 곳에 살고 있던 잔과 아이들이 매일 졸라를 보러 옴. 이즈음 아내 알렉상드린은 상황을 받아들이고 아이들에게 애정을 보임. 9월 28일 아내와 함께 파리의 집으로 돌아옴. 날씨가 추워서 하녀가 벽난로에 불을 피웠는데, 벽난로 통풍이 잘 안 된 탓에 졸라가 가스 중독으로 사망함. 아내는 중태에 빠지지만, 다행히 생명을 구함. 졸라의 질식사에 대해서는 반(反)드레퓌스파가 저지른 암살이라는 주장이 오늘날까지 끊임없이 제기되고 있음. 10월 5일 장례식에서 아나톨 프랑스가 아카데미 프랑세즈의 이름으로 조사를 읽으며 〈인류 양심의 한 획〉을 그은 졸라를 기림. 신문 연재 중이던 〈네 복음서〉 시리즈 3권 『진실*Vérité*』은 탈고 상태였지만, 4권 『정의*Justice*』는 영원히 미완성으로 남음.

1903년 〈네 복음서〉 시리즈 3권 『진실』이 유작으로 출간됨.

1906년 의회가 드레퓌스의 사법적 복권과 졸라 유해의 팡테옹 이장을 주요 내용으로 하는 법안을 가결함.

1908년 보수주의 언론의 항의에도 불구하고 시민들의 애도 속에 졸라의 유해가 프랑스 위인들이 묻히는 팡테옹으로 이장됨.

열린책들 세계문학 178 **목로주점** 하

옮긴이 유기환 한국외국어대학교 프랑스어과를 졸업하고, 파리 8대학에서 박사 학위를 받았다. 현재 한국외국어대학교 프랑스어과 교수로 재직 중이다. 지은 책으로 『조르주 바타이유』, 『프랑스 지식인들과 한국전쟁』(공저), 『알베르 카뮈』, 『노동소설 혁명의 요람인가 예술의 무덤인가』, 『에밀 졸라』가 있고, 옮긴 책으로는 외젠 다비의 『북호텔』, 에밀 졸라의 『나는 고발한다』와 『실험소설 외』, 조르주 바타유의 『에로스의 눈물』, 롤랑 바르트의 『문학은 어디로 가고 있는가』 등이 있다.

지은이 에밀 졸라 **옮긴이** 유기환 **발행인** 홍예빈
발행처 주식회사 열린책들 **주소** 경기도 파주시 문발로 253 파주출판도시
전화 031-955-4000 **팩스** 031-955-4004
홈페이지 www.openbooks.co.kr **이메일** literature@openbooks.co.kr

ISBN 978-89-329-1178-6 04860 **ISBN** 978-89-329-1499-2 (세트)
발행일 2011년 7월 5일 세계문학판 1쇄 2025년 9월 5일 세계문학판 7쇄

이 도서의 국립중앙도서관 출판예정도서목록(CIP)은 서지정보유통지원시스템 홈페이지(http://seoji.nl.go.kr)와 국가자료공동목록시스템(http://www.nl.go.kr/kolisnet)에서 이용하실 수 있습니다.(CIP제어번호 : CIP2011002596)

열린책들 세계문학
Open Books World Literature

001 **죄와 벌** 표도르 도스또예프스끼 장편소설 | 홍대화 옮김 | 전2권 | 각 408, 498면

003 **최초의 인간** 알베르 카뮈 장편소설 | 김화영 옮김 | 382면

004 **소설** 제임스 미치너 장편소설 | 윤희기 옮김 | 전2권 | 각 280, 362면

006 **개를 데리고 다니는 부인** 안똔 빠블로비치 체호프 소설선집 | 오종우 옮김 | 362면

007 **우주 만화** 이탈로 칼비노 장편소설 | 김운찬 옮김 | 408면

008 **댈러웨이 부인** 버지니아 울프 장편소설 | 최애리 옮김 | 286면

009 **어머니** 막심 고리끼 장편소설 | 최윤락 옮김 | 538면

010 **변신** 프란츠 카프카 중단편집 | 홍성광 옮김 | 452면

011 **전도서에 바치는 장미** 로저 젤라즈니 중단편집 | 김상훈 옮김 | 424면

012 **대위의 딸** 알렉산드르 뿌쉬낀 장편소설 | 석영중 옮김 | 232면

013 **바다의 침묵** 베르코르 소설선집 | 이상해 옮김 | 256면

014 **원수들, 사랑 이야기** 아이작 싱어 장편소설 | 김진준 옮김 | 318면

015 **백치** 표도르 도스또예프스끼 장편소설 | 김근식 옮김 | 전2권 | 각 500, 520면

017 **1984년** 조지 오웰 장편소설 | 박경서 옮김 | 384면

018 **수용소군도** 알렉산드르 솔제니찐 기록문학 | 김학수 옮김 | 468면

019 **이상한 나라의 앨리스** 루이스 캐럴 환상동화 | 머빈 피크 그림 | 최용준 옮김 | 324면

020 **베네치아에서의 죽음** 토마스 만 중단편집 | 홍성광 옮김 | 424면

021 **그리스인 조르바** 니코스 카잔차키스 장편소설 | 이윤기 옮김 | 484면

022 **벚꽃 동산** 안똔 체호프 희곡선집 | 오종우 옮김 | 328면

023 **연애 소설 읽는 노인** 루이스 세풀베다 장편소설 | 정창 옮김 | 184면

024 **젊은 사자들** 어윈 쇼 장편소설 | 정영문 옮김 | 전2권 | 각 414, 406면

026 **젊은 베르테르의 슬픔** 요한 볼프강 폰 괴테 장편소설 | 김인순 옮김 | 232면

027 **시라노** 에드몽 로스탕 희곡 | 이상해 옮김 | 252면

028 **전망 좋은 방** E. M. 포스터 장편소설 | 고정아 옮김 | 342면

029 **까라마조프 씨네 형제들** 표도르 도스또예프스끼 장편소설 | 이대우 옮김 | 전3권 | 각 496, 492, 446면

032 **프랑스 중위의 여자** 존 파울즈 장편소설 | 김석희 옮김 | 전2권 | 각 344, 338면

034 **소립자** 미셸 우엘벡 장편소설 | 이세욱 옮김 | 438면

035 **영혼의 자서전** 니코스 카잔차키스 자서전 | 안정효 옮김 | 전2권 | 각 352, 396면

037 **우리들** 예브게니 자먀찐 장편소설 | 석영중 옮김 | 240면

038 **뉴욕 3부작** 폴 오스터 장편소설 | 황보석 옮김 | 474면

039 **닥터 지바고** 보리스 빠스쩨르나끄 장편소설 | 박형규 옮김 | 전2권 | 각 400, 506면

041 **고리오 영감** 오노레 드 발자크 장편소설 | 임희근 옮김 | 448면

042 **뿌리** 알렉스 헤일리 장편소설 | 안정효 옮김 | 전2권 | 각 398, 448면

044 **백년보다 긴 하루** 친기즈 아이뜨마또프 장편소설 | 황보석 옮김 | 552면

045 **최후의 세계** 크리스토프 란스마이어 장편소설 | 장희권 옮김 | 262면

046 **추운 나라에서 돌아온 스파이** 존 르카레 장편소설 | 김석희 옮김 | 360면

047 **산도칸 — 몸프라쳄의 호랑이** 에밀리오 살가리 장편소설 | 유향란 옮김 | 428면

048 **기적의 시대** 보리슬라프 페키치 장편소설 | 이윤기 옮김 | 416면

049 **그리고 죽음** 짐 크레이스 장편소설 | 김석희 옮김 | 224면

050 **세설** 다니자키 준이치로 장편소설 | 송태욱 옮김 | 전2권 | 각 478, 472면

052 **세상이 끝날 때까지 아직 10억 년** 스뜨루가츠끼 형제 장편소설 | 석영중 옮김 | 224면

053 **동물 농장** 조지 오웰 장편소설 | 박경서 옮김 | 196면

054 **캉디드 혹은 낙관주의** 볼테르 장편소설 | 이봉지 옮김 | 222면

055 **도적 떼** 프리드리히 폰 실러 희곡 | 김인순 옮김 | 256면

056 **플로베르의 앵무새** 줄리언 반스 장편소설 | 신재실 옮김 | 314면

057 **악령** 표도르 도스또예프스끼 장편소설 | 김연경 옮김 | 전3권 | 각 322, 394, 484면

060 **의심스러운 싸움** 존 스타인벡 장편소설 | 윤희기 옮김 | 338면

061 **몽유병자들** 헤르만 브로흐 장편소설 | 김경연 옮김 | 전2권 | 각 526, 494면

063 **몰타의 매** 대실 해밋 장편소설 | 고정아 옮김 | 298면

064 **마야꼬프스끼 선집** 블라지미르 마야꼬프스끼 선집 | 석영중 옮김 | 320면

065 **드라큘라** 브램 스토커 장편소설 | 이세욱 옮김 | 전2권 | 각 340, 332면

067 **서부 전선 이상 없다** 에리히 마리아 레마르크 장편소설 | 홍성광 옮김 | 328면

068 **적과 흑** 스탕달 장편소설 | 임미경 옮김 | 전2권 | 각 432면

070 **지상에서 영원으로** 제임스 존스 장편소설 | 이종인 옮김 | 전3권 | 각 396, 378, 388면

073 **파우스트** 요한 볼프강 폰 괴테 희곡 | 김인순 옮김 | 560면

074 **쾌걸 조로** 존스턴 매컬리 장편소설 | 김훈 옮김 | 316면

075 **거장과 마르가리따** 미하일 불가꼬프 장편소설 | 홍대화 옮김 | 전2권 | 각 362, 328면

077 **순수의 시대** 이디스 워튼 장편소설 | 고정아 옮김 | 434면

119 **영원한 남편** 표도르 도스또예프스끼 장편소설 | 정명자 옮김 | 440면
120 **알코올** 기욤 아폴리네르 시집 | 황현산 옮김 | 352면
121 **지하로부터의 수기** 표도르 도스또예프스끼 장편소설 | 계동준 옮김 | 252면
122 **어느 작가의 오후** 페터 한트케 중편소설 | 홍성광 옮김 | 152면
123 **아저씨의 꿈** 표도르 도스또예프스끼 장편소설 | 박종소 옮김 | 304면
124 **네또츠까 네즈바노바** 표도르 도스또예프스끼 장편소설 | 박재만 옮김 | 316면
125 **곤두박질** 마이클 프레인 장편소설 | 최용준 옮김 | 528면
126 **백야 외** 표도르 도스또예프스끼 소설선집 | 석영중 외 옮김 | 400면
127 **살라미나의 병사들** 하비에르 세르카스 장편소설 | 김창민 옮김 | 296면
128 **뻬쩨르부르그 연대기 외** 표도르 도스또예프스끼 소설선집 | 이항재 옮김 | 294면
129 **상처받은 사람들** 표도르 도스또예프스끼 장편소설 | 윤우섭 옮김 | 전2권 | 각 294, 392면
131 **악어 외** 표도르 도스또예프스끼 소설선집 | 박혜경 외 옮김 | 312면
132 **허클베리 핀의 모험** 마크 트웨인 장편소설 | 윤교찬 옮김 | 408면
133 **부활** 레프 똘스또이 장편소설 | 이대우 옮김 | 전2권 | 각 306, 406면
135 **보물섬** 로버트 루이스 스티븐슨 장편소설 | 머빈 피크 그림 | 최용준 옮김 | 352면
136 **천일야화** 앙투안 갈랑 엮음 | 임호경 옮김 | 전6권 | 각 334, 326, 372, 392, 342, 304면
142 **아버지와 아들** 이반 뚜르게네프 장편소설 | 이상원 옮김 | 318면
143 **오만과 편견** 제인 오스틴 장편소설 | 원유경 옮김 | 472면
144 **천로 역정** 존 버니언 우화소설 | 이동일 옮김 | 420면
145 **대주교에게 죽음이 오다** 윌라 캐더 장편소설 | 윤명옥 옮김 | 348면
146 **권력과 영광** 그레이엄 그린 장편소설 | 김연수 옮김 | 380면
147 **80일간의 세계 일주** 쥘 베른 장편소설 | 고정아 옮김 | 334면
148 **바람과 함께 사라지다** 마거릿 미첼 장편소설 | 안정효 옮김 | 전3권 | 각 552, 566, 560면
151 **기탄잘리** 라빈드라나트 타고르 시집 | 장경렬 옮김 | 216면
152 **도리언 그레이의 초상** 오스카 와일드 장편소설 | 윤희기 옮김 | 364면
153 **레우코와의 대화** 체사레 파베세 희곡소설 | 김운찬 옮김 | 276면
154 **햄릿** 윌리엄 셰익스피어 희곡 | 박우수 옮김 | 242면
155 **맥베스** 윌리엄 셰익스피어 희곡 | 권오숙 옮김 | 164면
156 **아들과 연인** 데이비드 허버트 로런스 장편소설 | 최희섭 옮김 | 전2권 | 각 464, 428면
158 **그리고 아무 말도 하지 않았다** 하인리히 뵐 장편소설 | 홍성광 옮김 | 264면
159 **미덕의 불운** 싸드 장편소설 | 이형식 옮김 | 238면

160 **프랑켄슈타인** 메리 W. 셸리 장편소설 | 오숙은 옮김 | 310면

161 **위대한 개츠비** 프랜시스 스콧 피츠제럴드 장편소설 | 한애경 옮김 | 270면

162 **아Q정전** 루쉰 중단편집 | 김태성 옮김 | 310면

163 **로빈슨 크루소** 대니얼 디포 장편소설 | 류경희 옮김 | 450면

164 **타임머신** 허버트 조지 웰스 소설선집 | 김석희 옮김 | 292면

165 **제인 에어** 샬럿 브론테 장편소설 | 이미선 옮김 | 전2권 | 각 390, 380면

167 **풀잎** 월트 휘트먼 시집 | 허현숙 옮김 | 274면

168 **표류자들의 집** 기예르모 로살레스 장편소설 | 최유정 옮김 | 204면

169 **배빗** 싱클레어 루이스 장편소설 | 이종인 옮김 | 514면

170 **이토록 긴 편지** 마리아마 바 장편소설 | 백선희 옮김 | 186면

171 **느릅나무 아래 욕망** 유진 오닐 희곡 | 손동호 옮김 | 156면

172 **이방인** 알베르 카뮈 장편소설 | 김예령 옮김 | 196면

173 **미라마르** 나기브 마푸즈 장편소설 | 허진 옮김 | 280면

174 **지킬 박사와 하이드 씨** 로버트 루이스 스티븐슨 소설선집 | 조영학 옮김 | 314면

175 **루진** 이반 세르게예비치 뚜르게녜프 장편소설 | 이항재 옮김 | 258면

176 **피그말리온** 조지 버나드 쇼 희곡 | 김소임 옮김 | 244면

177 **목로주점** 에밀 졸라 장편소설 | 유기환 옮김 | 전2권 | 각 334, 330면

179 **엠마** 제인 오스틴 장편소설 | 이미애 옮김 | 전2권 | 각 336, 354면

181 **비숍 살인 사건** S. S. 밴 다인 장편소설 | 최인자 옮김 | 452면

182 **우신예찬** 에라스무스 풍자문 | 김남우 옮김 | 286면

183 **하자르 사전** 밀로라드 파비치 장편소설 | 신현철 옮김 | 478면

184 **테스** 토머스 하디 장편소설 | 김문숙 옮김 | 전2권 | 각 392, 332면

186 **투명 인간** 허버트 조지 웰스 장편소설 | 김석희 옮김 | 280면

187 **93년** 빅또르 위고 장편소설 | 이형식 옮김 | 전2권 | 각 288, 352면

189 **젊은 예술가의 초상** 제임스 조이스 장편소설 | 성은애 옮김 | 370면

190 **소네트집** 윌리엄 셰익스피어 연작시집 | 박우수 옮김 | 194면

191 **메뚜기의 날** 너새니얼 웨스트 장편소설 | 김진준 옮김 | 274면

192 **나사의 회전** 헨리 제임스 중편소설 | 이승은 옮김 | 252면

193 **오셀로** 윌리엄 셰익스피어 희곡 | 권오숙 옮김 | 210면

194 **소송** 프란츠 카프카 장편소설 | 김재혁 옮김 | 366면

195 **나의 안토니아** 윌라 캐더 장편소설 | 전경자 옮김 | 362면

196 **자성록** 마르쿠스 아우렐리우스 명상록 | 박민수 옮김 | 228면

197 **오레스테이아** 아이스킬로스 비극 | 두행숙 옮김 | 324면

198 **노인과 바다** 어니스트 헤밍웨이 소설선집 | 이종인 옮김 | 310면

199 **무기여 잘 있거라** 어니스트 헤밍웨이 장편소설 | 이종인 옮김 | 456면

200 **서푼짜리 오페라** 베르톨트 브레히트 희곡선집 | 이은희 옮김 | 312면

201 **리어 왕** 윌리엄 셰익스피어 희곡 | 박우수 옮김 | 216면

202 **주홍 글자** 너대니얼 호손 장편소설 | 곽영미 옮김 | 352면

203 **모히칸족의 최후** 제임스 페니모어 쿠퍼 장편소설 | 이나경 옮김 | 500면

204 **곤충 극장** 카렐 차페크 희곡선집 | 김선형 옮김 | 350면

205 **누구를 위하여 종은 울리나** 어니스트 헤밍웨이 장편소설 | 이종인 옮김 | 전2권 | 각 414, 392면

207 **타르튀프** 몰리에르 희곡선집 | 신은영 옮김 | 408면

208 **유토피아** 토머스 모어 소설 | 전경자 옮김 | 274면

209 **인간과 초인** 조지 버나드 쇼 희곡 | 이후지 옮김 | 314면

210 **페드르와 이폴리트** 장 라신 희곡 | 신정아 옮김 | 194면

211 **말테의 수기** 라이너 마리아 릴케 장편소설 | 안문영 옮김 | 310면

212 **등대로** 버지니아 울프 장편소설 | 최애리 옮김 | 318면

213 **개의 심장** 미하일 불가꼬프 중편소설집 | 정연호 옮김 | 340면

214 **모비 딕** 허먼 멜빌 장편소설 | 강수정 옮김 | 전2권 | 각 464, 480면

216 **더블린 사람들** 제임스 조이스 단편소설집 | 이강훈 옮김 | 330면

217 **마의 산** 토마스 만 장편소설 | 윤순식 옮김 | 전3권 | 각 496, 486, 496면

220 **비극의 탄생** 프리드리히 빌헬름 니체 | 김남우 옮김 | 각 304면

221 **위대한 유산** 찰스 디킨스 장편소설 | 류경희 옮김 | 전2권 | 각 432, 438면

223 **사람은 무엇으로 사는가** 레프 똘스또이 소설선집 | 윤새라 옮김 | 456면

224 **자살 클럽** 로버트 루이스 스티븐슨 소설선집 | 임종기 옮김 | 268면

225 **채털리 부인의 연인** 데이비드 허버트 로런스 장편소설 | 이미선 옮김 | 전2권 | 각 336, 316면

227 **데미안** 헤르만 헤세 장편소설 | 김인순 옮김 | 254면

228 **두이노의 비가** 라이너 마리아 릴케 시 선집 | 손재준 옮김 | 494면

229 **페스트** 알베르 카뮈 장편소설 | 최윤주 옮김 | 424면

230 **여인의 초상** 헨리 제임스 장편소설 | 정상준 옮김 | 전2권 | 각 520, 532면

232 **성** 프란츠 카프카 장편소설 | 이재황 옮김 | 554면

233 **차라투스트라는 이렇게 말했다** 프리드리히 빌헬름 니체 산문시 | 김인순 옮김 | 458면

234 **노래의 책** 하인리히 하이네 시집 | 이재영 옮김 | 384면
235 **변신 이야기** 오비디우스 서사시 | 이종인 옮김 | 632면
236 **안나 카레니나** 레프 톨스토이 장편소설 | 이명현 옮김 | 전2권 | 각 800, 736면
238 **이반 일리치의 죽음 · 광인의 수기** 레프 톨스토이 중단편집 | 석영중 · 정지원 옮김 | 232면
239 **수레바퀴 아래서** 헤르만 헤세 장편소설 | 강명순 옮김 | 272면
240 **피터 팬** J. M. 배리 장편소설 | 최용준 옮김 | 272면
241 **정글 북** 러디어드 키플링 중단편집 | 오숙은 옮김 | 272면
242 **한여름 밤의 꿈** 윌리엄 셰익스피어 희곡 | 박우수 옮김 | 160면
243 **좁은 문** 앙드레 지드 장편소설 | 김화영 옮김 | 264면
244 **모리스** E. M. 포스터 장편소설 | 고정아 옮김 | 408면
245 **브라운 신부의 순진** 길버트 키스 체스터턴 단편집 | 이상원 옮김 | 336면
246 **각성** 케이트 쇼팽 장편소설 | 한애경 옮김 | 272면
247 **뷔히너 전집** 게오르크 뷔히너 지음 | 박종대 옮김 | 400면
248 **디미트리오스의 가면** 에릭 앰블러 장편소설 | 최용준 옮김 | 424면
249 **베르가모의 페스트 외** 옌스 페테르 야콥센 중단편 전집 | 박종대 옮김 | 208면
250 **폭풍우** 윌리엄 셰익스피어 희곡 | 박우수 옮김 | 176면
251 **어셴든, 영국 정보부 요원** 서머싯 몸 연작 소설집 | 이민아 옮김 | 416면
252 **기나긴 이별** 레이먼드 챈들러 장편소설 | 김진준 옮김 | 600면
253 **인도로 가는 길** E. M. 포스터 장편소설 | 민승남 옮김 | 552면
254 **올랜도** 버지니아 울프 장편소설 | 이미애 옮김 | 376면
255 **시지프 신화** 알베르 카뮈 지음 | 박언주 옮김 | 264면
256 **조지 오웰 산문선** 조지 오웰 지음 | 허진 옮김 | 424면
257 **로미오와 줄리엣** 윌리엄 셰익스피어 희곡 | 도해자 옮김 | 200면
258 **수용소군도** 알렉산드르 솔제니찐 기록문학 | 김학수 옮김 | 전6권 | 각 460면 내외
264 **스웨덴 기사** 레오 페루츠 장편소설 | 강명순 옮김 | 336면
265 **유리 열쇠** 대실 해밋 장편소설 | 홍성영 옮김 | 328면
266 **로드 짐** 조지프 콘래드 장편소설 | 최용준 옮김 | 608면
267 **푸코의 진자** 움베르토 에코 장편소설 | 이윤기 옮김 | 전3권 | 각 392, 384, 416면
270 **공포로의 여행** 에릭 앰블러 장편소설 | 최용준 옮김 | 376면
271 **심판의 날의 거장** 레오 페루츠 장편소설 | 신동화 옮김 | 264면
272 **에드거 앨런 포 단편선** 에드거 앨런 포 지음 | 김석희 옮김 | 392면

273 **수전노 외** 몰리에르 희곡선집 | 신정아 옮김 | 424면

274 **모파상 단편선** 기 드 모파상 지음 | 임미경 옮김 | 400면

275 **평범한 인생** 카렐 차페크 장편소설 | 송순섭 옮김 | 280면

276 **마음** 나쓰메 소세키 장편소설 | 양윤옥 옮김 | 344면

277 **인간 실격·사양** 다자이 오사무 소설집 | 김난주 옮김 | 336면

278 **작은 아씨들** 루이자 메이 올컷 장편소설 | 허진 옮김 | 전2권 | 각 408, 464면

280 **고함과 분노** 윌리엄 포크너 장편소설 | 윤교찬 옮김 | 520면

281 **신화의 시대** 토머스 불핀치 신화집 | 박중서 옮김 | 664면

282 **셜록 홈스의 모험** 아서 코넌 도일 단편집 | 오숙은 옮김 | 456면

283 **자기만의 방** 버지니아 울프 지음 | 공경희 옮김 | 216면

284 **지상의 양식·새 양식** 앙드레 지드 지음 | 최애영 옮김 | 360면

285 **전염병 일지** 대니얼 디포 지음 | 서정은 옮김 | 368면

286 **오이디푸스왕 외** 소포클레스 비극 | 장시은 옮김 | 368면

287 **리처드 2세** 윌리엄 셰익스피어 희곡 | 박우수 옮김 | 208면

288 **아내·세 자매** 안톤 체호프 선집 | 오종우 옮김 | 240면

289 **폭풍의 언덕** 에밀리 브론테 장편소설 | 전승희 옮김 | 592면

290 **조반니의 방** 제임스 볼드윈 장편소설 | 김지현 옮김 | 320면

291 **의무론** 마르쿠스 툴리우스 키케로 지음 | 김남우 옮김 | 312면

292 **밤에 돌다리 밑에서** 레오 페루츠 지음 | 신동화 옮김 | 360면

293 **한낮의 열기** 엘리자베스 보엔 장편소설 | 정연희 옮김 | 576면

294 **아바나의 우리 사람** 그레이엄 그린 장편소설 | 최용준 옮김 | 392면